Detrás del telón

# Detrás del telón

## Mar Carrión

TERCIOPELO

© Mar Carrión, 2015

Primera edición: noviembre de 2015

© de esta edición: Roca Editorial de Libros, S. L.
Av. Marquès de l'Argentera 17, pral.
08003 Barcelona
info@terciopelo.net
www.terciopelo.net

Impreso por EGEDSA
Roís de Corella 12-16, nave 1
Sabadell (Barcelona)

ISBN: 978-84-15952-70-1
Depósito legal: B. 18.201-2015
Código IBIC: FRD

RT52701

«El mundo es un telón de teatro tras el cual
se esconden los secretos más profundos.»

RABINDRANATH TAGORE

# Prólogo

Ya era de noche cuando Karen Reed llegó a casa con una bolsa de la tienda Dalaga llena de ropa y de lencería femenina. Tenía motivos de peso para haberse gastado doscientos dólares en una sola tarde; el público la valoraba y, en los últimos días, las ovaciones que recibía cada vez que salía a escena eran mayores que las que le prodigaban a Abigail Lanscroft.

No se consideraba una mujer competitiva, hacía su trabajo lo mejor que sabía y se alegraba del éxito de los demás, pero Abigail era una mujer tan prepotente y envidiosa, que Karen no podía evitar relamerse de gozo ante cualquier adversidad que tuviera su compañera.

La noche anterior, en el camerino del teatro, nada más terminar la función, Abigail se había quitado el maquillaje casi a zarpazos y no le había dirigido la palabra. Ella sabía muy bien la razón: los elogios cada vez más frecuentes de la crítica iban destinados a ella, mientras que Abigail, a pesar de que interpretaba al personaje principal de la obra, estaba quedando relegada a un segundo plano.

Al considerarse poco menos que una grandísima estrella a la que le habían salido los dientes en los escenarios de Broadway —como solía repetir hasta la saciedad—, no soportaba que nadie resplandeciera más que ella.

Karen se dirigió al dormitorio principal, dejó la bolsa sobre la cama y abrió la puerta del ropero para comenzar a colocar todas las prendas. Tarareaba una canción cuando oyó un sonido en la planta de abajo que interrumpió su canturreo. Afinó el oído por si el ruido volvía a repetirse pero todo estaba en silencio, así que prosiguió amoldando el vestido rojo en la percha.

Pensaba estrenarlo en la fiesta posterior a la última representación, antes de que hicieran el merecido descanso vacacional para proseguir en septiembre.

El característico crujido que siempre emitía la madera del tercer escalón hizo que la percha estuviera a punto de caérsele al suelo. Soltó el vestido sobre la cama y dirigió una mirada de alerta hacia la puerta del dormitorio. El escalón no crujía a menos que alguien lo pisara.

—¿Hay alguien ahí?

No obtuvo respuesta. Un escalofrío le erizó el vello de la nuca al sentir que ascendían por las escaleras. Ya no se produjo ningún crujido, pero sí un leve siseo, como de roce de ropas. Se dirigió con cautela hacia la puerta y asomó la cabeza al corredor, donde las luces estaban encendidas.

En el último peldaño, vestido con fúnebres ropas negras que resaltaban tétricamente en el fulgor blanco de las paredes y del suelo de mármol, había un hombre con la máscara de la comedia cubriéndole la cara.

Karen agrandó los ojos. ¿Qué era aquello? ¿Una broma de mal gusto que quería gastarle alguno de sus compañeros?

—¿Quién eres? —La voz apenas le salió mientras el intruso se acercaba. Los halógenos del techo hicieron brillar la máscara de color bronce, arrancándole un matiz siniestro a la amplia sonrisa que a Karen nunca le había parecido espeluznante. Hasta ahora. En la mano derecha el hombre llevaba una herramienta que parecía unas tenazas—. Esto no tiene ninguna gracia.

No le contestó, pero siguió con su avance imparable. Los oscuros agujeros superiores de la careta hacían sombra sobre unos ojos de color indeterminado fijos en ella. Karen se mordió el labio inferior y aguardó nerviosa junto al marco de la puerta, con la estúpida esperanza de que se identificara.

No sucedió. No se trataba de ninguna broma macabra. ¡Aquel tipo tenía la intención de hacerle daño! Un gemido angustiado vibró a través de sus labios y los músculos volvieron a responderle. Se encerró en el interior del dormitorio cuando ya lo tenía casi encima y echó a correr hacia el teléfono inalámbrico de la mesilla de noche. Las manos le temblaban al pulsar los números de la policía pero entendió que algo iba mal porque no le llegó el tono de llamada.

El hombre de la máscara había cortado la línea telefónica. Un sólido golpe hizo que la puerta chocara contra el marco, y el estómago pareció descolgársele hasta alcanzarle los pies. Corrió hacia la silla que había junto a la ventana, lanzó al suelo el cojín que decoraba el respaldo y trató de encajarla bajo el pomo de la puerta.

—¿Quién diablos eres? ¡Qué quieres de mí!

Le sorprendió el sonido aterrado de su propia voz, así como el ritmo desbocado de su pulso que le martilleaba las sienes. Tras varios intentos infructuosos consiguió bloquear la puerta, al tiempo que un segundo golpe, mucho más violento que el primero, resquebrajó la madera más delgada que formaba el marco interior.

El intruso tenía mucha fuerza, era un hombre grande. En cuestión de segundos lograría derribar la puerta y cuando lo hiciera…

«Piensa, Karen, ¡piensa!».

La única vía de escape era la ventana. Estaba en un primer piso y la caída no sería muy dolorosa. Se apresuró y alzó la hoja inferior mientras la puerta restallaba a su espalda. El intruso, cuyas manos iban enguantadas en cuero negro, acababa de introducir el brazo a través del hueco astillado para retirar la silla que obstruía la entrada.

Karen sacó las piernas por la ventana, se sujetó al marco con ambas manos y asomó la cabeza a la fría noche para pedir auxilio a gritos. Fuera todo estaba muy oscuro y silencioso. El dormitorio principal daba a un patio exterior y a una zona de polígonos industriales que se extendía más allá. Ya era tarde y la mayoría de las fábricas habían cerrado, por lo que la posibilidad de que alguien la oyera era ínfima.

Deslizó los muslos enfundados en unos pantalones de algodón sobre el marco de madera, se encomendó a Dios como buena chica católica que era, y abrió los brazos para dejarse caer al vacío.

El intruso la agarró por el cuello del suéter y frenó de súbito su caída. Ella quedó colgando, con la lana ciñéndole dolorosamente la garganta. Pataleó, elevó los brazos para golpear la mano enguantada, pero sus esfuerzos fueron en vano. El hombre de la máscara dio un violento tirón hacia arriba y Karen se vio catapultada de regreso a la ventana. Después, todo sucedió muy rápido. Él la empujó violentamente contra la cama y Karen cayó de bruces junto al vestido rojo de fiesta.

—Si estás buscando dinero, yo… —Un sollozo seco y crispado le rompió la voz.

Él la hizo girar para hacerla quedar boca arriba y luego se subió a horcajadas sobre su cuerpo convulso, inmovilizándole las piernas. La máscara de la comedia se emborronó a través de las lágrimas que comenzaron a anegarle los ojos y Karen temió como a la misma muerte aquella inquietante sonrisa.

—Tengo dinero en la caja fuerte… —musitó—. Por favor… no me hagas daño.

Con la mano izquierda le aferró la mandíbula inferior y la obligó a que abriera la boca. El dolor no la paralizó tanto como la visión de las pequeñas tenacillas que dirigió hacia su cara.

—Te lo suplico —le imploró.

La manaza ejerció tanta presión que Karen tuvo la sensación de que le desencajaría la mandíbula. Las tenazas entraron en su boca. ¡Qué se proponía hacer aquel miserable! Sintió un pellizco de metal en la punta de la lengua y Karen arrastró las manos sobre la cama, tanteando la colcha suave en busca de algún objeto con el que defenderse. El pellizco se intensificó, la mano con olor a cuero tembló entre sus dientes y un dolor agudo e insoportable comenzó a propagarse por todas sus terminaciones nerviosas. Abrió los ojos desmesuradamente y gritó con todas sus fuerzas hasta quedarse afónica, chillidos espeluznantes que jamás habría reconocido como suyos. Hincó los talones en el colchón, los deslizó con desesperación y lanzó patadas al aire al tiempo que sentía el sabor de la sangre en la boca, deslizándose por su garganta y borboteando en sus lastimadas cuerdas vocales antes de que se quedara sin aliento.

¡Aquel animal le estaba arrancando un trozo de lengua!

La mano enguantada ejerció un último y decisivo apretón que se llevó un trozo de su cuerpo. Además de su conciencia.

# Capítulo 1

*Cinco meses después...*

La mañana era sombría y corría un viento helado que se filtraba a través de las ropas de abrigo. En la radio habían anunciado fuertes nevadas para la próxima semana, lo cual era un acontecimiento esperado, ya que era finales de noviembre y pronto sería Navidad.

Un golpe de viento agitó sus bufandas al girar en Columbia Heights hacia Promenade. Las aguas del río Este andaban un poco revueltas, de color gris acerado, y el perfil de Manhattan se veía envuelto en una neblina que todavía no se había retirado, aunque ya era bien entrada la mañana. Pese al viento y el frío, el paseo marítimo estaba concurrido por corredores, patinadores, ciclistas, gente que salía a pasear y trabajadores que disfrutaban de su hora de almuerzo, mientras contemplaban las fascinantes vistas de la ciudad.

Dylan Jansen no solía frecuentar Promenade a esas horas del día pero necesitaba refrescar las ideas; por eso, había invitado a Joel a tomar un café al tiempo que daban un paseo a la intemperie. Se acercó el envase de plástico a los labios y dio un sorbo antes de reanudar la escueta conversación que habían mantenido por teléfono hacía un par de horas.

—Entonces, ¿estás seguro de que hemos agotado todas las vías para que nos concedan una ampliación de los fondos? Porque si no contamos con ella, tendremos que rescindir unos cuantos contratos.

Joel Atkins puso una expresión de derrota que oscureció un poco más sus grandes ojos de color castaño.

—Nos la han denegado porque no hemos podido justificar las cifras orientativas que indicamos cuando presentamos la primera solicitud. Y en cuanto a los patrocinadores, he llamado a todas las puertas y no hay nadie interesado. No veo qué más podemos hacer.

—Joder, me parece increíble que el estado no apoye un poco más a las pequeñas compañías de teatro.

—No quieren arriesgarse a que la obra sea un fracaso. —Joel se subió las solapas del abrigo.

—Está claro que no hemos tenido un comienzo brillante, ¿pero quién lo tiene en los inicios? Estoy seguro de que remontaremos en el próximo trimestre.

—Eso espero. La función es buena y el equipo también, aunque no nos quede más remedio que prescindir de algunos.

La posición de Joel era menos comprometida que la de Dylan, ya que su implicación en la obra era menor. Joel era el productor, había invertido dinero en ella, pero *Runaway* solo era un proyecto más de los muchos en los que estaba involucrado. Por el contrario, como fundador de la compañía, director y máximo responsable, todos los esfuerzos de Dylan estaban encaminados a que la obra funcionara. En la actualidad, era su única fuente de ingresos. Hacía un año había dejado su puesto de regidor de escena en el musical *Cats* tras ocho años de arduo y satisfactorio trabajo. Sentía que ya había aprendido todos los entresijos de su profesión, y que estaba preparado para fundar su propia compañía y asumir un rol mucho más importante. Ahora había gente dependiendo de él, gente que confiaba en su saber hacer, y las noticias de Joel sentaban como un jarro de agua fría.

—Tenemos que estudiarlo detenidamente antes de tomar decisiones drásticas —convino Dylan.

Se acercaron a la barandilla del paseo, donde el viento soplaba con mayor fuerza y hacía que las embarcaciones que surcaban la bahía se mecieran agitadamente sobre sus plomizas aguas. La corriente de aire helado fue la que trajo a sus oídos una melódica voz femenina acompañada de las notas que emitían las cuerdas de una guitarra acústica. Dylan se percató de que provenía del final del paseo, desde algún punto de las zonas verdes que se extendían bajo el puente de Brooklyn.

Reanudaron el paseo en aquella dirección. Joel comenzó a hablar sobre los papeles que tenía en casa con los cálculos que había realizado para cuadrar las cuentas, pero Dylan no le prestó atención. Estaba ocupado en localizar con la mirada a la dueña de esa voz tan cautivadora. Pensó que se trataría de algún grupo de músicos ambulantes, uno de los muchos que poblaban las calles de Nueva York; pero, al llegar al inicio de la zona ajardinada, descubrió que tras la muralla de gente que se agolpaba formando un semicírculo, solo había una mujer con una guitarra acústica.

—¿Me estás escuchando? ¿Qué es lo que miras con tanto interés?

Él la señaló con un movimiento de cabeza.

—¿No te parece que canta muy bien?

—¿Quién? —Joel miró en esa dirección—. ¿Esa chica de ahí?

—No hay nadie más cantando en los alrededores.

Joel le dedicó unos segundos de escucha antes de decir:

—No está mal.

—¿Que no está mal? Deberías hacer una visita al otorrino.

Dylan apuró el café, depositó el envase en el interior de una papelera y se aproximó para ver más de cerca el espectáculo. Su calidad vocal así como su actitud desenvuelta lo dejó impresionado. Tenía un timbre limpio y poderoso, que a veces se rasgaba para romper momentáneamente con la dulce resonancia de su voz. Interpretaba la que parecía ser una canción de su propia cosecha —él, al menos, no la conocía—, un tema con raíces folk y con una letra muy íntima. Hablaba de una chica que soñaba con escapar del lugar donde vivía para encontrar otro mejor.

Su calidad musical iba en consonancia con su aspecto físico. Le llamaron la atención sus grandes ojos de color castaño que remataban unas facciones elegantes y delicadas. Las ropas que vestía —vaqueros ajustados, botas altas y una chaqueta de cuero cerrada hasta el cuello— hacían destacar lo esbelta que era. Durante un breve instante, sus ojos oscuros enfocaron en él la misma mirada agradecida con la que observaba al resto del público congregado, mientras su mano derecha arrancaba a la guitarra las últimas notas de la canción.

Joel le dio un codazo para sugerirle que se pusieran en movimiento, pero Dylan le dijo que cerrara el pico. Quería esperar a que terminara la actuación. Cuando concluyó, la joven esbozó una sonrisa brillante y se inclinó con gesto reverencial para mostrar al público su agradecimiento. Bajo el sonido de los aplausos se oyeron un par de ladridos. Dylan se fijó en el chihuahua que había sobre el banco, a espaldas de la chica. Un canasto de color rojo con un estampado de huellas perrunas cobijaba al diminuto canino, que asomaba la cabeza bajo la manta que lo cubría. Parecía un vigilante a punto de saltar sobre cualquiera al que se le ocurriera largarse de allí sin premiar a su dueña.

La gente comenzó a depositar las propinas sobre la funda de la guitarra abierta y Dylan sacó de su cartera un billete de veinte dólares.

—¿Es que te has vuelto loco? —masculló Joel.

Lo ignoró. Si no fuera por su trabajo, pensaría que su cuñado carecía de sensibilidad artística.

Dylan depositó el billete en el interior de la funda, en la que había una pegatina adherida en el fondo que anunciaba un lugar llamado Trophy Bar.

—Gracias, eres… muy generoso —le dijo ella, sorprendida por la cantidad.

—Me ha encantado tu actuación. Tocas bien y cantas todavía mejor.

La miró de frente y apreció que su halago le gustó, aunque también la azoró.

—Gracias otra vez. —Sonrió.

Ella desvió la mirada hacia el resto de las personas que también la felicitaban, y Dylan regresó junto a Joel para no entorpecer el tránsito.

—Me pregunto qué diría Chelsea si te hubiera visto mirar a esa chica con cara de querer llevártela a la cama —comentó su cuñado, nada más retomar el paseo—. Se llama Chelsea, ¿verdad?

—Eres tan cutre que sigo sin entender qué demonios fue lo que Carly vio en ti. Sí, se llama Chelsea.

Joel rio entre dientes.

—Eso ya pasó a la historia, estoy muy enamorado de mi esposa —aseguró—. A propósito, ¿vendréis a cenar a casa en Nochebuena? Sería una buena ocasión para volver a verla y conocerla un poco mejor. Son palabras textuales de Carly, a ella le gustó cuando nos cruzamos con vosotros de casualidad en el centro comercial. Y a mi también.

—Iré yo solo. Ya no estamos saliendo juntos.

Su cuñado lo miró sin mostrar excesiva sorpresa.

—¿Desde cuándo?

—Desde hace algo más de dos semanas.

—Vaya, me había apostado cincuenta dólares con Carly a que lo vuestro podía funcionar. Se os veía bien.

—¿Habéis hecho apuestas?

—Está claro que tu hermana te conoce mejor que yo —admitió, a la vez que descubría que el semblante de Dylan se volvía impasible al hablar de ese tema—. ¿Qué tenía la chica de malo?

Era una pregunta retórica porque Joel ya conocía la respuesta. El fantasma de Lizzie proyectaba una sombra demasiado alargada sobre Dylan.

—Quería dar un paso más en la relación. Mis sentimientos no iban a avanzar, así que era mejor que cada uno continuara por su lado.

Había salido con algunas mujeres en los últimos meses, pero no se había implicado emocionalmente con ninguna porque a todas las encontraba vacías y superficiales. Quizás estaba siendo demasiado exigente. A veces tenía la impresión de que no podría rehacer su vida a menos que consiguiera cerrar el capítulo de su historia de amor con Lizzie, si es que alguna vez se daban las circunstancias necesarias para poder hacerlo. Mientras tanto, no podía ofrecer otra cosa de sí mismo más que un poco de conversación interesante y buen sexo.

Cambió de tercio.

—Por cierto, ¿cómo están Carly y los niños?

—La medicación ha hecho su efecto y ya tienen mejor aspecto. —Samantha y Alex habían pillado la gripe en el colegio y se la habían contagiado a su madre—. No me extrañaría nada estar incubándola, los mocosos no tienen ningún cuidado a la hora de esparcir los virus por toda la casa.

Dylan sonrió.

—Iré a verles dentro de un par de días.

Cuando llegaron al final del paseo, regresaron sobre sus pasos y volvieron a enfrascarse en conversaciones de negocios. Joel hizo un breve avance del plan que había confeccionado para recortar gastos y lo expuso con brevedad. En él hacía una primera estimación del personal del que se verían obligados a prescindir, y también había hecho cálculos del dinero que iban a ahorrarse en el alquiler del nuevo local. En Carroll Gardens, Joel tenía a un conocido que estaba dispuesto a alquilárselo por la mitad del precio que pagaban por el que habían utilizado en los primeros ensayos. Era más pequeño que el anterior, pero con las bajas que lamentablemente iban a producirse, tampoco necesitaban tanto espacio como antes.

Quedaron en estudiarlo en común por la tarde, con los papeles y las cifras encima de la mesa.

Arlene Sanders se estaba agobiando con la hoja de cálculo que tenía abierta en su ordenador portátil. En dos columnas bien diferenciadas había reflejado los gastos y los ingresos y las cuentas no cuadraban. ¡La cifra resultante de la primera era algo más alta que la cifra de la segunda! Apoyó los codos sobre la mesa y se cubrió la cara con las palmas de las manos. Un suspiro de desaliento le calentó la piel fría de las muñecas. Hacía unos días que había renunciado a encender la calefacción hasta que llegaba la noche. La programaba para que funcionara un par de horas y listo. Aunque pasara frío por el día, al menos por la noche le gustaba dormir caliente.

Recogió todas las facturas desparramadas sobre la mesa y empezó de nuevo, por si había cometido algún error. Pero al cabo de varios minutos los resultados eran exactamente los mismos.

Cuando se hizo la hora, apagó el ordenador y se dirigió al dormitorio para cambiarse de ropa. Se puso algo cómodo, unos vaqueros y un suéter de lana, y descolgó de la percha el abrigo que más la protegía del frío. Ya había anochecido, y, por el modo en que el viento rugía en el exterior, prometía ser una noche muy fría.

*Sadie* dormitaba en su canasto, a los pies del televisor, y Arlene se despidió de ella dándole un beso entre las orejas.

—Pórtate bien, mi niña, enseguida estoy en casa.

Se sentó tras el volante de su viejo Chevy y condujo por Carroll Gardens hacia la Quinta Avenida de Sunset Park, donde se encontraba el bar de Freddy. Había respondido al anuncio que el dueño había publicado en el *Brooklyn Daily Eagle* hacía un par de días, en el que informaba de la necesidad de contratar a una cantante femenina para la noche de los lunes y los miércoles. Arlene llamó por teléfono nada más leerlo en el periódico, y él la citó para una entrevista de trabajo.

La primera impresión fue grata. Era un bar desenfadado, de los típicos en los que se reunían los colegas para tomar unas cervezas en un ambiente distendido. Pero no era tan cutre como el Trophy Bar. Al no tratarse de un local sofisticado, como la mayoría de los que poblaban los distritos más céntricos de Brooklyn o Manhattan, quizás los tentáculos de Peter no llegarían hasta allí.

El dueño del bar, un hombre de unos cincuenta años, con grandes entradas en el cabello y unos músculos muy desarrollados, la condujo hacia un pequeño despacho que había junto a los lavabos. Los papeles se amontonaban sobre una mesa de escritorio con los cantos muy deteriorados y la madera desprendida. También había un ordenador obsoleto y un armario archivador con las puertas desencajadas.

Arlene tomó asiento al otro lado de la mesa y el hombre, que se había presentado como Bobby Madsen cuando la recibió en la puerta del bar, apoyó los antebrazos en el escritorio y cruzó los dedos tras hacer hueco en su atiborrada superficie.

Su mirada de disculpa habló por sí sola antes de que abriera la boca.

—Señorita Sanders, no sabe cuánto lamento haberla hecho venir hasta aquí para decirle que no va a realizar la prueba vocal de la que le hablé. Me habría gustado telefonearla para ahorrarle el viaje pero no encontraba su número.

El ceño de Arlene se tensó.

—¿Y por qué razón?

—Bueno, cuando me dio su nombre hice una pequeña búsqueda por Internet y encontré información sobre sus anteriores empleos. Realicé una llamada para solicitar referencias y… —Bobby se recostó sobre el respaldo de la silla y puso una mueca cercana al desagrado—. Digamos que no fueron positivas.

A Arlene se le desplomaron los hombros. Había trabajado en clubes muy importantes antes de que Peter se encargara de machacar su carrera artística y toda esa información podía encontrarse fácilmente en Internet. Había empresarios que no se preocupaban de pedir referencias pero otros sí que lo hacían, por muy pequeños que fueran los negocios que regentaban.

Como en ocasiones anteriores, Bobby no quiso revelar su fuente ni el contenido de esas referencias, pero Arlene sabía que se trataba de Peter y de las mentiras que inventaba para que ningún empresario del sector le ofreciera un empleo. Habría sido inútil convencerlos de lo contrario. Ella era una simple cantante mientras que él era un magnate muy conocido en el sector, que presidía más de una veintena de clubes nocturnos y salas de fiesta en Brooklyn y Manhattan.

La palabra de Peter tenía mucha más fuerza que la suya.

Arlene se levantó de la silla. Sentía crecer la rabia en su interior y si se quedaba allí un minuto más, temía no ser capaz de contenerla. No quería dar un espectáculo delante de ese hombre que, al fin y al cabo, no tenía la culpa. Suspiró hondo para dominarse. Las manos le temblaban mientras se volvía a poner el abrigo. Bobby Madsen la observaba con las cejas arqueadas, sorprendido de que aceptara su decisión sin más.

—¿Se encuentra bien?

—Sí —contestó con resignación, al tiempo que se abrochaba los botones con cierta torpeza—. Aunque ha de saber que todo lo que Peter Covert le haya podido decir sobre mí es falso. Ese señor al que tanto respetan es un mentiroso que se ha propuesto hundirme profesionalmente. ¿Y sabe por qué? Porque no soporta que nadie escape a su control, en especial si es mujer. —Dicho esto, se colgó el bolso en bandolera y abandonó el despacho dando un sonoro portazo.

No la había creído pero le daba igual. Peter le estaba arrebatando muchas cosas, pero no estaba dispuesta a que también le quitara la dignidad.

Se subió al coche. Una densa neblina nocturna difuminaba la luz de las farolas. Las de los semáforos y los faros de los vehículos también estaban emborronadas, aunque pronto se dio cuenta de que eran las lágrimas que inundaban sus ojos las que no la dejaban enfocar. Se las retiró con rabia y apretó el volante para descargar la ira que poco a poco se iba adueñando de cada rincón de su alma. Contuvo la imperiosa necesidad de ponerse a gritar.

Tomó la avenida Hamilton y condujo todo recto hacia Promenade, saltándose el desvío que la llevaba de regreso a casa. El tráfico era escaso y se plantó en el paseo marítimo en apenas diez minutos.

Abandonó el coche sin molestarse en aparcarlo adecuadamente y cruzó casi al galope los pocos metros que la separaban de la barandilla. Llegó jadeante aunque no por el esfuerzo de la carrera, sino por la desesperación que le robaba el aliento y le agitaba la respiración. Colocó las manos en torno al frío metal y trató de tranquilizarse mientras el viento la golpeaba desde atrás y lanzaba su cabello hacia delante. Al fondo, Manhattan era un conglomerado de millares de lucecitas suspendidas sobre un fondo negro que la niebla engullía, al igual que a ella la devoraba la más absoluta impotencia.

Sollozó, se sentía rendida y sin atisbos de salir del hoyo que Peter había cavado para ella. Era una mujer luchadora, que se había hecho a sí misma, pero aquella situación que había comenzado hacía casi un año, la estaba superando a todos los niveles.

Se enjugó las lágrimas pero enseguida aparecieron otras que volvieron a empaparle las mejillas.

—¡Maldito seas!

Enterró la cara entre las palmas de las manos y amortiguó el sonido de los sollozos. Aunque el paseo estaba desierto a esas horas de la noche, no quería correr el riesgo de que alguien pudiera oírla. Había reprimido las lágrimas durante tanto tiempo que ahora no había manera de detenerlas.

Permaneció allí de pie frente a las oscuras aguas del río Este, hasta que se le atemperaron los nervios. Ya más serena, se metió bajo la bufanda los mechones de pelo que el viento azotaba, se secó los ojos y las mejillas con un pañuelo de papel que sacó del bolsillo y se sonó la nariz. Aunque se había quedado congelada, el llanto le sentó bien. El dolor de las puñaladas de Peter era agudo, pero volvió a sentirse fuerte.

Nada más llegar a casa encendió la calefacción. Luego se quitó el abrigo y acudió a la cocina para prepararse un sándwich con lo primero que encontrara en la nevera. No tenía mucho apetito. Solo añadió un par de lonchas de queso a las rebanadas de pan integral. *Sadie* la persiguió hasta allí y luego se sentó sobre las patas traseras frente a su cuenco de color rojo, a la espera de que su dueña se lo llenara con su segunda ración diaria.

—¿Tienes hambre, preciosa?

Con una sucesión de enérgicos ladridos dio a entender que estaba famélica. Arlene sonrió mientras tomaba de la alacena la comida de *Sadie*. Su fiel compañera y ella cada vez se entendían mejor. Era una perrita lista y muy despierta, solo tenía cuatro meses pero ya entendía muchas de las cosas que Arlene se esforzaba en enseñarle. Llenó el bol y la acarició entre las orejas. *Sadie* emitió un gruñido de protesta. No le gustaba que la molestaran mientras comía.

Arlene depositó su sándwich en una bandeja junto a un vaso de agua y se dirigió al salón, donde la pantalla del ordenador portátil continuaba reflejando su colorido archivo de ingresos y gastos. Como no era capaz de comer ante aquellas cifras centelleantes, dejó la bandeja a un lado de la mesa y cerró el programa de cálculo. Consultó el móvil por si tenía alguna llamada perdida, ya que lo había puesto en modo silencio antes de entrar en el bar de Freddy. El número de su madre aparecía en la pantalla, seguramente la había llamado para interesarse por su entrevista de trabajo, pero esa noche no tenía ganas de hablar con nadie, ni siquiera con ella.

Suspiró y se dejó caer sobre el sofá, arrastrando la bandeja consigo. *Sadie* regresó de la cocina relamiéndose el hocico y se metió en su canasto. Allí se entretuvo mordisqueando un hueso de plástico que le había regalado el veterinario en su última visita.

Aunque había apagado el ordenador, su cabeza no fue capaz de desenchufarse mientras cenaba. Continuó dándole vueltas a su preocupante situación monetaria. El salario que hasta hacía poco tiempo percibía por cantar en el Trophy Bar no le permitía darse grandes caprichos, pero al menos había sido suficiente para pagar todas sus deudas.

En la actualidad, ya no lo era.

Con el inesperado fallecimiento del dueño, un señor estupendo que siempre la trató de maravilla, el incompetente de su hijo, Gary Smith, se había hecho cargo del negocio y las condiciones laborales habían cambiado. La primera medida que tomó fue contratar a su nueva novia para que cantara dos noches por semana, con la consiguiente reducción de jornada de Arlene y de su salario. Y así, había pasado de cantar cinco noches a cantar solo tres.

Bajó el insípido bocado con un trago de agua y recordó la primera vez que escuchó cantar a Cindy. No pudo evitar arrugar la nariz.

Cindy Fellows tenía voz de «ratita chillona», calificativo que Arlene había escuchado de labios de la propia clientela que acudía cada noche al bar. Pero también tenía «una buena delantera» que exhibía para distraer a los hombres, así que su falta de talento era compensada por su exuberante anatomía. La esperanza de que el fichaje de Cindy fuera un fracaso, se desvaneció muy rápido, pues los hombres habían continuado acudiendo aunque solo fuera para contemplar sus provocativos escotes.

Por lo tanto, a raíz de las decisiones tomadas por Gary Smith, a Arlene no le quedó más remedio que replantearse una vez más su futuro. ¿Pero cómo iba a hacer tal cosa si Peter Covert siempre andaba al acecho, logrando que todos los clubes decentes le cerraran las puertas? Ni siquiera podía encontrar otro empleo en un antro similar al Trophy Bar, la mayoría de ellos no contrataban a cantantes.

Observó la guitarra, que había dejado sobre el sofá cuando regresó de Promenade al mediodía, y pensó en lo bochornoso que estaba siendo plantarse en el paseo marítimo para cantar sus canciones frente a los transeúntes. En el pasado, cuando finalizó los estudios de secundaria y se convirtió en música ambulante, fue una experiencia excitante. Ahora, con veintisiete años, ya no se lo parecía tanto. Lo hizo a diario durante las dos últimas semanas, como medida desesperada para salir del paso aunque, desde luego, ni siquiera estaba siendo una solución temporal a sus problemas económicos. En un día fecundo podía hacerse con diez dólares de propinas, pero esa no era la tónica habitual. Lo normal era que no lograra reunir ni tres dólares.

Dirigió la mirada hacia el plato de cerámica que decoraba la mesa, donde había depositado las propinas recolectadas ese día. Un billete de veinte dólares sobresalía entre las monedas, haciéndole recordar el agradable halago que le había dedicado el atractivo hombre de ojos azules.

«Me ha encantado tu actuación».

Estaba acostumbrada a que la felicitaran, pero no con la intensidad con la que habían sonado las palabras de ese desconocido.

*Sadie* se removió en el canasto para cambiar de postura. Estaba a punto de acomodarse para dormir, aunque antes levantó la cabecita y se la quedó mirando con sus vivarachos ojos castaños.

—Me temo que no nos queda más remedio que buscar un empleo diferente. No podemos vivir de las rentas y está claro que no vamos a ganarnos la vida cantando en la calle.

*Sadie* emitió un suave gemido y colocó la cabeza entre las patas delanteras. Enseguida se quedó dormida.

# Capítulo 2

Cuando hacía ya más de veinte minutos que estaba detenido en el mayor atasco de la historia de Brooklyn, un policía uniformado empezó a hacer señales a la descomunal hilera de coches para que tomaran el desvío que acababan de habilitar hacia la derecha.

—¡Joder, ya era hora! —exclamó, con los nervios afilados como cuchillos.

En una de las múltiples ocasiones en las que salió del coche para ver qué demonios sucedía más adelante, un hombre que paseaba por la calle en dirección contraria, le estuvo informando sobre el siniestro. Por lo visto, una cañería subterránea había reventado unas cuantas calles más abajo, y la calzada se estaba inundando porque las alcantarillas no tragaban bien.

Encendió el motor y se puso en marcha. Los coches que tenía por delante avanzaban tan despacio que tardó diez minutos en llegar a la bocacalle que habían señalizado con las correspondientes vallas y balizas.

Una vez allí el tráfico se aligeró y Dylan buscó una nueva ruta que le llevara de vuelta a casa. No conocía muy bien el distrito de Williamsburgh, donde vivían Carly, Joel y los niños, ya que siempre que los visitaba utilizaba la avenida Union.

Con el estado de ánimo más calmado el buen humor fue regresando poco a poco, sobre todo cuando le llegó a la nariz una vaharada dulzona a *twinkies*. Había acudido a casa de su hermana con un paquete de esos pastelitos, que eran los preferidos de sus sobrinos y, tras obtener el beneplácito de Carly, Samantha y Alex se lo habían arrancado de las manos. Eso sí, solo les dejó comer uno a cada uno porque la cena no tardaría en servirse.

Los niños ya se habían recuperado de la gripe y mostraban su comportamiento habitual. A su hermana le estaba costando un poco más reponerse. Dylan la ayudó en la cocina, ya que Joel estaba cerrando un trato de negocios y tardaría un poco más en llegar a casa. Le encantaban esos momentos familiares, así como el olor que siempre flotaba en el hogar de su hermana: a ceras escolares, a galletas de chocolate, a suavizante para la ropa y a los ricos guisos que tanto le gustaba preparar. Adoraba a Carly y a los niños. Siempre que estaba con ellos le llenaban el corazón de una sensación muy cálida y hacían que la vida pareciese mucho más sencilla de lo que era. Después, cuando se marchaba a su propia casa, todo volvía a su ser.

El olor a *twinkies* le hizo sonreír mientras dejaba atrás el edificio de una escuela. Le habían llenado el suéter de migajas, sobre todo la pequeña Samantha, que solo tenía tres años. Cada vez que iba a su casa, la niña abría desmesuradamente sus enormes ojos azules y luego echaba a correr para que Dylan la alzara en brazos.

Carly solía decirle que Samantha sentía debilidad por él. Siempre estaba preguntando que cuándo su «*tito Ylan*» les haría una visita.

En la fachada del edificio de su izquierda, un letrero de neón rojo con la forma de una copa refulgía en la noche. Unas letras del mismo color anunciaban un lugar llamado Trophy Bar. Dylan se detuvo ante un semáforo y observó el rótulo mientras trataba de recordar de qué le sonaba ese nombre. No lo había visto antes porque nunca tomaba esa ruta, pero la sensación de conocerlo era persistente. Hasta que… Una pegatina. En el interior de la funda de una guitarra.

Cuya dueña era la chica que había visto cantar hacía dos días en Promenade.

Se dejó guiar por un impulso y salió de la calzada. Encontró aparcamiento en un hueco libre que había frente al edificio. No sabía por qué estaba haciendo aquello pero seguro que le encontraría sentido una vez estuviera dentro. Se apeó del coche, se colocó el abrigo y traspasó las puertas del bar.

El interior estaba oscuro, apenas si podía ver el mobiliario y la barra, pero las luces doradas del escenario del fondo le permitieron moverse por el local sin tropezar con las sillas y las mesas que estaban ocupadas por la nutrida clientela. Ella estaba allí arriba, arrancando a su guitarra las notas de *Ironic*, una canción de Alanis Morissette. No estaba sola; en la parte de atrás se veían los músicos que la acompañaban. La acústica del local no era excesivamente buena, pero tanto la música como la voz de la chica de Promenade sonaban de maravilla.

Dylan encontró un lugar en el que sentarse y pronto vino a su encuentro una camarera a la que le pidió una cerveza.

Apoyó los brazos sobre la mesa y se quedó absorto en la actuación, como ya le había ocurrido la vez anterior. Aquella chica tenía mucha fuerza en las cuerdas vocales y una gran presencia en el escenario, y no solo porque el vestido de color plateado hiciera destacar su feminidad, sino porque sentía la letra de la canción y la interpretaba directamente desde el corazón. Por lo poco que sabía de ella, estaba claro que no era una estrella de la música, pero se comportaba como tal, y esa seguridad en sí misma le volvió a embelesar como la primera vez. Hasta el punto de que ni siquiera se dio cuenta de que la camarera regresaba con la cerveza.

Dylan aplaudió con ímpetu cuando finalizó la canción, al igual que lo hizo el resto de la gente. Ella sonrió agradecida e inclinó la cabeza varias veces, al tiempo que se encendían unas lucecitas danzarinas sobre el público. Se había sentado al final pero notó que su mirada se detuvo en él algunos segundos más de lo normal. Tal vez lo había reconocido.

Las tenues luces púrpura que iluminaban al público quedaron fijas, y la dorada del escenario fue reemplazada por otra de color azul que la iluminó a ella, quedando el resto del escenario en penumbra.

Las notas de un piano introdujeron una balada de Shania Twain, *You're still the one*, y cuando ella acercó los labios al micrófono para dejar escapar la sugerente melodía que encerraban, la sensualidad de su voz le erizó el vello de la nuca. El ambiente se fue cargando de magia y se sintió como si hubiera tejido sobre él alguna especie de hechizo. Se olvidó de parpadear. Tenía una treintena de miradas clavadas en ella pero solía mirar al vacío. No obstante, Dylan notó que en más de una ocasión sus ojos se posaron en él.

Antes de que quisiera darse cuenta, la actuación finalizó, la joven se despidió arropada por los fuertes aplausos del público, y luego desapareció tras la puerta que había al bajar del escenario. Unas potentes luces ocres sustituyeron a las anteriores y Dylan comprobó que aquel era el típico antro masculino sucio y destartalado que expelía una incómoda mezcla de olores. El bullicio y las voces se elevaron y la suela de las botas se adhirió al suelo pegajoso mientras acudía a la concurrida barra.

—Perdona —le preguntó a un camarero que pasó por delante—. ¿Podrías decirme si el dueño del local se encuentra por aquí?

El joven lo señaló con la cabeza a la vez que tomaba una botella que contenía un líquido de color azul.

—Es aquel tío. El de las mechas rubias y la camisa negra.

—Gracias.

Dylan se acercó.

—Perdone, ¿tiene un momento? —Alargó el brazo para estrechar la mano del dueño—. Me llamo Dylan Jansen, he estado viendo la actuación de la cantante y me gustaría poder charlar un momento con ella, ¿es posible?

—Gary Smith. —Correspondió al saludo—. Me temo que no. Arlene es una chica muy profesional y no le gusta nada que los clientes intenten ligar con ella.

—No intento ligar con ella.

Gary lo observó de arriba abajo mientras esbozaba una mueca socarrona.

—Seguro que no.

—Hablo en serio.

La sonrisa socarrona permaneció, incluso se expandió. Parecía estar diciéndole: «No hace falta que te andes con rodeos».

Había algo en aquel tipo que resultaba bastante desagradable. Dylan no sabía si eran esas mechas espantosas que le aclaraban el pelo, que mascara chicle con la boca abierta o que tuviera aspecto de matón de barrio. No entró en detalles con él. Los asuntos que deseaba tratar con ella no eran de su incumbencia. Dada la persistencia con que Dylan lo miraba, Gary Smith no añadió nada más. Se encogió de hombros y luego se alejó hacia la salida del personal.

Arlene se estaba cambiando de ropa en la minúscula sala

que habían destinado a camerino, cuando el dueño aporreó la puerta con los nudillos.

—Arlene, hay un tipo ahí fuera que quiere charlar contigo.

A ella se le paralizaron los dedos sobre el botón de los vaqueros.

—¿Te ha dicho para qué?

—No se lo he preguntado. Aunque me ha asegurado que no intenta ligar contigo.

—¿Ha hecho ese comentario? —Enarcó las cejas.

—Después de que yo le advirtiera de que eres un hueso duro de roer. —Soltó una carcajada—. No lo había visto antes por aquí.

Arlene resopló, Gary era un auténtico bocazas que jamás dedicaba ni una milésima de segundo a procesar sus pensamientos, todo lo que le pasaba por la cabeza lo soltaba por la boca, sin filtros. No podía ser más distinto a su padre, que siempre condujo el negocio con gran diplomacia.

La agobiaba que hubiera tipos que acudían al bar para ligar con ella, por eso hacía mucho tiempo que no picaba el anzuelo. Gary ya sabía lo que tenía que decirles cuando preguntaban por ella: «Arlene Sanders solo viene a Trophy Bar para amenizarles con su actuación». Esperaba no resultar demasiado pretenciosa. Seguramente, si trabajara en una oficina frente a un ordenador, a ningún tío se le ocurriría tirarle los trastos.

Además, ella no estaba interesada en tener una relación amorosa. Ni tampoco sexual. Todo lo que necesitaba de un hombre se lo suministraba el aparato que guardaba en el cajón de la ropa interior.

Sabía de quién se trataba. Hacía unos minutos lo había descubierto sentado al fondo del local y enseguida estableció la relación. Era el mismo hombre que había dejado los veinte dólares en la funda de su guitarra y, desde luego, no estaba allí por casualidad.

—Dile que ya me he marchado —le comunicó a Gary.

—¿Seguro? Es el típico guaperas que os gusta a las mujeres exigentes como tú.

—Segurísimo. —Se reafirmó, con aspereza en la voz. La irritaban las constantes ironías de Gary.

Cuando lo oyó marcharse, Arlene terminó de vestirse apresuradamente. Luego recuperó el abrigo, se colgó el bolso en el hombro y cargó con la guitarra a la espalda. Al abandonar el camerino, se dirigió hacia la salida de emergencias y empujó la puerta que conducía al callejón.

Fuera todo estaba muy oscuro, el viento gélido silbaba por encima de su cabeza y el asfalto estaba resbaladizo por la incipiente niebla que ya comenzaba a descender. Solo tomaba esa salida cuando quería librarse de algún pesado, pues jamás caminaría de noche por un lugar tan sombrío y solitario por iniciativa propia. Los contenedores de basura se apilaban contra las paredes formando rincones que escapaban a la vista. Una vez más, tuvo la sensación de que alguien o algo saldría de allí para darle un buen susto.

La silueta de un hombre apareció al final del callejón y Arlene cerró los dedos alrededor de la correa del bolso. Esperaba que solo se tratara de alguien que estaba dando un paseo, pero quienquiera que fuese se quedó allí plantado, observándola mientras ella se acercaba. Contuvo el aliento y frenó el ritmo, al tiempo que sopesaba la idea de retroceder y regresar al bar. Dio algunos pasos más, vacilantes e inseguros, hasta que la luz de la farola más cercana le permitió distinguir sus rasgos. La curiosidad la impelió a recorrer el resto del callejón.

Él se hizo a un lado. Esgrimía una expresión amable. Arlene se sintió como una delincuente a la que acabaran de atrapar intentando escabullirse por la puerta trasera.

—Siento abordarte así en medio de la noche, pero no podía permitir que te escaparas. —Extendió la mano y ella correspondió al saludo tras un efímero titubeo—. Dylan Jansen, ¿hay algún lugar por aquí en el que podamos charlar unos minutos? No te robaré mucho tiempo.

—¿De qué se trata? —La luz ámbar de la farola se derramaba sobre su bonita cara, revelando su seriedad y su cautela.

—De un asunto profesional, pero prefiero explicártelo en otra parte.

«¿Un asunto profesional?». Tal y como le iban las cosas en ese terreno, no tenía muchas expectativas de que aquel tipo fuera a proponerle algo que mereciera la pena acompañarle a ningún sitio. Además, era un completo desconocido que dejaba propinas de veinte dólares y que la había abordado en un callejón a las once de la noche. La prudencia le decía que se desembarazara de él cuanto antes.

—La verdad es que tengo algo de prisa. Si quieres puedes comentarme lo que sea de camino a mi coche. —Lo invitó, solo porque su Chevy estaba aparcado frente a la puerta del Trophy Bar, a menos de diez metros.

—Te prometo que seré breve, te lo resumiré en cinco minutos. —Señaló con la cabeza una cafetería que permanecía abierta al otro lado de la calzada—. Todavía hay gente caminando, coches circulando y la cafetería estará llena. No se me ocurriría hacerte nada malo con tantos testigos por todas partes.

Arlene intentó no sonreír, pero no llegó a tiempo de evitarlo y las comisuras de sus labios se arquearon con sutileza. No esperaba que su desconfianza fuera tan palpable.

—De acuerdo. Cinco minutos.

No se dio cuenta de que él seguía sosteniéndole la mano hasta que la apartó y volvió a sentir que el viento le enfriaba la piel que él había calentado.

—¿Quieres que te ayude con eso? —Señaló la guitarra y Arlene negó.

—Estoy acostumbrada a cargar con ella.

Cruzaron la calle hacia la cafetería contigua a un salón de belleza. Ella se subió la bufanda para cubrirse la barbilla, encogió los hombros para protegerse del viento y enterró las manos en los bolsillos del abrigo. Él no parecía tener frío, ya que sus manos estaban calientes y caminaba erguido. Con los zapatos de tacón ella superaba el metro setenta de estatura pero se sintió bajita a su lado. Él debía de alcanzar el metro noventa.

—La canción que cantabas el otro día en Promenade, ¿era tuya? —le preguntó Dylan.

—¿*Windblown*? —Él asintió—. Sí, compongo mis propias canciones aunque, por exigencias del dueño, en el pub siempre canto versiones de temas conocidos.

—Pues tienes un gran talento como compositora.

—Gracias.

Él abrió la puerta del local y la sostuvo para que ella entrara primero. El olor a café y a bollería le recordó a Arlene que no había probado bocado desde el mediodía, pero no habría podido comer nada en ese momento. Se sentía inquieta y quería marcharse a casa cuanto antes.

El local lucía despejado, solo tres mesas estaban ocupadas. Arlene echó de menos una iluminación más potente, pues la que proyectaban las pequeñas lámparas de aluminio atornilladas a la pared recreaban un ambiente demasiado nocturno. Escogieron la mesa que estaba más alejada de la puerta de entrada.

—Por cierto, no me has dicho cómo te llamas.

—Arlene. Arlene Sanders.

—Encantado, Arlene.

Ella correspondió, inclinando levemente la cabeza.

Se quitaron los abrigos. La atmósfera estaba caldeada aunque se notaba que la calefacción ya no estaba encendida. Por lo que Arlene había podido comprobar algunas noches en las que salía más tarde del trabajo, el dueño nunca cerraba después de las doce.

—¿Qué te apetece tomar? —le preguntó él.

—Una infusión. No puedo beber café a estas horas a menos que quiera pasarme toda la noche dando vueltas en la cama.

Dylan se giró hacia el camarero y le pidió que les sirviera una infusión y un café con leche.

—¿Te apetece algo sólido para acompañarla?

Sí que le apetecía, pero hizo un gesto de negación con la cabeza.

—Bueno, ¿y cuál es ese asunto profesional del que quieres hablarme?

Dylan apoyó los antebrazos sobre la mesa y fue al grano.

—Soy director de teatro, de obras musicales. Hace un año fundé mi propia compañía y estamos representando en varios teatros de Nueva York una obra escrita por un amigo mío. —Notó que la atención de Arlene se desplegaba aunque continuó mostrándose prudente—. Me gustaría hacerte una prueba para uno de los papeles.

—¿A mí? —Abrió mucho los ojos.

—Sí, a ti.

—Pero yo… —Un camarero fornido con un brazo repleto de tatuajes, depositó las tazas humeantes sobre la mesa. Arlene se mantuvo callada hasta que se alejó—. Yo no soy actriz.

—No es necesario. Te he visto actuar y transmites muchas emociones con esa voz tan increíble que tienes. Lo que el público quiere ver de la persona que está encima del escenario es precisamente eso.

El ego de Arlene se hinchó como un globo y un remolino de mariposas revoloteó en su estómago.

—La verdad es que... —Esbozó una sonrisa nerviosa—. Te agradezco tu opinión pero creo que tu propuesta me queda un poco grande. No es lo mismo subirse al escenario de un bar de barrio que hacerlo en el de un teatro.

Él la contempló un momento con la mirada analítica y, a continuación, dijo:

—Estoy seguro de que tú no te has curtido profesionalmente en la calle ni en los bares de barrio como el Trophy Bar. —Arlene arqueó sutilmente las cejas, y él supo que había dado en el clavo. Intensificó la mirada sobre sus ojos oscuros, queriendo leer en ellos la razón de sus reticencias, pero ella escondió su inseguridad centrando la atención en la taza que envolvía con las manos. Dylan se fijó en que sus pestañas eran tan largas que trazaban sombras sobre el inicio de sus mejillas—. ¿Puedo preguntarte cómo te ganas la vida?

Arlene tragó saliva. No pensaba confiarle a un extraño la situación tan apurada por la que atravesaba, pero su interés parecía tan sincero y su orgullo estaba tan magullado, que contestó a su pregunta aunque sin entrar en detalles.

—Acabas de verlo. No es el trabajo de mis sueños pero subsisto gracias a él. Es complicado abrirse camino en el mundo artístico. Tú debes de saberlo mejor que yo.

—Lo sé, pero hay algo que yo nunca hago.

—¿Qué es?

—Dejar pasar una oportunidad. —Dylan se inclinó sobre la mesa y Arlene estuvo a punto de retroceder al sentir que invadía su espacio vital. Al apoyar el peso sobre los brazos, se percató de que sus bíceps estaban desarrollados y de que olía a... ¿galletas?—. No quiero engañarte. El empleo que te ofrezco no es ninguna ganga en el aspecto económico. Hace muy poco tiempo que hemos empezado a funcionar y nos queda un largo camino por recorrer, pero al menos no desperdiciarás tu talento como considero que estás haciendo en ese cuchitril.

—Por el modo en que se le tensaron los labios, Dylan dedujo que ella también lo creía—. Me gustaría que hicieras la prueba. De lo único que tienes que preocuparte es de presentarte con la guitarra y la canción que quieras, en el lugar y a la hora que te indique. Del resto ya me encargo yo. Además, la audición no nos compromete a nada a ninguno de los dos.

Arlene sintió una oleada de excitación arrasándole el interior. Volvió a cruzarse de piernas por enésima vez y balanceó un pie por debajo de la mesa con tanto ímpetu, que temió que el botín saliera disparado.

No sabía qué contestar. Hacía tiempo que ya no se ilusionaba con un proyecto o con una oferta de trabajo interesante porque Peter siempre terminaba apareciendo en escena para frustrárselo. La continua intromisión de aquel desalmado en su vida estaba agotando sus reservas de fuerza para seguir peleando. Prácticamente, ya había decidido arrojar la toalla para encontrar un empleo diferente en el mundo del espectáculo.

—Está bien. —Se oyó decir.

—¿Sí?

—Haré la prueba.

Dylan esbozó una sonrisa sucinta, de triunfo, y volvió a reclinarse sobre el asiento para llevarse consigo el olor a... ¿eran *twinkies*? Sí, juraría que lo eran. A ella le encantaban los *twinkies*.

La imagen que tenía de los directores de teatro no se ajustaba, ni mucho menos, a la que ofrecía Dylan Jansen. Era joven, no debía de tener más de treinta y cinco años y era demasiado atractivo como para no reparar en ello de manera constante. Tenía el cabello castaño claro, con tendencia a rizarse cuando crecía, los ojos tan azules como el cielo de verano, la sonrisa seductora... Su atractivo tenía un aire pendenciero, pero al mismo tiempo inspiraba seguridad. Era desconcertante que un hombre como él, alto, corpulento y guapo, no oliera a un aroma agresivo, en lugar de a la esencia dulzona de los sabrosos pastelitos rellenos de crema.

Dylan se preguntó en qué demonios estaría pensando porque se le había ausentado la mirada, que notó fija en sus labios.

—¿Te parece bien que nos veamos pasado mañana? —preguntó, sacándola de su abstracción—. Tenemos un local de ensayo en Carroll Gardens, podrías pasarte por allí sobre las cinco de la tarde, aunque de todos modos te llamaría para confirmártelo.

Dylan sacó el móvil del interior de su abrigo, que había dejado colgado sobre el respaldo de la silla, y Arlene le dio su número de teléfono que él apuntó en la agenda.

—¿Cómo se llama el musical?

—*Runaway*. Trata de una chica que abandona su pueblo natal en Arkansas para abrirse camino como cantante de rock en Nueva York. El papel para el que quiero que hagas la prueba es secundario. La obra dura alrededor de una hora y Audry está en escena unos treinta minutos, pero es un papel fundamental. Si llegamos a un acuerdo, ya hablaríamos más extensamente de las condiciones laborales y económicas.

—De acuerdo, esperaré tu llamada. —Arlene apuró el té y miró distraídamente su reloj de pulsera—. Se ha hecho muy tarde y *Sadie* estará hambrienta. Es mi chihuahua —matizó, para que no pensara que *Sadie* era su hija y ella una madre despreocupada.

—Hace años tuve un pastor alemán hembra que se llamaba exactamente igual. —Dylan sacó la cartera del bolsillo trasero de sus vaqueros y extrajo un billete de diez dólares. A Arlene volvió a llegarle una oleada del olor dulzón y entonces descubrió una pequeña mancha de crema en el puño de su jersey oscuro. Él se dio cuenta y la frotó con el pulgar—. Joder, mis sobrinos me han puesto perdido con los dichosos *twinkies*.

—Me encantan los *twinkies*.

—¿De verdad?

—Sí, era mi merienda favorita cuando era niña. De vez en cuando, echo un paquete al carro de la compra. —Por alguna razón que no llegó a entender, a él le agradó conocer esa información. Arlene carraspeó y cambió de tema mientras se colocaban los abrigos—. Y la obra… ¿está ahora mismo en cartel?

—No, pero volverá a estarlo dentro de tres semanas. Nos hemos tomado unas vacaciones antes de Navidad. Después estaremos tres o cuatro meses ininterrumpidos representando en Nueva York, y es posible que se sume alguna ciudad más, aunque eso todavía está por ver.

Tenía buena pinta, aunque Arlene se guardó su opinión para sí.

La niebla había descendido a ras del suelo cuando salieron a la calle. Dylan la acompañó hasta su coche e incluso la ayudó a descolgarse la guitarra de la espalda para meterla en el asiento trasero.

—Gracias.

—De nada. ¿Vives lejos?

—En Carroll Gardens.

—Casi somos vecinos. Me mudé a Brooklyn Heights hace unos meses. El ritmo frenético de Manhattan empezaba a agobiarme.

—Yo me trasladé hace un par de años. Vivía en Queens y todo me pillaba demasiado lejos.

Se observaron con una mirada silenciosa, que se alargó hasta que provocó la incomodad de ella. Arlene se retiró el cabello de la cara y se aclaró la garganta.

—Bueno…

—Ha sido un placer charlar contigo. —Dylan adelantó la mano y se la estrechó calurosamente. Le resultaba chocante que una mujer tan atractiva, que debía de estar acostumbrada a que los hombres merodearan a su alrededor, no supiera manejar los silencios ni el interés que su belleza pudiera despertar en él. No había intentado seducirla, pero tampoco había reprimido las típicas respuestas masculinas al encontrarse frente a una mujer guapa—. Te llamaré pasado mañana.

—De acuerdo.

Dylan esbozó una tenue sonrisa y luego se alejó hasta desaparecer en la espesa niebla que flotaba en la calle.

# Capítulo 3

Siempre que entraba por la puerta de la casa familiar en Queens, a Arlene se le ponía un nudo en la garganta. Sentía que su padre continuaba allí presente aunque las hubiera dejado hacía dos años, al fallecer de un infarto fulminante. El característico olor a cedro del perfume que usaba todavía perduraba en el ambiente, y la sensación de que él la observaba desde el sillón orejero en el que siempre solía sentarse era tan intensa, que a veces se quedaba sin aliento.

La vida a su lado estuvo llena de dicha y de momentos maravillosos. Su padre, Robert Sanders, siempre fue su punto principal de apoyo. La persona que la sostenía y la ayudaba a levantarse cada vez que se caía. Era por eso que la pérdida todavía le dolía. Aún no era capaz de recordarlo desde la felicidad con la que llenó cada uno de sus días.

Colgó el abrigo en la percha del recibidor y escuchó a Margot y a tía Sheyla hablar en el salón. Se dirigió hacia allí. Estaban sentadas en el sofá verde aceituna, con los costureros abiertos y los ovillos de lana poblando la mesa de café. Las agujas se movían a buen ritmo en sus manos, tejiendo una funda de *crochet* que estaba quedando preciosa, con todas esas figuras geométricas de colores llamativos y brillantes. Cuando la finalizaran y la colocaran sobre el sofá, daría mucha luz al descolorido salón.

Arlene se acercó y besó a ambas mujeres en las mejillas.

—No te esperábamos hoy, de haber sabido que vendrías habríamos preparado una fuente de magdalenas para que te la llevaras a casa.

—No te preocupes tía Sheyla, todavía me quedan de la última vez.

Iba a visitarlas un par de veces por semana, a veces tres, y siempre se llevaba una fuente de magdalenas para el desayuno. Eran más rápidas haciéndolas que ella comiéndolas.

—¿Qué te has hecho en el pelo? —le preguntó Margot.

—Me lo he oscurecido y me he cortado un poco las puntas.

—Pues te sienta de maravilla recuperar tu color natural. ¡Estás guapísima!

—Gracias, mamá. ¿Cómo te encuentras? —Acarició el óvalo de la cara de Margot y su madre esbozó una sonrisa.

—Me siento fuerte como un roble, cariño.

Margot soltó un momento la aguja para atrapar la mano de Arlene y besarla. Ella buscó la mirada de su tía y Sheyla asintió, confirmando las palabras de su madre. Hacía algo más de un año le habían diagnosticado un tumor cerebral que le habían extirpado en primavera, y ahora se estaba reponiendo del ciclo de seis meses de radioterapia al que se había sometido tras la operación. Los oncólogos estaban de acuerdo en que evolucionaba favorablemente y que el riesgo de metástasis era remoto, ya que el tumor estaba encapsulado.

Los dos últimos años de su vida habían estado sembrados de desgracias. La muerte de su padre, la enfermedad de su madre, su desastrosa vida amorosa, los problemas laborales e incluso la revelación de turbios secretos familiares, se habían sucedido sin pausa. Al menos de lo último había surgido algo muy bueno. Siempre había vivido bajo la creencia de que era hija única y, de repente, la primavera pasada, había aparecido un hermano mayor en Baltimore fruto del anterior matrimonio de su madre.

Todavía intentaba aceptar el hecho de que su madre se lo hubiera ocultado. Peor todavía, de no ser por el azar jamás lo habría descubierto.

Se sentó sobre el asiento libre, levantó un trozo de la manta que pendía sobre el suelo y admiró la textura sedosa y el bello colorido.

—¡Os está quedando preciosa!

—La próxima te la regalaremos para que cubras ese sofá negro tan espantoso que hay en tu salón —aseguró Sheyla—. Menudo gusto pésimo tenéis la juventud.

—El negro está de moda —rio Arlene. Gracias a su tía

Sheyla no había perdido el sentido del humor. La hermana de su padre no solía tomarse la vida demasiado en serio—. Pero si me regaláis una de estas mantas os la aceptaré. A *Sadie* le encantará.

—¿Dónde está la pequeñina? —preguntó Margot.

—Esta mañana la he llevado al veterinario para que le pongan su última vacuna obligatoria, y ya sabéis lo que sucede cuando le toca visita al doctor, que se pasa el resto del día escondida debajo de mi cama. Ha sido imposible meterla en el transportín. ¿Habéis salido a pasear esta mañana?

—Una hora y media exactamente. Vamos hasta el Bagels n'-Cream, tomamos café y regresamos a casa —contestó Sheyla.

—¿Y por qué razón váis siempre a ese café tan espantoso?

Sheyla apretó los labios y se concentró en la faena que tenía entre manos, pero Margot contestó por ella esbozando una de sus infrecuentes sonrisas.

—Porque hay un señor que le gusta a tu tía. Trabaja en la gasolinera de al lado y desayuna allí en el descanso.

—¿En serio?

El tono irónico de Arlene hizo que Sheyla frunciera el ceño sobre la montura morada de sus gafas de pasta.

—No le hagas caso a tu madre, ve demasiados culebrones en la tele y piensa que la vida real funciona igual. A mis años ya no existe el hombre que me desvele por las noches y el sexo tampoco me interesa ya, sobre todo con los hombres de mi edad —bromeó.

—Entonces, ¿por qué te maquillas para salir? —la atacó Margot.

Sheyla le dedicó una mirada incisiva.

—Pregúntale a tu hija. Fue ella quien me regaló el set de maquillaje por mi último cumpleaños. Por cierto, me lo tomé como una indirecta —le dijo a Arlene antes de centrar nuevamente la atención en Margot—. Tú también deberías maquillarte porque cada día estás más vieja y más fea.

Arlene rompió a reír y su madre también se lo tomó con humor. Aquellas dos siempre estaban igual, se pasaban el día discutiendo por cualquier tontería aunque luego no podían estar la una sin la otra. Se complementaban a la perfección, siempre había sido así. El carácter fuerte y alegre de Sheyla se amoldaba al más frágil y tristón de Margot; y la dulzura de su madre limaba los modales algo bruscos de su tía. Eran como las dos caras de la misma moneda.

Le debía mucho a tía Sheyla. El apoyo moral que les había brindado tras el fallecimiento de su padre había sido inestimable, como también lo había sido durante la enfermedad de su madre. Ahora vivían juntas en la casa de Margot. Las dos habían enviudado casi a la vez y se necesitaban mutuamente para combatir la soledad. Transcurridas las primeras semanas después de la operación, Arlene se había opuesto a que Margot dejara de vivir con ella en Brooklyn para regresar a su hogar en Queens junto a Sheyla. No obstante, en cuanto su madre se sintió más fuerte, ambas la convencieron de que era lo mejor.

—Tú eres muy joven y tienes toda la vida por delante. Necesitas intimidad en tu casa, y no la tendrás si tu madre se queda a vivir contigo —le había repetido tía Sheyla hasta la saciedad, mientras Margot asentía a cada una de sus palabras—. Conmigo estará acompañada todo el día, no le faltará de nada, ¡no olvides que he sido enfermera hasta hace bien poco! Además, la necesito para discutir.

En realidad, las cuñadas deseaban estar juntas y Arlene terminó accediendo.

La distancia entre Brooklyn y Queens no le impedía estar pendiente de la salud de su madre. A las visitas regulares se añadían las llamadas de teléfono diarias. Arlene no solo estaba preocupada por su salud física, sino que también vigilaba muy de cerca su salud mental. La enfermedad la había deteriorado, pero había sido el fallecimiento de su esposo el que la había envejecido cinco años de golpe. Si bien para ella su padre había sido la figura más importante de su vida, para Margot lo había significado todo. Siempre fue una mujer débil y apocada, de carácter triste y reservado. Robert siempre decía de ella que era como una niña desamparada encerrada en el cuerpo de una mujer adulta. Y, aun así, él la había querido con toda su alma.

Arlene nunca conoció el verdadero motivo de la infelicidad de su madre hasta la primavera pasada, cuando su hermano Zack apareció en sus vidas. Desde entonces, Margot tenía otra clase de luz en la mirada, que reflejaba que por fin se sentía en paz consigo misma.

—Tengo una nueva propuesta de empleo, una oferta muy interesante. —Las dos mujeres detuvieron los movimientos de las agujas de tejer para mirarla con atención—. Es un papel en una obra musical de teatro.

—¡Una obra musical de teatro! —exclamó Sheyla.

—Cariño, eso suena de maravilla. —Margot abrió los ojos castaños con expresión de alborozo.

Arlene alzó la palma de la mano.

—No quiero que os anticipéis en vuestras felicitaciones porque todavía no hay nada definitivo —les dijo, para que no se entusiasmaran antes de tiempo—. De momento, tengo que acudir a una audición y realizar una prueba ante el director de la obra. Imagino que habrá más aspirantes optando al papel, y que algunas serán mejores que yo, así que frenad esos ánimos.

—En cuanto te escuche cantar no habrá rival para ti —aseguró Margot.

—Bueno… ya me ha oído cantar.

—¿Cuándo? —preguntó Sheyla.

—Hace un par de noches, en el Trophy Bar. Pero insisto en que no parto con ninguna ventaja sobre el resto.

Eso no era así exactamente porque Arlene no tenía ni idea de si existían otras aspirantes. En el caso de que las hubiera, dudaba de que Dylan Jansen mostrara el mismo interés en ellas. De todos modos, prefería andarse con pies de plomo.

Tanto Margot como Sheyla conocían sus circunstancias laborales, pues las había puesto al corriente de lo mucho que le estaba costando encontrar un empleo. No obstante, como no quería preocuparlas, había detalles que se guardaba para sí misma. Ellas no tenían ni idea de que Peter continuaba boicoteándola.

—¿Y cuándo tienes la prueba? —inquirió Margot.

—Esta tarde. A las cinco. —Dylan la había llamado por la mañana temprano para confirmar la cita. Desde entonces, la digestión del desayuno parecía habérsele paralizado—. He venido para que me deis un beso de buena suerte. Aunque no lo aparente estoy nerviosa como un flan.

—Oh, mi niña… ¡Lo vas a hacer de maravilla! —Margot le tomó la mano y le besó reiteradamente los dedos.

Sheyla dejó la costura sobre la mesa y se levantó del sofá

para besarla en la frente. Su tía nunca tuvo hijos y siempre la había tratado como si fuera su propia hija.

—Si ese director de teatro tiene el oído bien afinado y el olfato bien desarrollado para detectar el talento, se quedará contigo. De lo contrario, es que es un idiota.

No existía nada más reconfortante en el mundo que contarle sus problemas a tía Sheyla. Siempre terminaba creyendo que podía conquistar el mundo si se lo proponía. Lástima que esa sensación se desvaneciera en cuanto salía a la calle y volvía a enfrentarse a la cruda realidad.

Llegaron al local de ensayos de Carroll Gardens media hora antes de la cita que Dylan había concertado con Arlene Sanders. Era algo más pequeño que el anterior, pero el espacio no era un problema ya que el equipo también había disminuido. Además, se asemejaba a las salas de ensayos de cualquier teatro y el alquiler era una ganga ahora que tenían que aplicar tantos recortes monetarios.

Como las vacaciones estaban a punto de finalizar y en un par de días el equipo al completo se reuniría para retomar la fase de los ensayos, ya estaban trabajando en instalar la escenografía —un tanto rudimentaria— que simulaba la definitiva. Era un modo de que los actores se acostumbrasen al espacio del que dispondrían en el escenario real del teatro.

La tarde anterior, mientras trabajaban en la reestructuración del personal, no les había quedado más remedio que unificar algunas funciones y comunicar unos cuantos despidos. Con el nuevo planteamiento, Dylan no solo asumiría el papel de director y director técnico, sino que también se haría cargo de las competencias que hasta ahora habían sido del regidor de escena y del traspunte. Charlie Murray, el escenógrafo, asumiría las funciones del tramoyista —como los decorados eran muy básicos, una sola persona podía desempeñar el trabajo—, y Henry Morley, el maquillador, también tendría que ocuparse de todo lo relativo al vestuario. También habían despedido a dos actores secundarios.

Eran medidas poco gratas pero necesarias.

Joel se quitó el abrigo y lo dejó caer sobre una silla, pero no se desligó de esa actitud desganada con la que de modo tácito acusaba a Dylan de hacerle perder el tiempo. Dylan sabía que estaba molesto con él por su repentina decisión de realizar una prueba para el papel de Audry cuando habían convenido en que Ingrid continuaría interpretándolo.

Pero eso había sido antes de que la casualidad lo guiara hasta Arlene Sanders. Y así se lo había explicado a Joel cuando le telefoneó por la mañana tremprano.

—Tienes que escucharla, Joel, ¡es maravillosa! —Había finalizado su argumentación con esa intensidad que siempre demostraba cuando se empeñaba en conseguir algo.

—Está bien, podemos realizar la prueba si insistes. —Había aceptado a regañadientes, después de mucho rebatir—. Pero me parece una inútil perdida de tiempo porque ya tenemos a Ingrid.

—Tú dale una oportunidad, y luego dime si sigues viendo a Ingrid en la piel de Audry.

Y la conversación había finalizado con un resoplido nada esperanzador por parte de Joel.

Dylan comprobó que el equipo de sonido funcionaba correctamente y luego se reunió con su cuñado, que ya había tomado asiento al fondo del local.

—¿Tu chica es puntual? —preguntó.

—No lo sé, es la primera vez que me cito con ella.

—Alex tiene visita al dentista dentro de cuarenta minutos y no quisiera perdérmela. Seguro que Carly se marea en cuanto vea el instrumental médico dentro de la boca de su hijo.

—¿Una caries?

—Enorme. Menos mal que la muela es de leche.

—Estuve hace dos días en tu casa y no me dijo nada.

Joel soltó la carpeta de trabajo sobre una silla, estiró las piernas y cruzó los tobillos. La calefacción ya empezaba a caldear el local y Dylan también se quitó el abrigo.

—Porque quiere que le sigas llevando golosinas —sonrió Joel con gesto orgulloso.

Para tener tan solo cinco años era un niño muy avispado. Joel era un hombre afortunado, tenía una esposa maravillosa y unos hijos estupendos. Aunque él también era un esposo excepcional y un padre muy entregado.

La puerta del local se abrió después de que sonaran unos golpes de nudillos sobre la superficie metálica. Arlene Sanders apareció vestida con un abrigo rojo, diez minutos antes de la hora señalada.

—Buenas tardes. —Saludó, nada más asomar la nariz—. ¿Llego demasiado pronto?

—No, por supuesto que no. —Dylan se acercó a la puerta para recibirla y Joel se puso de pie—. Adelante, te estábamos esperando.

El local de ensayo estaba a diez minutos de camino a pie de su casa, pero estaba tan impaciente que había salido con demasiada antelación. Se quitó los guantes y se los guardó en los bolsillos del abrigo antes de estrechar la mano de Dylan. Él notó un fino temblor en su pulso, síntoma de un nerviosismo latente que también se hacía extensible a la sonrisa que tensaba sus labios pintados de rosa pálido.

—En ese bar en el que trabajas sueles cantar ante treinta o cuarenta tíos que se rompen las manos aplaudiéndote, ahora solo tienes que convencer a dos —le dijo con el tono de voz bajo, para que Joel no pudiera escuchar la familiaridad con la que la trataba—. Bueno, en realidad solo a uno.

Arlene aflojó la expresión para permitir que una sonrisa perezosa se reflejara en sus ojos.

—¿Estás preparada?

—Creo que sí.

—Te presentaré a Joel Atkins, el productor de la obra. —Dylan soltó su mano y procedió a realizar las oportunas presentaciones.

—Joel, te presento a Arlene Sanders.

A diferencia de Dylan Jansen, Atkins vestía de manera formal, con traje de color oscuro y corbata. Debía de ser unos años mayor que Dylan, no muchos, y también era muy atractivo, aunque su semblante serio no invitaba a acortar distancias.

—Es un placer —aseveró Arlene.

—El placer es mío. Y el escenario es todo tuyo. Suerte —le deseó, antes de regresar a su sitio al fondo del local.

Mientras se descolgaba la guitarra de la espalda para dejarla sobre un par de sillas, echó una rápida ojeada al improvisado escenario, en el que ya había un micrófono y unos bafles en la parte posterior.

Dylan se acercó al cuadro de luces y trasteó los interruptores para apagar las generales. Solo dejó encendidas las secundarias que incidían directamente sobre el escenario. Ella ya se había despojado del abrigo y la bufanda, y había sacado la guitarra de su estuche. Llevaba puesto un vestido de punto azul marino que conjuntaba con unas botas altas de color negro. Era discreta en su modo de vestir, aunque el tejido flexible se amoldaba a su cuerpo delgado y exquisitamente proporcionado.

Dylan detuvo su reconocimiento visual y le dijo que todo estaba listo.

Arlene se preparó para realizar la audición. Se había presentado a muchas a lo largo de su carrera profesional pero aquella la ponía especialmente nerviosa. Se enfrentaba a un reto diferente, y todavía no estaba segura de si sería capaz de superarlo. Subió los escalones, enchufó la guitarra acústica a los bafles, probó el micrófono y los nervios desaparecieron en cuanto se vio encima del escenario. A pesar de la disminución de la luz, ambos hombres eran visibles al fondo del local. Dylan Jansen la observaba con los cinco sentidos concentrados en ella, mientras que Joel Atkins mantenía una postura mucho más relajada y despreocupada. Arlene punteó las cuerdas de la guitarra con la púa e improvisó una melodía para asegurarse de que estaba bien afinada. Después hizo sonar las notas de *Piece of my heart*, de Janis Joplin, y en cuanto sus labios se acercaron al micrófono para entonar las primeras palabras, se dejó llevar por la fuerza electrizante de la música.

Dylan pensó que no podía haber escogido mejor canción para sorprenderlos con su talento, ya que interpretar ese gran clásico del rock requería mucha valentía y seguridad en sí misma. Y ella demostró poseer ambas cualidades. La candidez de su aspecto se transformó en pura energía que se expandió por todo el local. Unas veces esa energía se tornaba sensual y su voz sonaba dulce como el caramelo, pero luego mutaba en agresiva sexualidad, y sus cuerdas vocales se rasgaban para hacer arder los tímpanos de los oyentes. La guitarra pasó a formar parte de sí misma, como si fuera una extremidad más, e incluso se marcó un trepidante solo que lo dejó sin respiración. Los mechones castaños de su cabello se agitaron sobre sus hombros y sus caderas se movieron tentadoras al compás de las notas más salvajes.

Arlene era fuego, pasión y candor, y la mezcla de todo ello lo condujo a un éxtasis visual y sonoro sin precedentes. Tanto lo absorbió la actuación que, una vez terminada, quedó tan impresionado que no oyó que Joel le hablaba.

Dylan se recompuso en el asiento y soltó con lentitud el aire que de modo inconsciente había estado reteniendo.

—Maravillosa —murmuró.

Miró a Joel para conocer sus emociones, pero su cuñado se abstenía de reflejar alguna. Su expresión era inalterable. De todos modos, Dylan lo conocía bien y sabía que ella lo había cautivado tanto como a él. Se pusieron en pie y acudieron donde Arlene, que ya había bajado del escenario. Mientras Joel se ocupaba de encender las luces Dylan la felicitó por su actuación.

—Has estado… fabulosa.

Como espectador habría sido mucho más enfático en su opinión, pero como profesional fue más comedido en sus valoraciones. Máxime cuando todavía no había resuelto aquella situación con Joel.

—Gracias. He intentado dar lo mejor de mí, aunque no sé si habré escogido la canción adecuada.

—Yo no habría elegido otra mejor.

—Estoy de acuerdo con él —intervino Joel—. Lo has hecho muy bien.

Ella inclinó la cabeza para aceptar el cumplido, al tiempo que intentaba con escaso éxito ver más allá de sus insondables ojos castaños. Decía que le había gustado pero no lo manifestaba. Dylan volvió a acaparar su atención.

—Te llamaré mañana por la mañana para que sepas nuestra decisión. Antes tenemos que deliberar sobre algunas cuestiones.

—Claro, por supuesto.

Arlene se puso el abrigo y Dylan le preguntó si había aprendido a tocar la guitarra de manera autodidacta. Ella le respondió que un amigo de su padre era profesor de guitarra y le enseñó la base en unas cuantas clases, pero que la técnica la había perfeccionado ella sola gracias a que tenía buen oído para la música.

Antes de marcharse, les tendió la mano de manera concisa, con actitud profesional.

No estaba segura de cuál sería el veredicto final, pensó, mientras se subía las solapas del abrigo y caminaba por la fría calle. Dylan le había transmitido mucha confianza pero Atkins no parecía tan convencido de sus habilidades artísticas.

Bueno, tampoco había convivido demasiado tiempo con la esperanza de hacerse con el papel. Sabría encajar una respuesta negativa sin que se le alterara el pulso.

Cuando Dylan cerró la puerta y se volvió hacia Joel, la expresión amable con la que había despedido a Arlene había desaparecido por completo de su cara. Sus líneas gestuales formaban ahora una expresión rotunda.

—La quiero en la obra —sentenció.

—Eh, no vayas tan deprisa, amigo. Piensa que está en juego el empleo de Ingrid. Ella está defendiendo muy bien su papel desde que Karen nos dejó, y tiene un currículum mucho más extenso e interesante que el de esta chica.

—Sabes tan bien como yo que la calidad vocal de Arlene le da cien vueltas a la de Ingrid. Y no solo eso, ¿te has dado cuenta de cómo se ha hecho con el escenario? Hacía mucho tiempo que no veía nada igual.

—No tiene ninguna experiencia como actriz de musicales, Dylan —le refutó—. Francamente, contratarla me parecería una decisión muy temeraria porque no estamos en posición de asumir riesgos.

Dylan apretó los dientes y se cruzó de brazos. La limitada economía de la que disponían era la mayor preocupación de Joel; pero solo por una vez, le hubiera gustado que se olvidara del dinero o de los riesgos, y que se dejara guiar por los aspectos artísticos.

—No pienso dejarla escapar por una cuestión monetaria.

Joel cabeceó mientras echaba un vistazo a su reloj de pulsera.

—Te la ha puesto dura, ¿verdad?

—No me jodas, Joel. Hay muchas mujeres atractivas que

me la pueden poner dura, pero no me entrevisto con ellas para ofrecerles trabajo. —Colocó las manos sobre las caderas—. ¿Sabes una cosa? Creo que la obra ha perdido fuerza desde que Karen la abandonó y que Ingrid no ha sido capaz de suscitar el interés del público. Es una buena profesional pero le falta garra, no conecta con el espectador como lo hacía Karen.

—¿Y crees que Arlene sí que lo hará? —preguntó con incredulidad.

—Sí, lo creo —asintió categórico—. Por lo tanto, y bajo mi absoluta responsabilidad, quiero contratarla.

—Escúchame, Dylan. Te ruego que no tomes decisiones precipitadas, que te marches a casa y lo reconsideres tranquilamente. —Comenzó a ponerse el abrigo—. Si mañana sigues pensando lo mismo, te apoyaré aunque no comparta tu punto de vista.

—Mañana seguiré pensando lo mismo que ahora. La necesitamos para relanzar el musical y lo sabes.

Joel lo conocía bien. No existía sobre la faz de la tierra persona más obstinada que Dylan Jansen. Si se le había metido entre ceja y ceja que quería a la chica en la obra, la tendría. Y no existía prácticamente nada que él pudiera hacer para disuadirlo. Además, Dylan era el propietario de la compañía de teatro y, aunque se dejaba aconsejar, era él quien en última instancia tomaba las decisiones.

Con incertidumbre, Joel se pasó la mano por el corto cabello castaño mientras Dylan recuperaba su abrigo.

—Creo que esta chica es una inversión segura, y me apuesto las pelotas a que a una semana del estreno habremos recuperado el doble del presupuesto.

—Tienes las expectativas demasiado altas, espero que no nos salga el tiro por la culata.

—Vamos, ten confianza en mí. ¿Alguna vez me he equivocado con alguna de mis corazonadas? Saldrá bien.

Dylan apagó las luces del local y salieron a la oscura y gélida noche de diciembre. Caminaron hacia el aparcamiento subterráneo en el que habían estacionado los coches.

—Me pregunto cómo reaccionará Abigail cuando se entere de que tendrá a una nueva compañera. Algo me dice que no se lo va a tomar demasiado bien —reflexionó Joel.

Abigail se sentía muy cómoda con Ingrid porque artísticamente no le hacía sombra. Además, la joven tenía un carácter muy manipulable, por lo que Abigail la tenía comiendo de la palma de su mano. Pero Arlene sí que estaba a su altura, en cuanto a calidad vocal era incluso superior, así que era del todo probable que ese ambiente de pacífica convivencia cambiara en cuanto Arlene se uniera al equipo.

—Tendrá que acostumbrarse. Esta vez no pienso ceder a ninguno de sus caprichos.

—Pues te advierto que no podemos permitirnos perder a la estrella principal.

—¿Crees que va a marcharse? —Negó con la cabeza y sonrió entre dientes—. Abigail es muy buena, pero ya hace unos cuantos años que no consigue un papel protagonista en ningún musical importante. *Runaway* es su mejor opción.

# Capítulo 4

*T*al y como Dylan Jansen le había prometido la tarde anterior, Arlene recibió noticias suyas a media mañana, aunque no vio la llamada perdida en el móvil hasta que terminó su actuación en Promenade.

Mientras el público se dispersaba en todas direcciones, recogió las propinas y agarró el móvil. Y allí estaba, la había llamado hacía algo más de media hora. Apretó el teléfono entre los dedos y tomó asiento en el banco, junto al canasto de *Sadie*, aunque no le devolvió la llamada de manera inmediata. Se tomó su tiempo porque temía que le diera una negativa. No había podido evitar forjarse esperanzas.

Tecleó con dedos temblorosos. ¡Estaba hecha un manojo de nervios! Sin ningún tipo de preámbulo él contestó a la llamada y le dijo que el papel era suyo.

Se quedó sin reacción aunque su cerebro se puso a trabajar a toda velocidad. Conseguir ese empleo conllevaba tantos cambios en su vida…

—¿Arlene? —escuchó que le preguntaba.

—Oh, perdona, es que… —Llevó la mano hacia la cabecita de *Sadie* para que con sus pequeños lametones la devolviera a la realidad y pudiera construir una frase con sentido—. No me lo esperaba, el productor no pareció muy convencido. —Fue un enorme fallo por su parte no acordarse de su nombre ni de su apellido.

—Lo estaba más de lo que dejó entrever. Dime que estás contenta.

—Por supuesto —contestó a medio gas, todavía asimilando la buena noticia. Paseó una mirada rápida por la bahía de Nueva York, en el punto donde confluían las aguas del río

Este con las del río Hudson. De improviso, su excitación saltó como el oleaje que las embarcaciones arrancaban a las aguas—. ¡Claro que sí!

—Bien. —Él sonrió al otro lado de la línea—. Verás, por regla general es Joel quien se ocupa de los trámites administrativos, pero hoy está de viaje fuera de Nueva York y me corre un poco de prisa que todo esté listo para mañana, que es cuando comenzamos los ensayos. Necesito que nos veamos para que firmes el contrato y para hablar del resto de las condiciones laborales. ¿Te viene bien hacerlo ahora?

—Desde luego. Dime dónde tengo que ir.

Dylan le facilitó una dirección en Brooklyn Heights, el 116 de la calle Pierrepont, que estaba a unos cinco minutos en coche de donde se encontraba. Arlene se colgó la guitarra del hombro, agarró el canasto de *Sadie* y se encaminó hacia su viejo Chevy que había dejado aparcado a una manzana de distancia.

Cuando llegó a la arbolada y pintoresca Pierrepont, esperó encontrarse con algún edificio destinado a oficinas, pero el número que le había dado se correspondía con una típica *brownstone*[1] de dos plantas. Estacionó enfrente, junto a una iglesia de estilo neogótico que según rezaba en una placa congregaba a la Asociación Unitaria Universalista. Tomó a *Sadie* del canasto. La perrita llevaba puesto un jersey grueso de lana con motivos navideños, pero era tan friolera que la colocó debajo de su abrigo. *Sadie* irguió las orejas y lanzó una mirada nerviosa a su alrededor, como preguntándole a su dueña que qué era aquel lugar.

—Tranquila, esto es bueno para las dos. —Agachó la cabeza para besarla entre las orejas y cruzó la calle.

Subió las escaleras hacia la puerta de entrada y observó el portero automático a su derecha. Originariamente, las *brownstones* habían sido diseñadas como casas individuales unifamiliares, pero décadas más tarde fueron rediseñadas para

---

1. Se trata de viviendas del siglo XIX-XX, a modo de adosados. Su denominación, *brownstone*, se refiere al material, arenisca roja, que les da su tono marrón característico.

albergar a dos o a más familias. En aquella residían dos, la familia Tucker y Dylan Jansen. Arlene apretó el botón que había junto a su nombre y esperó.

De inmediato, oyó los pasos que descendían por una escalera y luego apareció él; llevaba unos vaqueros muy gastados y una sudadera gris con el logotipo de los Yankees de Nueva York que había conocido tiempos mejores. La invitó a pasar, cercano y amable, satisfecho de haberla conseguido para encarnar uno de los papeles de la obra que a él más le gustaban, según palabras textuales que le dijo en el vestíbulo nada más recibirla. Y guapo. Arlene hubiera preferido que lo fuera un poco menos porque a veces su atractivo la descentraba.

—¿Pero qué tenemos aquí?

Tan pronto como reparó en *Sadie*, que asomaba la cabeza bajo la solapa del abrigo rojo de su dueña, Dylan acercó la mano para acariciarle la cabeza y Arlene dio un rápido paso hacia atrás.

—¡No!

—Solo iba a…

—No es por ti, es que a *Sadie* no le gustan las caricias de los extraños, podría arrancarte un dedo sin pestañear.

—Venga ya. —Sonrió entre dientes, convencido de que una cosa tan pequeña no podía ser tan fiera. Hizo caso omiso y dirigió la mano hacia la diminuta cabeza de *Sadie*. Se la acarició. La perrita se encogió contra Arlene, pero permitió que la tocara e incluso le prodigó algunos lametones en los dedos—. Buena chica, aunque a tu dueña acabas de dejarla en evidencia.

Ella observó la escena contrariada. No había exagerado respecto a las reacciones de *Sadie*. No le gustaban los desconocidos y menos todavía si eran hombres. Pero este en particular parecía haberla hipnotizado porque incluso cerró los ojos con placer cuando él le rascó debajo de la mandíbula. ¿Acaso todas las hembras eran capaces de detectar a un macho atractivo aunque no fuera de su misma especie?

—Iba a dejarla en el interior del coche pero…

—Seguro que no nos molesta. ¿Me acompañáis?

Asintió.

Dylan se dirigió hacia las escaleras que se abrían al fondo de un vestíbulo pequeño en el que solo había un macetero decorativo y una puerta a su derecha, que debía de ser la del hogar de la otra familia. Se lo confirmó mientras ascendían al primer piso. También le dijo que habría preferido adquirir una vivienda de una sola planta como la de los Tucker, en lugar de un adosado de dos plantas porque era demasiado espacio para él solo.

—Pero en la época en la que hice la compra no quedaban viviendas disponibles de esas características.

Arlene escuchó la explicación a medias, un poco absorta en lo bien que le sentaban aquellos vaqueros desgastados. Tenía las piernas fuertes y el trasero musculado.

«Anda, aparta la vista de ahí. La barandilla es preciosa», se dijo.

Le encantó el adosado, aunque lucía tan desangelado que no parecía que alguien residiera allí. Como ya se había figurado, la vivienda había sido restaurada y todo el suelo estaba recubierto de parqué, aunque conservaba el estilo original que transportaba al pasado. Las gruesas paredes blancas estaban ornamentadas con techos altos, con chimeneas reales y con alargadas ventanas de guillotina que descendían hasta el suelo. Con el mobiliario adecuado, no le costó nada visualizar un hogar cálido y acogedor.

La primera planta la ocupaba el salón, amplio y luminoso, donde solo había un sofá y un televisor. Al fondo estaba la cocina, separada por una barra americana del resto de las dependiencias. Los muebles de madera de cerezo seguían una línea decorativa muy sobria. Dylan le dijo que no pasaba mucho tiempo allí abajo. Reanudaron el ascenso hacia la segunda planta, donde se hallaban los dormitorios y el despacho. A esta última habitación, al contrario que al resto de la casa, no le faltaba detalle. Las numerosas estanterías aglutinaban una buena colección de libros, manuales y numerosos DVD. De cara a la ventana había un sillón negro de diseño moderno con un puf a juego. Enfrente, un televisor de plasma con un reproductor.

Dylan bordeó la mesa de despacho y le indicó que se sentara. Arlene dejó a *Sadie* sobre la silla mientras se quitaba el abrigo y lo colocaba en el respaldo.

—¿Te apetece tomar algo? ¿Un zumo, café, agua…? Bueno, creo que zumo no me queda.

—No, gracias. He tomado algo a media mañana.

Recuperó a la perrita y la colocó sobre su regazo mientras Dylan buscaba los documentos en la bandeja archivadora que había sobre la mesa.

—Aquí está. —Le entregó una copia del contrato y otra del guion—. Léelo tranquilamente mientras yo hago unas llamadas, y cuando termines comentamos las posibles dudas o preguntas que tengas. En cuanto al guion, para que puedas acelerar el ritmo de aprendizaje de las canciones, las tienes aquí grabadas, así podrás escucharlas y ensayarlas en casa si lo deseas. —Dylan sacó de un cajón un lápiz de memoria USB y se lo entregó—. Estaré en la habitación de al lado—. Cogió su móvil y abandonó la habitación.

Arlene descendió la vista hacia los folios y comenzó a leer, pero había algo en el entorno que reclamaba poderosamente su atención desde el momento en que había puesto los pies en aquella casa. Miró a través de la ventana, hacia el paisaje sombrío e invernal, hacia las ramas desnudas de los árboles y las volutas de humo blanco que brotaban de las chimeneas de las viviendas. La temperatura interior era acogedora, la casa entera lo era a pesar de que él no la había convertido en un verdadero hogar. Y ese hogar que le transmitía una inexplicable paz interior, no solo había tejido alguna especie de hechizo en ella, también en *Sadie*, que descansaba tranquila sobre sus muslos.

De no ser porque Dylan había comprado el adosado en lugar de pagar un alquiler, la escasez de mobiliario la habría llevado a suponer que no era hombre de echar raíces en el mismo lugar.

Vio el marco de plata que había sobre la estantería a su derecha y que encuadraba la fotografía de un Dylan sonriente. Despertó su curiosidad que la mitad de esa fotografía hubiera sido tapada por otra que se apoyaba sobre el marco. ¿Qué ocultaría? No le importaba lo más mínimo, así que apartó la mirada y se centró en los documentos. Al cabo de pocos segundos las imágenes habían recuperado su atención.

No era una fisgona, jamás había curioseado en las pertenencias de nadie, pero una fuerza superior a su voluntad tiraba de ella. Bueno, tampoco era tan grave mirar de cerca una fotografía que, al fin y al cabo, estaba expuesta a la vista de cualquiera que entrara en su despacho.

Cedió a la tentación. Sujetó a *Sadie* contra el pecho y se acercó a la estantería. La foto sin enmarcar mostraba a un matrimonio con dos niños pequeños y Arlene reconoció a Atkins en ella. La mujer tenía un extraordinario parecido físico con Dylan, así que supuso que era su hermana y que los niños pequeños eran sus sobrinos, aquellos que le habían manchado el jersey con la crema de los *twinkies*.

Dylan se mostraba muy feliz en la fotografía enmarcada. Aparecía de cintura para arriba y detrás de él se extendía un cielo muy azul y unas montañas altísimas. Arlene retiró unos centímetros la fotografía familiar para ver la imagen que ocultaba. Una atractiva y sonriente pelirroja apoyaba la cabeza en la de Dylan, y tenían las manos enlazadas. Estaba claro que los unía una relación sentimental que ya no debía de existir.

Un repentino sentimiento de vergüenza le caldeó las mejillas. Arlene dejó los objetos como los había encontrado y regresó a su silla.

Dylan volvió al cabo de unos minutos. La sublime fragancia femenina se había extendido por la habitación, amortiguando el olor de los libros y del cuero del sillón nuevo. Estaba reclinada sobre la mesa, con los cabellos castaños rozando su superficie lisa y los generosos labios un poco fruncidos.

Le dijo que releía el contrato por segunda vez pero que no encontraba nada que le chirriara, a excepción de la cláusula referente a los ensayos, que no entendía muy bien. La duración, la jornada laboral, la remuneración —que sería algo más del doble de lo que ahora cobraba cantando en el Trophy Bar— y demás condiciones laborales le parecían más que aceptables.

—El tema del período de ensayos no me ha quedado muy claro. ¿Se cobran dos tercios del salario durante ese tiempo?

—Hasta el día del estreno. —Dylan volvió a sentarse—. Aunque no somos nosotros los que establecemos los términos, sino que vienen estipulados por ley. —Saltaba a la vista que ese tema la preocupaba. Dylan no se había dado cuenta hasta entonces de que debía de estar pasando muchos apuros económicos—. Los ensayos suelen prolongarse hasta las ocho de la tarde, por lo tanto puedes seguir cantando en el Trophy si lo deseas. Cuando estrenemos dentro de tres semanas los horarios serán incompatibles y entonces te necesitaremos al cien por cien.

La opción que le planteó le dio tranquilidad. De esa manera, si a lo largo de las tres semanas siguientes se daba cuenta de que el trabajo en el teatro no estaba hecho para ella, al menos seguiría conservando su empleo.

Dylan observó que sus rasgos se relajaban aunque no expresaron toda la emoción que parecía sentir por dentro. Estaba contenida.

—Si hay algo más con lo que no estés de acuerdo podemos hablarlo.

Ella negó.

—Todo me parece bien. —Cogió el bolígrafo—. Voy a firmarlo antes de que te eches atrás —bromeó.

—Hay cero probabilidades de que eso ocurra.

La rotundidad que revestían sus palabras la sobrecogió. En sus diferentes encuentros había dejado más que claro que creía ciegamente en su talento, y Arlene sintió la presión. Esperaba no defraudarle.

Firmaron todas las páginas del contrato y cada uno se quedó con una copia. Dylan pasó a hablarle a grandes rasgos de sus compañeros, a los que conocería al día siguiente.

—Pero antes de que te marches hay algo más que quiero contarte.

El tono de su voz adquirió tanta gravedad que la dejó intrigada. Dylan se puso en pie, rodeó la mesa y se apoyó sobre el canto. Volvió a acariciar a *Sadie* que se había erguido sobre las patas delanteras. Ella se fijó en sus manos grandes y fuertes, mientras la asaltaba el absurdo pensamiento de lo afortunada que era *Sadie* en ese momento.

—Hace unos meses, antes de que Ingrid entrara en la compañía, el papel de Audry lo interpretaba una cantante que se llamaba Karen Reed. Ella… sufrió un accidente y tuvo que abandonar la obra.

—Oh… vaya.

Dylan dirigió una mirada hacia la ventana antes de volver a posarla en ella, que lo observaba con atención.

—No se trató de un accidente común, sino que alguien entró en su casa y la hirió tan gravemente que la incapacitó para volver a cantar.

—¡Dios mío! —Abrió los ojos desmesuradamente—. Eso es horrible.

—Sí. Lo es.

—¿Y quién lo hizo?

—No lo sabemos. La policía no tiene pruebas suficientes para inculpar a nadie, así que la investigación sigue su curso. —Percibió su repentina tensión, que también transmitió a *Sadie*. Dylan dejó de acariciar a la perrita y colocó las manos sobre el canto de la mesa—. Seguro que escucharás todo tipo de comentarios en los próximos días, a la gente le gusta mucho opinar y entrar en detalles escabrosos aunque no tengan ni idea de lo que están hablando. Por eso he considerado que debías saberlo por mí. Todos estamos muy afectados con lo sucedido.

—Lo supongo, es escalofriante. —La información la estremeció—. ¿Puedo saber el motivo por el que Ingrid ha dejado la obra?

—No la ha dejado por decisión propia, de hecho, todavía no sabe que está fuera. Tengo que llamarla ahora mismo para comunicárselo. —Dylan notó que la presión que ella sentía al asumir un reto profesional que le era desconocido, había aumentado al nombrarle a sus antecesoras—. Ingrid es buena y ha estado bastante acertada en su papel, pero tú tienes un don especial. Estoy deseando trabajar contigo, voy a sacar lo mejor de ti durante estas tres semanas de ensayos.

—Me esforzaré en ser una alumna aplicada.

Se puso en pie con la seguridad algo reforzada. Como él se había ganado la confianza de *Sadie* sin el más mínimo esfuerzo, se la tendió para colocarse el abrigo.

—Nos vemos mañana a las cuatro de la tarde en el local de Carroll Gardens. Ha sido un placer conocerte, *Sadie*.

Dylan acarició a la chihuahua a modo de despedida y luego emprendieron el descenso hacia la entrada de la vivienda.


Hasta la fecha, Arlene nunca había trabajado en equipo, pero sabía que era muy importante llevarse bien con todos los compañeros para que el trabajo en común funcionara. No tenía problemas de integración, era una persona sociable, pero aun así estaba nerviosa mientras caminaba en la tarde gélida hacia el local de ensayos. Pensaba en cómo la acogerían, en si le facilitarían el camino para adaptarse, o en si la juzgarían demasiado por ser novata o por suplantar el puesto de Ingrid.

La impaciencia por conocer a sus compañeros hizo que llegara pronto al local, en el que solo estaban Dylan y un joven veinteañero de rasgos aniñados. El chico se hallaba sentado frente a la mesa alargada mientras el director encendía la caldera que había a la derecha, junto al cuadro de encendido de luces. Allí dentro hacía mucho frío, incluso más que en su casa. Arlene lo notó cuando los saludó y su respiración se condensó en el aire.

—Creo que tendremos que quedarnos con los abrigos puestos hasta que esto se caldee un poco —comentó Dylan.

Le presentó al joven Sean Percy, uno de los actores secundarios de la obra, y un par de minutos después fue llegando el resto del elenco. Seis actores en total formaban la compañía de teatro, tres hombres y tres mujeres. Arlene tuvo una impresión inicial favorable de cada uno de ellos mientras estrechaba manos, besaba mejillas e intentaba memorizar sus nombres.

En mayor o menor medida, todo el mundo conocía el oficio excepto ella; así que Dylan empleó un par de minutos para explicarle la manera en la que se desarrollaban los ensayos.

—Al primero lo llamamos «ensayo de mesa». Nos sentamos y cada actor lee o canta su texto en voz alta. Hoy no podrás intervenir mucho, la parte escrita de tu papel es mínima y no creo que te haya dado tiempo a aprenderte las canciones. —Arlene las había escuchado un par de veces en casa, pero necesitaba oírlas mucho más antes de atreverse a cantarlas—. Mañana ya empezaremos a escenificar las distintas partes de la obra en el escenario. Si tienes dudas puedes interrumpir en cualquier momento.

Esperó a que ella asintiera y luego tomaron posiciones.

Parecía un grupo compacto y bien avenido, liderado por un director exigente que conocía bien su trabajo y que sabía qué teclas tenía que tocar para extraer lo mejor de los actores. Se dirigía a ellos desde la confianza de trabajar juntos desde hacía tiempo, pero el tono se volvía muy profesional cuando la situación lo requería. Quizás fue con ella con quien mantuvo más distancia en el trato, aunque a Arlene le pareció lógico que se desprendiera del tono amigable con el que le había hablado hasta ahora. Aquello era trabajo y a ella no la conocía tan bien como al resto.

Conforme transcurría la tarde la impresión inicial fue mutando y comenzó a forjarse una opinión sobre sus compañeros. En especial, cuando interactuaron en el corto descanso que hicieron.

Sean Percy y Emma Wallis eran los benjamines, y tenían una personalidad muy fresca y dicharachera. Aquel era su primer papel medianamente importante aunque habían intervenido en muchas obras musicales con la compañía de teatro universitario. Le cayeron muy bien desde el principio.

Andrew Allen era su *partenaire* en la obra, un cantante que tenía su propio grupo de rock y que hacía un tiempo había decidido darle un giro a su carrera y trabajar en musicales. Sus ojos castaños transmitían honestidad y su sonrisa amplia parecía sincera. Andrew se mostró dispuesto a ayudarla en lo que necesitara y Arlene supo que no lo decía para quedar bien delante de todo el mundo.

Edgar Leven era el actor principal. Se había curtido en los escenarios de Broadway y profesionalmente estaba un peldaño por encima de los demás. A Arlene no le hubiera parecido mal que alardeara de todas las obras en las que había intervenido de no ser porque también en lo personal se creía superior al resto. Adolecía de una actitud muy arrogante. Como la de Abigail Lanscroft, la estrella de la obra, una mujer extremadamente guapa que ya debía de haber traspasado el umbral de los cuarenta, y que miraba al resto de sus compañeros por encima del hombro. De ella llamaba la atención su larga melena pelirroja —Arlene no creía que fuera su color natural de cabello—, sus grandes ojos verdes y sus pechos exuberantes que se encargaba de realzar con sujetadores de realce. Tal vez solo fuera una impresión suya, pero tuvo la sensación de que ella y Edgar habían compartido algo más que un escenario.

—¿Y tú a qué te has dedicado antes? —le preguntó Abigail, haciendo un gesto muy característico en ella: alzar una ceja algo más que la otra.

—He cantado en algunos clubes importantes de Manhattan y Brooklyn, aunque este es mi primer trabajo en una obra de teatro —respondió con amabilidad.

La ceja pelirroja y perfectamente depilada de Abigail se arqueó un poco más.

—Según mi propia experiencia, no es tan distinto como actuar en una sala o en un club —aseguró Andrew—. Te gustará.

—Claro que es distinto —repuso Abigail—. Cuando te subes al escenario de un teatro, te metes en la piel de un personaje cuya vida no tiene nada que ver con la tuya. Los que nos dedicamos a los musicales también somos actores. Por supuesto, no estoy insinuando que tú no reúnas las cualidades necesarias, seguro que posees un don natural para la interpretación —sonrió, moviendo una mano en el aire—. Espero que no me hayas malinterpretado.

—Descuida, no lo he hecho —mintió.

Dylan había salido un momento del local para comprar un paquete de botellas de agua mineral, pero oyó lo suficiente mientras cerraba la puerta de la calle y se despojaba del abrigo. No esperaba por parte de Abigail un comportamiento cortés con la recién llegada, habría sido muy impropio de ella favorecer su integración en el grupo, pero que la conociera bien no implicaba que sus modales no lo exasperaran.

Dejó las botellas de agua sobre la mesa y se acercó al grupo, aunque dirigió sus palabras directamente a Abigail.

—Arlene es muy buena. Estoy seguro de que no solo ella aprenderá de nosotros, sino que nosotros también aprenderemos de ella. —Los ojos verdes de Abigail lo miraron con recelo pero asintió como si estuviera de acuerdo con él—. Se nos echa el tiempo encima, vamos a seguir con los ensayos.

A Arlene le complació que la defendiera, aunque podía ser contraproducente que diera la cara por ella. No quería granjearse la enemistad de nadie y mucho menos la de aquella mujer que no parecía tolerar que los halagos fueran dirigidos a otra persona que no fuera a ella.

Todos tenían buenas voces, aunque cada una poseía sus

propios matices que las hacían diferentes y especiales del resto. Cuando sonaban juntas se creaba una armonía que rezumaba magia. Abigail cantaba como los ángeles, sus cuerdas vocales desprendían sensualidad a raudales, y Andrew poseía una voz rota que se colaba directamente en el corazón. Con su timbre de barítono, Edgar los embobaba a todos y los chicos, Sean y Emma, ponían el punto más dulce.

Muy avanzada la tarde, cuando todas las canciones de la obra habían sonado en las voces de sus compañeros, Dylan le preguntó si se arriesgaba con alguna de ellas y Arlene aceptó el reto. Él la escuchó como lo hacía siempre, absorbido por el poderoso encanto de su voz, y aunque algunos, en especial Abigail y Edgar, se mantuvieron rígidos en sus sillas, como si no estuviera sucediendo nada maravilloso a su alrededor, Dylan supo que Arlene los había eclipsado a todos.

# Capítulo 5

$P$eter Covert levantó la cabeza de la entrepierna de Abigail Lanscroft, se acomodó sobre su cuerpo excitado, y la penetró por tercera vez aquella tarde como a ella le gustaba, con una acometida profunda y enérgica que la dejó sin respiración. Ella arqueó la espalda, apretó las caderas contra las suyas y puso a su disposición los grandes senos coronados por los pezones más apetitosos que había saboreado nunca. Se apoyó sobre el antebrazo para no descargar todo su peso sobre ella, y abarcó con la mano libre el pecho, que masajeó antes de proceder a chuparlo con pasión.

Después se desencadenó una vorágine de intenso placer sobre las sábanas de seda color burdeos que cubrían la cama de Abigail.

Mientras los cuerpos se recuperaban y la pátina de sudor se les enfriaba en la piel, yacieron silenciosos el uno al lado del otro. Al cabo de un rato, Peter se giró hacia ella y jugó con un mechón pelirrojo de su cabello mientras observaba su perfil sonrosado y le volvían las ganas de besar esos labios llenos y sedosos.

—¿Cuánto tiempo nos queda? —le preguntó con la voz ronca.

—¿Hasta que llegue Charley? —Miró el reloj de números fluorescentes que había sobre la mesilla de noche—. Una media hora, así que a menos que puedas hacer algo decente en cinco minutos, será mejor que nos levantemos. Tengo que cambiar las sábanas, darme una ducha y airear la habitación —mencionó, con el tono coqueto.

—¿En serio? ¿Cinco minutos?

A ella se le entornaron los ojos al sonreír.

—A los veinte años habría aceptado el desafío pero… joder, esto me recuerda que mañana es mi cumpleaños y que cumplo nada menos que…

—Vamos, funcionas de maravilla para tus cincuenta y cinco. De hecho, nadie me folla mejor que tú, cariño. —Se deslizó sobre la cama para darle un beso en la boca y luego se levantó.

Abigail no mentía. Charley siempre era tan educado y tan clásico que ella se aburría como una ostra en la cama. Además, su forma de entender el sexo era demasiado simple, y jamás habría accedido a introducir innovaciones en su relación de pareja. Peter le había abierto los ojos a un nuevo y excitante mundo que tampoco podía compartir con la remilagada de su esposa. Por ejemplo, a ella nunca se le había pasado por la cabeza que el sexo en trío pudiera ser tan excitante hasta que él la animó a probarlo.

Peter no se levantó de inmediato sino que permaneció tumbado, admirando las excitantes curvas femeninas mientras ella caminaba hacia la ventana y la abría un poco para que entrara el aire. Las puntas de su larga melena rojiza rozaban la piel nívea de su espalda que se tornaba carmesí en las nalgas, donde la había azotado minutos antes. Él también estaba marcado, sentía un leve escozor en la espalda y el labio inferior le palpitaba en la comisura derecha, donde ella había hincado sus dientes.

—¿Te veré mañana por la tarde? ¿Después de tus ensayos? —le preguntó.

Abigail se colocó una bata azul de raso y se ciñó el cinturón.

—Te llamaré cuando sepa el horario de Charley, aunque siempre podemos ir a un motel o a tu oficina. —Nunca iban a hoteles en sus encuentros sexuales, ninguno quería correr el riesgo de que alguien los reconociera—. Te cantaré cumpleaños feliz y te haré la mejor mamada que te hayan hecho nunca.

—Será el mejor cumpleaños de mi vida.

Ella soltó una risita de camino al tocador, donde comenzó a cepillarse el cabello mientras lo miraba distraídamente a través del espejo. Lo había conocido hacía cinco meses, cuando acudió con su esposa a la función que esa noche representaban en un teatro de Midwood. Al terminar, él hizo uso de sus influencias y consiguió felicitarla personalmente en su camerino mientras Helen lo esperaba en el coche. Además de muy atractivo, también era un gran seductor y Abigail se sintió atraída de inmediato por su labia, por la mirada profunda de sus ojos negros, por su traje caro y por el rólex auténtico que decoraba su muñeca.

Al día siguiente se acostaron juntos y había sido la mejor experiencia sexual que había tenido nunca.

—¿Qué tal tu nueva compañera? —recordó Peter de repente—. Supongo que no es rival para ti ya que no has hecho ni un solo comentario sobre ella.

—¿Arlene? Es insignificante como un mosquito. ¿Te puedes creer que no tiene ninguna experiencia teatral? —Hizo un gesto de arrogancia—. Es aplicada y la pobre se esfuerza mucho en los ensayos pero le falta empuje y frescura aunque reconozco que su voz no está mal. —Lo observó a través del espejo—. Ya ha pasado una semana y no veo su evolución en ese sentido, creo que va a aburrir al expectador el día del estreno. La verdad es que no entiendo qué diablos es lo que Dylan ha visto en ella para ofrecerle el trabajo de Ingrid. Me parece indignante.

—¿Por qué piensas que lo ha hecho?

—A Dylan le gusta, y cuando digo que le gusta me refiero a que la encuentra sexualmente atractiva. Él es un buen profesional, pero no deja de ser un hombre. Cuando cree que los demás no nos damos cuenta, la mira justo como tú me estás mirando ahora. —Dejó de cepillarse el pelo y se dio la vuelta para mirarlo directamente—. Casi seguro que se la llevará a la cama, pero terminará comprendiendo que no tiene talento para este trabajo, y cuando eso suceda la pondrá de patitas en la calle.

—Eres pérfida —murmuró con complaciencia.

—Y a ti te pone que lo sea, ¿verdad?

—No te imaginas cuánto.

Abigail era mucho más interesante cuando no se sentía amenazada profesionalmente por otro compañero o compañera. Mientras Karen Reed le estuvo haciendo sombra, su carácter se volvió insoportable y se hizo muy difícil estar a su lado. Incluso el sexo dejó de ser tan bueno porque estaba obsesionada con el trabajo y con los atronadores aplausos con los que el público premiaba el trabajo de Reed. Peter la habría mandado a paseo de no ser porque no podía alejarse de su adicción por ella. Menos mal que tras el retiro de la actriz y la aparición de Ingrid, Abigail volvió a ser la mujer de antes: encantadora, sensual y muy ardiente.

Era por eso por lo que Peter deseaba que no se equivocara con respecto a esa tal Arlene.

Los ensayos de las dos primeras semanas fueron arduas sesiones de trabajo sobre el escenario, donde escenificaban las distintas partes de la obra. Arlene y sus compañeros pasaban largas horas repitiendo los diálogos, las canciones y los movimientos hasta que cada uno conseguía el efecto deseado por Dylan. Era lo que en jerga teatral se conocía como «ensayo al pie».

Con el paso de los días, Arlene se fue sintiendo mucho más segura bajo la piel de Audry y fue estableciendo una relación de estrecha confianza con las canciones. Pensó que le costaría mucho más esfuerzo encajar en el mundillo teatral, donde las diferencias con el sector al que siempre se había dedicado sí que eran representativas, pero avanzó rápido y se puso al nivel de sus compañeros en tiempo récord para gran sorpresa de algunos de ellos.

En gran medida, esa evolución se debió al gran saber hacer de Dylan. Cuando algo salía como él quería la premiaba con palabras que enaltecían su ego, y cuando no era así se lo decía clara y llanamente. Luego la alentaba a que repitiera la escena las veces que hiciera falta hasta que ella captaba el mensaje. Trabajar bajo sus órdenes a veces era extenuante, pero al mismo tiempo era revitalizante.

Gracias a él descubrió que poseía algunas habilidades ocultas, aunque también descubrió que volvía a despertársele el interés por los hombres, que hacía meses había caído en un profundo estado comatoso.

Desde que Dylan la había acorralado en la cafetería de Williamsburg, su inmunidad hacia los encantos de ese hombre en particular estaba sufriendo algunas grietas. Físicamente era irresistible. La mirada hipnótica de sus ojos azules, el espeso cabello castaño, su metro noventa de estatura, el porte atlético y viril… Aunque lo más peligroso de él era que combinaba ese atractivo sexual con una personalidad muy intensa. Dylan sentía pasión por su trabajo, de tal modo que los incitaba a todos a que también la sintieran, que se hacía respetar, que estaba muy seguro de lo que quería y de cómo lo quería aunque siempre estuviera abierto al diálogo, y que nunca dejaba de tener una palabra amable al final de la tarde, incluso cuando Abigail o Edgar lo sacaban de sus casillas con sus excentricidades.

No podía evitar sentirse tan atraída hacia él como una polilla a la luz.

Durante la segunda semana de ensayos, Arlene conoció a Charley Mulray, escenógrafo y tramoyista, que además era el esposo de Abigail Lanscroft. Era un hombre simpático, alto y robusto, con rasgos bonachones y una tendencia casi obsesiva a halagar en público a su esposa y a estar pendiente de ella en todo momento.

Charley estuvo hablando con Dylan sobre el diseño y la organización del escenario, así como del espacio y el decorado del que dispondrían en el teatro.

También conoció a Brendan Deley, el creador de la obra y autor de todas las canciones; un tipo con aspecto bohemio pero con una educación exquisita. Y al maquillador y responsable del vestuario. Se llamaba Henry Morley y era un hombre alto, guapo y con un porte muy atlético que evidenciaba su clara afición por el gimnasio. Arlene no habría descubierto que era gay de no ser porque Emma bromeó con él sobre lo mucho que le gustaban sus ojos azules y esa melena rubia que se recogía en una coleta baja, a lo que Henry contestó que si hubiera sido heterosexual ella habría sido la primera mujer a la que se habría llevado a la cama. No obstante, la platónica admiración que demostró sentir hacia Abigail, indicó que solo había sido amable con Emma.

Pasados unos minutos, Henry se acercó a ella para preguntarle sobre su talla de ropa y de calzado para preparar los atuendos que iba a llevar durante la función.

Joel Atkins también se dejó caer por el local en un par de ocasiones, aunque no se quedó mucho tiempo. Su trato con los actores era más distante, se limitaba a saludarles y a intercambiar unas cuantas palabras de cortesía. Luego se ponía a hablar con Dylan de negocios. Uno de esos días apareció con sus dos hijos, Alex y Samantha, que se parecían más a su tío Dylan que a él mismo. Sin duda habían heredado los rasgos de su madre, así como el color azul de los ojos.

Mientras Alex se entretenía en corretear por todo el local, haciendo caso omiso a las advertencias de su padre cuando lo veía encaramarse a las sillas, Samantha era mucho más sosegada y no se separó de Dylan desde que llegó. Alzaba las manitas hacia él y le pedía que la tomara en brazos, en los que se quedó durante todo el tiempo que duró la visita de su padre. Saltaba a la vista que la niña adoraba a su tío, y que él la adoraba a ella.

Arlene no pudo despegar la vista de ambos. Sintió algo cálido e indefinido en la boca del estómago.

—Estoy pensando lo mismo que tú. Es muy *sexy* ver a un tío tan atractivo prodigándole arrumacos a una niña de tres años. —La inesperada presencia de Emma a su lado, en el escenario, donde Arlene realizaba sus ensayos antes de que Joel irrumpiera en el local, le hizo dar un respingo—. Pero es inalcanzable, no quiere relaciones serias. Las mujeres que pasan por su vida no se quedan demasiado tiempo en ella.

—¿Te gusta Dylan? —preguntó, un poco contrariada.

—Claro que me gusta, ¡es el mejor jefe que he tenido nunca! Pero mi interés no es sexual, soy consciente de que él jamás se fijaría en una chica de veinte años. Además, tengo un novio del que estoy muy enamorada —le aclaró—. Solo he constatado un hecho que quizás desconocías, por si en algún momento te sirve de ayuda.

—¿Crees que a mí él...? —La sorpresa fue tan mayúscula que no pudo terminar la frase.

—Oh, vamos. Soy joven pero no tonta. —Se echó a reír y luego se bajó del escenario, respondiendo a la llamada de Sean.

Arlene adoptó un gesto reflexivo. A esas alturas era innegable que entre Dylan y ella existía mucha química, pero desconocía que aquello fuera tan obvio a ojos de los demás. Precisamente, para sortear posibles conflictos, ella nunca se rezagaba cuando finalizaba la tarde y llegaba la hora de marcharse a casa. Evitaba quedarse a solas con él para impedir que surgieran temas personales que los acercaran. Sin embargo, el mensaje de Emma constataba que podía controlar sus acciones aunque no así su lenguaje corporal.

Bebió un largo trago de agua para eliminar el desconcierto y recuperó el guion. Tal vez si Dylan no hubiera sido su jefe, habría sentido un interés real hacia él.

Al cabo de un rato, y viendo que la visita de Joel se dilataba, ensayó con Abigail la parte de la obra conjunta. Lo habían hecho juntas muchas veces, pero ahora que Dylan no las dirigía, Abigail se lo puso un tanto más difícil. La interrumpió en un centenar de ocasiones para darle sus propias instrucciones a lo que Arlene replicó para defender su punto de vista.

—Si entro un poco más tarde se pierde el efecto dramático, ya lo hemos convenido con Dylan.

—Y Dylan tiene razón, por supuesto, pero es que estás entrando demasiado pronto y me despistas. Intenta concentrarte o me dedicaré a otra cosa.

«¡Qué insolente era!»

—Estoy concentrada, Abigail.

Hizo fuerza al silabear su nombre y a la otra se le tensó el ceño.

—Te sugiero que aceptes los consejos de tus compañeros más experimentados, tienes mucho que aprender todavía, querida. —Clavó una mirada fulminante en ella—. ¿Sabes? Me recuerdas un poco a Karen, siempre dándose ínfulas de que conocía su oficio mejor que nadie y protestando por todo. No me extraña que le cortaran la lengua.

Un estremecimiento le recorrió la columna vertebral. Nunca había preguntado sobre Karen, lo único que sabía era lo que le había contado Dylan.

«Sufrió un accidente y tuvo que abandonar la obra. Alguien entró en su casa y la hirió tan gravemente que la incapacitó para volver a cantar».

—¿Le cortaron la... lengua?

—¿No lo sabías? Pues sí, con unas tenazas. Con ese carácter que se gastaba, no me sorprende que se granjeara enemigos de esa calaña.

Arlene no pudo continuar con el ensayo. Sintió que le faltaba el oxígeno y que la atmósfera del interior del local se oscurecía. Se excusó para salir a la calle. Abigail le había relatado aquel acto tan abominable con tanta crueldad que se le había revuelto el estómago.

Tenía la punta de la nariz congelada cuando la puerta del local se abrió y Joel salió a la intemperie con los niños, seguido de Dylan. A ambos les sorprendió verla allí, con las manos metidas en los bolsillos de los pantalones, la nariz roja como un tomate y tiritando de frío. Había salido tan apresurdamente que incluso había olvidado ponerse el abrigo.

—Vas a *pillal* un *lesfliado* —le dijo Samantha, a través de la lana roja de su gruesa bufanda.

—Oh, tienes razón, pequeña. Hace un frío terrible, ¿verdad?

Samantha asintió.

Joel agarró a cada uno de sus hijos de la mano y enfiló la calle hacia el aparcamiento subterráneo. Samantha daba alegres saltitos y Alex discutía con su padre para que lo soltara porque ya era mayor para ir de la mano.

—¿Qué estás haciendo aquí fuera con la que está cayendo? ¿Dónde está tu abrigo? —inquirió Dylan.

Arlene se frotó los brazos.

—Necesitaba tomar un poco el aire.

—Vamos, entra ahora mismo. —Observó que estaba algo pálida, pero lo achacó al frío—. Me dará un ataque al corazón si te pones enferma.


Utilizó una sombra de color gris para maquillarse los ojos y un tono rojo pasión para pintarse los labios. Después se cepilló el cabello y se lo recogió en una coleta alta frente al espejo de su camerino. Aquella era su última noche en el Trophy Bar. Gary no se había tomado muy bien su marcha, en el fondo era consciente de que Arlene era el mayor imán para atraer a la clientela y que tendría que buscarse a otra cantante que estuviera a su altura. Hasta él era consciente de que su novia no poseía ningún talento más allá del modo en que movía los pechos sobre el escenario. Aunque era cierto que los tipos que frecuentaban el bar no eran muy exigentes.

De todos modos, había quedado bien con Gary, sin discusiones ni malos rollos. Arlene no estaba en disposición de cerrarse ninguna puerta, por pocas ganas que tuviera de volver a llamar a aquella en concreto.

Se puso un sencillo vestido negro de cóctel, con el escote en forma de V, algunos adornos de pedrería en el cuerpo y la falda de corte amplio hasta la rodilla. Se lo había comprado para la boda que una sobrina de tía Sheyla celebró en Martha's Vineyard, y se lo había puesto alguna que otra vez para las ocasiones más especiales. En sus días de mayor esplendor, cuando cantaba en clubes importantes, nunca repetía vestuario porque Peter le compraba un montón de vestidos caros y maravillosos para las actuaciones.

Una vez rompió con todos los vínculos que la unían a él, los donó a la beneficiencia porque no quería conservar nada que proviniera de ese hombre.

Se echó un último vistazo al espejo. Sus ojos tenían un brillo especial, la piel lucía inmaculada y el vestido elegante le sentaba mucho mejor que en otras ocasiones. O tal vez todo seguía igual y la única diferencia radicaba en que se estaba valorando desde otro prisma. Cierto era que la esperanza había regresado a su vida y que se sentía mucho más vital y decidida que antes.

Agarró la guitarra acústica y abandonó el camerino.

No había ningún atasco esa noche en la avenida que enlazaba los distritos de Williamsburgh y Brooklyn Heights. El tráfico discurría fluido a pesar de que la neblina descendente ya se condensaba hasta opacar las luces brillantes de las farolas y los semáforos.

Dylan estaba de buen humor. Samantha le había hecho un dibujo mientras cenaban todos juntos en casa. Lo había retratado al lado de una casita de campo rodeada de árboles y junto a una mujer de pelo castaño a la que asía de la mano. Y también había un perro grande, una especie de lago a la derecha —lo adivinó porque lo había pintado de color azul— y un montón de pájaros que volaban alrededor de un sol sonriente. Cuando le preguntó por la mujer que había a su lado, la niña le había contestado:

—Es la mujer guapa de la guitarra, se te puso cara de bobo el otro día cuando la mirabas. —Samantha se había echado a reír hasta que los mofletes se le sonrosaron—. A lo mejor le tienes que decir que se case contigo, como papá le pidió a mamá antes de que Alex y yo naciéramos.

—¿A ti te gustaría que me casara, pequeñaja?

—Y que tuvieras niños, como el nuevo que espera mamá.

—¡Samantha! —exclamó Carly agrandando los ojos.

Carly y Joel lo habían invitado esa noche a cenar para contarle que volvía a estar embarazada, pero Samantha se había anticipado y había arruinado la sorpresa. ¡Y eso que le habían advertido de que no dijera nada a su tío Ylan! La noticia lo alegró profundamente, pero no fue la única buena que recibió esa noche. Joel se había mostrado positivo con el inminente estreno de la obra, así como con los proyectos para representar fuera de Nueva York y, por si todo eso fuera poco, Alex ya empezaba a mostrar claros indicios de convertirse en un forofo de los Yankees de Nueva York, para gran disgusto de su padre, que era seguidor de los Mets.

Dylan sonreía mientras echaba un vistazo a la hora que señalaba el reloj del salpicadero. Había sido una cena muy agradable en familia. Las risas, el aroma de la comida y el calor del hogar todavía se le ceñían al pecho, y le hacían rechazar la idea de regresar a su fría, solitaria e inmensa casa. Quizás le hiciera caso a Samantha y comprara un perro. La niña nunca llegó a conocer a *Sadie*, pues murió justo cuando ella nació. Sí, un perro le daría algo de color a la casa.

Los jueves por la noche solía reunirse con sus colegas del club de los Yankees en la bolera de Sunset Park para echar unas partidas. Esa noche había alterado sus planes para cenar con la familia, pero todavía era temprano y llegaría a tiempo de reengancharse al juego.

Sin embargo, cuando llegó al cruce en el que hacía unas semanas quedó inmovilizado por el atasco, se dejó guiar por un impulso y puso el intermitente para girar a la derecha.

Pronto vio el letrero de neón rojo en forma de copa.

Recordó que ella había mencionado de pasada que ese día era el último que actuaba en el Trophy Bar, ya que el próximo martes estrenaban en el teatro Cherry Lane de Nueva York.

Desde que se había incorporado al equipo, solo la había escuchado cantar las canciones que habían sido escritas para la obra, y le apetecía volver a verla interpretar las canciones de rock que ella versionaba en sus actuaciones. Solo se trataba de eso, se dijo, al tiempo que cruzaba la calle desierta hacia la puerta de metal que dejaba escapar la música del interior. Ninguna otra intención le había llevado a salirse de su camino y a renunciar a la partida de bolos más que esa: escucharla. Sí, reconocía que a veces se le ponía cara de «bobo» cuando la miraba, como le había dicho Samantha. Pero no pensaba seducirla como seguramente habría hecho si ella no trabajara para él.

El interior estaba oscuro, pero las luces purpúreas del escenario lo guiaron en la penumbra hacia un hueco en el que sentarse junto a una máquina tragaperras. Arlene destacaba entre el resto de los músicos y lo miró mientras susurraba al micrófono la última estrofa de una antigua canción de Carly Simon.

Dylan intentó distinguir si en su rostro aparecía alguna emoción al verlo allí sentado, pero ella no dejó traslucir ninguna, excepto las siempre intensas que le provocaba la música. El silencio al cesar los aplausos fue efímero. Ella hizo brotar de las cuerdas de la guitarra la melodía de *All I wanna do is make love to you* del grupo de Seattle, Heart. Le encantó que la incluyera en su repertorio. Cuando escuchaba aquella canción siempre evocaba sus años de universidad, y a todas las chicas que se ligaba en los bares que frecuentaba con sus colegas. Por aquel entonces, Arlene tendría trece años, pero ahora era una mujer muy hermosa que destilaba fuerza y sensualidad por todos los poros de su piel.

A veces se le hacía muy difícil valorarla con criterios del todo objetivos.

Quizás fue el vestido negro, que con cada movimiento se arremolinaba en torno a los torneados muslos. O quizás fue el embrujo de la canción, de la letra directa e incitadora que tensó a todos los hombres del bar. Dylan contempló la actuación desde el deseo de acariciar esas curvas suaves que moldeaban su cuerpo delgado. De probar su boca carnosa. Y siguió deseando todo aquello durante la última canción que interpretó esa noche, *The best* de Tina Turner.

Arlene ya pisaba el escenario del local de Carroll Gardens con soltura, sin apenas equivocaciones y metida de lleno en la piel de Audry. Incluso Joel, a falta de comprobar cómo funcionaría cuando la obra se estrenara, terminó reconociendo que su fichaje había sido una excelente elección. Pero estaba claro que aquel que ahora conquistaba era su auténtico territorio. Allí arriba se desinhibía por completo y se dejaba poseer por el espíritu de la música que le corría por las venas.

Se le quedó la garganta reseca cuando bailó y movió las caderas al son del solo que el músico se marcó con el saxofón. A tientas buscó la botella de cerveza que el camarero le había servido y bebió un trago sin apartar la vista de ella, que condujo el final de la canción hacia un espectáculo sonoro y visual que excitó todas las fibras nerviosas de su cuerpo.

Joder, ¡se había puesto cachondo!

La sala se llenó de estruendosos aplausos y vítores a los que Dylan se unió con el mayor de los entusiasmos. Ella sonrió y agradeció al público su respuesta ferviente, y luego presentó a la banda de músicos que la acompañaban antes de despedirse con un pequeño discurso, en el que agradeció al público el apoyo que le había brindado durante los meses que había estado trabajando allí. Por último, tuvo unas palabras amables con Gary, el dueño del local, aunque no se las mereciera.

Las luces interiores se encendieron y bañaron el local en tonos ocres. Antes de abandonar el escenario, ella le hizo un gesto para que la esperara.

En los diez minutos siguientes, Dylan se propuso recuperar la sangre fría que Arlene había hecho hervir, aunque solo lo logró a medias. Necesitaba un poco de aire fresco, la atmósfera estaba cargada con los ardores de todos aquellos hombres agolpados en tan poco espacio.

Apareció vestida de calle, con vaqueros, el abrigo rojo y una gruesa bufanda de color negro enrollada alrededor del cuello. Cargaba con su inseparable guitarra y con una bolsa de deporte. Dylan dejó unas monedas sobre la mesa y se puso en pie.

—¿Qué haces aquí? —preguntó ella, dejando entrever que era una sorpresa grata.

—Venía de paso y recordé que era tu última actuación. No podía perdérmela. —Ella se lo quedó mirando como si no se creyera que su presencia allí fuera circunstancial—. Eso que has hecho ahí arriba ha sido…

—¡Cojonudo, nena! Perdonad que me inmiscuya pero tenía que decírtelo personalmente —comentó en voz alta un tipo obeso con espeso bigote negro y brazos como robles, que metió la nariz en la conversación—. Te vamos a echar de menos, Cindy no te llega a la altura del zapato y ni siquiera mueve el pompis mejor que tú, pero te mereces un curro mejor.

—Gracias, Tom —le agradeció ella con una sonrisa.

El tipo se largó hacia la barra y Dylan movió la cabeza con un gesto de reconocimiento.

—Bueno, no es que ese tío me haya quitado las palabras de la boca, pero más o menos estoy de acuerdo en todo lo que ha dicho. —Ella amplió la sonrisa hasta escapársele una carcajada silenciosa—. Salgamos de aquí antes de que tus admiradores se enteren de que he sido yo el que les ha robado a su estrella. Déjame ayudarte con eso, parece pesado.

Se apoderó de la bolsa de deporte y comprobó que sí que lo era. Arlene había guardado en ella todas sus pertenencias, aunque echó en falta unos pendientes de bisutería que compró en un mercadillo del Soho. Al compartir el camerino con Cindy, no le extrañaba que ella se los hubiera quedado.

Dylan agradeció el aire gélido de la noche. Por el contrario, ella se encogió bajo su abrigo. En el último año había conocido a unas pocas mujeres pero ninguna había despertado tanto su interés como Arlene Sanders. Reconocía que no era una cuestión meramente física, también conectaba con ella a otros niveles. Por desgracia, ella era una fruta prohibida.

—¿Dónde has aparcado el coche? —le preguntó él.

—Está en el garaje de casa. Hace varios días que no arranca, creo que se le ha agotado la batería. He venido en autobús. —Los dientes le castañetearon mientras buscaba algo en el interior de su bolso y sacaba el móvil—. Llamaré a un taxi.

—¿Pero qué dices? Guarda eso, yo te llevaré.

—Te desviarás demasiado de tu camino.

—No tengo prisa por llegar a casa.

Le colocó la palma de la mano detrás de la espalda y la instó a que lo acompañara a su coche, un Ford Lincoln de color negro con un amplio maletero en el que depositó la bolsa de viaje y la guitarra. Subieron al coche, que parecía una cámara frigorífica. Nubes de vapor escapaban de sus labios, y Dylan pensó que a ambos les vendría bien tomar algo que les calentara un poco.

—Te invito a una copa. ¿Hay algún lugar tranquilo en Carroll Gardens en el que podamos hablar? Me gustaría comentar contigo algunas cosas sobre el trabajo de estas últimas semanas.

«Buena excusa, tío».

—¿Ahora? —Qué tontería de pregunta, ¡claro que se refería a aquel momento! Arlene notó una incipiente tensión en la boca del estómago—. Pues... Ya es un poco tarde y *Sadie* me estará esperando. Si quieres, podemos hablar mañana por la tarde, me quedaré un rato más después de los ensayos.

—Quiero asegurarme de que estemos solos, no quiero tener a Abigail remoloneando por el local para ver si se entera de la conversación. —Captó una sutil aquiescencia en su semblante. Quería tomar esa copa con él pero algo la frenaba. Arlene era un enigma. Siempre parecía tener prisa por marcharse cuando terminaban las sesiones de ensayo, y durante los descansos había demasiada gente en el local como para relacionarse con ella de un modo más personal. Insistió un poco más—. Solo son las once y media. Te prometo que dentro de una hora estarás en casa, y si *Sadie* se enfada mucho contigo dile que ha sido culpa mía. Te perdonará, creo que le caí bien.

Su mirada intensa resultó incluso más persuasiva que sus palabras, y a ella se le dibujó una liviana sonrisa en los labios. No era una buena idea acompañarlo, todas las neuronas de su cerebro lo sabían, pero uno no siempre era dueño de sus decisiones.

—En la Tercera con la calle Court hay un pub que se llama Abilene.

# Capítulo 6

*H*acía tiempo que las calles de Brooklyn habían sido asaltadas por el espíritu navideño. La gran mayoría de las fachadas de los edificios lucían engalanadas con luces brillantes que centellaban en la noche como luciérnagas, y a través de las ventanas de los hogares podían verse los tradicionales abetos cargados de estrellas, lazos, bolas de colores y bastoncitos de caramelo. Había Santas Claus colgando de las ventanas, coronas de muérdago pendiendo de las puertas y grupos de chicos cantando villancicos incluso a horas tan tardías como aquella, con sus bufandas de colores azotadas por el viento gélido.

Durante el trayecto en coche hablaron sobre sus planes para pasar las fechas señaladas, mientras en la radio sonaba *White Christmas* en la voz de Bing Crosby.

—Estaré con mi madre y tía Sheyla en Queens, y es posible que haga una escapada a Baltimore para visitar a mi hermano Zack y a su novia Amy.

—No pareces muy emocionada. ¿Eres de las que viven estos días con nostalgia?

—Desde que mi padre falleció, la Navidad dejó de tener sentido —asintió—. Hacíamos muchas cosas juntos. Nunca nos perdíamos el alumbrado del árbol de Navidad de Rockefeller Center y a los dos nos encantaba patinar la tarde del veinticinco en la pista de hielo de Bryant Park.

—¿Cuánto tiempo hace?

—Dos años. Pero parece que fue ayer.

—Es normal que te sientas así. Estas fiestas son un puñetero incordio. Es imposible sentir toda esa parafernalia del espíritu navideño con el que nos bombardean por todos lados cuando falta gente a la que quieres.

—¿Quién te falta a ti?

Pensó que había sido indiscreta porque sus largos dedos se apretaron en torno al volante de piel. Lo miró a la cara, ahora bañada por la luz verdosa del salpicadero, y tuvo la impresión de que su pregunta había traído a su cabeza algún recuerdo triste.

—Mis padres pasarán la Navidad lejos de aquí. Se compraron una casa en Boca Ratón hace poco más de un año, cuando mi padre se jubiló, y tienen previsto quedarse en ella durante largas temporadas. Será la primera Navidad que Carly y yo pasaremos sin ellos. —Sus dedos volvieron a relajarse, al igual que sus líneas gestuales—. ¿Sabes qué es lo más gracioso? —Arlene hizo un gesto de negación con la cabeza—. Que ellos están encantados y somos nosotros quienes más los echaremos de menos.

Tenía el presentimiento de que la nostalgia que había aparecido en su expresión y que él había hecho desaparecer antes de que fuera excesivamente notable, obedecía a algo más que a la lejanía de sus padres. Tal vez era algo relacionado con la chica pelirroja que estaba en la fotografía de su despacho.

¿Por qué la ocultaría de la vista? ¿No era más sencillo retirarla si ya no significaba nada para él?

El pub Abilene ofrecía un ambiente tranquilo y sofisticado, en el que la música sonaba tan suave como la iluminación en tonos azules y plateados que se derramaba sobre la superficie de las mesas y de los asientos acolchados. Arlene propuso uno que hacía rinconera y que se hallaba al fondo, donde terminaba la barra de lustrosos espejos negros. Todavía tenía algo de frío y había visto una rejilla de calefacción cerca del asiento.

Se deshicieron de los abrigos y los colgaron en una percha cercana.

—¿Qué te apetece tomar? —preguntó Dylan.

—Lo dejo a tu elección. Algo sin alcohol estaría bien.

¿Algo sin alcohol a las doce de la noche?

Dylan se acercó a la barra y pidió a la camarera dos cócteles Campari. Le apetecía comprobar si el alcohol era capaz de desinhibirla tanto como el sonido de la música en directo. Pagó a la camarera y se acomodó a su lado. Ella se desplazó ligeramente sobre el asiento para ampliar un poco las distancias que él había reducido al sentarse.

—¿Qué es? —Tomó el vaso y se lo acercó a la nariz—. Tiene el mismo color que el té helado pero, desde luego, no huele igual —comentó, con una pizca de ironía.

—Es un cóctel Campari. El estreno de la obra está próximo y los dos necesitamos destensarnos. Te sentará bien.

—¿Qué lleva?

—Campari, vermouth dulce y soda. Prúebalo.

Arlene hizo una mueca con el primer sorbo. El segundo entró algo mejor.

—No está mal. Tiene un ligero sabor agridulce y huele a piel de naranja. —Se lamió los labios en los que él posó la mirada—. ¿De qué querías que habláramos?

Dylan ascendió la mirada hacia sus ojos.

—De tus compañeros, de la obra, de si estás a gusto con tu trabajo, de si te arrepientes de haber dejado el que tenías…

Arlene hizo un gesto de negación con la cabeza.

—Claro que no me arrepiento, ¡todo lo contrario! Agradezco muchísimo tu empeño y tu confianza.

—No tienes que agradecerme nada. El beneficio es mutuo.

—¿Pero en algún momento se te ha pasado por la cabeza que la crítica pueda despedazarme tras el estreno? Porque no querría defraudar esas altas expectativas que tienes puestas en mí.

—¿Te preocupa eso?

—Pues la verdad es que sí.

—Si obtuvieras una mala crítica, que no sucederá, la responsabilidad sería toda mía. No tienes por qué cargar con ese peso. Tú céntrate en el trabajo y desempéñalo tan bien como hasta ahora. El resto es asunto mío.

Ella no estaba del todo de acuerdo con aquella filosofía.

—¿Qué tal con Abigail?

Dudó antes de contestar.

—Bien.

—¿Bien? Mientes. —Ella alzó las cejas—. Me parece estupendo que seas tan prudente, pero si tienes problemas con tus compañeros o si sientes que te ponen trabas debes contármelo.

—Puedo resolver mis asuntos por mí misma, no necesito que interfieras.

—No si esos asuntos están relacionados con la compañía. Quiero un buen ambiente de trabajo. Verás, cuando Karen estaba con nosotros se vivieron algunas situaciones muy tensas entre bastidores y me disgustaría mucho que volvieran a repetirse.

—¿Por culpa de Abigail?

—Ya te habrás dado cuenta de que no soporta que nadie destaque más que ella.

Desde luego que se había dado cuenta. Abigail siempre tenía que ser el alma de la fiesta, la guinda de todos los pasteles. Hacía lo posible para que todo el mundo estuviera pendiente de sus caprichos y necesidades, y cuando no lo conseguía se ponía como una energúmena.

—De momento se ha limitado a hacerme el vacío, pero se lo agradezco porque tiene actitudes que no van con mi forma de ser. Si en algún momento decidiera iniciar una batalla conmigo, no entraría al trapo. Puedes estar tranquilo.

—Tampoco permitas que te achique. Si te pone las cosas demasiado difíciles quiero que me lo hagas saber. —Buscó un asentimiento en Arlene que no se produjo—. Es comprensible que prefieras resolver tus asuntos por ti misma, pero Abigail puede ser muy dañina cuando se lo propone. Y además tiene a casi todo el mundo de su parte.

—Ya me he dado cuenta, pero hay una cosa que no entiendo. Si es tan buena, ¿por qué no está trabajando en obras de mayor envergadura?

—En Broadway, cuando las actrices sobrepasan la barrera de los cuarenta, solo las contratan para interpretar personajes secundarios. O te conformas o trabajas en obras más pequeñas.

—Desconocía que el teatro fuera tan sexista como el cine.

—Por desgracia así es.

Arlene acarició con el dedo la rodaja de limón que decoraba el borde del vaso. Desde hacía días quería comentarle un asunto que le causaba mucha intranquilidad, tal vez, por el modo tan frívolo y despiadado con el que Abigail lo había tratado.

—Abigail me dijo que a Karen Reed… le cortaron la lengua con unas tenazas. —Su voz sonó hueca.

Dylan emitió un suspiro áspero y apretó la mandíbula.

—Debí contártelo yo mismo. Suponía que acabarías enterándote por otra persona y me fastidia que haya sido precisamente Abigail quien te lo haya dicho. Ella no soportaba a Karen. —Arrastró el vaso sobre la superficie de la mesa con aire pesaroso—. Es un tema muy delicado que está en manos de la policía. Quise evitarte los detalles más escabrosos.

—Pobre chica. —Fue todo lo que se le ocurrió decir.

—Era estupenda. Espero que atrapen pronto al desgraciado que le hizo eso.

—¿Y Abigail... también tuvo conflictos con Ingrid?

—No. Ingrid era muy apocada y vocalmente no estaba a su altura. Abigail solo es cruel con las compañeras que le hacen sombra. —Ese no era el tipo de conversación que Dylan deseaba mantener con Arlene cuando la invitó a tomar una copa. Quería pasar un rato agradable, conocerla mejor y averiguar por qué lo atraía tanto. Saboreó el cóctel y cambió el rumbo de la charla—. Me tienes intrigado.

—¿Yo? ¿Por qué razón?

—Una cantante con tanto carisma, con una voz tan especial... ¿Puedo saber qué pasó?

Ella siguió acariciando la corteza de limón mientras un gesto reacio le tensaba la comisura de los labios. Finalmente, se encogió de hombros.

—Me mezclé con quien no debía. Eso es todo.

—Tengo la sensación de que es algo reciente. —Ella solo asintió. No quería hablar de aquello, así que Dylan no insistió—. Imagino que has tenido que empezar de nuevo.

—Más o menos. Pero tocar en la calle no está tan mal. Al principio lo detestaba pero pronto empecé a acostumbrarme.

—¿Ya lo habías hecho antes?

—Sí, al terminar secundaria. Debbie, Dan y yo formamos un grupo de rock y empezamos a tocar nuestras propias canciones en las calles de Manhattan. —El recuerdo la hizo sonreír. Retiró la rodaja de limón que decoraba el vaso y se la llevó a la boca. La lamió, y Dylan quedó eclipsado por esos labios carnosos que se perlaron de zumo. El calor del deseo fluyó por sus venas al ver que asomaba la punta de la lengua—. Dios, ¡éramos horribles! Pero disfrutábamos haciéndolo. Teníamos muchos sueños que cumplir y ningún sentido del ridículo.

Dylan se aclaró la garganta.

—Parece ser que no los cumplisteis juntos.

—No, desde luego que no. Aunque tampoco lo hicimos por separado. —Dejó la corteza del limón a un lado mientras él se remangaba los puños de la camisa. Al apoyar el antebrazo sobre la mesa, junto al suyo, el vello castaño la rozó y el calor que desprendía su piel se desplazó a la suya. No lo retiró, dejó que la placentera sensación la recorriera—. Dan era mi novio por aquel entonces, mi primer novio, pero se enamoró de Debbie. Al cabo de un año de tocar los tres juntos, hicieron la maleta y desaparecieron de un día para otro. Algunos meses después me llegó una postal desde Los Ángeles en la que se disculpaban por no haber contado conmigo en su escapada, pero que jamás lo habría entendido si me hubieran hecho partícipe de sus planes. Me deseaban suerte y añadían una postdata en la que decían que estaban a punto de conseguir un contrato discográfico. —Arlene se cruzó de piernas—. ¿Soy mala por alegrarme de que no les haya ido bien?

Dylan rio entre dientes. Agitó el hielo en el vaso a la vez que negaba despacio.

—Eres buena por el simple hecho de plantearte esa pregunta.

Arlene se encogió levemente de hombros, sin romper el contacto visual.

—En el fondo, Dan era un idiota. Me hizo un gran favor marchándose con Debbie.

Dylan acercó el vaso de Campari al de ella e hizo chocar los vidrios. Ambos bebieron.

A pesar de que los vasos se quedaron vacíos y Arlene rehusó tomar algo más, la conversación fluyó por otros derroteros y ella no hizo ademán de dar la velada por concluida. Hablaron del futuro inmediato, de los entresijos de la profesión, de la obra que estaban a punto de estrenar y de la posibilidad de hacerlo fuera de Nueva York, y él amenizó la charla contándole anécdotas divertidas que la hicieron reír a carcajadas.

Y

La compañía de Arlene era incluso más interesante de lo que había pronosticado. Mientras transcurrían los minutos, se iba sintiendo como si un nuevo y apasionante mundo se hubiera abierto ante él. Y los efectos del Campari nada tenían que ver. Deseaba conocerlo todo de ella, desde cosas tan banales como su color favorito a cosas tan importantes como los secretos que guardaba. No quería que la noche acabara.

Arlene estaba atrapada en la misma tela de araña. Podría haber pasado la madrugada en vela charlando con él sobre cualquier cosa, y no habría notado la falta de sueño. ¡No había consultado el reloj ni una sola vez! Sin embargo, tal como se estaba desarrollando la noche, con toda esa química fluctuando entre los dos, llegó un momento en el que se produjo uno de esos silencios chispeantes que atrapó sus miradas y dejó al descubierto sus más íntimos pensamientos. Arlene deseó que la besara. Él deseaba hacerlo.

Por fortuna, la vocecita de la conciencia la salvó de cometer una estupidez.

Arlene rompió la magia al descender la mirada hacia su reloj de pulsera. Pero Dylan no le dio ninguna oportunidad.

—¿Sabes jugar a los bolos, Arlene Sanders? —Ella despegó los ojos de la esfera del reloj y arqueó las cejas—. Los jueves por la noche suelo reunirme con mis amigos del club de los Yankees para echar unas partidas. Déjame tu mano. —La puso a su alcance y él le palpó los dedos, la palma e hizo girar su muñeca con delicadeza, como cerciorándose de si sería una buena lanzadora. A Arlene se le erizó el vello de la nuca. ¿Qué le estaba pasando? Seguro que se debía a la bebida. El Campari se le había subido a la cabeza—. Buena estructura ósea, dedos largos, buen giro de muñeca… Estoy seguro de que esta mano puede conseguir buenos plenos.

«Aunque tengas la piel tan suave y las uñas perfectamente cuidadas».

—Si tú lo dices —comentó con escepticismo—. Hace más de cinco años que no he jugado a los bolos y cuando lo hacía era pésima. Casi siempre enviaba la bola a la zona de los canales.

—Es cuestión de técnica. Te enseñaré la mía si me acompañas.

—¿Te refieres a esta noche?

—Sí, ¿por qué no? Solo es la una de la madrugada, estamos un poco achispados —aunque lo decía más bien por ella que por él— y casi es Navidad. Mis amigos son buena gente. Algunos de ellos envían las bolas a los canales, no serás la única —bromeó—. Una partida y nos marchamos a casa.

Arlene estuvo a punto de poner un pretexto. ¡Se le ocurrieron muchos en el intervalo de un segundo! Era tarde, su casa estaría fría como el hielo al no haber encendido la calefacción en todo el día, *Sadie* se estaría preguntando dónde demonios se habría metido su dueña y, por si todo eso fuera poco, el instinto la impelía a que no siguiera estrechando más lazos con Dylan Jansen.

—De acuerdo, una partida.


Se reunieron con los amigos de Dylan en la bolera Melody Lanes de Sunset Park. Arlene se sintió bastante aliviada al comprobar que en el grupo de forofos de los Yankees de Nueva York también había algunas mujeres. Como a ella no le gustaba el fútbol había dado por hecho que todos serían hombres. Dylan la presentó como «la nueva actriz de la obra», pero Arlene se percató de los gestos incrédulos de sus amigos mientras intercambiaban saludos. Nadie se había tragado que solo los uniera esa relación.

—Eres la primera chica a la que trae a jugar a los bolos. ¡Enhorabuena! —le dijo Josie por lo bajo. Era una mujer rubia, robusta y con exceso de maquillaje que llevaba unos vaqueros ajustados y una camiseta negra de los Yankees.

Arlene iba a hacerle una aclaración pero la mujer la dejó con la palabra en la boca.

Terminaron de ver la partida en curso acomodados sobre los sofás de color naranja del área de descanso, frente a dos nuevos cócteles Campari. Dylan estuvo respondiendo a todas las dudas de Arlene conforme veía el juego de sus compañeros, que era bastante bueno. Incluso Josie, que al ser pequeña y redonda como una esfera no parecía dar la talla, demostró poseer bastante maestría acertando varios plenos. En un determinado momento, Arlene se cubrió la cara con las palmas de las manos.

—Voy a hacer un ridículo espantoso, ¿cómo me he dejado convencer por ti?

—¿Porque soy un tío persuasivo? —A ella se le aflojó el ceño y a él se le distendió la sonrisa—. Ha quedado una pista libre y nadie la ocupa, vamos a ensayar un poco. —Dylan se puso el calzado especial e instó a Arlene a que hiciera lo mismo. Luego se puso en pie y le tendió la mano—. Vamos.

De cara a la pista, él le entregó una bola y se colocó a su lado, hombro con hombro.

—La primera regla es situarse a unos cuatro pasos de la línea de falta. Después sostenemos la bola con las dos manos, a una altura cómoda entre la cintura y el pecho. Así. —Ella lo imitó, fijándose bien en sus instrucciones—. Y ahora realizamos cuatro pasos muy sencillos. No te olvides de que hay que mirar un punto específico.

—¿Qué punto?

—Por ejemplo, el lugar por donde quieres que pase la bola. —Arlene asintió y, a continuación, Dylan puso en práctica un lanzamiento al tiempo que le iba explicando los sucesivos movimientos—. Avanzamos un paso con el pie derecho, alejamos la bola hacia delante, la balanceamos hacia abajo con la mano derecha, damos otro paso con el pie izquierdo y la alzamos por detrás hacia el punto más alto. Entonces deslizamos hacia delante el pie izquierdo, flexionamos la rodilla y la soltamos cuando llegue a la altura del pie.

La bola saltó rauda de su mano, se mantuvo recta durante el trayecto y derribó ocho bolos al llegar a su destino.

—¿Puedes rebobinar? —preguntó aturdida—. Hace años todo me parecía más sencillo y me sobraban tres de los cuatro pasos.

—Lo haré un poco más despacio.

Como si se hallaran en el local de Carrol Gardens y estuvieran ensayando alguna escena de la obra, Arlene volvió a ponerse en sus manos para llevar a la práctica con mayor o menor habilidad las instrucciones con las que él la iba guiando. Sin embargo, en alguna ocasión se hizo necesario que Dylan recurriera al contacto físico para ayudarla a adoptar la postura adecuada y, en esos momentos, la atmósfera de aparente camaradería se desvanecía para dejar aflorar la tensión sexual.

En una de esas ocasiones, Dylan se situó a su espalda y acaparó el control de su mano derecha, con la que sostenía el bolo. A Arlene le llegó su calor y su energía a través del roce de los dedos. Sintió un cosquilleo en el vientre cuando él colocó la otra mano sobre su cadera, e incluso dejó de escuchar sus palabras porque quedó apresada en el lenguaje del resto de sus sentidos.

«Sigue siendo tu jefe, el director de la obra, así que olvídate de que es un extraordinario ejemplar masculino y ¡céntrate!».

—Así, muy bien. Ahora adelanta esta pierna —le dio un golpecito con los dedos en la cadera—, balancea hacia atrás y suelta.

Él se retiró para cederle espacio, se cruzó de brazos y observó su perfil concentrado. Los pómulos se apreciaban sonrosados bajo la incidencia de las luces que alumbraban la pista por encima de sus cabezas. Había notado que sus músculos se habían contraído al tocarla y que había perdido la concentración mientras él se afanaba en no perder la suya.

Ya no estaba tan seguro de que arrastrarla hasta allí hubiera sido un buen plan. Se obligó a recordar que la relación que los unía era incompatible con el sexo. Le habría gustado saber quién habría sido el gilipollas al que se le habría ocurrido aquello de no mezclar el trabajo con el placer.

Arlene se mordió los labios con la vista fija en un punto y lo sacó de sus reflexiones al llevar a cabo su lanzamiento. La bola salió disparada con poca fuerza, por lo que a medio camino perdió gas y se desvió hacia el canal izquierdo.

—Mierda —masculló malhumorada—. Ya te avisé de esto.

—No ha estado tan mal, solo te ha faltado un poco más de impulso. Agarra otra bola e inténtalo de nuevo.

La segunda tuvo el mismo resultado, pero con la tercera derribó siete bolos. Arlene sonrió triunfal, aunque la euforia se le cortó de raíz cuando Stephen, el marido de Josie, los llamó para que se incorporaran a la nueva partida, en la que cada uno jugaría en un equipo diferente.

Arlene procuró llevar a la práctica las enseñanzas de Dylan

cada vez que llegaba su turno de lanzar. No quería dejar mal a su equipo. ¡Aquella gente se tomaba el juego tan en serio que parecía parte vital de sus vidas! Rachel, la guapa morena que estaba casada con Joseph, el tío aficionado a los anabolizantes que llevaba el pelo rapado y que medía casi dos metros, se puso de muy mala uva cuando Arlene erró de manera estrepitosa los dos primeros lanzamientos. Su equipo enmudeció e incluso miraron a Dylan de soslayo como pidiéndole explicaciones.

«¿Por qué has traído a esta tía tan torpe a jugar con nosotros?», parecían estar acusándole.

Los cuchicheos que escuchaba a su espalda hicieron aflorar su espíritu combativo, y en las siguientes dos rondas logró dos plenos que callaron muchas bocas y nivelaron los resultados.

Dylan le aplaudió, granjeándose miradas fulminantes de sus compañeros. Se suponía que no debía premiar las victorias del equipo contrario, pero Arlene era su discípula y había aprendido muy rápido. Se sintió orgulloso de ella. Además, era mucho más alegre y extrovertida de lo que había dejado entrever desde que la conociera. Las buenas puntuaciones conseguidas la hicieron dar saltos de alegría e incluso chocó las palmas con Josie, Rachel y el resto de su equipo.

No podía apartar los ojos de ella, de su cuerpo esbelto y torneado, mostrándole que no había mujer a la que le sentaran mejor unos vaqueros. Y su sonrisa radiante no tenía competencia. Tuvo la sensación de que hacía mucho tiempo que Arlene no se divertía tanto.

—Es simpática y tiene un culo de campeonato. ¿De dónde la has sacado? —le preguntó Stephen, que estaba sentado a su lado en el área de descanso mientras era el turno del otro equipo.

—Ya te lo he dicho, es la nueva actriz de la obra. Estrenamos el martes y pensé que le vendría bien relajarse.

—Ah... pues claro. —Stephen soltó una carcajada—. Yo no me llevo a los bolos a una tía así para que se relaje. A no ser que luego quiera follármela. Y tú tampoco, amigo.

—No puede ser, tenemos una relación profesional. Ya sabes que yo nunca me llevo el trabajo a la cama.

Stephen bebió un trago de cerveza y luego se limpió los labios finos, casi inexistentes, con el dorso de la mano.

—Qué reglas más absurdas os inventáis la gente de las altas esferas. Antes de casarme con Josie, me acosté con todas las chicas que pasaron por la oficina, y te aseguro que fueron muchas. A veces incluso repetía. —Stephen era mecánico de coches, tenía su propio taller en Sunset Park y el negocio era próspero. En la actualidad, incluso le iba mejor que a él, por eso no entendía que su grupo de amigos del club de los Yankees lo calificaran de ese modo—. A mí me parece que es de las que te atan corto.

A él también se lo parecía. Arlene era una chica joven y atractiva que pertenecía al mundillo del espectáculo, ¡y todos sabían cómo funcionaba ese gremio! Sin embargo, no encajaba en el prototipo de mujer para pasar una noche, ni dos, ni siquiera tres. Tenía toda la pinta de ser una mujer de compromiso, que podía enamorar a muchos tíos sin necesidad de seducirlos con su cuerpo.

Le hubiera gustado conocerla en otras circunstancias, sin relaciones laborales de por medio. Sin el peso de sus conflictos personales.

El equipo de Dylan ganó la partida con una ventaja de setenta puntos, aunque todo el mundo fue respetuoso y nadie achacó esa victoria a la falta de pericia en los primeros lanzamientos de Arlene, aunque se les notara en las caras.

La niebla era tan compacta que no dejaba ver los luminosos adornos navideños que decoraban las fachadas de las casas. Hacía tanto frío que Arlene tiritó todo el camino hacia el coche de Dylan. Él encendió la calefacción tan pronto como arrancó el motor, pero al aire caliente le costó atenuar la glacial temperatura.

—Eres un tramposo, me has traído engañada. Todos son buenos jugadores y ninguno de ellos ha enviado la bola a los canales —lo acusó, al tiempo que se ajustaba la bufanda alrededor del cuello.

Dylan sonrió.

—¿Y qué mas da? Para ser una novata has hecho un buen papel y, además, has disfrutado. De eso se trataba.

—Ya, ¿pero has visto las caras de tus amigos? Solo les ha faltado decir «Pero Dylan, tío, ¿cómo te has atrevido a traer a esta tipa a la partida de bolos, pedazo de cabrón?» —imitó la voz de Joseph, el que parecía pertenecer a los Seals, y los dos se echaron a reír.

—Que se jodan, el jueves pasado ganaron ellos.

—¿Así que lo has hecho por eso? —Fingió sentirse ofendida—. ¿Para asegurarte la victoria de tu equipo?

—Sabes que no. Lo he hecho porque quería retenerte un rato más —le confesó con la voz baja y firme, y la sonrisa de Arlene se desvaneció con lentitud. Se quedó callada, con las manos cerradas en puños en el interior de los bolsillos de su abrigo—. Lo he pasado muy bien.

—Yo también.

De hecho, ella ni siquiera podía recordar cuándo fue la última vez que se había divertido. Había estado demasiado ocupada batallando contra la tristeza y el miedo. La muerte de su padre y la enfermedad de su madre habían afectado a su vida social, y el haber conocido a Peter Covert había aniquilado su ilusión por volver a conocer a un hombre. Esa noche, había sentido mariposas revoloteando en el estómago. ¡Ya ni se acordaba de lo agradable que era esa sensación! Por desgracia, el hombre que se la había despertado estaba fuera de su alcance.

El trayecto hacia el 141 de la calle Baltic en Carroll Gardens era corto, y Dylan apagó el motor del coche frente a la puerta de su casa de alquiler para alargar la despedida.

Pensó en lo sencillo que sería. Le acariciaría un poco el cabello, descendería los dedos por la mejilla pálida, y luego acercaría los labios a su boca para besarla. Y ella lo habría correspondido porque las señales que enviaba alumbraban como un faro en medio de la noche. Sí, era sencillo pero a la vez sumamente complicado. El deber contra el deseo. Arlene pareció darse cuenta de que libraba esa batalla porque se tensó tanto que el asiento crujió bajo su cuerpo.

Quiso blasfemar. Besarla habría sido el broche perfecto a una noche estupenda, pero no podía liarse con Arlene Sanders. Punto.

—¿Sabes patinar?

Ella lo sorprendió con esa pregunta al tiempo que se frotaba la frente con la punta de los dedos.

—No tengo ni puñetera idea.

—Eso está bien porque me gustará tomarme la revancha en... alguna ocasión.

—Lo que quieres es reírte de mí, ¿verdad?

—Eso depende de ti.

Pero Arlene no hablaba en serio, y él debió de notarlo. Solo había dicho aquello para que el aire opresivo volviera a ser ligero.

—Bueno, me marcho. —Colocó la mano en el tirador y abrió la puerta. El aire frío invadió el interior y ambos volvieron a respirar—. Buenas noches.

—Hasta mañana.

En cuanto ella cerró la puerta y subió los escalones de su edificio, Dylan dejó escapar el taco que había estado reprimiendo.

# Capítulo 7

*A* su lado, Henry trabajaba en la cara de Abigail como si restaurara un lienzo del más afamado de los pintores. Por el contrario, el espejo enmarcado en brillantes bombillas ambarinas le devolvía a Arlene el reflejo de un rostro que casi no reconocía como suyo.

Faltaba menos de una hora para el estreno de la función y allí estaba ella, con la cara embadurnada de color, a medio vestir —Henry había irrumpido en el vestuario femenino y, con ciertas exigencias, le había dicho que saliera de detrás del biombo para la sesión de maquillaje, que ya terminaría de vestirse después—, y con unas botas en los pies que le machacaban la punta de los dedos. Arlene le había dicho que no le gustaba verse tan maquillada, pero Henry no le había hecho el menor caso. Según él, su piel lucía marchita y había que darle luminosidad. Pero el resultado no podía disgustarla más. ¡Parecía un payaso de circo! La tentación de agarrar un pañuelo de papel para desprenderse del sobrante de maquillaje era demasiado fuerte, pero no lo hizo para no enzarzarse en niguna discusión con él. Henry se consideraba poco menos que el Leonardo da Vinci del maquillaje y habría puesto el grito en el cielo si Arlene se lo hubiera retocado por su cuenta.

Y en cuanto a las botas, Henry había intentado exonerarse de su responsabilidad como encargado del vestuario, insistiendo desaforadamente en que ella le había dicho que usaba el número treinta y ocho. ¿La tomaba por tonta? ¡Cómo iba a equivocarse en algo tan esencial como en su número de calzado! Si Henry hubiera tenido todo su vestuario preparado para los ensayos técnicos, no habrían tenido ese contratiempo y ahora Arlene no tendría que salir a escena con unas botas que le machacaban los dedos de los pies. Quiso recriminárselo, pero entrar en polémica no habría servido de nada. Arlene tenía la sensación de que lo había hecho intencionadamente, como una especie de novatada o algo por el estilo.

—Espero que puedas reemplazarlas por otras del número treinta y nueve para la función de mañana. —Se había limitado a decirle, a lo que él había respondido con tono jocoso e intencionadamente amanerado: «Por supuesto, princesa».

Abigail había soltado una chispeante risita que sofocó con la punta de los dedos.

—No tiene ninguna gracia —replicó Arlene.

—Oh, claro que no la tiene, pero debes disculpar a Henry. Ocuparse del vestuario es una función que no le correspondía hasta que tuvieron que realizarse los recortes. —Había dado unos golpecitos amistosos en el antebrazo de Henry mientras él le aplicaba sombra en los párpados e intercambiaban en el espejo miradas cómplices—. Una vez tuve ese mismo problema y hube de pasarme toda la función con los dedos de los pies encogidos. ¡La obra duraba hora y media y yo era la protagonista! —Había ladeado un poco la cabeza para mirarla desde las alturas de su engreimiento—. Así que, estoy segura de que aguantarás perfectamente la media hora escasa que estarás en escena.

La fingida condescendencia de Abigail unida a la sorna de Henry, le generaron una gran frustración.

«Mantente al margen. No entres al trapo».

—Voy a terminar de vestirme.

Zanjó la discusión y se reunió con Emma tras el colorido biombo que partía en dos el pequeño camerino del teatro.

—No les hagas mucho caso, lo que quieren es que entres en su juego —susurró Emma muy flojito, para que no pudieran oírlas.

Recibió el consejo con un leve asentimiento y tomó de manos de Emma un pañuelo de papel que se apretó contra los labios rojos.

—Gracias —le sonrió.

Mientras terminaba de desprenderse de su ropa de calle y se colocaba las de la función, pensó en la doble cara que mostraban algunos. Cuando Dylan estaba delante nadie se atrevía a menospreciarla, pero en cuanto se daba la vuelta tenía que soportar sus hirientes ironías. Podía entender que la envidia y la vanidad de Abigail le impidieran llevarse bien con aquellos a los que consideraba contrincantes, especialmente si eran mujeres; incluso comprendía que un tipo como Edgar, que se creía el ombligo del mundo, se negara a confraternizar con sus «insignificantes» compañeros —a excepción de Abigail, por supuesto—. Pero no entendía ni a Charley ni a Henry. La simpatía con la que la habían recibido el día que los conoció había ido menguando gradualmente, según Andrew, al ritmo en que su interpretación había ido ganándose el absoluto beneplácito de Dylan e incluso el de un más comedido Joel, en las ocasiones en las que se había dejado caer por allí.

—Eres muy buena —le había dicho Andrew la tarde anterior—. Y ya sabes que Abigail tiene a Charley y a Henry comiendo de la palma de su mano. La diva está muerta de envidia.

—¿Pero qué puede ella envidiar de mí?

—Tu juventud ante todo, y también que cuentas con el respaldo del director. Dylan es un gran profesional y se esmera en tratar a todo el mundo por igual, pero se nota que siente cierta debilidad por ti.

Lo había llamado «debilidad» para ser cortés, pero los dos sabían perfectamente a lo que se refería.

Terminó de abrocharse la blusa blanca y revisó su aspecto en el espejo de medio cuerpo que había colgado de la pared.

—Treinta minutos —comentó Emma con excitación—. Ya he hecho esto antes pero estoy tan nerviosa como el primer día.

Arlene respiró hondo y luego dejó escapar el aire con lentitud. Los nervios se le habían aposentado en la boca del estómago. Una mezcla de emoción e impaciencia con la dosis justa de miedo. Sentir miedo no era malo, te mantenía alerta.

Al abandonar el camerino, les llegó el lejano rumor del público desde el patio de butacas. Las ciento setenta y nueve localidades del Cherry Lane habían sido vendidas para la función de ese día. Era la primera vez que se agotaban todas las entradas y las malas lenguas decían que ese logro era fruto del morbo que despertaba ver a la actriz que suplantaba a las dos anteriores. Fuera ese o cualquier otro el motivo del éxito, lo importante era que el teatro estaba a rebosar y que ella tenía la intención de dar lo mejor de sí misma. Estaba ansiosa por pisar el escenario para encargarse de que el público se olvidara de hacer comparaciones con sus antecesoras, para conquistarlo con su actuación y que el aforo continuara llenándose en los días venideros.

Que su estreno como actriz de musicales fuera en el Cherry Lane era un motivo de orgullo. Aunque era un teatro pequeño, su encanto residía en que era el más antiguo de Nueva York fuera del circuito de Broadway. Había abierto sus puertas en el año 1924 y tenía una gran reputación como el lugar donde los dramaturgos y actores aspirantes podían dar a conocer su trabajo. Era un auténtico icono en el paisaje cultural de Greenwich Village.

Se encontraron con Dylan y con Charley en los oscuros pasillos del *backstage*. Como responsable de los aspectos técnicos, Charley fue a ocupar su puesto para controlar las luces, los efectos de sonido y los cambios de decorado. Dylan fue con ellas hacia el costado, donde estaban acumulados los atrezos que iban a necesitarse en los cambios de escena. Ahora que Dylan volvía a asumir el rol de regidor de escena, su lugar estaba allí para controlar la representación y supervisar el trabajo de los actores durante la función. Desde el costado, los murmullos del público eran más audibles. Solo los amortiguaba el grueso telón rojo y las patas[2] de densa tela negra.

Edgar, Abigail, Sean y Andrew se unieron a ellos, y Arlene hizo una serie de profundas inspiraciones mientras Dylan les ponía las pilas con un discurso corto aunque muy alentador. Después, Abigail, Edgar y Sean atravesaron la cortina negra para tomar su lugar en el espacio escénico. El telón rojo se deslizó, el público quedó en silencio y la voz de Abigail resonó dulce y armoniosa entre las vetustas paredes del Cherry Lane.

—¿Nerviosa? —le preguntó Dylan, al verla mordisquearse la uña del dedo meñique.

2. Son cortinas verticales de color negro que permiten ocultar de la vista del público los hombros o costados del escenario.

—Impaciente más bien. Creía que nunca iba a llegar este momento y… ¡aquí estoy!

—Disfrútalo, una vez que estés ahí fuera el tiempo pasará tan rápido que apenas te darás cuenta. Veo que Henry ha resuelto el tema del vestuario justo a tiempo.

—Eh… sí.

Era reacia a hacerle partícipe de sus desencuentros con Henry y Abigail. Además, el maquillador pululaba por ahí, ahora que también asumía la responsabilidad de tener a punto los atrezos.

—Bien. Prepárate, en tres minutos sales a escena.

Arlene pisó el escenario envuelta en un remolino de adrenalina. El Cherry Lane desprendía un agradable olor añejo y las tablas que pisaba eran míticas, ¡la de cientos de obras que se habrían estrenado en él a lo largo de casi un siglo! El patio de butacas estaba inmerso en un denso silencio y la oscuridad que se cernía sobre él apenas dejaba ver las caras borrosas de quienes ocupaban las dos primeras filas. Margot y tía Sheyla estaban sentadas en la primera, infundiéndole seguridad aunque apenas pudiera vislumbrarlas.

Metida de lleno en su papel, se paseó por los decorados agrestes que representaban un pequeño pueblo de Arkansas mientras que la canción que Abigail y Edgar cantaban a dúo llegaba a su fin. Edgar abandonó la escena y Arlene afrontó su pequeña parte hablada frente a una enérgica Abigail que no le dio tregua.

Después se quedó sola.

Malhumorada, como su papel exigía, se acercó a la imitación de un viejo Chevy colocado a la derecha del escenario, abrazó su guitarra y arrancó notas enérgicas a las cuerdas. Desde su posición, Dylan percibió con emoción cómo el público de las primeras filas contenía la respiración cuando ella comenzó a cantar. Cuando llegó a la segunda estrofa la gente vibraba en sus asientos, alcanzados por la magia que poseían sus cuerdas vocales. Volvió a repetirse lo afortunado que había sido al descubrirla.

Peter contemplaba la actuación con los labios apretados.

No podía creerlo. Cuanto más pensaba en ello más increíble le parecía. ¿Cómo era posible que Arlene Sanders hubiera conseguido colarse en la compañía de Jansen? Por mucho que le fastidiara reconocerlo, ella era muy buena y podía aspirar a todo tipo de proyectos, lo que lo asombraba era el hecho de que hubiera burlado sus controles.

Cuando Abigail la nombró hacía unos días, ni borracho se le habría ocurrido pensar que se trataba de la misma Arlene que él conocía. Hasta que la noche anterior la mencionó con nombre y apellidos.

—¿Has dicho Arlene Sanders? —Peter se había incorporado en la cama del motel en la que yacían y la había mirado con el ceño fruncido.

—Sí, ¿qué ocurre?

—¿Cómo es físicamente?

—Pelo y ojos castaños, delgada, metro setenta…

Él la había conocido con el cabello rubio pero ese detalle no significaba nada, se podía haber cambiado el color. No podía tratarse de otra persona.

Sus músculos, que tan relajados habían quedado tras el último orgasmo, se fueron agarrotando hasta ponerse rígidos.

—¿Acaso la conoces? —le había preguntado ella.

Tan impactado quedó que estuvo a punto de confirmárselo. Pero no llegó a hacerlo. No confiaba en que Abigail fuera capaz de mantener el pico cerrado. Estaba seguro de que se lo contaría a todo el mundo y de que utilizaría esa información para atacarla. Ya le había dicho en más de una ocasión que no era de su agrado. Pero así no era como Peter arreglaba sus asuntos, él siempre se encargaba de solucionarlos desde la más absoluta discreción.

—¿Peter?

Abigail había alzado el brazo para tocarle el pecho pero la suavidad de su caricia no atemperó la rabia que lo mantenía alerta, con la mente maquinando a toda velocidad la manera de arruinarle el trabajo y sacarla de la obra. Hablaría con el director tan pronto como fuera posible y lo pondría en antecedentes. Conocía a Dylan Jansen y había tratado con él lo suficiente como para saber que no era un hombre manipulable y que siempre se regía por su propio criterio. Tendría que convencerlo de que Arlene no era quien parecía ser. Peter era un tipo respetado en el sector, con un gran bagaje profesional a sus espaldas, y Arlene no era más que una cantante «insignificante como un mosquito», tal como la había descrito Abigail.

Y como tal, se encargaría de aplastarla.

Más tranquilo, fingió que todo estaba bien.

—Es posible que haya trabajado con ella hace mucho tiempo. Me suena su nombre. Pero no debió de ser significativo porque apenas si lo recuerdo.

Con un movimiento pesado, se había dejado caer sobre el ruidoso colchón de muelles y luego había acariciado la tersa piel del muslo de Abigail enlazando los suyos.

Por si no había saciado su curiosidad con tan simple respuesta, se encargó de distraerla deslizándose sobre la cama hasta que tuvo a disposición de su boca el sexo jugoso y dispuesto.

La dulce Arlene salió de escena y rompió el curso de sus pensamientos, pero Peter ya no pudo distraerse con la magistral actuación de Abigail. Quedó anclado en los recuerdos de los momentos que compartieron, en la rabia que lo carcomió cuando ella pensó ingenuamente que podía desvincularse de él sin ningún tipo de consecuencias.

Maldita zorra. ¡A él nadie lo amenazaba!

Y esa rabia se hizo más intensa a medida que aparecía en escena y conquistaba al público. Su esposa Helen, ajena a los secretos que guardaba, aplaudía con vigor el final de cada canción y Peter se vio en la obligación de disimular sus verdaderas emociones batiendo palmas y sonriendo.

Agradeció que su asiento estuviera ubicado en la parte trasera del patio de butacas porque no era el momento adecuado de dejarse ver. Antes tenía que reflexionar sobre su forma de proceder y, cuando tuviera un plan bien construido, la sorprendería colocándose a su vista, en primera fila si era necesario.

Cerca de una hora después, el telón rojo de boca cubrió el escenario y el equipo al completo —capitaneado por Dylan—, quien se alineó en la zona del proscenio para reverenciar al público. Fuertes aplausos hicieron tronar las paredes del Cherry Lane. El clamor continuó escuchándose incluso después de haber desfilado hacia el *backstage*.

Se reunieron en la entrada de los vestuarios para comentar la función, como siempre hacían después de cada representación. Joel había estado presente durante la mayor parte de la representación y también se unió a ellos, participando con sus propias opiniones.

—Hemos tenido un buen comienzo, chicos. Enhorabuena a todos, formáis un buen equipo —los elogió el productor, haciendo extensibles a todos las palmaditas que le dio a Edgar en el hombro.

Era cierto. Habían regresado con mucha fuerza y motivación, tanto Dylan como Joel estaban de acuerdo en que las vacaciones les habían sentado de maravilla. De todos modos, habían detectado algunas cosas que habría que pulir; Dylan se encargó de enumerarlas para trabajarlas en el siguiente ensayo, pero en líneas generales habían hecho un grandísimo espectáculo que el público tardaría en olvidar.

Tras la reunión informal todos se fueron dispersando, pero Dylan retuvo a Arlene antes de que desapareciera en el interior del camerino femenino.

—Soberbia, espléndida, ¡magnífica!

Sus ojos azules brillaban como si hubiera descubierto un tesoro y Arlene se mordió los labios. Tenía la impresión de haber hecho un buen trabajo, pero que él se lo corroborara en privado multiplicó su euforia.

—Estoy orgullosa. Tenía muchos miedos pero ¡tú tenías razón! En cuanto salí a escena me olvidé de todo y me dejé llevar. Estoy deseando que llegue mañana para repetir la experiencia. —Dylan estaba encantado con su derroche de entusiasmo—. Voy a cambiarme de ropa, he quedado con mamá y tía Sheyla para celebrarlo. Quiero presentártelas. ¿Estarás por aquí dentro de unos… quince minutos?

—Aquí estaré.

—Bien, no tardo nada.

Se revolvió como un remolino y lo dejó plantado en medio del pasillo. Dylan sonrió. Al darse la vuelta, vio a Charley y Andrew que se dirigían hacia la salida trasera. Los hombres alzaron la mano y se despidieron de él hasta el día siguiente.

Margot Sanders y Sheyla Ferris aguardaban sentadas en el

patio de butacas. El público ya había abandonado el Cherry Lane pero el acomodador les había permitido quedarse allí al identificarse como familia de Arlene Sanders.

—Estamos esperando para reunirnos con mi hija, es esa cantante tan guapa con el pelo castaño. La que toca la guitarra —le había informado Margot con mucho orgullo.

—Puede que no sea la estrella principal pero brillaba más que la pelirroja, ¿no le parece? —inquirió Sheyla.

El acomodador se limitó a encogerse de hombros y a permitirles que esperaran allí.

Algunos minutos después, las dos mujeres se pusieron en pie cuando Dylan y Arlene irrumpieron en la platea. Casi se abalanzaron sobre ella. La abrazaron, besaron y felicitaron jubilosas, sobre todo la señora a la que ella se refirió como tía Sheyla, que parecía un auténtico terremoto dialéctico y apabulló a Arlene.

—Mamá, tía Sheyla, os quiero presentar a Dylan Jansen. Él es el director y el dueño de la compañía.

Las mujeres abrieron los ojos como platos mientras Dylan estrechaba sus manos con gentileza.

—Señoras, es un placer conocerlas. Espero que hayan disfrutado de la función. Arlene tiene muchísimo talento.

Ella carraspeó un poco incómoda por las reacciones de ambas. Sheyla lo miraba como si acabara de descubrir el género masculino y a Margot solo le faltó pedirle que se casara con su hija.

¡Dios! ¡Era bochornoso!

—El placer es todo nuestro —sonrió Sheyla.

—Arlene es una chica increíble en su trabajo y todavía es mejor persona —aseguró Margot.

—¡Mamá! —protestó Arlene. Miró a Dylan con una sonrisa nerviosa con la que quiso disculpar el comportamiento nada sutil de sus familiares—. Será mejor que nos marchemos o cancelarán nuestra reserva en el restaurante. Hasta mañana, Dylan.

—¡Hasta mañana! —respondieron ambas al unísono, que se vieron arrastradas por Arlene hacia la puerta exterior—. No pensamos perdernos ni un solo día de la función —afirmó Sheyla con vehemencia.

Dylan alzó una mano a modo de despedida y sonrió con diversión.

Ya en la calle, Arlene se ocupó de cubrir la cabeza de Margot con el gorro de lana y de ajustarle bien la bufanda. Hacía un frío de mil demonios. Su madre habló a través del tejido de lana verde mientras se dejaba cuidar como si fuera una niña.

—Cariño, ¡no nos dijiste que fuera tan guapo! —le hizo saber con una sonrisa cómplice.

—¿Acaso eso es importante?

—¡Pues claro que sí! —intervino Sheyla—. No nos digas que no te derrites con esos ojos tan azules y esa sonrisa tan seductora. ¡Y vaya percha! ¿Cuánto mide? ¡Es altísimo!

—Y además es muy agradable. Deberías haber permitido que habláramos un poco más con él —le reprochó Margot—. Has sido un poco maleducada.

—Ya está bien, ¡hay que ver cómo se os va la pinza! Parecéis un par de colegialas.

Se puso en medio, las sujetó por los brazos y caminaron por las bohemias calles de Greenwich Village hacia el restaurante.


Pasó las páginas del *Brooklyn Daily Eagle* con nerviosismo, lidiando con la brisa de la soleada mañana que removía las hojas tintadas. Llegó a la sección de espectáculos y el corazón se le aceleró al verse en una fotografía en la que aparecía junto a Abigail. Se trataba de una imagen en blanco y negro que capturaba un momento en escena y que ocupaba la mitad de una página.

El titular no podía ser más alentador:

«Prometedora vuelta a los escenarios de la obra *Runaway*».

Tiró del collar de *Sadie* y se sentó en un banco de Promenade. Necesitaba estar en una posición segura antes de leer la crítica, no fuera a ser que se cayera al suelo. Leyó el análisis que el periodista hacía del espectáculo en su conjunto, calificándolo con adjetivos muy favorables. Elogió al director y a su visión nada idealizada de la fama, que representaba a través del personaje de Abigail, a la que también alabó como una actriz que todavía tenía mucho que decir. Y luego llegó su turno.

Con el nuevo fichaje de la cantante Arlene Sanders, la obra recupera el espíritu inicial con el que fue concebido el personaje de Audry, y que tan magistralmente fue interpretado por la malograda Karen Reed antes de que cayera en la monotonía a manos de Ingrid Stuart.

El reportaje continuaba centrándose en Arlene y felicitándola por su magnífica puesta en escena. El periodista resaltó su calidad vocal y su habilidad para empatizar con el público, fruto de un carisma que solo poseían algunas estrellas de rock.

Cerró el periódico con el pulso a mil, reprimiendo las ganas de subirse al banco y dar saltos de alegría. No sabía si su felicidad sería duradera o si algo o alguien la truncaría antes de que se acostumbrase a ella, pero apartó los pensamientos negativos y se entregó al placer de disfrutar de ese momento tan dulce.

Tomó a *Sadie* y la besó en la pequeña cabecita.

—Vamos a celebrarlo, cariño. Te compraré una de esas golosinas con forma de hueso que tanto te gustan, y yo me daré un atracón de helado de chocolate. ¿Te parece buen plan?

*Sadie* ladró.

Por supuesto que se lo parecía.

Al final de la mañana, mientras regresaba a casa cargada con las bolsas del supermercado, sus pensamientos se centraron en Karen Reed. Últimamente había pensado mucho en ella. No la conocía, no sabía nada de su vida, pero su historia la había afectado tanto que sentía una enorme compasión hacia ella. Se preguntaba cómo se sentiría. De dónde sacaría las fuerzas para levantarse todos los días de la cama.

Realizó una búsqueda en Internet al tiempo que una fuente de macarrones con queso se gratinaba en el horno. Karen Reed tenía una página web que había sido creada por su club de fans. En ella había una galería de fotografías, una sección donde había colgados un montón de vídeos de sus actuaciones, otra de noticias que estaba congelada desde hacía varios meses y una biografía.

No había querido ver ninguna de sus actuaciones para que

no la influyeran en su trabajo, pero ahora que se había aprendido el papel sin interferencias, visualizó unas cuantas. Era una mujer muy atractiva, que se desenvolvía en el escenario derrochando una gran personalidad. Dylan no había exagerado al describirla. Karen poseía una de esas voces que se le colaban a uno directamente en el alma.

La embargó una profunda tristeza. ¿Por qué habrían querido acabar con su carrera? Quizás ahí estaba la clave de su empatía. Arlene no había sido víctima de una salvajada semejante, pero también había soportado la desgracia de enemistarse con alguien que la quería fuera del negocio.

El teléfono móvil sonó desde la mesa y los ladridos de *Sadie* corearon la melodía metálica como siempre hacía cuando la escuchaba.

Arlene pausó el vídeo, dejó a un lado el ordenador portátil y se avalanzó sobre el móvil. Acertó en su corazonada. Se trataba de Dylan.

—¿Lo has leído? —le preguntó él.

—Lo he leído —La euforia regresó a ella—. Ahora supongo que me sermonearás con aquello de que tengo que tener más confianza en mí misma y que ya me advertiste de que no existía motivo por el que preocuparme —comentó, de camino a la cocina.

—Debería hacerlo —aseguró—. Pero creo que ya no es necesario. Enhorabuena, Arlene. Tu debut los ha dejado impresionados a todos.

—Gracias. —Se colocó una manopla y abrió el horno para sacar la fuente con los macarrones. *Sadie* entró en la cocina y comenzó a olfatear el aire.

—Quería llamarte antes pero he tenido una mañana bastante ajetreada. —Entre la algarabía de voces que se oían al otro lado de la línea, Arlene escuchó la de Samantha, que llamaba a su tío *Ylan* a pleno pulmón—. Y mis sobrinos me están dando la comida. —Arlene sonrió—. Cuida esa voz de oro que tienes y nos vemos a las siete en el Cherry Lane.

—Hasta la tarde.

Dylan cortó la comunicación y regresó a la mesa, que estaba atiborrada de envases de hamburguesas, de patatas fritas y de refrescos. El McDonald´s de Williamsburgh hervía con la inagotable energía de los niños y adolescentes que lo saturaban, y Dylan se arrepintió una vez más de llevar a sus sobrinos a comer allí. Pero ni un soborno de lo más sustancioso habría funcionado para desterrar de las cabezas de Alex y Samantha la idea de zamparse una hamburguesa grasienta. Carly estaba con Joel en el ginecólogo, les habían dado cita para realizar la primera ecografía y Dylan se había tenido que quedar con los niños.

Le echó una reprimenda a Alex por meter un puñado de patatas en el refresco de Samantha, y la niña también recibió una buena regañina por agarrar el pelo de su hermano y tirar con fuerza. En aquellos momentos admiraba a su hermana y a su cuñado por la capacidad que tenían para batallar diariamente con aquellas dos pequeñas fieras.

¡Y habían encargado una tercera!

Él solo hacía dos horas que se ocupaba de ambos y ya le habían robado la mitad de su energía.

Pensó en la llamada que acababa de hacer. Se había alejado unos metros de la mesa para realizarla porque Samantha no tenía oídos, ¡tenía antenas parabólicas!, y temía que pudiera reproducir a sus padres —en especial a Joel— retazos de la conversación que había mantenido con Arlene. Era la primera vez que telefoneaba a un actor para comentar una crítica publicada en un periódico, y reconocía que no era una forma de proceder demasiado apropiada. Motivos personales estaban interfiriendo en los profesionales y le estaba costando mantener a la vista la línea divisoria.

Los tres tomaron helado McFlurry y los niños comenzaron otra batalla que requirió de toda su atención para que el helado no terminara volando por los aires.

Por la tarde, después de dejar a los niños en casa con sus padres —la ecografía estaba perfecta—, Dylan condujo hacia Manhattan. Todavía era pronto para el ensayo, así que había pensado aprovechar la hora libre que tenía por delante para realizar unos recados en Greenwich Village.

Recibió una llamada de Ralph McHale cuando cruzaba el puente de Williamsburg. Hacía varios meses que no hablaba con el detective privado, y ver su nombre reflejado en la pantalla lo llenó de inquietud. Puso el manos libres y contestó.

—Creo que tengo algo —le dijo el hombre tras el oportuno saludo—. ¿Puedes reunirte conmigo en mi despacho?

—Voy para allá —respondió sin vacilar.

El trayecto hasta Lenox Hill se le hizo largo y exasperante, como si corriera en una carrera repleta de obstáculos que aparecían desde todas partes. Tocó el claxon, hizo algún adelantamiento imprudente y lanzó unos cuantos improperios a los conductores torpes con los que se cruzó en el camino.

Pensaba que estaba mentalizado para recibir y encajar cualquier clase de noticia que el detective pudiera darle, pero ahora sabía que no era así. Cuando llegó al sólido edificio de ladrillo rojizo de la avenida Madison tenía los nervios a flor de piel. Un sudor frío y pegajoso le resbalaba por la espalda mientras ascendía en el viejo ascensor chirriante con olor a barniz.

Pensó en lo que en su día le dijeron las autoridades pertinentes cuando desistieron en la búsqueda:

«La corriente ha podido arrastrar el cuerpo río abajo y también existe la posibilidad de que los depredadores de estos páramos... ya sabe. En cualquier caso, hay cero posibilidades de que continúe viva».

Dylan no se conformó con esa explicación y por eso contrató los servicios de una de las agencias de detectives con más renombre en Nueva York. En todo ese tiempo, McHale y su equipo de investigadores no había encontrado ni una sola pista sobre su paradero, pero algo le decía que sus indagaciones lo habían llevado a corroborar las palabras de las autoridades. Había pasado demasiado tiempo.

Entró en el despacho de McHale sin un átomo de templanza. El hombre estaba sentado detrás de su mesa atiborrada de documentos, con el sol del atardecer haciendo brillar su desalojado cuero cabelludo. Levantó la mirada y se puso en pie para estrecharle la mano. Su cara enjuta y sus facciones afiladas marcaban la profundidad de sus cuencas oculares, desde las que unos sagaces ojos grises lo miraron con ese aire de misterio que siempre lo envolvía.

—¿Qué has descubierto?

—Toma asiento, por favor —le indicó cortés—. Lo que tengo que mostrarte no es demasiado... agradable.

Dylan adoptó una postura rígida sobre la silla giratoria de las visitas y aguardó con el alma en vilo a que McHale terminara de trastear en su ordenador. Unos segundos después, giró la pantalla para que pudiera visualizar un conjunto de fotografías. Dylan se inclinó y acercó la cara a la imagen de la sonriente pelirroja que caminaba de la mano de un hombre alto y corpulento.

—Las instantáneas han sido tomadas en Sainte-Marie, Quebec. La mujer vive allí desde hace un par de años, la fecha coincide. Se hace llamar Laura pero nadie conoce su pasado, es como si su vida hubiera comenzado el día que llegó a la ciudad. —Cambió de fotografía, en esta otra aparecía besándose apasionadamente con el hombre en medio de la calle. Dylan sintió la mirada del detective clavada en él—. Nueva vida, nuevo trabajo, una nueva identidad… Te sorprendería saber la cantidad de gente que opta por desaparecer sin dejar rastro para comenzar en otro lugar.

Dylan experimentó una tremenda decepción. Hubiera dado su brazo derecho por reconocerla en los encantadores rasgos de la mujer que aparecía en pantalla. La verdad es que el parecido físico, así como las coincidencias que McHale había mencionado, era asombroso. Los dos años transcurridos desde su desaparición podrían haber variado su aspecto pero, aun así, él la habría reconocido entre un millón.

—No es ella. No es Lizzie.

# Capítulo 8

*D*urante los ensayos de esa tarde en el Cherry Lane, se escucharon muchas opiniones cruzadas respecto a la crítica que esa mañana había salido publicada en el *Brooklyn Daily Eagle*. En general, se respiraba un ambiente entusiasta, como debía ser tras recibir tantos elogios por parte de la prensa especializada, pero no todo el mundo compartía al cien por cien la opinión del periodista.

Abigail lucía una expresión avinagrada. Las finas arrugas que surcaban las comisuras de sus ojos se veían más pronunciadas que nunca. Las escasas sonrisas que esbozó durante el ensayo o más tarde en los vestuarios, fueron del todo fingidas.

«No es para tanto, ese periodista tiene muy poco criterio», escuchó que Abigail le decía por lo bajo a Henry. Idénticas palabras utilizó con Edgar y con Andrew, e incluso presenció cómo Charley, su esposo, asentía y se mostraba de acuerdo con ella.

Arlene no esperaba una reacción diferente, así que suspiró y se armó de paciencia. La iba a necesitar para tratar con Abigail de ahí en adelante.

La tercera noche fue tan premiada por público y crítica como las precedentes.

Arlene se dejaba la piel en el escenario. Su confianza aumentaba considerablemente con cada representación e incluso dejaron de importarle los cuchicheos que escuchaba a su espalda, o las pullas que le lanzaba Henry cada vez que se encerraban en el camerino.

—Espero que la «princesita» se sienta mucho más cómoda con sus nuevas botas, sería una jugarreta que por mi culpa desafinaras —le había dicho el día anterior, cuando le proporcionó el nuevo calzado de su número.

Arlene no se había molestado en contestarle.

Ahora estaba allí arriba, sobre las inmemoriales tablas de madera del Cherry Lane, agarrando las manos de sus compañeros mientras las luces se encendían sobre la platea e iluminaban las caras emocionadas del público. La ovación fue tremenda.

Con la vista clavada en Arlene, Peter se puso en pie y aplaudió con entusiasmo desde la cuarta fila, hasta que las palmas se le enrojecieron y hormiguearon.

El instante en que sus miradas volvieron a cruzarse después de tantos meses sin verse, fue espectacular. Como cuando se corría en la boca carnosa de Abigail. Incluso mejor.

La oscuridad reinante durante la función había impedido que ella pudiera verlo, pero ahora ya era visible a sus ojos. Unos ojos que perdieron todo su esplendor. Una sonrisa que se marchitó como una flor sin oxígeno. Un rostro que palideció hasta adquirir el color del papel.

Arlene sintió que le faltaba el aire. Parpadeó como si estuviera ante un escalofriante espejismo que quisiera hacer desaparecer, pero Peter continuó allí sentado, con ese conocido cinismo esculpiéndole los labios delgados. La intensa frialdad de sus ojos oscuros le heló los huesos y le empapó las manos de un sudor gélido y pegajoso. El corazón comenzó a latirle más rápido. Ni siquiera las miradas orgullosas de Margot y tía Sheyla tuvieron ningún efecto calmante en el miedo que la invadió.

¿Qué esperaba? Era cuestión de días que él la localizara. Su cara y su nombre habían aparecido en las secciones de espectáculos de muchos periódicos de Brooklyn y Nueva York.

No fue capaz de prestar atención a los comentarios grupales que cada noche intercambiaban en los pasillos del *backstage*. La ansiedad la devoraba. Necesitaba quedarse a solas y pensar. Pensar qué hacer.

El grupo comenzó a dispersarse pero Dylan la retuvo frente a la puerta del camerino femenino. Ella lo miró intranquila, aunque disimuló su angustia todo cuanto pudo. Había realizado una actuación impecable pero se había venido abajo durante las ovaciones. Debía de haberlo visto entre el público.

—Tenemos que hablar en privado.

—¿Sobre qué quieres hablar?

—Sobre Peter Covert. —Escuchar ese nombre saliendo de su boca impactó en ella como un meteorito. Se quedó sin reacción—. ¿Te cambias de ropa y nos reunimos en mi camerino?

Asintió sin atraverse a mirarle a los ojos.

Henry veneraba a su diosa frente al espejo del tocador y Emma ya se desvestía tras la mampara. Intentó contestar a los comentarios de la joven mientras se colocaba sus ropas de calle a toda prisa, pero solo le salieron monosílabos vacíos y distantes.

Sus máximos temores se habían hecho realidad y sabía lo que ocurriría a continuación.

Debió anticiparse. Debió poner a Dylan en antecedentes para tener una oportunidad de que la creyera. Ahora ya era tarde, Peter se había adelantado y su palabra tenía mucha más fuerza que la suya.

Emma le preguntó si todo estaba bien y ella asintió mientras terminaba de vestirse.

—Estoy un poco mareada. Deben de ser los niveles de azúcar. En cuanto coma algo dulce se me pasará.

Una vergüenza incontrolable se apoderó de ella mientras se dirigía al camerino de Dylan. A saber qué clase de mentiras le habría contado Peter para mancillarla y convencerlo de que se deshiciera de ella. No soportaba la idea de haberlo defraudado.

¿Cuándo habrían hablado?

Tenía que haber sido esa misma tarde, después del ensayo. De lo contrario, habría notado una actitud diferente en el modo en que se relacionaba con ella.

Los nudillos tocaron la madera. Al tercer golpe él abrió la puerta, se hizo a un lado y la invitó a pasar.

Estaba desnudo de cintura para arriba.

—Si vengo en un mal momento yo… Puedo acercarme después.

—Anda, pasa.

Obedeció sumisa. Por si la situación no era ya lo suficientemente tensa, el añadido de su desnudez terminó de descolocarla.

—Me he puesto perdido con la puñetera lata de Cocacola que he sacado de la máquina expendedora. Debía de tener algún defecto en la tapa.

Pasó por su lado y arrojó el suéter manchado sobre una silla junto al papel secante que había utilizado para acelerar el secado del tejido. El líquido también había empapado la camiseta interior, que estaba extendida sobre un sillón. Sus preocupaciones eran gigantescas, pero no impidieron que se tomara un rápido respiro.

Dylan tenía un cuerpo imponente. Las ropas invernales mostraban que estaba en buena forma física, pero verlo sin ellas superaba todos los pronósticos. Sus músculos eran largos, fibrosos y consistentes. Un fino manto de vello castaño le cubría los sólidos pectorales y descendía en línea recta hasta perderse tras el talle bajo sus vaqueros. De no ser porque su angustia pesaba como una losa, el examen visual la habría dejado en evidencia.

—¿Quieres empezar o prefieres que lo haga yo?

—Voy a dejar la compañía.

—¿Qué vas a dejar...? —La observó con desconcierto. Luego clavó en ella una mirada dura—. ¿Así es como resuelves los problemas? ¿Huyendo?

—¿Y qué esperas que haga? ¿Acaso deseas una confesión pormenorizada en la que corrobore cada una de sus palabras? ¿O prefieres escuchar mi versión? Pues no pienso hacer ni una cosa ni la otra. Todo lo que Peter va diciendo sobre mí es mentira, ¿pero de qué sirve que me defienda si está claro que vas a creerle a él? —Tenía las emociones alteradas—. Prepara la rescisión del contrato. Me marcharé sin hacer ruido.

—¡Alto ahí! —Arlene detuvo la mano sobre el picaporte—. ¿Qué te hace pensar que le he creído?

—Todo el mundo lo hace.

—Yo no soy todo el mundo. —Se acercó a su espalda y rodeó su brazo por encima del codo—. ¿Por qué no te sientas y lo hablamos con tranquilidad?

Arlene vaciló. ¿Acaso no se había dejado convencer por Peter? Una chispa de esperanza le permitió volver a respirar.

—No soporto tenerle cerca. Arruinó mi carrera y no permite que levante cabeza. —Tragó saliva, hablar de aquello la perturbaba tanto que su voz sonó crispada—. Está ahí afuera y sé que no ha venido para disfrutar del espectáculo. ¡Ha venido para provocarme! Sabía que esto sucedería cuando acepté el trabajo y aun así... —Movió la cabeza—. Lo mejor para todos es que siga mi camino.

—Deja de decir disparates. Tú no vas a seguir ningún camino que te aleje de este trabajo. ¿Por qué le tienes tanto miedo?

Arlene se envolvió el cuerpo con los brazos y apretó los dedos hasta que se le pusieron blancos. Sintió que la temperatura agradable del camerino había descendido hasta niveles intolerables.

—¿Desde cuándo estás al corriente de todo? —le preguntó.

—Anoche vino a verme a casa, después de la representación. Suponía que quería hablarme de algo relacionado con Abigail. Ella me lo presentó hace algunos meses cuando vino a ver una de nuestras funciones. Son amigos.

—¿Y por qué has esperado a decírmelo ahora?

—Te necesitaba centrada para la función de esta noche. —Arlene se frotó la barbilla con la yema de los dedos—. Sé que Covert es un hombre poderoso en el mundo del espectáculo. Pero yo no soy una persona influenciable.

Sus labios recuperaron un poco de color.

—¿Qué te dijo exactamente? —le preguntó ella.

—Eso es lo de menos. —Apretó suavemente los dedos en torno a su brazo—. Aposté por ti desde el principio y nadie va a convencerme de lo contrario.

—Todos me han cerrado las puertas sin dar más explicación que unas malas referencias. —Se retiró un paso y deshizo el contacto. Un acceso de rabia afloró a sus ojos—. Necesito conocer los detalles.

—Covert es un hombre despechado, lo supe en cuanto abrió la boca. Tú conocerás mucho mejor que yo los motivos. ¿Te basta con eso?

—No —respondió tajante.

Se la quedó mirando con los brazos en jarras. Prefería evitarle el mal trago pero, por otro lado, ella tenía derecho a saberlo. Exhaló el aire con lentitud y se sentó sobre el brazo del sillón. Arlene permaneció de pie junto a la puerta. Apretaba tanto los dientes que se le marcaba una fina vena azul en la sien.

—Lo invité a entrar en casa, tomamos un café y empezó a hablarme de ti. Dijo que te había descubierto en un pequeño club de Brooklyn y que lo fascinaste, así que te ofreció empleo en uno de sus mejores clubes de Manhattan. Insistió en que se había dejado la piel para convertirte en una estrella, y que tú se lo agradecías apropiándote indebidamente de parte de la recaudación semanal. Cuando descubrió que le faltaba dinero ordenó colocar una cámara de seguridad. En las grabaciones apareciste tú.

Arlene se llevó una mano a la boca y ahogó una exclamación. Una mezcla de indignación e impotencia le humedeció los ojos.

—Arlene...

—Jamás he robado nada a nadie. ¿Cómo ha podido llegar tan lejos?

Dylan se puso en pie.

—¿Por qué no te sientas e intentas relajarte? —Ella no parecía escucharle—. Por favor. —Le levantó el rostro por la barbilla y la obligó a que lo mirara—. Sé que no lo hiciste y también sé que no existe ninguna grabación. Lo que no sé es por qué Peter quiere destruirte.

—Yo... solo deseo desaparecer —replicó agobiada—. No puedo continuar haciendo esto si él va a estar vigilándome todo el rato.

—Pues tenemos un grave problema porque no pienso permitir que te escondas en ningún sitio. ¿Qué sucedió para llegar a esta situación?

Su pregunta era implacable. La exigencia de que le diera una respuesta nacía de su interés en protegerla. A Arlene se le secó la garganta. Salvo sus familiares más allegados, nunca nadie se había preocupado así por ella. Su cuerpo alto y fuerte —y desnudo—, se erigía ante el suyo como una roca sólida a la que aferrarse, al menos en aquellos momentos en los que se sentía tan desamparada.

Sucumbió a él y aceptó aferrarse a esa mano amiga que le tendía. Caminó hacia el sillón y se sentó sobre el brazo, donde momentos antes se había sentado él. Dylan agarró una silla y se colocó enfrente.

—Te ha contado la verdad sobre el modo en que nos conocimos. Por aquel entonces yo estaba pasando una mala época. Todavía no había superado la muerte de mi padre cuando a mi madre le diagnosticaron un tumor cerebral. Él apareció una noche y me cobijó bajo su ala protectora. Fue inmediato. Me ofreció la oportunidad de labrarme una reputación en mi carrera como cantante y yo la tomé. Se presentó ante mí como una especie de ángel salvador. —Arlene suspiró. Esa parte de la historia le recordaba mucho a Dylan, aunque esperaba que todas las similitudes terminaran ahí—. Durante un tiempo fue atento y encantador, estaba muy pendiente de mí y hacía lo que estuviera en su mano por verme feliz. Nuestra relación llegó a un punto en el que dejó de importarme que estuviera casado y… tuvimos una relación amorosa. No duró mucho tiempo, apenas fueron tres meses, pero fue intensa. Quizás porque nos teníamos que ocultar de todo el mundo. Entonces algo cambió y Peter comenzó a mostrar su verdadera personalidad. Nuestras relaciones… sexuales estaban dentro de lo común pero un buen día me propuso que incluyéramos a una tercera persona. A otra mujer. —No podía sostenerle la mirada todo el tiempo. Hablar de aquello no era fácil, era la primera vez que lo hacía con tanto detalle—. Yo me negué y él lo aceptó, pero ya nada volvió a ser igual. Cada dos por tres me proponía hacer cosas que no entraban dentro de mi código moral, como acudir a lugares de intercambios de parejas o incluso hacerlo en lugares públicos. —Y ciertas prácticas tan aberrantes que no le apeteció reproducir—. Mis negativas volvieron su carácter irascible y comencé a tenerle miedo. Quise dejarle pero él… me gritó que yo le pertenecía, que él me había descubierto y que jamás permitiría que me alejase de su lado. Cometí una estupidez, lo amenacé con contárselo todo a su mujer si no me dejaba en paz. Aunque parezca increíble, Helen no estaba al tanto de la vida paralela de su esposo, pero Peter no podía permitir que ella se enterase porque le habría pedido el divorcio. Ella es propietaria de una gigantesca fortuna. Habría sido un escándalo. —Elevó la mirada. Dylan la escuchaba con atención, con los antebrazos apoyados sobre los muslos—. Lo dejé y no volví a aparecer por el club. Durante un tiempo me estuvo telefoneando a todas las horas del día hasta que dejé de contestar sus llamadas. Luego empecé a encontrármelo en la puerta de casa. Insistía en que volviera con él y se ponía como un energúmeno con mis negativas. Le dije que llamaría a la policía si continuaba hostigándome y durante algún tiempo no volví a saber nada de él. Pero Peter es un hombre que jamás se rinde. Se dedicó a hablar mal de mí a todo el mundo y nadie ha querido contratarme desde entonces. Solo he encontrado empleos en tugurios, que es donde él quiere verme. Y esa es la historia.

Arlene se levantó y cruzó los brazos en torno a su pecho trémulo. Estaba tan asustada que Dylan deseó abrazarla y decirle que todo iba a salir bien. También él se puso en pie.

—Comprendo tu temor, pero por muy reputado que sea Covert yo no le tengo ningún miedo. A mí no va a chantajearme. Ahora estás conmigo, trabajas para mí y va a seguir siendo así hasta que tú decidas irte libremente.

—¿Por qué no le has creído? A él le avala su notoriedad y yo... yo no soy nadie, ¡apenas sabes nada de mí! Me viste por primera vez cantando en Promenade, recogiendo las propinas de la gente. Y luego me encontraste en un tugurio de Williamsburgh en el que, obviamente, pagan una miseria. ¡Podría haber sido cierto eso de lo que Peter me acusa! Y, sin embargo, has confiado en mí. ¿Por qué, Dylan?

—Porque sí. Porque algunas cosas son como son.

—¿Así, sin más?

—Así, sin más.

Sus ánimos enervados se aplacaron aunque seguía sin comprender qué había hecho ella para merecer esa fe ciega que por un lado la emocionaba y por otro le enmarañaba las emociones. Afectada, se dio la vuelta al sentir que los ojos se le humedecían. No rechistó, no hizo el menor intento por desasirse cuando él la envolvió en sus brazos protectores. La maraña de emociones se enredó un poco más.

—Ya no tienes que preocuparte de nada. No dejaré que vuelva a hacerte daño —le prometió, con la voz ronca y suave.

—Si se lo propone nada le detendrá. Él siempre consigue lo que quiere.

—¿Confías en mí?

La sintió vacilar antes de afirmar con la cabeza. Su cabello castaño desprendía un embriagador aroma a miel que inspiró y retuvo en sus pulmones.

Durante el tiempo que estuvo abrazada a él, quiso mantenerse aferrada a su lado racional, pero los estímulos sensoriales eran demasiado poderosos para obviarlos. Su olor corporal a jabón masculino la estremeció y el contacto de su piel caliente contra la mejilla le aflojó las rodillas. La presión que sus brazos ejercían alrededor de ella le hizo desear mucho más de él. Apretar con sus propios dedos la dureza de los músculos de su espalda le aceleró el corazón.

—Si intenta cualquier cosa, vuelve a llamarte por teléfono, se planta en la puerta de tu casa o lo que sea, dímelo. ¿Lo harás?

—No tienes que tomarte tantas responsabilidades. Yo no soy tu problema.

—¿Lo harás? —repitió con énfasis.

Dylan le tomó la cabeza entre las manos y le acarició las níveas mejillas sin despegar los ojos de ella.

Al mirarla de ese modo, como si las profundas aguas azules de sus ojos la engulleran y la arrastraran hasta el fondo, Arlene perdió toda la voluntad.

—Lo haré.

—Bien. —Él sonrió apenas—. ¿Te sientes un poco mejor?

—Un poco —asintió.

Se observaron sin poder despegar la mirada el uno del otro y los pensamientos más íntimos quedaron al descubierto. Él entendió su lucha interna, pero también vio esa clase de deseo que hace que uno pierda la cabeza y se salte todas las normas.

No llegó a besarla, pero lo habría hecho de no ser porque alguien llamó a la puerta.

—¿Dylan? ¿Estás ahí? Tenemos que hablar, tengo noticias importantes.

Era Joel. Dylan apretó los dientes para no mandarlo al carajo.

—Sí, estoy aquí —masculló—. ¡Espera un minuto!

—Yo… me marcho. —Arlene se aclaró la garganta y retrocedió turbada—. Gracias por… darme la oportunidad de explicarme.

Él hizo un gesto de firmeza con la cabeza.

—Si de verdad quieres agradecérmelo, no vuelvas a ceder al miedo y quédate conmigo. Con nosotros.

Se mordió los labios, sin atreverse a negar o a afirmar. No era el momento de tomar decisiones.

Salió deprisa sin detenerse a mirar al recién llegado. Se había presentado en un momento bastante comprometedor y temía que se lo viera reflejado en la cara.

Joel entró y observó a Dylan con perplejidad. Luego inspeccionó el interior del camerino con una mirada escrutadora.

—¿Qué demonios ha pasado aquí?

—¿A qué te refieres?

—Tú medio desnudo, ella abochornada...

—No ha pasado nada. —«Y tú has tenido la culpa». Dylan señaló el suéter y la camiseta. Las manchas de la Cocacola todavía se apreciaban—. Un accidente doméstico. Hablábamos de temas laborales.

Joel alzaba una ceja más que la otra.

—No estaréis Arlene y tú...

—¿Cuáles son esas noticias tan importantes?

La ceja de Joel continuó alzada. A Dylan no le extrañaba nada que sus sospechas persistieran a pesar de su explicación. Debía de notarse en el ambiente que allí había tenido lugar algo más que una mera conversación sobre trabajo.

—Escúchame con atención. Hay una demanda que triplica la capacidad del Cherry Lane. Todas las entradas están vendidas para los próximos cinco días pero como nadie está dispuesto a perderse el espectáculo, las localidades para las tres primeras fechas en el Astor Place también están agotadas.

—¿Has dicho... agotadas?

—Acaban de confirmármelo. Y eso no es todo. Hace menos de diez minutos he cerrado el trato con el propietario del Wheelock para llevar la función a Boston a finales de enero. El tío era un hueso duro de roer pero, finalmente, no le ha quedado otro remedio que rendirse a las evidencias. Tenemos entre manos algo muy grande.

¡El Wheelock tenía alrededor de seiscientas localidades!

Dylan se pasó una mano por el pelo y la dejó allí anclada. Semejante derroche de buenas noticias no era algo que se digiriera con facilidad. Además, él era un hombre cauto, nunca descorchaba una botella de champán hasta estar muy seguro de que el éxito no obedecía a la suerte o a la casualidad. En su profesión había visto de todo. Sin embargo, había que estar hecho de plomo para no entusiasmarse.

—Te has quedado conmocionado, ¿no? —sonrió Joel—. ¿Nos tomamos una cerveza para celebrarlo? Llamaré a Carly y le diré que me guarde la cena.

—Que sean unas cuantas.

Se vistió con las ropas que todavía estaban un poco húmedas, se colocó el abrigo y abandonaron el Cherry Lane.

Lo único que enturbiaba ese momento tan dulce era la intromisión de Peter Covert. Cuando habló con él el día anterior no se llevó la impresión de que el asunto fuera tan grave. Creyó que se estaba inventando todo aquel montón de mentiras por un motivo mucho más inocuo que los que ella le había confiado. Esperaba que no tuviera la desfachatez de llevar su inquina a terrenos mayores.

Dylan había sido muy claro con él.

—De profesional a profesional, considero que era mi deber advertirte de la clase de persona que es Arlene Sanders —había resumido Covert para concluir—. Por supuesto, si intentas acusarla de cualquiera de las cosas que te he revelado lo negará todo, es una gran mentirosa compulsiva.

—¿Por qué no la denunciaste si hizo todo aquello que dices? —le había preguntado él con tono escéptico.

—La traté como si fuera mi propia hija y, en el fondo, le tenía un gran aprecio. Fui un irresponsable. Lo sé.

Llegados a ese punto y sin perder la templanza y la amabilidad, Dylan había dado la conversación por concluida. Apoyó la mano sobre el hombro de Peter y le condujo de vuelta a la salida de su casa.

—Escucha, Peter. Te agradezco la información, pero prefiero juzgar a la gente que trabaja conmigo por mí mismo.

¿Por qué no había tenido dudas respecto a la honradez de Arlene? Era cierto que no la conocía demasiado y, sin embargo, había metido la mano en el fuego por ella.

«Porque algunas cosas son como son».

La camarera del Little Branch colocó un par de Coors sobre

la mesa y Joel chocó las botellas antes de beber. Dylan había decidido mantenerlo al margen de la visita de Peter así como de la conversación con Arlene. Los unía una confianza de hermanos, pero era innecesario ponerlo al corriente de aquello.

Esperaba haber zanjado el asunto y que terminara siendo una mera anécdota.

# Capítulo 9

Abigail arrancó la hoja del periódico dando un violento estirón, hizo una pelotita con ella y la lanzó lejos de sí. Cayó sobre la reluciente encimera de mármol de la cocina, donde se hallaba Charley preparando el desayuno. Él se volvió hacia su esposa con el tarro de mantequilla de cacahuete en la mano y observó impasible la ira que hacía que sus ojos verdes brillaran con un matiz demoníaco. Su rictus estaba tan crispado que parecía que la cara estuviera a punto de rompérsele en mil pedazos, como si fuera una máscara.

Charley suspiró. No hacía falta preguntarle el motivo de su incontrolada rabia. La crítica de la quinta función debía de ser excelente, tanto o más que las anteriores, y estaba claro que la razón de ese éxito no dependía exclusivamente de ella. ¡Con la tranquilidad tan absoluta que se había respirado tanto en casa como en el *backstage* de los teatros mientras Ingrid estuvo en la compañía! Ahora todo apuntaba a que los días infernales habían regresado, y maldijo por lo bajo a Dylan y a la causante de que se rompiera la armonía de los últimos meses de su matrimonio. Odiaba cuando Abigail perdía así los papeles. Su envidia la convertía en una mujer mezquina que no atendía a razones. Si no fuera porque la amaba tanto, habría hecho las maletas y se habría largado de casa.

No le quedaba otro remedio que mostrarse paciente con ella.

—¿Qué dice? —le preguntó con serenidad.

—¿Que qué dice? ¡Tritura esa asquerosa hoja de papel y apártala de mi vista! —Se puso en pie y acudió al frigorífico para servirse un vaso de agua que se bebió casi de un trago. Pero el frío líquido no suavizó aquella explosión de temperamento—. «El espectáculo que encontraremos en *Runaway* vuelve a brillar gracias al acertadísimo fichaje de la increíble Arlene Sanders». ¡Es para vomitar! ¿Qué ha hecho esa pusilánime? ¿Contratar a todos los críticos de arte de esta maldita ciudad? ¿O ha sido Dylan el que lo ha hecho para que hablen bien de esa zorrita a la que casi seguro que se está tirando? ¡Por el amor de Dios! —gritó plantada en medio de la cocina.

—No es para tanto, cariño. De ti también están diciendo cosas maravillosas.

—¡Solo faltaba eso! —Charley continuó extendiendo la mantequilla sobre el pan tostado mientras Abigail le gritaba en el oído—. ¿Acaso piensas que no tengo motivos para estar furiosa? Soy el soporte principal de esta función junto a Edgar, él y yo somos los que nos dejamos la piel todas las noches durante una hora, ¡no ella!

—Es por la novedad. En cuanto la gente se acostumbre a verla todo volverá a la normalidad, ya lo verás.

—Oh, ¡no me hables en ese tono tan condescendiente! Sabes que lo detesto. —Agarró su móvil y pasó la yema del dedo a toda velocidad por la pantalla—. Voy a llamar a Edgar, él me entiende mucho mejor que tú.

Charley puso los ojos en blanco. Si no fuera porque era demasiado temprano, habría renunciado al café y se habría servido un buen vaso de whisky escocés.

—Te entiendo, amor mío. Es solo que tienes que tomarte las cosas con algo más de tranquilidad.

Ella no le hizo el menor caso, pero puso el altavoz para que pudiera escuchar la conversación.

—¿Edgar? —Su voz sonó como un graznido—. ¿Has visto el *New York Post* de esta mañana?

—Sí, acabo de leer el artículo. —Aunque su compañero no estaba tan enfadado como ella, sí que apreció la indignación en su voz—. Estos críticos de pacotilla… me pregunto qué clase de formación poseen sobre el arte escénico para soltar ese montón de sandeces en un periódico de tanta relevancia. Es patético.

—Eso mismo es lo que le estaba diciendo a Charley. Ingrid sí que era una gran profesional y jamás recibió tantos elogios. No lo entiendo, Edgar. ¡Y me molesta muchísimo!

—Bueno, trata de tomártelo con algo más de filosofía. La

chica tiene buena voz pero ambos sabemos que no posee ninguna disciplina y que de aquí a unos días incluso esos inútiles que se hacen llamar críticos se darán cuenta.

—¿Tú crees? —inquirió, mordiéndose el labio.

—Sí, lo creo. Intenta no agobiarte, ¿de acuerdo?

Charley escuchaba con desganado interés la conversación que mantenían a su espalda. Edgar nunca le había caído excesivamente bien por dos razones fundamentales: la primera, porque tenía el don de aplacar los humos de Abigail sin emplear ningún razonamiento que no utilizara él. Y la segunda razón, porque se apostaba el cuello a que había tenido un lío con ella siendo ya su esposa. No tenía pruebas, solo una potente corazonada.

—Que paséis una buena noche. ¿Tenéis planes para mañana? —preguntó Edgar. Al día siguiente sería Navidad.

—Nada especial, iremos a visitar a la familia de Charley en Filadelfia. Supongo que tú te marcharás a Montreal para estar con los tuyos.

—Sí, salgo en el tren de las once. Saluda a Charley de mi parte.

—Lo haré.

Después cortaron la comunicación y Abigail reapareció a su lado mientras él terminaba de exprimir las naranjas.

—Edgar está de acuerdo contigo, dice que es por la novedad. De todos modos, si esto continúa así hablaré con Joel porque está claro que Dylan no va a hacerme ningún caso en este asunto.

—¿Y qué piensas decirle?

—Le recordaré el valor de mi presencia en la compañía.

Abigail lo encendía tanto con su comportamiento tan ruin que le habría gustado tener las agallas de espetarle a la cara que Karen Reed había sido una artista grandiosa, y que ver y escuchar a Arlene Sanders era una experiencia sublime. Pero no se atrevía a alterarla más de lo que ya estaba. Por encima de todo, Charley amaba a Abigail con una intensidad que rayaba la paranoia, y desde que la conociera su misión más importante en la vida era complacerla.

Υ

Durante la tradicional cena de Nochebuena, gruesos copos de nieve comenzaron a desplomarse sobre la ciudad, y Nueva York despertó de blanco el día de Navidad.

Arlene se había quedado a dormir en su antigua habitación de la casa familiar, con Margot y tía Sheyla, pues le había dado mucha pereza tener que desplazarse desde Queens a Brooklyn aquella noche tan intempestiva. Además, por la mañana temprano tenía una cita con el árbol de Navidad, que despertó rodeado de paquetes envueltos en coloridos papeles de regalo. Arlene había esperado a que Margot y Sheyla se acostaran para depositar sus regalos, pero en algún momento de la madrugada habían salido de la cama para dejar los suyos.

*Sadie* ladró como una loca al entrar en el salón y toparse con aquel despliegue de cintas, moñas y lazos. La perrita se avalanzó sobre el árbol y mordisqueó los adornos multicolores con su pequeña boca, tironeando de ellos como si presintiera que alguno de aquellos paquetes fuera para ella.

Arlene rio al verla.

Se encontraba de mejor humor. En las dos últimas representaciones antes del efímero descanso para celebrar las fiestas navideñas, Peter no había acudido al teatro. No creía que su encuentro con Dylan lo hubiera hecho desistir de sus propósitos, puesto que su peturbadora presencia desde la cuarta fila del patio de butacas había tenido lugar el día posterior. Pero cabía la posibilidad de que se lo hubiera replanteado.

O, tal vez, solo tramaba la manera de volver a la acción.

«Ahora no pienses en eso», se dijo.

Escuchó ruido en la cocina y dirigió sus pasos hacia allí. Sheyla estaba preparando el desayuno, consistente en zumo de naranja natural, tostadas, café, magdalenas, mermelada de ciruela, bollos de calabaza y panecillos de chocolate. Siempre insitía en que el desayuno era la comida principal del día y nunca permitía que nadie se levantara de la mesa sin haber apurado hasta la última migaja. Arlene todavía se sentía llena tras la copiosa cena de la noche anterior y no creía que pudiera comerse todo aquello.

—Buenos días, cariño. ¿Qué tal has pasado la noche?

—He dormido muy bien.

—Yo como una marmota y me he despertado con un hambre voraz. Ni siquiera me he molestado en comprobar si Santa Claus vino a visitarnos esta madrugada —dijo con una sonrisa, mientras lo iba colocando todo sobre la mesa de la cocina.

—Sí que ha venido, y si no nos damos prisa mucho me temo que *Sadie* abrirá todos los regalos.

—Esa pequeña fierecilla... ¿Has visto qué bonito está todo? —Señaló el exterior que se contemplaba a través de la ventana que daba al patio posterior—. El bueno de tu tío siempre decía que un día de Navidad sin nieve no era Navidad.

—Robert solía decir lo mismo.

La voz de Margot sonó apagada a su espalda. Inevitablemente, mostraba un semblante mustio y Arlene fue a darle un beso cariñoso. En esas fiestas tan señaladas se acordaba mucho de su hijo Zack y de que aquella sería otra Navidad más sin él. Se habían reencontrado después de un montón de años pero aún estaban lejos de alcanzar una reconciliación. A eso se sumaba que echaba de menos a su esposo. Y ella también. ¡Muchísimo! Pero no podía dejarse llevar por la nostalgia. Tenía la responsabilidad de que su madre tampoco lo hiciera.

Volvió a besarla en la mejilla y reconfortó su tristeza con un caluroso abrazo.

—¿Qué os parece si abrimos los regalos y después tomamos el desayuno? —propuso.

—¿Bromeas? —inquirió tía Sheyla—. Tengo un ruido de tripas ensordecedor.

—¿Esta mañana también piensas saltarte la dieta? —Margot se ajustó el cinturón de la floreada bata y acudió a la mesa para tomar asiento.

—¿Estás haciendo dieta? No lo sabía —comentó Arlene, secundándola.

—Qué va. Tu madre es una exagerada. Simplemente, he decidido comer un poquito menos.

—La mitad de lo que comía —especificó Margot.

—¿Y eso por qué? Nunca antes te habías preocupado por tu peso. Se te ve fenomenal, tía Sheyla.

—Yo te lo diré. Quiere impresionar al empleado de la gasolinera. Ya sabes, ese que desayuna en el Bagels n'Cream. Aunque a él le hace más falta la dieta que a ella, tiene una tripa tremenda.

—Eso no es cierto. Lo que ocurre es que el uniforme de trabajo le queda un poco holgado. —Madre e hija la observaron sonrientes y Sheyla estuvo a punto de meterles un par de panecillos de chocolate en las bocas para borrarles la ironía de los labios—. No trato de impresionar a Blake, ¡qué tontería! He engordado un par de kilos y los pantalones me aprietan un poco. Eso es todo.

Margot miró a Arlene y negó con la cabeza.

—No sabía que conocieras su nombre. ¿Has hablado con él? —preguntó Arlene.

—Sí, ayer desayunó con nosotras y nos invitó. Fui un momento al baño y cuando salí, los dos estaban riendo a carcajadas —explicó Margot.

Arlene silbó.

—¿Y qué? Es un hombre con mucho sentido del humor, cosa que a ti te falta. Vieja chocha.

Cuando tía Sheyla se cabreaba con su madre, contraatacaba utilizando la palabra *vieja* seguida de algún apelativo «cariñoso», aunque Margot todavía no había cumplido sesenta y cinco años. De cualquier modo, el único efecto que sus exabruptos tenían sobre la agraviada, era que esta se partiera de risa. Al igual que Arlene.

Después del desayuno, en el que ambas mujeres se esforzaron denodadamente en sonsacarle información sobre Dylan Jansen —al igual que habían hecho durante la cena—, acudieron al salón y comenzaron a abrir los regalos.

Ella sabía por qué le preguntaban tanto por Dylan. Sospechaban que le gustaba ya que no lograba ser convincente cuando les decía que no tenía ningun interés personal en él. Cuando se ponían pesadas resolvía la situación cambiando de tema.

Pasaron parte de la mañana en el jardín delantero. Abrigadas hasta las cejas y bajo un cielo blanquísimo que todavía diseminaba esponjosos copos de nieve sobre la ciudad, construyeron un muñeco de nieve junto a la entrada al que no le faltó detalle. Tras la comida, se sentaron en torno a la chimenea encendida y alargaron la sobremesa con pastas y té hasta la media tarde, momento en el que Arlene se despidió de ambas hasta el día siguiente, pues tenían pensado acudir a todas las funciones teatrales.

Condujo de regreso a casa por calles nevadas y atiborradas de niños que jugaban a lanzarse bolas de nieve. *Sadie* se había erguido de su cesto para apoyar las patas delanteras en la ventana. Tenía el hocico pegado al cristal, en el que se estrelló una bola enorme que la hizo retroceder asustada. Arlene rio. Estaba graciosa con el jersey rojo de lana con un estampado de gatitos blancos que Margot y Sheyla le habían confeccionado.

Nada más llegar encendió la calefacción y corrió a extender el regalo de Navidad sobre su cama. Era una colcha preciosa y suave que las cuñadas habían confeccionado a *crochet*. Los estampados geométricos de colores vivaces le dieron un tono muy brillante a su dormitorio, que estaba decorado en tonos blancos y beis.

Un rato después, cuando la nevada ya había cesado y la luz languidecía, condujo hasta Midtown para su cita anual en Bryant Park. Desde que tenía uso de razón, todas las tardes de todos los días de Navidad de su vida, había acudido con su padre a patinar a la pista de hielo que resplandecía encerrada entre los altísimos rascacielos del corazón de Manhattan. Tras faltar Robert continuó regresando allí ella sola. Era una costumbre que no deseaba romper bajo ninguna circunstancia, continuarla la hacía sentirse un poco más cercana a él.

Se colocó los patines, se ajustó la bufanda y el gorro y se lanzó a la pista. Esa tarde estaba muy frecuentada por familias, parejas de enamorados, grupos de amigos e incluso personas en solitario. Como ella. Abrigos de todas las texturas y colores se desplazaban a gran velocidad a su lado y Arlene imprimió brío a sus movimientos mientras respiraba hondo y se llenaba los ojos con las espléndidas vistas de los rascacielos circundantes.

Cuando patinaba solía dejar la mente en blanco. Otras veces se le colmaba de recuerdos felices del pasado. Pero ese día, al poco tiempo de estar allí, un pensamiento bastante turbador se cargó la agradable remembranza de su paciente padre enseñándole a patinar a los cinco años. El pulso se le aceleró a mil.

¿Y sí había sido Peter Covert quien le había hecho aquello a Karen Reed?

Dylan llegó a casa cuando ya anochecía. Restregó las suelas de las botas embadurnadas de nieve en el felpudo de la entrada y luego subió las escaleras, deteniéndose lo justo en la primera planta para agarrar una cerveza del frigorífico y llevársela al piso de arriba.

Había trabajo acumulado en su despacho. Tenía algunas grabaciones pendientes de visualizar para corregir los puntos débiles de su elenco y continuar potenciando los más fuertes, pero dejó de apetecerle tan pronto como encendió la luz y contempló la solitaria y silenciosa estancia. Era el mejor plan que tenía para finalizar el día de Navidad, pero el choque de las dos realidades lo sumió en una absoluta desgana. El bullicio navideño en la casa de Carly hacía que el sosiego de la suya fuera insoportable en un día como aquel.

No le gustaba la Navidad, solo sus sobrinos conseguían darle luz a la tristeza que le ocasionaban esas puñeteras fiestas. Miró hacia la estantería y se dirigió hacia el marco con la fotografía parcialmente oculta. Retiró la de su familia y observó el rostro sonriente de Lizzie.

Esa sonrisa dulce que siempre lo hacía levitar y que ahora no era más que un lastre que no le dejaba avanzar. A veces, sus pensamientos eran tan crudos que lo hacían sentir culpable. A veces, pensaba lo peor de sí mismo cuando la necesidad de que se lo explicara todo sobre su relación con aquel tío que la acompañaba superaba en importancia el deseo de que ella continuara viva.

Desplazó la mirada por el brillante pelo rojizo, por el óvalo redondeado de su cara, por los chispeantes ojos verdes a los que siempre les llegaba la sonrisa de sus labios. Las dudas lo torturaban. Poco a poco, los añorados y bellos rasgos se fueron transformando en otros igualmente encantadores, hasta que en su mente apareció el rostro de Arlene Sanders.

«A mi padre y a mi nos encantaba patinar la tarde del veinticinco en la pista de hielo de Bryant Park».

Apartó la vista de la fotografía y se acercó a la ventana. Un grupo de niños alborotaba la calle entre risas joviales, al tiempo que se lanzaban bolas de nieve. Ella le había explicado que su padre había fallecido pero ¿continuaría manteniendo la tradición? Le apetecía mucho más averiguarlo que colocarse tras el ordenador, así que volvió a ponerse el abrigo y abandonó la desolada casa.

Mientras cruzaba el concurrido puente de Brooklyn y las infinitas luces de la ciudad se agrandaban ante sus ojos, pensó en lo que le diría si la encontraba allí. En realidad, le apetecía tanto aprender a patinar como tirarse de cabeza al río Este desde lo más alto del puente, pero tenía la necesidad de verla y ella le había lanzado un reto la noche en que jugaron en la bolera.

Apretó las manos sobre el volante, con repentina impaciencia. Había estado a punto de besarla. Si no hubiera sido por la interrupción de Joel lo habría hecho y no le cabía la menor duda de que ella le habría correspondido. ¿Pero después qué? Él se habría quedado con ganas de más y ella habría salido corriendo despavorida, lo sabía. Ahora entendía por qué se había mantenido alejada de él y por qué respondía con tanta inquietud cuando surgía algún momento íntimo que los acercaba. Vio tanto miedo en sus ojos cuando estuvo a punto de besarla… Lógico. Acababa de contarle su fatal experiencia amorosa con su antiguo jefe y estaba seguro de que ella sí que preferiría lanzarse de cabeza al río Este antes que volver a repetir la experiencia, por muy diferentes que fueran Peter y él.

Puso el intermitente para situarse en el carril que desembocaba en la calle Centre y circuló tras un autobús que se movía con exasperante lentitud. Logró desembarazarse de él al llegar a la Sexta Avenida y trató de recuperar el tiempo perdido pisando más a fondo el acelerador. Era tarde, pasaban unos minutos de las ocho y no tenía muchas expectativas de encontrarla allí en el caso de que hubiera acudido.

Un semáforo en rojo frenó su avance. Lo embargó una sensación de extrañeza mientras esperaba a que el disco se pusiera en verde. ¿De verdad estaba cruzando todo Manhattan en la vespertina tarde del día de Navidad para comprobar si Arlene Sanders se hallaba en Bryan Park?

Joder, pues sí. Eso era lo que estaba haciendo.

La pista de hielo rebosaba de patinadores, aunque algunos ya empezaban a abandonar las instalaciones cuando Dylan llegó a ella. Los observó a todos con mirada ansiosa desde el otro lado de la barandilla, deseando encontrarla enfundada en su abrigo rojo y con la cabeza cubierta por ese gorro de lana tan colorido con el que la había visto llegar al teatro en numerosas ocasiones. Pero allí no había ni rastro de Arlene.

Decepcionado, se dio la vuelta y tomó asiento en un banco cercano desde el que se podían contemplar las piruetas que algunos trazaban sobre el hielo.

Metió las manos en los bolsillos de su abrigo y reflexionó sobre la impulsividad de sus actos. Al menos hacía medio siglo que una mujer no le interesaba de ese modo. Aquellas con las que había salido en los últimos tiempos siempre lo acusaban de ser distante y él no les quitaba la razón, de manera automática rehuía el lado afectivo de las relaciones. Pero lo que le transmitía Arlene Sanders era diferente. Su atracción por ella era más fuerte que su lema de mantener firmemente separados el trabajo y el placer.

Habría seguido esa máxima a rajatabla si la atracción se hubiera ceñido al terreno sexual. Pero no era así. Su personalidad también lo cautivaba.

Y para colmo era Navidad, un día que detestaba porque se le multiplicaba la añoranza por todo cuanto echaba de menos.

Con todo aquello en su contra, no era de extrañar que acabara de cometer una gilipollez como aquella. Esperaba volver a sentirse a gusto con su soledad en cuanto pasaran las condenadas fiestas.

Se incorporó con la intención de marcharse a casa, pero a lo lejos vio el Winter Village y decidió acercarse para echar un vistazo. Samantha había insistido toda la tarde en que Santa Claus no le había traído un gorro de lana con orejeras —entre otras cosas, porque no lo había incluido en su lista de deseos— y si mal no recordaba, allí los vendían.

La gente se apiñaba frente a los más de cien puestos navideños para realizar compras tardías o bien para tomar algo en alguno de los quioscos de comida que había junto a la fuente. Encontró rápidamente uno en el que vendían un montón de gorros de todas las tallas y colores, y escogió uno con forma de oso panda. Pidió que se lo envolvieran en papel de regalo y mientras esperaba a que el señor con bigote buscara cambio al billete de cincuenta dólares que le había entregado, vio a Arlene a lo lejos.

Llevaba puesto un abrigo de color azul marino y cargaba en la espalda con una mochila en la que suponía que guardaba sus patines. El gorro multicolor le cubría la cabeza aunque por debajo de la lana asomaba su frondosa melena castaña. Mordía un crepe de caramelo o de chocolate, no podía verlo bien a esa distancia, y luego se limpió los labios con una servilleta de papel al tiempo que asentía a algo que le decía su acompañante. No se encontraba sola, Andrew Allen estaba a su lado.

El bigotudo dueño del puesto volvió a repetirle en tono más alto que ahí tenía su cambio. Se había quedado tan absorto mirándoles, que no lo había oído. Recogió las monedas y se alejó unos pasos sin despegar la mirada de Arlene y Andrew, que paseaban en muy buena sintonía alrededor de la fuente. Los dos reían.

Dylan sabía que existía camaradería entre ambos. Habían congeniado desde el minuto uno y se acoplaban bien en el trabajo, pero no tenía ni idea de que su amistad hubiera traspasado las fronteras del teatro. ¿Habría algo más entre ellos? Los dos eran atractivos, Arlene no tenía ningún compromiso y, que él supiera, Andrew tampoco.

Se sintió como un imbécil. Al menos el viaje no había sido en vano, tenía un gorro para Samantha y, por ver la sonrisa de su sobrina, bien merecía haber hecho un poco el idiota.

Mejor así. Ya tenía suficientes quebraderos de cabeza.

Ella le vio, su mirada tropezó con la suya a través del gentío, y la sonrisa que le arrancaba la conversación con Andrew se diluyó. Dylan alzó una mano y los saludó, dando por hecho con aquel gesto que no tenía la intención de acercarse. Arlene quedó desilusionada cuando lo vio dar media vuelta y alejarse.

—Creo que la Navidad no es una buena época para él —comentó Andrew a su lado.

Ella continuó mirándole hasta que dejó de ser visible.

—Sus padres están fuera, imagino que los echa de menos.

—No es por sus padres. —Reanudaron el paso—. Es por Lizzie. Creo que se llamaba así.

—¿Quién es Lizzie? —preguntó con interés.

—No conozco los detalles de la historia. Aunque Dylan es un tío bastante enrollado no comparte su vida privada con nadie. Pero sé que tenía una novia que se llamaba Lizzie y que tuvo un accidente en el monte Kathadin mientras hacía alpinismo. Fue hace dos años, por estas fechas. Por lo visto, la policía no encontró el cuerpo aunque, lógicamente, se la dio por muerta.

—¿Iba ella sola?

—No. La acompañaba un tipo, pero era cadáver cuando lo hallaron. No sé mucho más.

Lizzie debía de ser la chica pelirroja de la fotografía.

Sentía tanto afecto por Dylan que la embargó una gran tristeza. Él no lo había superado. ¿Pero cómo hacerlo si ni siquiera había podido enterrar su cuerpo? Ella le había hablado de su padre, de lo mucho que lo echaba de menos, pero él no había sido capaz de hablarle de su novia.

Suspiró y dio otro mordisco a su crepe.

—Pareces afectada —indicó Andrew.

—Estoy bien, es solo que… ya sabes, mi padre también falleció por estas fechas y me pongo algo sensible con este tipo de historias.

—Y porque se trata de Dylan —matizó.

—¿Qué quieres decir?

—Que él te gusta.

—A todos nos gusta Dylan. Es un buen tipo.

Andrew se echó a reír al tiempo que despositaba el envase vacío en una papelera y enlazaba su brazo al de Arlene.

—¿Sabes? Me caes muy bien, eres la mejor compañera que uno pueda tener, y por eso me voy a tomar la licencia de aconsejarte sobre Dylan. Sí, yo también considero que es un gran tipo, pero si eres la clase de chica que yo creo que eres… no te conviene encapricharte de él. Según Emma, que ya sabes que es una gran cotilla y se entera de todo, Dylan no está muy por la labor de atarse a ninguna mujer.

Arlene recordó las palabras que Emma le dijo algunas semanas atrás:

«Es inalcanzable, no quiere relaciones serias. Las mujeres que pasan por su vida no se quedan demasiado tiempo en ella».

—¿Qué clase de chica crees que soy?

—De las que valen la pena —respondió sin pestañear.

Quizás en otro momento la opinión de Andrew la hubiera halagado. Ahora, solo le hacía sentir un gélido vacío.

# Capítulo 10

*E*l accidente se produjo durante los ensayos de la última noche en el Cherry Lane, mientras Arlene, Sean y Emma ensayaban su parte conjunta de la obra bajo el analítico escrutinio de Dylan.

Los benjamines cantaban a duo cuando, por debajo de sus voces, Dylan peribió un sonido leve y chirriante que provenía de lo alto. Al elevar la mirada advirtió el movimiento oscilante del foco que pendía a una altura aproximada de cinco metros sobre el lugar que ocupaba Arlene. Después, todo sucedió demasiado rápido. Dylan se precipitó sobre ella para apartarla de allí, al tiempo que el pesado objeto se desprendía de su soporte e impactaba fuertemente contra el suelo. El estruendo fue tremendo. El plástico se resquebrajó en varias piezas y la lente se fragmentó en múltiples cristales que volaron en todas las direcciones posibles.

Tras el incidente se hizo un silencio sobrecogedor.

Dylan la rodeaba con sus brazos en ademán protector. Arlene temblaba contra su cuerpo y observaba con pavor el punto donde el foco se había estrellado.

—¿Te encuentras bien? —le preguntó él.

Ella tragó saliva y asintió.

—Creo que sí.

Le frotó los brazos con la intención de reconfortarla, aunque él también se había llevado un buen susto. Se le había acelerado el pulso. Tomó aire y lo soltó lentamente sin retirar la mirada de ella. Sintió un profundo alivio que se llevó consigo la sensación de pánico. Arlene estaba a salvo, no había sufrido ni un solo rasguño. Sin embargo, el alivio fue esporádico. Una oleada de furia le arrasó las entrañas.

—¡Charley, maldita sea! ¡Baja aquí ahora mismo!

Observó al resto del elenco para comprobar que todos estaban en perfectas condiciones. En el extremo opuesto del escenario, Emma y Sean también se habían quedado lívidos, y, desde el patio de butacas, Andrew, Edgar y Abigail lucían expresiones desencajadas, aunque la de ella se notaba a la legua que era fingida.

El técnico de luces y sonido no tardó ni cinco segundos en presentarse. Apareció nervioso como un flan, pasándose la mano por la cabeza mientras observaba el caos.

—Yo… no sé cómo ha podido ocurrir, me he asegurado de que todo estaba en perfectas condiciones.

—¡Pues no te has asegurado lo suficiente! Un puñetero segundo es el que nos salva de haber acabado en el maldito hospital.

El hombre suspiró abochornado, las luces de los focos restantes iluminaban el copioso sudor que le perlaba la frente.

—Lo siento, Dylan. No sé qué puedo decir. Te juro que no volveré a cometer una imprudencia así.

—¡Desde luego que no! —Lo miró fulminante.

Arlene colocó una mano sobre su exaltado pecho.

—Ya está, Dylan, déjalo —murmuró—. Un error lo puede tener cualquiera.

—¡No uno como este!

—Claro que sí, es humano. Seguro que de aquí en adelante Charley se asegurará cien veces de que todo esté en orden.

Arlene no quería que lo despidiera, porque eso era lo que a todas luces pretendía hacer considerando el colosal tamaño de su cabreo. Era lo que le faltaba para que el ambiente se enrareciera un poco más, que el esposo de Abigail terminara la jornada en la oficina de empleo.

La mirada implorante de Arlene apaciguó su malestar. Pero solo un poco. Ella estaba asustada pero él también lo estaba. Muchísimo. Si le hubiera pasado algo…

—Oh, ¡pero qué espanto! —Henry asomó la nariz a través de las cortinas del costado izquierdo—. ¿Estáis todos bien?

Obviamente, quien más le preocupaba era Abigail, ya que la buscó con la mirada en el patio de butacas. La mujer le hizo un gesto de complicidad y Henry curvó un poco los labios.

—Todos estamos bien. —Dylan se acercó a Charley. El hombre tragó saliva y dejó caer los párpados con expresión de cordero degollado—. Recoge este desastre y sustituye el foco cuanto antes.

—Por supuesto. —Cabeceó solícito—. Entonces, ¿sigo conservando el... empleo?

Dylan dudó. Trabajaba con Charley desde que fundó la compañía y tenía una buena opinión de él como profesional. Nunca se había producido ningún percance. No obstante, sabía que tras lo sucedido le iba a costar volver a confiar en él. Estuvo a punto de decirle que tras la función debía recoger sus cosas y largarse, pero prefirió considerar las palabras de Arlene y no tomar decisiones en caliente.

—Agradécele a ella que lo conserves, te ha salvado el culo. —El hombre agachó la cabeza con vergüenza, y Dylan lanzó una mirada inquisitiva al resto del elenco, en especial a Abigail y a Henry, para asegurarse de que comprendían la magnitud de la tragedia. No parecían muy impresionados. Cuando agravaron el gesto y dejaron de mirarse como si acabaran de dar un paseo por el campo, Dylan prosiguió hablando—: Voy a hacer una llamada, continuamos en quince minutos.

Abandonó el escenario por entre las cortinas del costado derecho. Su gesto furioso hizo contener la respiración a más de uno. Tras su estela dejó un denso silencio que nadie se atrevió a interrumpir hasta pasados varios segundos.

—No entiendo por qué ha reaccionado tan desmesuradamente. Ni que Charley lo hubiera hecho adrede —protestó Abigail en voz alta.

—Creo que sí que lo entiendes, querida. —Henry torció el gesto.

—¿Y si tú lo sabes por qué no nos lo cuentas a los demás? —le preguntó Emma, cansada de los mensajes encriptados que intercambiaban de manera continua.

—Tú preocúpate de lo tuyo, «pequeñina», y así no volverás a tener un lapsus como el que tuviste ayer.

—No fue un lapsus. Me entró hipo y aguanté unos segundos la respiración —replicó ofendida. Henry se echó a reír moviendo la coleta rubia y desapareció detrás de las cortinas—. Será idiota.

—Fue un lapsus —apostilló Edgar.

—¡No lo fue! —se defendió.

—Dejadlo ya, ¿queréis? —intervino Andrew con una mueca de aburrimiento—. Hoy es el último día aquí, tengamos la fiesta en paz.

Arlene se mantuvo al margen de la discusión, pero había entendido perfectamente el mensaje que escondían las palabras de Henry. Abigail y él pensaban que Dylan le daba un trato de favor y que por eso había tenido una reacción desproporcionada al enfurecerse tanto con Charley. ¡Eran un par de miserables! ¿Acaso no eran conscientes de que si el foco le hubiera golpeado en la cabeza podría haberla matado?

Sí, seguro que lo sabían, pero les importaba un pimiento.

La última función en el Cherry Lane discurrió sin más contratiempos y nuevamente se convirtió en un gran éxito que levantó a los asistentes de sus asientos. La ovación se prolongó tanto, que Dylan se hizo con un micrófono para agradecerles su fidelidad y entrega con un improvisado aunque logrado discurso. Además, aprovechó la ocasión para invitarles a acudir al Astor Place de Nueva York, en el que continuarían su andadura durante las dos primeras semanas del año. Las fechas inciales se habían incrementado ante el exceso de demanda.

Tenían por costumbre salir a celebrar el final de cada etapa, en especial cuando el triunfo había sido tan apoteósico. Todos estaban de buen humor, y, excepto Charley, que se excusó aduciendo que padecía de un agudo dolor de cabeza, quedaron en reunirse en el Little Branch, un bar de copas que estaba en la Séptima Avenida, a unos cinco minutos caminando desde el Cherry Lane.

En las calles, especialmente en las aceras, todavía había restos de la nevada que había caído el día de Navidad, lo que impedía que el tránsito de dos mujeres mayores que calzaban zapatos de tacón fuera del todo seguro. Ellas insistieron en caminar hacia la Séptima Avenida para acompañarla durante un trecho del camino, ya que el bar de copas estaba muy cerca de la avenida, pero Arlene se negó en rotundo y llamó a un taxi para que las recogiera en la puerta del Cherry Lane.

No disfrutaba de humor para celebraciones, pero se sentía

obligada a hacer acto de presencia. Pasaría un rato con sus compañeros y luego se marcharía a casa. El reconfortante calor de los aplausos no había logrado hacer desaparecer del todo la angustia que se le había instalado en el estómago durante los ensayos. Si Dylan no hubiera reaccionado con tanta presteza ahora estaría en el hospital con una brecha abierta en la cabeza, o tal vez en el depósito de cadáveres. Se estremeció bajo el abrigo y se agarró más fuerte a los brazos de su madre y de su tía, a las que no les había dicho nada para no preocuparlas.

Dylan salió al exterior y vio al trío de mujeres que se apretujaba contra la fachada del edificio de enfrente para guarecerse del frío. Supuso que Arlene había llamado a un taxi para que llevara a casa a su madre y a su tía.

Tras la función y la correspondiente reunión informal en los pasillos del *backstage*, había recibido una llamada de sus padres que lo había entretenido. Le había dicho a Joel que se adelantara y que fuera pidiendo una ronda de lo que fuera. Cuando su madre se ponía al teléfono las conversaciones solían eternizarse. Al ver a Arlene, se alegró de haberse retrasado.

Deseaba estar con ella un rato a solas antes de que la reunión en el Little Branch lo hiciera imposible.

La madre y la tía agitaron las manos en el aire para hacerse visibles —según Arlene, solo les faltó dar saltitos— y Dylan cruzó la calle en cuatro zancadas. Se retiraron las bufandas de la boca para recibirlo con amplias sonrisas y exagerados saludos que a Arlene le parecieron afectuosos en exceso. Estaba claro que les gustaba Dylan, ¿pero era necesario ser tan zalameras? Estuvo a punto de poner los ojos en blanco e hincarles los codos en las costillas.

—Me alegra mucho verlas de nuevo, señoras. Son ustedes nuestras espectadoras más fieles.

—¡Oh! Y seguirás viéndonos, querido. No pensamos perdernos ni una sola función en el Astor Place —aseguró su tía.

—Les he dicho que no es necesario que vengan a verme todos los días, pero ellas insisten —matizó Arlene, haciendo una mueca.

—Por supuesto que es necesario. Pensamos apoyarte en

cada paso que des, cariño —intervino Margot—. Esta tarde nuestra chica ha estado brillante, ¿verdad que sí, Dylan?

—Está brillante todas las tardes.

La miró fíjamente, pero a ella la situación la incomodaba tanto que esquivó su mirada. Con gesto impaciente Arlene se puso de puntillas y escudriñó el extremo de la calle por la que tenía que aparecer el taxi.

—Nunca nos cansaremos de agradecerte la oportunidad que le has dado. Arlene tiene muchas aptitudes y se merecía un trabajo en el que por fin pudiera demostrarlas.

—Tía Sheyla, ¿quieres dejar de hablar de mí como si no estuviera presente?

La mujer hizo oídos sordos y prosiguió.

—Se estaba consumiendo en ese antro en el que cantaba, ¿verdad Margot?

—Cierto, ahora tiene otro brillo en los ojos. Hacía mucho tiempo que no la veíamos tan dichosa.

—Me complace mucho saber que he contribuido a su felicidad.

—Ahora solo falta que aparezca un buen hombre en su vida para que alcance la felicidad plena.

Arlene se quedó mirando a su tía con el ceño muy fruncido. Si hubiera tenido poderes mágicos, esa mirada habría desintegrado hasta las piedras. Dylan contuvo un golpe de risa y se aclaró la garganta para disimularlo.

—Y que me dé muchos nietos.

—Y a mí, sobrinos.

—¡Ya basta! —No daba crédito a lo que escuchaba. Si las dejaba continuar terminarían por implorarle a Dylan que le pidiera salir, ¡como si todavía estuviera en el instituto! No podía sentirse más avergonzada. Tras el exabrupto, los tres la observaban con gesto contrariado. Arlene tomó aire y trató de aplacar ese arranque de mal genio esbozando una sonrisa que no le llegó a los ojos—. Os he dicho un millón de veces que estoy muy bien como estoy. Además, a Dylan no le interesan lo más mínimo esos detalles de mi vida privada. ¡Mirad! Ya viene el taxi.

Dylan estuvo a punto de contradecirla, pero sus mejillas ya estaban lo suficientemente ruborizadas.

—Que te lo pases muy bien, cariño. ¿Te esperamos mañana para comer?

—Claro. —Besó a su madre en la frente y a tía Sheyla en la mejilla.

Dylan les tomó las manos enguantadas y se las llevó a los labios para depositar sendos besos en los dorsos. Arlene arqueó las cejas, le parecía que él también se tomaba demasiadas molestias para agradar a aquellas dos mujeres.

El vehículo se detuvo y Dylan mantuvo la puerta abierta para que subieran.

—Las veo en el Astor Place. Me encargaré de hacerles llegar las entradas.

—Oh, ¡gracias! Eres muy atento —sonrió tía Sheyla, al tiempo que se acomodaba en el asiento trasero.

—Cuida de nuestra chica. No dejes que beba mucho, el alcohol no le sienta muy bien. —Margot se acopló en el otro extremo y se alisó el abrigo sobre los muslos.

—Descuiden, lo haré.

—Por el amor de Dios… —murmuró Arlene a su lado.

Dylan cerró la puerta y el taxi circuló calle abajo.

—Discúlpalas. Pasan demasiadas horas en casa haciendo punto y viendo culebrones en la tele.

—A mí me parecen dos mujeres encantadoras.

—Oh, claro que te lo parecen. ¡Porque no se han puesto a hablar en público de tus temas personales!

—Se nota que te quieren muchísimo, no deberías enfadarte con ellas.

—No estoy enfadada, es solo que… —Se mordió los labios. Reprimía la atracción que sentía por Dylan y no le apetecía que ellas se la recordaran constantemente—. Yo también las adoro. Lo significan todo para mí, pero en ocasiones tengo que frenarlas porque se comportan como un par de adolescentes. —Se frotó la frente con el índice—. ¿Vamos al Little Branch o has quedado con alguien aquí?

Dylan dijo que no con un gesto de cabeza.

—La mayoría ya están allí. —Echaron a andar en dirección a la calle Bedford. Arlene llevaba puestas unas botas con un poco de tacón, así que le vino bien que Dylan ralentizara el paso para evitar resbalar sobre las zonas donde se aglutinaba la nieve—. ¿Cómo te encuentras? No hemos podido hablar después de lo ocurrido. Has dado lo mejor de ti en el escenario pero imagino que esta tarde no ha sido fácil meterte en la piel de Audry.

—No lo ha sido al principio —admitió—. Menos mal que tengo facilidad para desconectar cuando estoy trabajando. —Elevó la mirada hacia los árboles que sitiaban la calle. Parecían abetos navideños con toda esa nieve acumulada en sus ramas y en las hojas—. No te he dado las gracias. Menos mal que te diste cuenta, aunque tú también pudiste resultar herido.

—¿Qué dices? No tienes que darme las gracias por eso; cualquiera en mi lugar hubiera hecho lo mismo.

Arlene lo dudaba mucho. No se imaginaba a Abigail, a Henry o a Edgar arriesgando su integridad física para poner a salvo la suya. Más bien todo lo contrario, le habrían pedido que no se moviera, o que solo se desplazara unos centímetros para que el golpe fuera más certero. Cerró ese grifo de pensamientos y cambió de tema.

—No sabía que solías ir por Bryant Park.

—Y no suelo ir, pero ese día Santa Claus había olvidado traerle a Samantha un gorro de lana con orejeras y recordé que en el mercadillo de Winter Village solían tenerlos. Después me enteré de que Joel también le había comprado uno, así que ahora tiene dos. —Sortearon un gran montículo de nieve que el propietario de alguna de aquellas viviendas había retirado de la puerta de acceso al edificio. Dylan pensó en el modo de introducir a Andrew en la conversación sin que pareciera que tenía un interés especial—. Yo tampoco sabía que Andrew y tú os habíais hecho tan amigos.

Intento fallido. No sonó como él pretendía y Arlene lo percibió.

—Bueno… Si lo dices porque nos viste juntos el día de Navidad, en realidad fue un encuentro casual. Fui a patinar esa tarde y luego me topé con él en Winter Village.

«Eres tonta, Arlene. ¿Por qué le das explicaciones? ¡Que piense lo que quiera!»

—Aunque sí, hemos simpatizado mucho —matizó.

—Me alegra que hayas encontrado un aliado. —«No exageres, tío. Tú no quieres para ella un aliado de esa clase»—.

Me consta que Abigail y Henry no te lo están poniendo nada fácil, aunque ignoro el contenido de sus desplantes. Sé que no quieres que interceda en ello pero si se están pasando de la raya deberías…

—Todo está bajo control —lo interrumpió—. Son tonterías sin importancia a las que ya no presto atención. Lo peor que podría hacer sería seguirles el juego.

—Actúan como dos mocosos malcriados. Mi sobrina de tres años tiene más juicio que ellos dos juntos. —Su tono desganado ponía de manifiesto que estaba muy cansado de su comportamiento—. ¿Qué harás la noche de fin de año?

—Pasado mañana me marcho a Baltimore. Mi hermano Zack está de guardia en el hospital esa noche, así que Amy y yo saldremos a celebrarla juntas.

—¿Es médico?

—Neurocirujano. Él… —Iba a contarle cómo Zack, ese hermano que desconocía que tenía hasta la primavera pasada, había aparecido en su camino. ¡Se sentía tan cómoda cuando conversaba con él! Pero se lo pensó mejor, cerró los labios y guardó silencio. Era una parcela de su vida demasiado privada y ella estaba decidida a no implicarse tanto con él—. ¿Qué harás tú?

—Bueno, si no me arrepiento en el último momento, me he comprometido con unos cuantos amigos a hacer una fiesta en mi casa. No sé si vamos a caber todos porque he invitado a unos veinticinco pero se han agregado el doble. Ya sabes cómo funciona el boca a boca. Si lo llego a saber habría cobrado por la entrada —bromeó—. Tú también estás invitada, aunque supongo que no puedo competir con una noche de chicas.

Arlene sonrió, temiendo quedarse prendida en aquella mirada tan azul e insinuante. ¿Por qué tenía que ser tan encantador y tan atractivo? Le habría sido más fácil combatir con una cosa o con la otra, pero con las dos a la vez era prácticamente imposible atribuirse una victoria.

Al llegar a la Séptima Avenida, Arlene sufrió un pequeño percance. Las constantes pisadas de la gente habían convertido la nieve que se arrinconaba en la intersección de las baldosas en una gruesa capa de hielo sobre la que sus botas dieron un fuerte resbalón. De no ser porque se agarró del brazo de Dylan, habría dado con el trasero en el suelo. Él la sostuvo por la cintura hasta que volvió a equilibrarse.

—Mierda, debí ponerme otro tipo de calzado.

—¿Y tú pretendías darme clases de patinaje? —bromeó.

—No, lo que pretendía era vencerte en mi terreno después de la vergüenza que me hiciste pasar en la bolera. —Su ironía persistía—. Y por eso mi propuesta sigue en pie. ¿A que ya no te parece tan divertido?

—No, pero como nunca se ha escrito nada sobre los cobardes, acepto el desafío. ¿Cuándo?

—Cuando quieras —contestó sin dudar.

Dylan recorrió sus rasgos con una mirada tan intensa que Arlene dejó de sentir el viento gélido azotándole la piel. Ya había recuperado la estabilidad, pero él mantenía el abrazo y ella tampoco hizo nada por desasirse. Esos momentos que se creaban entre los dos, cuando los sonidos externos se apagaban, el aire se volvía denso y los ojos revelaban más que las palabras, contenían tanta magia que requerían de un arduo ejercicio de voluntad para renunciar a ellos. Su inmunidad frente a Dylan era cada vez más endeble.

Una minúscula partícula blanca aterrizó sobre la mejilla de Arlene, y Dylan dirigió un dedo hacia allí para capturarla, deslizándolo con suavidad sobre la piel fría. Observó el copo de nieve deshacerse en su yema.

—Creo que vuelve a nevar.

Arlene miró hacia lo alto y contempló la incipiente caída de la lluvia algodonosa que teñía el cielo nocturno de blanco.

—Deberíamos apresurarnos —sugirió ella.

Un pensamiento diferente cruzó por la mente de Dylan, que se adelantó un par de pasos hacia la calzada de la avenida y alzó un brazo para llamar a un taxi. Cuando uno libre se detuvo, la sujetó por encima del codo y tiró de ella.

—¿Adónde vamos?

—A dar una vuelta por la ciudad. —Abrió la puerta trasera y la invitó a subir.

—Nos está esperando todo el mundo en el bar. Van a pensar que nos ha sucedido algo o que hemos decidido montarnos la fiesta por nuestra cuenta.

Aquello último no habría estado nada mal, pensó Dylan.

—Que piensen lo que quieran. Vamos, sube.

Arlene se mordió los labios para no sonreír y se encaramó al taxi. Al instante, él se acomodaba a su lado.

—¿Dónde les llevo? —preguntó el taxista con un marcado acento hispano.

—Vaya hacia Times Square, por favor, y luego regrese hasta aquí.

# Capítulo 11

$E$l tráfico no congestionaba las calles, pero el hombre emprendió una marcha lenta hacia la intersección con la Octava Avenida. Parecía como si de las sencillas instrucciones de Dylan hubiera sacado la conclusión de que no tenían ninguna prisa.

Arlene se lo quedó mirando mientras él se desabrochaba el abrigo y se despojaba de la bufanda oscura que le rodeaba el cuello. Las luces resplandecientes del exterior iluminaban la expresión decidida de su semblante y ella intuyó que tenía algo importante que decirle. Aunque allí dentro la temperatura era muy agradable, Arlene ni siquiera fue capaz de quitarse el gorro y la bufanda, la intriga la mantenía pendiente de él y de cada uno de sus movimientos.

—Quiero proponerte algo a lo que le he estado dando muchas vueltas en las últimas horas. ¿No vas a quitarte eso? Aquí hace calor.

—Oh, claro. —Se quitó el gorro de la cabeza y el cabello se desparramó limpio y sedoso. El olor a miel lo incitaba a enterrar la nariz en él para grabárselo en la memoria—. ¿Qué quieres proponerme?

Dylan ladeó la cabeza y entornó los ojos.

—¿Por qué parece que esté a punto de pedirte matrimonio?

—¿Eso transmito?

—Sí.

—No vas a hacerlo, ¿verdad?

—No, no temas. —Arlene se echó a reír, una carcajada tan melódica y cristalina como su voz—. ¿Y qué harías si se tratara de eso? ¿Saltarías del coche en marcha?

—¡Lo más probable!

—¿Tan mal partido me consideras?

—Bueno, es que siempre me lo he imaginado de un modo mucho más romántico que en el interior de un taxi. —Aun a sabiendas de que bromeaban, el coqueteo era evidente, y Arlene sintió que su aplomo se balanceaba en la cuerda floja—. ¿Y bien? ¿De qué se trata?

Dylan se puso serio para abordar el tema.

—Quiero ampliar tu participación en la obra.

—¿Cómo? —Agrandó los ojos.

—¿No te has dado cuenta? El público no tiene suficiente con los treinta minutos que estás en escena, desea mucho más de ti, de Audry, y mi labor es ofrecérselo. Supondría un esfuerzo adicional pero a ninguno de los dos nos asusta el trabajo duro. —Ella había entrado en una especie de *shock*, no reaccionaba—. ¿Arlene?

—Sí, es que… —Agitó la cabeza—. Me sueltas esto a bocajarro y… Creo que necesito un par de minutos para procesarlo.

—Pero la excitación ya había saltado a sus ojos, cubriéndolos de un brillo fulgurante—. ¿Con quién más lo has hablado?

—Con nadie. Ni siquiera con Joel. Primero quería compartirlo contigo y ver qué te parece.

—Pero… ¿Crees que Brendan estará dispuesto a ampliar el guion para darle más protagonismo a Audry?

—Él ha venido a vernos en dos funciones y ha sido testigo directo de cómo te metes al público en el bolsillo. Le parecerá una idea fabulosa. Evidentemente, el trabajo le llevará algún tiempo, no sería algo inmediato. —Acalorada, ella comenzó a desabrocharse los botones del abrigo. Cualquier otra persona habría dado saltos de alegría sobre el asiento, pero Dylan entendía su prudencia. Peter Covert le había hecho mucho daño, pero él iba a encargarse de darle el espacio que se merecía. Le tomó la mano, un sudor frío le cubría la palma—. Piénsalo. Mayor salario, mayor reconocimiento, Broadway… Quizás no conmigo, pero hay muchas compañías importantes que están al acecho de nuevos talentos.

Arlene lo miró con una mueca tensa.

—Creo que vas demasiado rápido pero, en cualquier caso, ¡yo no te dejaría!

Él sonrió un poco. Su lealtad lo conmovía, pero era consciente de que había encontrado un diamante en bruto que muy pronto alguien con muchos más medios y más peso en la industria le arrebataría. Así funcionaban las cosas. Él no tenía ningún derecho sobre ella.

—Entonces, dime. ¿Lo hablo con Joel y con Brendan?

Arlene cerró los ojos un instante y emitió un suspiro hondo y prolongado. Al abrirlos estaban húmedos, pero el parpadeo no borró los rastros de emoción.

—¿Cómo voy a decir que no? Por supuesto que sí, Dylan.

—Bien —dijo con una amplia sonrisa—. No habría permitido que respondieras otra cosa. Vamos a hacer algo muy grande.

—Creo que me estoy mareando. Madre mía, yo... —Se llevó una mano a la frente y lo miró como si quisiera devorarlo—. Te debo tanto...

—Cállate y no digas eso. No me debes nada.

Arlene se mordió los labios y miró a través de la ventanilla. Estaba tan contenta que... ¡Dios! Tenía ganas de abrazarlo y expresarle sin reparos su júbilo.

—¿Y qué tienes pensado?

—Un par de canciones más, partes habladas más extensas ahora que te sientes cómoda con ellas... Te quiero alrededor de cincuenta minutos en escena. Compartirás protagonismo junto a Abigail y Edgar.

Ella hizo una mueca.

—¡Espera a que se enteren!

—Lo sabrán a su debido momento, y si tienen algún problema nada les obliga a permanecer en la compañía. Hay muy buenos cantantes que están desempleados.

Todavía asía su mano y con el pulgar le acariciaba la palma. Arlene concentró su exaltación en la pierna derecha, que no podía dejar de mover. Pero no retiró la mano.

Ya habían llegado a Times Square. La publicidad luminosa de los letreros de neón y de los grandes teatros de Broadway coloreaban los copos de nieve que ya caían sin freno. La nevada había arreciado desde que subieran al taxi aunque los pronósticos no hablaban de fuertes nevadas durante esos últimos días del año. La torre de Times Square estaba rodeada de andamios y grúas. Los técnicos trabajaban incansablemente para terminar de instalar la esfera de cristal que todos los años marcaba la entrada en el año nuevo con su mítico descenso.

Charlaron sobre temas de menor trascendencia durante el viaje de vuelta, aunque cualquier tipo de conversación entre los dos resultaba de lo más interesante. A Dylan se le pasó por la cabeza indicarle al taxista que continuara el camino hacia el distrito financiero porque prefería estar a solas con ella que entrar en el Little Branch. Pero no había más remedio que cumplir con aquella formalidad.

Dylan pagó al hombre y entraron en el pequeño bar subterráneo al que se accedía descendiendo por unas estrechas escaleras. Arlene no había estado antes allí, pero le gustó la calidez que proporcionaban al local las paredes amarillas, los techos anaranjados, y la música de jazz que emitían los altavoces. La sala estaba concurrida aunque no en exceso, lo que contribuía a matizar el ambiente relajado.

El grupo bebía al fondo. Tal y como se temían, les hicieron preguntas sobre su tardanza en cuanto los vieron aparecer. Dylan les dijo que la conversación telefónica con su madre se había prolongado y que después se había encontrado con Arlene en el exterior.

—A su tía y a su madre les gusta hablar tanto como a la mía, así que nos han entretenido un poco. Incluso hicieron esperar al taxi que vino a recogerlas.

Algunos no les creyeron, las miradas de Abigail y Henry no podían ser más escépticas. Joel arqueó una ceja como si estuviera diciendo: ¿A qué viene ese cuento? A Arlene no se le daba bien mentir ni tampoco apoyar una mentira, así que era probable que se le notara que ocultaban algo.

Se acercaron a la barra para pedir uno de esos cócteles que tanta fama le daban al lugar y que sus compañeros ya degustaban animadamente. Joel apareció a su lado para reclamar la atención de Dylan. El productor no tenía tanto trato con el equipo y se le veía un poco desubicado. Empezó a hablarle de negocios y luego se lo llevó consigo a un rincón, impidiendo que Arlene continuara disfrutando de su compañía.

Dio un sorbo a su cóctel South Side que, por petición expresa, el elegante camarero le había preparado con poca ginebra y mucha lima. Al instante, Andrew abandonó el trío que formaba junto a Emma y Sean y se aproximó a ella. Era un alivio poder contar con la amistad de Andrew en un ambiente tan acusadamente hostil. Abigail todavía la observaba con suspicacia y las miradas que le regalaba Henry eran cada vez más despectivas. Con Edgar apenas si había cruzado cinco palabras desde que lo conocía.

Estuvieron comentando la función y también sus planes para fin de año, y la conversación se volvió más animada conforme el alcohol fue realizando su cometido. Andrew hasta se atrevió a bailar al son de la música de jazz y aunque Arlene era muy reacia a hacer el ridículo experimentando con un baile que no conocía, él la azuzó a que imitara su ritmo. Fue divertido, sobre todo porque coordinó los movimientos bastante mejor que su mentor.

Incluso cuando no lo miraba, Arlene podía sentir la presión de las miradas furtivas de Dylan. Él seguía charlando con Joel, pero parecía estar más pendiente de ella que de lo que quisiera que estuviera comentándole su cuñado. Ella captaba el diálogo interno en esa forma intensa de observarla y, pese a los esfuerzos que él hacía por disimularlos, detectó sus celos. No supo cómo sentirse ante eso.

En Inner Harbor, el puerto interior de Baltimore, los preparativos para la celebración de la noche de fin de año ya estaban listos. Espectáculos de música en directo, una impresionante exhibición pirotécnica… Todavía faltaban más de veinticuatro horas para la cuenta atrás pero el ambiente a festejo ya se respiraba en el aire.

Inner Harbor era el punto de encuentro de habitantes locales y turistas, y no solo los neoyorkinos celebraban a lo grande esa noche tan especial. Desde luego, el enclave era perfecto. En la primavera anterior, mientras su madre se recuperaba en el hospital Johns Hopkins de la delicada operación en la que se le había extirpado el tumor cerebral, Arlene pasó mucho tiempo allí. A veces daba largas caminatas a lo largo de todo el perímetro, y otras se sentaba en algún banco del paseo y observaba el ir y venir de las embarcaciones a la espera de que las amargas horas pasaran más rápidas. Aquel lugar se convirtió en una especie de santuario al que acudía todos los días para sentirse un poco mejor. Desde entonces, regresar allí la embargaba de sensaciones muy gratificantes.

Saboreaban un plato repleto de tortas de cangrejo en uno de los restaurantes más concurridos de la zona, mientras el atardecer caía sobre la ciudad y se ponían al corriente de sus vidas, aunque como solían hablar todas las semanas por teléfono estaban al tanto de la mayoría de las novedades.

Amy era escritora de novela romántica y trabajaba en los últimos capítulos de un nuevo manuscrito que Arlene estaba deseando poder leer. Era una lectora muy fiel y no porque fueran casi familia —ansiaba que Zack diera el paso y le pidiera a Amy que se casara con él, aunque seguro que no tanto como la interesada—, sino que ya leía sus novelas mucho antes de conocerla.

Cada vez que Amy nombraba a su hermano, y al cabo de la tarde habían sido unas cuantas veces, sus ojos verdes resplandecían como si estuviera en posesión del secreto de la felicidad eterna y Arlene la escuchaba ensimismada. ¡Estaban hechos el uno para el otro!

Amy le contó que a sus padres les había encantado Zack. Lo habían conocido en Nochebuena, pocos minutos antes de la cena. Ellos residían en Yemen desde hacía muchos años porque su padre era cónsul de la embajada de Estados Unidos en aquel país y solo regresaban al suyo en vacaciones de verano y Navidad.

—A mis padres nunca les ha gustado ninguno de mis novios pero en cambio Zack… mi madre aprovechó que nos quedamos un momento a solas durante los postres para preguntarme si todavía no me había pedido que me casara con él. —Puso los ojos en blanco.

Arlene se echó a reír. ¡Así que no era la única que lo deseaba!

Ella siempre había sido desgraciada en amores, nunca había acertado en la elección de los hombres que habían pasado por su vida. Se preguntaba si ahí afuera todavía habría alguien para ella con quien pudiera compartir ese amor tan incondicional, pero era bastante pesimista al respecto. De repente, el misterioso mecanismo de su mente le hizo pensar en Dylan y en que nunca había conocido a un hombre tan interesante y polifacético como él. Suspiró y luego apartó ese fastidioso pensamiento con un manotazo invisible.

—¿Qué ocurre? —le preguntó Amy.

—¿Cómo? —No se había dado cuenta de que tenía el ceño fruncido—. Oh, nada. Pensaba en... —Movió la cabeza con desenfado y saboreó un nuevo bocado de aquella delicia—. Tengo muchas ganas de ver a Zack.

Amy se la quedó mirando con fijeza.

—Tú también lo encontrarás.

—¿Encontrar? —Se hizo la despistada y su amiga sonrió.

—Al hombre de tu vida.

—No tengo ninguna prisa.

Negó despreocupada, parapetada tras esa armadura que utilizan las personas a las que les asusta enamorarse. Amy conocía muy bien los significados de ese lenguaje corporal porque durante mucho tiempo también lo utilizó Zack. Aunque los hermanos no se habían conocido hasta hacía unos meses, curiosamente compartían esa parte de su genética.

Amy encauzó la conversación por otro camino, con el propósito de dar un pequeño rodeo.

—Por cierto, Zack todavía tiene que confirmar su agenda de horarios para los próximos días, pero creo que podremos asistir a la última función en el Astor Place.

—¿En serio? —inquirió ilusionada.

Amy asintió.

—Y si no puede ser ese día, intentaremos que sea cualquier otro. ¡Tenemos muchas ganas de verte! —Cubrió su mano con un gesto cariñoso y se la apretó.

—Avísame con tiempo para que os envíe entradas gratis.

—De eso nada. Contribuiremos al éxito del musical.

Arlene esbozó una sonrisa radiante. Nada podía hacerla más feliz que verlos en el patio de butacas. Hasta la fecha, eso no había sido posible porque los días libres de Zack habían coincidido con los días en los que no había habido representación en el Cherry Lane.

—Me apetece mucho conocer a Dylan. —El soniquete enigmático de su voz puso a Arlene sobre aviso—. Tengo muy buena imagen de él después de todo lo que me has ido contando y, además, me muero de ganas de comprobar si es tan guapo como dices.

—No puede ser —se anticipó Arlene, que ya veía por dónde le venían los tiros.

—Lo pintas demasiado negro. Si os atraéis, que él sea tu jefe y tú su empleada no es un obstáculo que no se pueda salvar.

—¿Quién te ha dicho que nos gustamos? De mis labios no ha salido tal afirmación.

—Oh, vamos. Con todo lo que me has dicho no hace falta que le pongas nombre y apellidos. Además, ¡seguro que te habrás guardado cosas para ti!

Sí, como que había sentido una corriente eléctrica atravesándole el cuerpo en aquella ocasión en la que Dylan se situó a su espalda para enseñarle a lanzar en la bolera. O como aquella otra vez en su camerino, cuando él la abrazó semidesnudo y entre los dos se creó esa conexión tan mágica e íntima que estuvo a punto de culminar en un beso. O como cuando la salvó de dar con el trasero en la nieve y luego la miró como si deseara comérsela.

Cierto, se había guardado momentos muy especiales para sí misma y, aun así, para Amy era obvio que Dylan copaba buena parte de sus pensamientos.

—Ya tuve una relación de esas características y fue un completo desastre. Quedé tan escarmentada que me hice la promesa de no volver a mezclar mi vida sentimental con la profesional, y tengo toda la intención de cumplirla.

Hacía ya tiempo que Arlene le había hablado de Peter, aunque al igual que actuó con Margot y tía Sheyla, había omitido que tras la ruptura él comenzó a boicotear su carrera. Tampoco les había mencionado a ninguna de las tres que él había vuelto a aparecer en su vida. Dylan era la única persona que estaba al tanto de ello.

—Que ese tío fuera un desgraciado no implica que todos los jefes lo sean.

—Eso ya lo sé. De hecho, Dylan es un tipo estupendo. —La admiración que sentía hacia él vibró en sus palabras—. Pero si sucediera algo entre nosotros que cruzara las fronteras de lo laboral… él podría dejar de ser objetivo en el trabajo, dejaría de medirme con el mismo rasero que mide a los demás y yo... no podría tolerar eso. Además, por lo visto tiene bastantes fantasmas.

—¿Qué tipo de fantasmas? —Amy se llevó un nuevo bocado de torta de cangrejo a la boca y se limpió los labios mientras masticaba.

—Su novia desapareció hace un par de años mientras hacía alpinismo en Maine. Todavía conserva una fotografía de ambos en la estantería de su despacho, aunque a ella la tiene tapada con otra fotografía superpuesta. Creo que no lo ha superado y por eso no está interesado en tener una relación seria. Sexo sin ataduras, ya sabes. Lo cual me facilita bastante las cosas.

Amy torció el gesto.

—Estoy muy orgullosa de ser como soy pero mis convicciones sobre lo que debe ser una relación sexual son tan rígidas que, en ocasiones, me han hecho sentir un poco frustrada. ¿A ti no te sucede? Porque sé que en ese aspecto somos bastante parecidas.

—No me gusta el sexo si no va acompañado de la ilusión por comenzar algo especial con la otra persona. Pero sí, me siento frustrada. —Y soltó un suspiro.


El partido de *squash* había estado muy reñido en el inicio pero, hacia la mitad, Joel perdió fuerza y Dylan consiguió desmarcarse con una ventaja de cuatro puntos que conservó hasta que concluyó y se hizo con la victoria. Dylan estaba exhausto tras varios días sin practicar ejercicio, pero Joel estaba machacado. Se había puesto rojo como un tomate y jadeaba como un anciano con problemas pulmonares. Le tomó el pelo mientras se dirigían a los vestuarios masculinos del gimnasio.

—Las fiestas Navideñas te han pasado factura. Mira esa incipiente barriga. ¡Estás en baja forma, tío!

—Los guisos de tu hermana son una bomba de relojería, y este año ha comprado muchos más dulces y golosinas porque tiene un montón de antojos con el azúcar. —Guardaron el equipo en sus respectivas mochilas y se encaminaron a las duchas—. Hasta los niños han ganado peso. Ahora dice que va a ponernos a todos a dieta. A todos menos a ella, claro. Me temo que se avecina una larga temporada a base de verduras, dice que no le gusta mi barriga. —Se echó a reír—. Así que ándate con ojo. De aquí a nada te haré sudar la gota gorda.

—Eres un fantasma, se te va la fuerza por la boca. Eso que dices, ¡tendrás que demostrarlo!

Algunos minutos después, con toallas blancas enrolladas alrededor de las caderas, entraron en la solitaria sauna mixta y tomaron asiento en uno de los bancos inferiores. Dylan llevaba varios días esperando a que se diera la ocasión de comentarle sus planes con el personaje de Audry, pues durante las fiestas había sido imposible, siempre rodeados de niños y de una mujer embarazada que requería su atención constante. Sabía que sacar el tema ahora arruinaría el momento de relax, pero ya no podía postergarlo más.

—Tengo que hablarte de un asunto.

—¿De negocios? Olvídalo, estoy intentando dejar la mente en blanco. —Joel cerró los ojos y apoyó la cabeza en la pared de madera de la cabina.

—Quiero que Arlene tenga más protagonismo en la obra —le soltó de golpe, con la voz relajada pero firme—. Voy a hablarlo con Brendan para que se ponga a trabajar cuanto antes en el guion y escriba un par de canciones más para ella. Lo hablé con Arlene, para asegurarme de que contaba con su asentimiento, y se mostró encantada y dispuesta.

Joel no dijo nada pero Dylan sabía en lo que estaba pensando. Su expresión, como si acabara de lamer un limón terriblemente ácido, se lo confirmaba.

—No estás hablando en serio, ¿verdad?

—Totalmente. ¿Por qué iba a bromear con algo así? No le veo la gracia por ningún lado.

—Joder, Dylan… ¿Pretendes convertirla en la estrella principal de la obra? ¿Te has detenido a analizar los pros y los contras?

—Bueno, tú eres mucho más cerebral y analítico que yo, esperaba que me ayudaras a analizarlos.

No sabía por qué, quizás por la seguridad con la que Dylan hablaba, pero mucho se temía Joel que no había nada que debatir y que no necesitaba su ayuda para realizar ningún análisis. La decisión estaba tomada.

—La representación dura una hora. No podemos alargarla o acortarla a nuestro antojo estando inmersos en una gira de actuaciones, con el programa cerrado para el próximo mes.

—No sería algo inmediato. Brendan tiene que trabajar en la ampliación del guion y en la composición de las nuevas canciones. Y ya sabes lo concienzudo que es. No lo tendrá listo hasta dentro de unas semanas. De momento, seguiremos como estamos.

—Eso supone un incremento en el salario de Arlene.

—Con los beneficios que estamos obteniendo no veo dónde está el problema.

—¿Y qué pasa con el resto del elenco? ¿Te has parado a pensar en las reacciones de Edgar y Abigail cuando les sueltes la bomba?

—Los personajes que interpretan no van a sufrir ninguna alteración. Para ellos todo va a continuar como hasta ahora.

—Pero no sus egos, Dylan.

—Yo no he contratado a sus egos —replicó con el tono áspero—. Mierda, Joel, no voy a pasarme toda la vida supeditado a las exigencias de estos dos porque tengan unas voces cojonudas y hayan sido grandes estrellas. Hay una nueva generación de artistas que viene por detrás pisando muy fuerte, y que merecen que se les ofrezcan las mismas oportunidades.

Joel irguió la espalda mientras cabeceaba ofuscado.

—No lo veo.

—¿Qué es lo que no ves?

—Si sigues adelante con eso me temo que todo va a desmoronarse. Será como meterse en una jaula llena de fieras con las que tendrás que lidiar todos los días. ¿Crees que lo van a aceptar sin más? ¿Sin oponer resistencia o sin hacérselas pasar canutas a Arlene Sanders? Vamos a hablar claro. Abigail no es ningún modelo de virtudes a seguir: es avariciosa, envidiosa y despiadada, ¡pero la necesitamos!

—¿Te estás escuchando, Joel? ¿Cuándo hemos convertido a Abigail en el epicentro de la compañía? ¿Desde cuándo todas las decisiones que afectan al trabajo en equipo tienen que pasar por ella? ¿Por miedo a que se largue? —La discusión lo acaloró tanto que la atmósfera bochornosa de la sauna se acentuó—. Vamos a ser serios. Nuestra obligación es velar por los intereses comunes y esforzarnos al máximo para presentar un producto de calidad que nos permita crecer y llegar al máximo número de público posible. ¿Hasta ahí estamos de acuerdo?

—También hay que mimar al equipo y estar un poco pendiente de las necesidades particulares de cada uno. Sí, ya sé que tú eres un tío cojonudo y que nadie tiene ni una sola queja sobre ti. Yo no paso tanto tiempo con ellos pero sé que te has ganado el respeto de todos y que te admiran. Pero con esto que pretendes hacer... —Hizo un gesto de negación con los labios apretados—. Me preocupa que todo pueda irse al garete; Abigail no lo va a encajar.

—Abigail no es imprescindible aunque tú creas que sí. De hecho, nadie lo es —matizó—. Yo no quiero que se marche, pero correremos ese riesgo. He tomado una decisión y nadie va a hacerme cambiar de idea. Y ahora, dejando a Abigail al margen de esto, quiero escuchar tu opinión profesional.

Joel se pasó la mano por el pelo sudado para despejarse la frente.

—Arlene tiene un don especial. Todavía hay cosas que pulir en ella pero es fabulosa y le auguro un futuro muy prometedor en Broadway. Admito que gran parte del éxito del que estamos disfrutando ahora se debe a ella; no soy tan insensible como te piensas, todavía sé detectar los diamantes en bruto. Pero le faltan tablas y necesita el respaldo de sus compañeros. Sola no podría hacerlo.

Dylan asintió, mostrándose de acuerdo con su visión comercial.

—De momento quiero que esta conversación no salga de aquí. Ya lo comentaré en grupo cuando tengamos algo más sólido.

Permanecieron unos segundos en silencio mientras la puerta de la sauna se abría y entraban en la cabina un par de tipos atiborrados a anabolizantes y una rubia atractiva que tomó asiento justo enfrente.

Joel bajó el tono de voz al estar en compañía.

—Arlene te tiene bien agarrado de los huevos, ¿verdad?

—No empieces con esas gilipolleces.

—No son gilipolleces, es una realidad como un templo. —Se le escapó una sonrisa entre dientes—. Desde Lizzie, nunca te había visto así con ninguna chica.

—¿Así cómo? —Entornó los ojos—. Me insultas gravemente si piensas que hago todo esto porque ella me gusta como mujer —se defendió molesto.

—Vamos, ahora eres tú el que me ofendes. ¡Claro que no pienso eso! Pero que ella te tiene hechizado es un hecho, no puedes negarlo. La otra noche en el Little Branch me percaté de cómo la mirabas mientras ella se divertía con Andrew. Claro que ella también te miraba a ti. ¿Qué pasa entre vosotros? ¿No me lo vas a contar?

Dylan estiró las largas piernas y cruzó los tobillos. Sus acompañantes de sauna parecían estar inmersos en sus pensamientos pero, aun así, a él no le apetecía hablar de aquello en un lugar tan silencioso y rodeado de extraños.

—No hay mucho que contar —respondió.

—A mí no me engañas. Te conozco bien, veo las chispas que saltan entre vosotros dos, y supongo que si te estás controlando es porque no quieres involucrarte emocionalmente con una empleada. Que sepas que respaldo tu postura. Me parece lo más inteligente.

Sería inteligente, no lo ponía en duda, pero cada vez le costaba más mantener a raya la atracción que sentía por ella. Durante la noche a la que Joel se refería, quiso interponerse entre Andrew y Arlene para romper ese buen rollo existente entre los dos. No le gustaba que la tocara tanto, ni que le retirara el cabello de la oreja para acercar su boca y decirle cualquier estupidez que la hiciera sonreír. Esa noche le había deseado a Andrew un buen dolor de cabeza que lo obligara a abandonar la fiesta. Más tarde, se sintió como un idiota porque no podía permitir que esas cuestiones interfirieran en su trabajo ni en el modo de relacionarse con sus chicos. Tenía que parar aquello como fuera.

—Creo saber lo que necesitas —prosiguió Joel, bajando el tono hasta convertir su voz en un débil susurro—. ¿Cuánto tiempo hace que no follas? ¿Desde lo de Chelsea? Eso son casi dos meses. Últimamente trabajas demasiado. Deberías salir, conocer a alguna chica y divertirte un rato, con tu físico no te costará mucho encontrar a unas cuantas candidatas y así te olvidarás de Arlene Sanders.

«¿Cómo explicarle a aquel asno que necesitaba algo más que un polvo con una desconocida para arrancarse a Arlene de la cabeza?».

Dylan cerró los ojos y le siguió el juego sin formular ni una réplica. Estaba dispuesto a disfrutar del tiempo que les quedaba allí dentro. Ya había tratado con Joel el tema más importante y ahora le apetecía relajarse y estar en silencio.

—A lo mejor tienes a una mucho más cerca de lo que tú te crees —murmuró cerca de su oído—. ¿Has visto cómo te mira la rubia que tienes sentada enfrente?

Dylan entreabrió los ojos y enfocó la mirada en la joven que lo observaba con gesto seductor. Era muy atractiva, y la minúscula toalla con la que se cubría dejaba patente que poseía un cuerpo escultural. Pechos grandes, cintura estrecha, piernas largas…

Pero no estaba interesado.

# Capítulo 12

*L*a luz azul de un foco incidió sobre ella mientras caminaba lentamente hacia el viejo Chevy situado a la derecha del escenario. Se apoyó en la carrocería y observó la oscuridad que se extendía al frente. El patio de butacas estaba sumido en un silencio expectante, vibrante y cargado de una maravillosa energía que los muros del Astor Place casi no podían contener. El público presente, apenas distinguible, se la hizo llegar en potentes oleadas tan pronto como salió a escena. Como cada noche, la admiración que suscitaba se le filtró en la piel, y le atravesó la carne y los huesos hasta que se le clavó en al alma como un alfiler.

Emocionada al máximo, se acercó el micrófono a los labios y entonó la melodía de la que sin duda se había convertido en una de las canciones más aplaudidas y esperadas. En las notas más altas y también en las más desgarradoras, sintió que el público contenía la respiración.

A veces, la abordaban fuertes impulsos de dirigirse a los presentes para agradecerles su devoción con las palabras emotivas que se le agolpaban en la garganta. Entonces tenía que refrenarse porque no estaba ofreciendo un concierto de música rock, sino que aquello era una obra de teatro en la que no estaba permitido interactuar con el público.

Rodeó el coche al tiempo que deslizaba los dedos por la brillante carrocería azul hielo. Al cambiar de posición vio a Dylan en el costado derecho, oculto de la vista del público tras las patas de oscura tela negra. Parecía un admirador más. Ahora no la observaba con la mirada exigente con la que la dirigía durante los ensayos, sino que se había despojado de su piel de director y gozaba de su actuación como cualquier otro espectador, con los sentimientos a flor de piel.

Arlene entonó la última estrofa de la balada y lo miró un momento, cautivada por el poder magnético de esos ojos azules que se embebían de ella. Durante un instante fugaz, todo cuanto la rodeaba excepto él dejó de existir. Se olvidó del lugar donde se hallaba, del público que tan pendiente estaba de ella e incluso de las reglas que se había autoimpuesto, y sintió que las palabras emocionadas que brotaban de sus labios surgían directamente de su corazón, e iban destinadas a él.

Tembló por dentro como si un terremoto de gran magnitud acabara de sacudir los cimientos del Astor Place. Abrumada por su impetuosa respuesta física, devolvió la atención a la platea y culminó su actuación subiendo el tono hasta lo más alto de los techos abovedados. Al tiempo que su voz se apagaba, se escuchó un estruendo de aplausos que hizo retumbar la tarima sobre la que se erguía su cuerpo.

Arlene abandonó el escenario suspendida en una nube de sentimientos encontrados, que se volvieron más confusos cuando, al pasar por su lado, Dylan le atrapó la muñeca y le sonrió con esa complicidad que solo le surgía con ella. Arlene le devolvió la sonrisa, haciendo un leve mohín y luego se retiró al camerino hasta que la función concluyera.

Esa era la cuarta representación en el Astor Place pero no había hablado mucho con Dylan desde el regreso de las vacaciones. La única conversación que habían mantenido al margen de las típicas durante la ejecución de los ensayos, había tenido lugar hacía un par de días, cuando él le comentó que ya había hecho partícipe a Joel de sus planes, y que en cuanto Brendan Deley regresara de sus vacaciones también lo hablaría con él.

Con el nuevo año se le veía más distante e inaccesible, y ella lo había achacado a la presión de representar la obra en un teatro mayor. Todos andaban algo exaltados esos días. Los ensayos habían consistido en arduas sesiones de trabajo. Las vacaciones habían sido efímeras y el grupo continuaba preparado para ofrecer un espectáculo impecable, pero Dylan los exprimió al máximo aduciendo que representar ante un público más numeroso podía afectar al rendimiento y a la concentración de los actores.

Arlene no podía concebir la idea de que su relación con Dylan hubiera cambiado por cualquier otro motivo. Quizás sonara egoísta pero se había acostumbrado a sus cuidados especiales, a su tendencia natural a estar pendiente de sus necesidades, y a esa aura protectora que ejercía sobre ella. Sin todas esas atenciones, se sentía desamparada. Sin su apoyo, le faltaban armas para moverse en ese ambiente tan enrarecido.

Ahora más que nunca se apreciaban las rivalidades entre los pequeños grupitos. Abigail había comenzado el año con las escopetas bien cargadas. Ni siquiera le había dado un beso en la mejilla para felicitarle el año nuevo como había hecho con el resto de sus compañeros, aunque Arlene prefería ser ignorada que ser arrastrada a su juego.

De pie frente al espejo del camerino, se observó el rostro al tiempo que las voces de Edgar y Abigail concluían la función. Indagó si en sus ojos todavía quedaba algún resquicio de lo que había experimentado ahí fuera. Hacía tanto tiempo que su corazón no le hablaba que se sentía extraña, como si estuviera bajo la piel de una persona diferente.

Ese lazo mágico e invisible que la había ligado a él mientras cantaba tenía potentes efectos secundarios. Suspiró. El tacto de su mano caliente sobre su muñeca todavía le hormigueaba en la piel.

Noche tras noche la obra era un éxito. La presión de interpretar frente a un público mayoritario, al que solo estaban acostumbrados Edgar y Abigail, sacaba lo mejor de cada uno de ellos. Extraía lo mejor de sí misma. Tanto era así, que ese día estampó sus primeros autógrafos y se hizo las primeras fotografías con sus admiradores a la salida del teatro, y entonces sí que tuvo la ocasión de charlar con ellos para agradecerles su dedicación.

Margot y tía Sheyla aguardaban encantadas junto a la fachada del edificio neoclásico, que era la sede del Astor Place. Su madre había llevado consigo la cámara de fotos y mientras ella se dedicaba a sus seguidores, los flashes destellaban como relámpagos alocados en la fría noche. ¡Había que ver sus caras! Disfrutaban tanto o más que ella de ese momento de gloria.

Algunos minutos después, cuando los asistentes se dispersaron y la entrada al Colonnade Row —así se denominaba al histórico edificio— se despejó, Arlene rodeó los brazos de Margot y tía Sheyla y enfilaron la calle Lafayette hacia el aparcamiento público donde había dejado el coche estacionado.

La sonrisa que le arrancaban los comentarios joviales de ambas mujeres se le congeló en el rostro cuando lo vio al otro lado de la calle. Estaba detenido junto a una zona de andamiaje para la rehabilitación de edificios, fumando un cigarrillo. Las potentes luces de los faros de una furgoneta que circulaba por la calle iluminaron sus mezquinos ojos negros, que estaban fijos en ella.

Habían pasado tantos días desde aquel primer encontronazo que, estúpidamente, se había aferrado a la esperanza de no volver a cruzárselo en su camino. Dylan le había comentado que era amigo de Abigail, pero Arlene sabía muy bien que no estaba allí esperando a su compañera. Su actitud era provocadora. Expelía el humo al aire mientras la miraba a través de la neblina. La estampa resultaba tanto o más perturbadora que cuando lo reconoció como espectador.

Aligeró el paso para escapar cuanto antes de su campo de escrutinio. Pensar que con la mirada seguía su camino le revolvía las tripas.

—¿Por qué corres tanto? —gruñó Margot.

—Hace un frío terrible y tú has olvidado la bufanda en casa. No quiero que agarres un resfriado.

—¡Qué grande eres, cariño! —continuó su madre deleitándole los oídos—. Tendrías que haber visto las lágrimas de emoción que se le caían a la chica que había sentada a nuestro lado.

—Y el señor que teníamos detrás no cesaba de murmurar: «Oh, Dios mío» —aseguró tía Sheyla.

Pero ella apenas las escuchaba, sus pensamientos estaban centrados en Peter Covert. ¿Qué se proponía hacer? Porque estaba claro que no iba a conformarse con vigilarla desde las esquinas.

Un buen rato después, cuando llegó a Carroll Gardens y se detuvo en el 141 de la calle Baltic, sintió tanta angustia que pensó que vomitaría.

Peter la estaba esperando frente a la puerta de su casa.

Pensó en pasar de largo y no regresar hasta que se hubiera

marchado de allí, pero huir de él no habría solucionado nada. Recordó que la había acusado a lo largo y ancho de la ciudad de ser una ladrona y una mentirosa. La rabia regresó a ella y venció al miedo. Era lo que necesitaba sentir para atreverse a poner los pies fuera del coche.

Las rodillas le temblaban y tenía el estómago encogido como un acordeón cuando cerró la portezuela. Agarró las llaves con tanta fuerza que se las hincó en la palma de la mano mientras cruzaba la calle.

Peter aplastó un nuevo cigarrillo con la suela de su bota y se interpuso entre la puerta y ella.

—¿Qué es lo que quieres? —le espetó.

—¿Así me recibes después de tanto tiempo? —Chasqueó la lengua con desaprobación—. Me entristece que no me hayas echado de menos.

—Déjate de tonterías y apártate ahora mismo si no quieres que llame a la policía. No lo hice entonces, pero ahora estoy dispuesta a todo.

Peter encadenó una serie de ruidosas carcajadas que retumbaron como truenos en la silenciosa calle.

—Así que te crees invencible porque te han ofrecido un papel de poca monta en una mediocre obra de teatro, ¿no es así? —inquirió, todavía sonriendo.

—Si tan mediocre la consideras, ¿qué estás haciendo aquí? Creía que me permitías trabajar en proyectos insignificantes o en antros de mala muerte.

La hiriente sonrisa se le retiró de los labios y Arlene aferró fuerte la correa del bolso para que él no notara que le temblaba el pulso. Por debajo de sus espesas cejas negras, sus ojos hostiles la taladraron.

—¿Sabes? Tengo buen ojo para los negocios y un olfato jodidamente fino para distinguir a los perdedores de los ganadores. No habría llegado tan lejos en mi profesión de lo contrario. Mal que me pese tú perteneces al segundo grupo y Jansen también, y los dos juntos podríais lograr llevar la obra al puto Broadway. Pero yo no estoy dispuesto a ponértelo tan fácil, no quiero ver tu cara en los carteles publicitarios de Times Square, por muy bonita que la tengas.

Peter alzó la mano y se la tocó. Ella retiró el rostro con

brusquedad en cuanto sintió sus dedos fríos como el hielo rozándole la piel.

—¿Y cómo piensas impedirlo?

—Se me ocurren varias formas, pero no creo que te apetezca saberlas. —La sonrisa insidiosa volvió a estirarle los finos labios hasta mostrarle sus dientes de depredador—. Hubo un tiempo en el que te gustaban mis caricias. Dime, ¿Jansen te ha follado ya? ¿O solo has tenido que hacer uso de tu voz para metértelo en el bolsillo? Yo me decanto por lo primero, tirarte al jefe es tu modo común de proceder para escalar puestos. ¿Verdad, putita?

—¡Quítate de la puerta! —le exigió entre dientes. No quería que sus vecinos se despertaran si elevaba demasiado el tono de voz, aunque sabía que terminaría haciéndolo como él no le dejara otra alternativa.

—Y, de repente, cuando ya has conseguido labrarte un nombre, muerdes la mano que te ha dado de comer, ¿no?

—Estás enfermo. Sabes perfectamente que las cosas no sucedieron como cuentas. Por fortuna, no todo el mundo está dispuesto a creer tus mentiras. —Metió la mano en el bolso y buscó el móvil—. Si no te largas, llamaré a la policía.

Su amenaza no lo alteró lo más mínimo.

—¡Eh, preciosa, tranquila! ¡Vaya carácter! —susurró en tono burlesco, al tiempo que sacaba la cajetilla de tabaco y encendía un nuevo cigarrillo con una irritante parsimonia—. Que Jansen esté de tu lado no va a servirte de nada. Mientras me quede un hálito de vida, lo utilizaré para destruir la tuya, y ten por seguro que pretendo vivir muchos años. —Inspiró el humo del cigarrillo y luego lo soltó en una bocanada de aire viciado que le impactó de lleno en la cara—. Que pases una buena noche.

Dio media vuelta y se alejó, deslizándose por la tenebrosa calle como si fuera un gato en busca de su siguiente presa. Lejos de tranquilizarse, su estado de nervios empeoró mientras trataba de introducir la llave en la cerradura. Entró en casa en tromba, deslizó los dos cerrojos de la puerta y luego apoyó la espalda sobre la madera. Jadeaba. No sabía de dónde había sacado las fuerzas para enfrentarse a él cuando por dentro estaba muerta de miedo.

Se aseguró por segunda vez consecutiva de que la puerta estuviera cerrada a cal y canto y se dirigió al salón. Se sirvió un par de dedos de vino tinto que se bebió de un solo trago. Volvió a servirse la misma medida y con la copa en la mano fue a la cocina para encender la calefacción. Estaba destemplada, tiritaba sin control. Y se le había retirado el apetito por completo, no se creía capaz de tomar ni un solo bocado.

De vuelta al salón, se sentó en el sofá y bebió un sorbo tras otro hasta que el alcohol le caldeó el estómago.

«Se me ocurren varias formas, pero no creo que te apetezca saberlas».

Esa amenaza resonaba una y otra vez en su cabeza. Él no iba a parar hasta salirse con la suya. Conocía muy bien lo despiadada que era su naturaleza.

Permaneció allí sentada viendo las horas pasar. El vino y el calor de los radiadores apagaron su frío y los párpados comenzaron a pesarle toneladas. No creía que pudiera dormir pero se marchó a la cama, donde los pensamientos continuaron saltando de un lado a otro a la par que daba vueltas y más vueltas sobre el colchón. Ninguna técnica relajatoria logró precipitarla hacia el sueño. La mente no se le desenchufaba.

A las tres y cuarto de la madrugada estaba tan desvelada que desistió en su empeño de quedarse dormida, así que se levantó sin hacer ruido —no quería despertar a *Sadie*, que dormía profundamente en su canasto a los pies de la cama— y se dirigió al salón sin encender las luces.

Peter Covert, Karen Reed, Abigail Lanscroft... Pese al aterrador incidente que había retirado a Karen de los escenarios, Abigail no escondía la antipatía que le profesaba a la joven. Cuando la mencionaba era para denostarla y ni una sola vez se había mostrado compasiva por lo sucedido. Y ahora era ella la que se había convertido en el blanco de su diana. La amistad entre Peter y Abigail la turbaba y le llenaba la mente de cruentas sospechas.

¿Y si Abigail le había pedido a Peter que le hiciera aquello a Karen para sacarla de la obra?

¿Y si el percance con el foco no había sido un accidente?

Cruzó los brazos sobre el pecho, como para protegerse de esa sensación tan alarmante que poco a poco se iba adueñando de ella. De repente, no se sintió cómoda envuelta en la oscuridad del salón y caminó a tientas para encender la lamparilla que había junto al sofá.

Escuchó un sonido en el pasillo y se dio la vuelta asustada, pero solo era *Sadie* que se había percatado de que su dueña no estaba en la cama y había salido de la suya para buscarla.

—¿Te he despertado, pequeñina?

La tomó del suelo y la besó entre las orejas con mucho mimo. Luego se sentó en el sofá y la acomodó sobre su regazo. *Sadie* se ladeó perezosa para que le rascara la barriga.

¿Tenía motivos suficientes para llegar a conclusiones tan descabelladas o acaso la repentina intromisión de Peter en su vida la había desequilibrado tanto que veía fantasmas donde no los había?

Quizás existía algo que ella pudiera hacer para tratar de dar respuestas a algunas de esas preguntas.

Apoyó la cabeza sobre el respaldo del sofá y cerró un momento los ojos. Le había prometido a Dylan que lo mantendría al corriente si se producían novedades y la tentación de agarrar el teléfono era demasiado fuerte. Cuando escuchara su voz al otro lado de la línea, dejaría de sentirse asustada y desprotegida, él la arroparía como ya había hecho antes y buscaría soluciones para su problema.

Era tan sencillo como alargar el brazo hacia su teléfono móvil.

Suspiró, con los ojos todavía cerrados.

No debía involucrarlo más de lo que ya había hecho. Ella era una mujer adulta e independiente, debía resolver sus conflictos por sí misma.

Además, no debía propiciar más acercamientos entre los dos. No cuando había ansiado con todas sus fuerzas que la besara. A veces fantaseaba con ese beso que Joel frustó al llamar a la puerta. Imaginaba cómo sería la textura y el sabor de su boca, el modo apasionado en el que él se habría apoderado de la suya… Y le gustaba tanto… Entonces se daba de bruces con la realidad y cambiaba el curso de sus pensamientos.

Los nervios se le fueron asentando y comenzó a sentirse adormecida. No tenía ganas de regresar a la cama, así que se tumbó con *Sadie* y se cubrió el cuerpo con la manta que siempre utilizaba cuando veía la televisión. El relajante sonido que emitía el chorro de agua que brotaba de la fuente de su jardín zen hizo el resto y pudo dormir unas horas hasta que despuntó el alba.

Actualmente estaba hospitalizada en el Centro Psiquiátrico Kingsboro, en el vecindario de East Flatbush. Localizarla no había sido difícil. Varios periódicos importantes de Nueva York se habían hecho eco de la tragedia y sus secciones de sucesos informaban que tras un intento de suicidio, sus padres la habían inhabilitado judicialmente para proceder a su internamiento. Su madre había realizado unas escuetas declaraciones para argumentar tales medidas, y había explicado que solo los profesionales podían tratar la profunda depresión que padecía su hija.

El sólido edificio de tres plantas estaba rodeado de bellos y amplios jardines que lo aislaban del ruido de las calles colindantes, y que contribuían a crear un ambiente tranquilo para los pacientes que albergaba entre sus muros. Era la primera vez que visitaba un centro psiquiátrico, y la mole de ladrillo rojizo, con sus ventanales negros que dejaban ver los tubos fluorecentes que colgaban de los techos de las habitaciones, le imponía a cada paso que daba hacia la entrada. Algunos de esos pacientes, los que no le temían al frío de la mañana, deambulaban por las inmediaciones en soledad o bien acompañados por una enfermera.

Encerrada entre las sobrias y estériles paredes verdes del vestíbulo, había una sencilla mesa de trabajo. Tras ella, una mujer rubia atendía el teléfono y tomaba notas en un bloc. Llevaba el cabello lacio recogido en un moño a la altura de la coronilla, y una tarjeta identificativa con el nombre de Suzanne Cohen colgaba del bolsillo izquierdo de su bata blanca. La reconoció por el nombre, era la mujer que había transferido su llamada al doctor Frederic Myers hacía algo más de una hora. Los gruesos cristales de sus gafas dejaron ver unos enormes ojos grises de mirada cansada que se fijaron en los de Arlene al colgar el auricular sobre la horquilla.

—¿En qué puedo ayudarla?

—Soy Arlene Sanders, hemos hablado hace un rato.

—Ah, la chica que quiere visitar a Karen Reed. —Volvió a descolgar el teléfono y tecleó con un dedo regordete una serie de números. Se mantuvo a la espera y, con la misma voz desganada que le hablaba a ella, le habló también a su interlocutor—. Doctor Myers, la señorita Sanders está aquí. —Escuchó y asintió con la cabeza. Después colgó—. El doctor dice que enseguida la atiende.

—Gracias.

Arlene se alejó hacia los sillones tapizados en color crema que había en la entrada, pero aguardó de pie a que apareciera el psiquiatra mientras observaba distraídamente las entrañas del psiquiátrico. Dos corredores se abrían a su derecha. Uno de ellos finalizaba al pie de una escalera, bajo la cual también había un par de ascensores. El otro estaba flanqueado por puertas de color verde malaquita y ventanas que daban al exterior, y se alargaba varios metros hasta que desaparecía en un recodo. Al cabo de unos minutos, una de esas puertas se abrió y un señor con bata blanca, pelo cano y gruesas cejas oscuras que sobresalían por encima de unas gafas de pasta negra, recorrió el pasillo hacia el vestíbulo con la mirada fija en ella.

Debía de tratarse del doctor Myers.

Al son de sus pasos que repicaban sobre el suelo gastado de mármol, un grito agudo y desgarrador restalló desde algún lugar de la planta superior y retumbó entre las asépticas paredes blancas de los corredores. Otros gritos corearon al primero, y al conjunto se le sumó una carcajada histérica. El eco fue espeluznante y Arlene se encogió subrepticiamente.

Empezó a dudar. ¿Había hecho bien yendo allí? Al despertar por la mañana temprano, con la mente más fría y los ánimos más templados, desmembró las conjeturas que se había formulado durante la noche pasada. Sí, creía tener motivos suficientes para sospechar que Peter y Abigail estaban detrás de lo sucedido a Karen. Y ahora podían haberla convertido a ella en el nuevo blanco de sus mentes retorcidas.

No obstante, Karen sufría de un severo trastorno mental y ella podría perturbarla haciéndole rememorar sus peores pesadillas. Esos gritos alienados, que los murmullos lejanos de las enfermeras lograron contener a duras penas, le hicieron tomar verdadera conciencia del lugar en el que se encontraba.

Pero ya era tarde para echarse atrás. El doctor Frederic Myers, que debía rondar los sesenta años aunque su voz a través del teléfono le había parecido mucho más jovial que su aspecto, adelantó el brazo al llegar a su altura y la recibió con un flemático apretón de manos. En la conversación telefónica que habían mantenido hacía unas horas, y al contrario de lo que Arlene esperaba, el psiquiatra se mostró abierto a lo que le planteaba. Creyó que le diría que no, que recibir la visita de alguien como ella alteraría gravemente a su paciente, pero la había sorprendido con su respuesta asertiva, que ahora repitió mientras le colocaba una mano en la espalda y la acompañaba hacia su despacho.

—La señorita Reed es inmune a todo tipo de estímulos externos. Hemos probado varias terapias pero no ha respondido a ninguna. Padece lo que hemos diagnosticado como un estado de estupor catatónico vinculado a un trastorno por estrés postraumático. No se ha comunicado con nadie durante todo este tiempo, ni siquiera con su madre y tampoco con la policía. Las únicas palabras que han salido de sus labios son las que escucharon las enfermeras que la acompañaron al quirófano. Se lo hizo un hombre que se tapaba la cara con una de esas máscaras que representan el teatro.

Arlene sintió un escalofrío.

—Ella… ¿puede hablar? Tengo entendido que le… —Se señaló la boca, era demasiado horrible como para reproducirlo en voz alta.

—Esa fue la única vez que lo intentó y a las enfermeras les costó entenderla con claridad. Tenga en cuenta que ese salvaje le practicó una glosectomía parcial y por lo tanto necesitará de una ardua rehabilitación con el logopeda cuando se recupere psicológicamente. —Abrió la puerta y la invitó a pasar—. Tiene un bloc de notas y un lápiz a su disposición las veinticuatro horas del día, pero no ha escrito ni una sola palabra. La mayor parte del tiempo está sentada en su cama con la mirada perdida. Puede pasarse así varias horas. —Le indicó que tomara asiento—. Ante la falta de respuesta a los medicamentos y a los diversos tratamientos que le hemos aplicado, vamos a iniciar la terapia electroconvulsiva, ¿sabe en qué consiste?

—Creo que es un tratamiento psiquiátrico en el cual se inducen convulsiones utilizando la electricidad.

El doctor Meyers asintió.

—Terapia de choque, que es precisamente lo que nos proponemos realizar con su visita. La paciente debe tomar conciencia de una forma más clara y directa de cuáles son sus miedos, qué obstáculos tiene que superar y qué proceso le espera por delante. Hasta que eso no suceda no podremos hacer nada por ella. ¿Está preparada, señorita Sanders?

—Creo que sí. —Enlazó los dedos sobre el regazo. Estaban tan fríos como el ambiente de aquella habitación impersonal—. Antes de hablar con usted no sabía que el estado de Karen fuera tan delicado. Ahora temo causarle alguna clase de daño irreparable si la fuerzo a enfrentarse a los que podrían ser sus peores demonios.

—Karen no puede ir a peor. Cualquier estímulo que podamos provocarle será dar un paso adelante en la larga recuperación que le espera.

Myers cogió el teléfono y le indicó a una enfermera que guiara a la señorita Reed hacia la sala de consulta. Después, abandonaron el despacho y recorrieron el corredor hacia los ascensores. Karen estaba ingresada en la tercera planta y Arlene contuvo el aliento mientras ascendían, con la vista clavada en los números amarillos que cambiaban en la pequeña pantalla sobre el panel de mandos. Allí arriba el olor a medicamentos era más potente y la sensación de frío mucho más intensa, pero al menos el pasillo estaba tranquilo. Myers le dijo que en la tercera planta estaban ingresados los pacientes «más pacíficos».

—Se entrevistará con Reed en una sala con espejo bidireccional —le dijo el doctor mientras la conducía hacia allí—. Yo estaré viéndolo todo desde el otro lado.

Arlene asintió conforme y Myers procedió a abrir la puerta de la sala en la que aguardaba la joven.

—Buenos días, Karen. ¿Qué tal te encuentras? —le dijo el doctor—. Sé que nos hemos visto hace un rato en mi ronda de visitas pero ahora tengo una sorpresa para ti. Ha venido alguien a verte.

Myers se retiró del umbral y Arlene tuvo una visión completa del interior de la sala y de Karen Reed. Rodeada de inmaculadas paredes blancas, se hallaba sentada ante una mesa sobre la que había un cuaderno y un bolígrafo. Tenía los delgados brazos desnudos apoyados en la superficie y la cabeza vuelta hacia la ventana por la que penetraba la luz brillante de la mañana. Las palabras del doctor no obtuvieron ninguna respuesta.

Su apariencia era tan frágil que no parecía la misma persona que reflejaban los vídeos de sus actuaciones. La Karen de los escenarios era una mujer vital y llena de energía, con una melena oscura y deslumbrante que ahora caía marchita sobre su espalda.

Arlene tragó saliva y miró a Myers.

—Cuando quiera —la invitó él—. Y no tema por lo que pueda decirle. Recuerde que buscamos una reacción.

La puerta se cerró a su espalda y se quedó a solas con Karen. Arlene sentía como si acabara de tragarse un gran trozo de hielo. Tenía calambres en la boca del estómago mientras rodeaba la mesa y tomaba asiento frente a ella. La belleza de la joven todavía era visible en el rostro demacrado y ojeroso. La palidez de su piel era tan extrema como la de un cadáver. Arlene la miró a los ojos oscuros que mantenían la mirada fija en la ventana que daba al exterior, pero no encontró nada en ellos salvo el abismo enorme en el que estaba perdida. Era sobrecogedor.

Arlene dirigió la mirada hacia el espejo desde el que Frederic Myers las observaba desde la sala contigua y luego se miró las manos. Las de Karen estaban próximas, y en la nívea piel de las muñecas vio las huellas de su intento de suicidio: gruesas cicatrices que jamás desaparecerían, como tampoco lo harían las de su alma.

Se aclaró la garganta y comenzó a hablar.

—Hola Karen. Sé que no me conoces, así que voy a presentarme. Me llamo Arlene Sanders, soy cantante y actualmente trabajo en la compañía de teatro de Dylan Jansen. —Esperó, por si captaba alguna señal de que entendía lo que le decía, pero Karen no movió ni una pestaña—. Dylan me ha hablado mucho de ti. Te tiene muy presente y siempre resalta que eres una profesional increíble. Yo nunca te vi en directo pero he visto algunas de tus actuaciones y por eso sé que Dylan no exagera ni una sola palabra. Todos te echan de menos. O casi todos. —Se mordió el labio inferior—. Yo siento mucho lo que te hicieron, es… es espantoso. Espero que la policía encuentre al culpable y le hagan pagar por ello.

Hizo una pausa. Se le hacía muy difícil adentrarse en aquel terreno, sentía que no tenía ningún derecho a estar allí atosigándola con recuerdos tan horribles. Si no había hablado con la policía, ¿por qué iba a hacerlo con ella?

«Porque tienes sospechas fundadas de quiénes pueden ser los responsables de que esté internada en un psiquiátrico».

—Sé que el ambiente en la compañía era hostil hacia ti. Estaba sembrado de envidias y de celos profesionales por parte de algunos de tus compañeros que querían verte fuera de la obra. Abigail Lanscroft te hizo la vida imposible porque eras mejor que ella y Henry Morley también se dedicó a despreciarte para solidarizarse con su amiga desde el momento en que acaparaste toda la atención del público y de los medios. ¿Verdad que no me equivoco, Karen? —Nada. Su expresión permanecía inalterable—. Yo… he venido a verte porque estoy viviendo la misma situación que viviste tú. Y tengo miedo —le confesó, con la voz ahogada. Emitió un leve jadeo y observó nuevamente el espejo. Estaba segura de que desde el otro lado Myers la animaba a que prosiguiera. Volvió a detener la mirada en las escuálidas manos de Karen y sintió la necesidad de establecer con ella contacto físico. Deslizó la suya sobre la mesa y tocó la punta helada de sus dedos. La joven no se inmutó y ella no rompió el contacto—. Hace unos días se produjo un accidente durante los ensayos. Uno de esos focos pesados se desprendió de la estructura del techo y estuvo a punto de caerme encima. Quizás estoy haciendo una montaña de un grano de arena, pero presiento que fue deliberado, ¡que estaba destinado a mí! Impactó en el lugar donde yo ensayaba. Nadie más iba a moverse por aquella zona salvo yo. Charley es el esposo de Abigail y yo… he llegado a pensar que ellos y Morley están compinchados para quitarse de en medio a todo aquel que les estorbe. Pero existe un cuarto, que es el que más me inquieta. ¿Conoces a Peter Covert? Es amigo de Abigail, aunque puedo imaginar perfectamente qué clase de amistad comparten. —A continuación, con la voz temblorosa, le hizo un breve resumen de cómo había sido su relación con él y concluyó con la visita que le había hecho la noche anterior en la puerta de su casa—. Ahora tiene dos motivos para destruirme: los personales y los de Abigail. —Arlene se inclinó levemente sobre la mesa y le habló afectada, mirándola a los ojos perdidos en el vacío—. ¿Tú... sabes algo que pueda servir para identificar al hombre que te hizo esto? ¿Puedes aportar cualquier información para evitar que vuelva a suceder? ¿Puedes... ayudarme? —Sintió un leve estremecimiento en sus dedos y una ligera respuesta motora en los músculos faciales. Había apretado los dientes— ¿Karen?

Los dedos frágiles se soltaron de los suyos, la cabeza giró para apartar los ojos de la ventana, y la mano temblorosa se deslizó por la fría superficie de la mesa hasta alcanzar el bolígrafo y la libreta. Arlene contuvo la respiración, evitando hacer cualquier ruido que pudiera descentrarla.

La joven garabateó una serie de palabras con una escritura lenta y mecánica, mirando a través de los trazos negros. Luego soltó el bolígrafo y volvió a replegarse en su desolador mundo interior. Cualquier vestigio de expresión se había evaporado, pero quedaba su mensaje.

Arlene tomó la libreta y leyó lo que había escrito.

«No te fíes de nadie. Todos son tus enemigos».

# Capítulo 13

*L*lovía a cántaros cuando aparcó el coche frente al 116 de Pierrepont. Los relámpagos quebraban el cielo nocturno e iluminaban en tétricos fogonazos las ramas desnudas de los árboles y la oscura fachada de ladrillo de la iglesia unitaria universalista. A través de la luna lateral del Chevy alzó la vista hacia la segunda planta de la *brownstone* y comprobó que la luz del despacho de Dylan estaba encendida.

Había ido directo a casa desde el teatro, aunque de no haber sido así ella lo habría esperado en el interior del coche. Ahora que estaba decidida a contárselo todo, no pensaba marcharse de allí sin haber hablado antes con él.

Lo había meditado durante la tarde. Aprovechando los turnos de ensayo, había dado paseos a lo largo y ancho de la platea para aclararse las ideas. ¿Debía afrontar aquello ella sola o lo más prudente era ponerlo en conocimiento de Dylan? Estaba hecha un lío. Sus niveles de ansiedad nunca habían alcanzado cotas tan elevedas y temía que todo el mundo terminara dándose cuenta de que algo la preocupaba en exceso o, lo que era peor, que terminara afectando a su rendimiento en el trabajo.

Había roto con la indecisión al finalizar la obra, cuando de regreso a los camerinos tuvo que aguantar una vez más las miradas perniciosas y los cuchicheos discriminatorios de Henry y Abigail. Solía hacer la vista gorda, no perdía la esperanza de que si los ignoraba terminaran por cansarse; pero, tras su visita al psiquiátrico ya no era capaz de echárselo todo a la espalda. Aquellos dos ya no le parecían tan inofensivos.

Se apeó del coche. El viento soplaba fuerte, transportando una lluvia fría que le aguijoneó la cara como si se le clavaran agujas de hielo en la piel. Echó a correr y buscó refugio bajo la estrecha marquesina del edificio. Una agradable oleada de calor la envolvió cuando Dylan abrió la puerta.

—¿Arlene? ¿Qué haces aquí? —preguntó contrariado—. Vamos, entra. Te estás empapando.

Se hizo a un lado y cerró la puerta tras ella. El fragor de la lluvia se atenuó, aunque el destello de los relámpagos continuó siendo visible a través de la vidriera. Arlene se colocó el cabello húmedo por detrás de las orejas y se enfrentó a la mirada curiosa y expectante de Dylan. Se había puesto cómodo, vestía unos vaqueros ajados y la sudadera gris con el emblema de los Yankees que llevaba remangada hasta los codos.

—¿Te sucede algo?

—Al acabar la función te busqué para decirte que quería hablar contigo en privado, pero cuando salí del camerino ya te habías marchado. Espero no haber interrumpido nada importante.

—No lo has hecho.

Arlene no hizo ningún esfuerzo en disimular la gravedad del asunto que quería tratar con él, así que sintió que su mirada se intensificaba sobre ella y que un conato de preocupación invadía su semblante.

—Subamos a casa. Estás congelada y se te ha mojado el abrigo.

Arlene abrió el camino hacia las escaleras y entró en el desangelado y enorme salón seguida por él. La luz de la lamparilla que había a la entrada titiló como si estuviera a punto de producirse un corte del suministro eléctrico. Los ventanales eran rectángulos oscuros vapuleados por el constante azote de la lluvia y el viento, que silbaba en su enloquecido intento de filtrarse a través de los marcos de madera. Aunque la noche ofrecía un panorama nada tranquilizador, Arlene se sintió segura y a salvo en aquella casa, con Dylan, lo cual hacía más sencillo abordar todo aquel complicado entramado que le bullía en la cabeza.

A su espalda, él colocó las manos sobre sus hombros y ella se encogió como si hubiera accionado algún tipo de resorte.

—Deja que te quite el abrigo o agarrarás un resfriado.

Permitió que se lo deslizara por los hombros y que tirara de él hasta sacárselo por los brazos. Dylan lo dejó colgado junto con su bolso en la percha de pie que había al lado de la entrada y luego se dirigió hacia la chimenea de gas para encenderla. Las llamas anaranjadas saltaron sobre los troncos de madera decorativos, dándole a aquel rincón del salón el toque hogareño del que carecía el resto de la estancia.

—Apagué la calefacción cuando llegué a casa y la temperatura ha descendido. Ven a calentarte.

Con los brazos cruzados sobre el pecho, Arlene acudió a su lado y colocó las manos heladas cerca del cristal. Él observó el juego de luces y sombras que las saltarinas llamas proyectaban en su cara y que enfatizaban cada una de sus preocupaciones.

—¿Qué te ocurre, Arlene?

—No sé ni por dónde comenzar.

—Pues empieza por el principio.

Sí, era lo más razonable.

—Anoche… vi a Peter Covert cerca de la entrada del teatro. Cuando llegué a casa me estaba esperando en la puerta. —Lo miró a los ojos y dejó caer los brazos, olvidándose del fuego. El breve resumen que le hizo fue endureciendo la expresión de Dylan. Cuando concluyó, sus rasgos parecían esculpidos en acero—. Me dijo que tú y yo juntos podríamos llevar la obra a Broadway y que no piensa permitir que mi cara aparezca en los carteles publicitarios de Times Square. No sé qué es lo que se propone, Dylan, pero lo conozco y sé que es capaz de cualquier cosa.

—¿Por qué has esperado un día entero para decírmelo? —le reprochó.

—Porque no tenía claro que quisiera contártelo.

La miró contrariado, molesto por lo que él interpretó como una falta de confianza. Con zancadas apresuradas que cortaron el aire, Dylan cruzó el salón hacia la escalera y subió los escalones de dos en dos. Arlene rodeó el sofá y se acercó a los pies de la escalera.

—¿Dylan?

Escuchó sus enérgicos pasos en el piso de arriba. Al cabo de unos segundos, descendió deslizando el dedo índice sobre la pantalla de su móvil.

—¿Qué haces?

—Llamarle. —Pasó por su lado sin prestarle atención—. Voy a pararle los pies ahora mismo. No sé quién cojones se ha creído que es para meter las narices en mi compañía y atemorizar a mis actores con amenazas propias de un mafioso. Esto se ha acabado.

—¡No! —Arlene corrió a su lado y lo sujetó por el antebrazo para impedirle que realizara esa llamada—. Todavía no he terminado, Dylan. Hay más, mucho más, y una conversación con Peter no va a arreglar nada. ¿Podemos sentarnos para que te lo explique todo?

Dylan se topó con el miedo atroz que oscurecía sus ojos hasta volverlos casi negros. Se olvidó del móvil y acarició los delicados contornos de su cara con una mirada de alarma.

—¿Te ha hecho algo? Porque como te haya puesto un dedo encima…

—No. —Negó—. Se trata de otra cosa. Ven conmigo y deja que te lo cuente.

Arlene se sentó en el sofá, frente a un fuego agradable que comenzó a rizarle las puntas del cabello húmedo pero que no consiguió alejar el frío que la atería por dentro. Los asientos eran amplios y espaciosos pero Dylan se acomodó a su lado, tan próximo, que su pierna musculosa rozó la de ella. La intriga mantenía su ceño fruncido. Estaba concentrado en cada mínimo pestañeo, en cada una de sus trémulas inspiraciones. Si no estuviera tan angustiada, si el noventa por ciento de sus pensamientos no estuviera centrado en aquel intrincado asunto, no habría sido capaz de pronunciar ni una sola palabra.

¿Cómo detener aquel furioso remolino que Dylan había despertado en su interior? Crecía cada día, se nutría de la más inocua de sus miradas, del más inofensivo de sus roces, de la más vacua de sus palabras. Se alimentaba hasta del eco de su nombre. Era más fuerte que todo cuanto hubiera sentido jamás y no sabía cómo frenarlo.

Suspiró y entró en materia.

—Sé que no va a gustarte lo que voy a decirte pero te prometo que no te pondría en este aprieto de no ser porque estoy casi convencida de que… De que el foco no cayó por accidente. Creo que alguien tenía la intención de provocar mi salida de la obra. Abigail y Henry. Tal vez Charley. Y, desde luego, Peter.

—¿Qué? —Sus oídos chirriaron como cuchillas sobre una pizarra—. ¿Insinúas que alguien de la compañía ha intentado matarte?

—No creo que pretendieran llegar tan lejos, solo... apartarme de la obra. Al igual que hicieron con Karen Reed.

Dylan la sondeó con la mirada, como esperando a que en algún momento se echara a reír y le pidiera disculpas por gastarle una broma tan pesada. Pero no sucedió. ¡Estaba hablando en serio! Sin embargo, aquellas acusaciones eran tan disparatadas y desprovistas de toda lógica, que Dylan sonrió sin un ápice de humor al tiempo que movía la cabeza. Pero la sonrisa se le cortó en seco. Sentía como si le hubieran asestado un fuerte puñetazo en la boca del estómago.

—¿Te das cuenta de la gravedad de lo que dices? ¿Cómo diablos has podido llegar a la conclusión de que Abigail, Henry o cualquiera de los otros, infligiera esas lesiones tan atroces a Karen? ¿Me lo puedes explicar?

Arlene apretó los dientes. Su descrédito le resultaba razonable pero sumamente hiriente.

—Sí, claro que puedo. —Con nerviosismo, hurgó en el bolsillo trasero de sus pantalones y sacó un folio plegado que le tendió—. Aquí lo tienes.

Dylan leyó en voz alta.

—«No te fíes de nadie. Todos son tus enemigos». —Dejó caer la mano con la que sostenía el papel—. ¿Qué demonios es esto?

—Es la letra de Karen. Ella lo escribió esta mañana.

El impacto lo dejó sin palabras. Cuando reaccionó lo hizo elevando el tono de voz.

—¿Has ido a ver a Karen?

—¿Y qué querías que hiciera? ¿Cruzarme de brazos y convencerme de que todos me adoran? Empiezan a asustarme tantos paralelismos.

—¿De qué paralelismos hablas?

—Abigail me detesta tanto como detestaba a Karen. Ella es mucho peor de lo que me advertiste. Intenta comportarse como una buena compañera cuando tú estás delante pero su actitud cambia radicalmente en cuanto te das la vuelta.

—Sé cómo es Abigail. Conozco sus celos, su vanidad, su

envidia e incluso su malicia con las compañeras que hacen que su trono se tambalee. Pero de ahí a culpabilizarla de cometer esa salvajada o de provocar un accidente contra ti... ¡hay un abismo!

—¿Y qué me dices de Henry? Besa el suelo por el que ella pisa y también me desprecia. Se burla de mí a la mínima ocasión y me humilla sin ningún motivo excepto por los celos profesionales que amargan la vida de su queridísima amiga. ¿Crees que él no haría cualquier cosa que Abigail le pidiera con tal de verla feliz?

—Santo Dios, Arlene... —Fue incapaz de permanecer sentado. Se puso en pie y se pasó una mano por el espeso cabello castaño mientras caminaba en círculos frente a la chimenea. Con el aire retenido, esperó silenciosa a que él finalizara sus reflexiones. Finalmente, se detuvo frente a ella—. A ver si lo he entendido bien. Peter Covert reaparece en tu vida, te amedrenta con devolverte a las calles y a los clubes de mala muerte, ¿y a raíz de eso y de un desafortunado incidente con un foco sacas la conclusión de que Henry, bajo las órdenes de Abigail, fue el que apretó las tenazas que acabaron con la carrera artística de Karen? ¿Que ahora conspiran contra ti para que sigas su mismo camino?

Ella contestó con otra pregunta.

—¿Sabes qué clase de amistad comparten Peter y Abigail? Porque tengo la sensación de que ella no tiene amistades masculinas con las que no se acueste, al margen de Henry, claro. Y, desde luego, te aseguro que Peter no entabla relaciones afectivas con una mujer atractiva si no es para llevársela a la cama. Él es un manipulador, un embustero y un demente, pero también es un juguete en las manos de una mujer que acepte sus inclinaciones sexuales. —Se masajeó la frente con la yema de los dedos. La tensión le estaba despertando un insidioso dolor de cabeza—. No sé hacia cuál de los dos dirigir mis sospechas porque ambos me parecen muy capaces de mancharse las manos de sangre por complacer a esa mujer.

El destello del fuego iluminaba el contorno de unos hombros anchos que se adivinaban rígidos bajo la prenda de vestir. Arlene comenzó a arrepentirse de haber acudido a casa de Dylan para convertirlo en su confidente. ¿Pero qué esperaba?

Dylan estaba reaccionando como cabría esperar en una persona sensata ante una historia tan escabrosa.

La luz de la bombilla volvió a titilar y un trueno estrepitoso hizo vibrar los cristales de las ventanas, rasgando el tenso silencio que reinaba en el salón.

Mentalmente estaba exhausta. Ya no se veía capaz de buscar más argumentos que apoyaran su teoría. A lo mejor, todo eran paranoias suyas.

—Será mejor que me marche a casa, estoy agotada.

Hizo ademán de levantarse pero Dylan interrumpió su iniciativa al volver a sentarse a su lado. Le cogió una mano que cobijó entre las suyas y se la apretó suavemente, retirando ese frío interno que no se lo producía la temperatura ambiente. Arlene observó la unión de sus manos y luego lo miró a los ojos. Dylan apagó su nerviosismo con una mirada juiciosa y afectuosa.

—Arlene, el foco cayó por accidente. Nadie lo manipuló. Tuve una conversación con Charley a la mañana siguiente. El acomodador del teatro es amigo suyo, esa tarde llegó un poco antes al Cherry Lane y se pusieron a charlar mientras Charley realizaba su trabajo. Admitió que la conversación lo despistó y que ya no estaba tan seguro de haber revisado todo el montaje de luces.

—Pero Charley… es el esposo de Abigail. Bebe los vientos por ella.

—Conozco a ese hombre desde hace un montón de años, él también trabajó en *Cats*, y no sería capaz de hacerle daño ni a una mosca.

—¿Y si alguien manipuló los focos después?

—Eso no es posible. Yo llegué al teatro cuando Charley todavía estaba realizando las labores de mantenimiento. Después fuisteis llegando el resto y la platea no se quedó sola en ningún momento.

Ella se quedó pensativa, con la mirada absorta en las llamas que teñían su cabello de reflejos rojizos. Se mordió los generosos labios. Su mente se había reactivado y trabajó a toda velocidad.

—¿Y las palabras de Karen? El doctor Myers me ha dicho que ella no se ha comunicado con nadie en todo este tiempo. Ni siquiera con su propia madre. Yo he sido la primera persona a la que se ha dirigido, y lo ha hecho para advertirme de que no me fíe de nadie. Eso significa que sospecha de sus compañeros.

Dylan negó despacio.

—La investigación policial centró sus sospechas en dos familiares de Karen, pero las pruebas eran insuficientes y no pudieron inculparlos.

—¿Cómo sabes eso?

—La señora Reed me lo contó. La visito de vez en cuando para interesarme por el estado de su hija. Karen tenía un grave conflicto con dos de sus primos. Un tío en común que no tenía hijos los designó herederos de una gran propiedad en los Hamptons y ella fue la única que se negó a venderla. A raíz de eso la relación se rompió. Su madre me comentó que un día los dos hermanos esperaron a Karen a la salida de su casa y la amilanaron para que firmara los documentos. Ella no lo hizo.

—¿Y la mutilaron como venganza?

Dylan se encogió de hombros.

—La gente llega a hacer cosas mucho peores cuando hay dinero en juego. —Su mano ya estaba caliente y relajada entre las suyas, pero no se la soltó. Ella tampoco hizo ademán de retirarla cuando Dylan enlazó los dedos—. En las semanas posteriores fuimos interrogados por la policía y todos teníamos una coartada sólida que fue debidamente contrastada. Es normal que Karen haya escrito esas palabras porque su relación con algunos de sus compañeros no era especialmente buena, pero no significan lo que tú crees.

—El agresor se tapaba el rostro con una máscara de teatro.

—Karen era actriz de teatro y esas máscaras pueden encontrarse hasta en los grandes almacenes. Ese macabro detalle no tiene por qué estar relacionado con alguien del gremio. Supongo que quien lo hizo quiso mofarse de ella.

Arlene tomó aire y lo expulsó en un suspiro prolongado. Una a una, Dylan acababa de desmontar todas sus suposiciones con argumentos sólidos y reales que no estaban abiertos a contradicciones. Todo sonaba convincente y sintió que se le quitaba un gran peso de encima. Después de todo, a lo mejor solo tenía que preocuparse de Peter y de su obsesión por devolverla a las calles.

—Me siento ridícula. —Sus dedos regresaron a la sien y se la masajeó—. No sé qué es lo que me sucede ni por qué razón veo amenazas y conspiraciones por todos lados.

—Yo sí lo sé y no tienes por qué sentirte así —la animó con palabras sinceras—. La irrupción de Covert en tu vida te ha alterado mucho, pero mañana por la mañana iré a verle para cruzar unas cuantas palabras con él. Ese desgraciado no volverá a importunarte.

—Dylan, yo… Creo que debería solucionar este asunto por mí misma. No me parece justo que tengas que enfrentarte a él por mi culpa.

—También se ha convertido en mi problema desde el momento en que ha metido las narices en mi compañía y ha intimidado a una de mis actrices. —Arlene lo miraba con notoria preocupación. Sus delgados dedos se apretaron inconscientemente contra los suyos—. Ya te dije que yo no le tengo ningún miedo. Ni su dinero ni su poder me impresionan, y mucho menos sus amenazas. Ambos somos empresarios, así que trataré de que nos entendamos y nos respetemos mutuamente.

Arlene se cubrió la cara con la palma de la mano, escondiendo su gran escepticismo.

—No quiero verte involucrado en esto. No podría soportar que tu prometedora carrera profesional también se viera truncada por tratar de salvar la mía.

—Eso no va a ocurrir.

—No lo sabes. Tú no lo conoces tan bien como yo. Estás muy equivocado si piensas que Peter va a transigir porque le hables con buenas palabras.

—Entonces lo haremos por las malas.

—¿Por las malas? —Cerró un momento los ojos, los apretó fuertemente y luego se puso en pie de un salto—. No pienso arrastrarte conmigo por el fango; ¡me odiaría de por vida! Tengo que dejar la obra, es el único modo de que esto no te perjudique.

Dylan volvió a pasarse una mano por el pelo y se lo revolvió con un gesto tan enérgico como el movimiento que lo hizo levantarse del sofá.

—Tienes razón, no conozco a Covert y tampoco sé hasta dónde es capaz de llevarle esa obsesión que tiene contigo, pero lo que sí sé es que si vuelve a meterse en mi terreno no voy a ser tan amable como la primera vez. —Arlene parpadeó, dejándose absorber en su arrollador campo magnético. Parecía un guerrero osado e invencible. Y demasiado guapo—. Si quiere iniciar una batalla conmigo, es mi jodido problema, no el tuyo. Por lo tanto, no vuelvas a repetir eso. No quiero escucharlo nunca más, ¿me oyes? —Ella solo lo miró—. Asiente, Arlene —la presionó.

Lentamente, ella inició un movimiento afirmativo de cabeza y sus ojos se relajaron de un modo especial, mostrando emociones que cercaron el corazón de Dylan hasta envolverlo en la misma burbuja en la que ella había quedado suspendida. En ellos vio su admiración, su agradecimiento, su confianza ciega, su profundo afecto.

Y también su deseo.

Dylan le rozó la mejilla con los nudillos, llenándose los sentidos con el suave tacto de su piel y con el modo asertivo con que ella respondió a la caricia. Se acercó hasta que sus botas rozaron la punta de sus zapatos. Arlene tuvo que alzar la cabeza para mirarlo y Dylan se perdió en la chispa hechicera de sus ojos.

—Asegúramelo, ahora con palabras.

Descendió el tono, que sonó ronco y sugerente. A ella no solo se le coló en los oídos, sino que se le filtró en todos y cada uno de los poros de su piel. Se estremeció de gozo.

—No dejaré la obra. Me quedaré a tu lado.

Su voz se quebró ensimismada y él le regaló una sonrisa que le apresuró los latidos. Dylan deslizó los dedos por los bellos contornos de su rostro y por la grácil curva de su cuello hasta dejarlos alojados en su nuca. Después se inclinó y la besó en los labios. Inició un beso dulce y tentador, una sutil y deliciosa presión que incitaba a tomar mucho más de ella. Se apoderó de su labio inferior, lo saboreó con fruición mientras una Arlene controlada le devolvía el beso. Dylan movió los dedos en su nuca, paseó la mano libre por el esbelto arco de su cintura y capturó en su boca el delicioso murmullo que brotó de la de ella.

—Hacía tanto tiempo que deseaba hacer esto... —susurró.

Le separó los labios carnosos con la lengua y, sujetándola

por detrás de la cabeza, ahondó el beso para acariciar la suya. Ella respondió al febril y húmedo roce saliendo a su encuentro, y el dulce preludio incial dio paso a un beso llameante y exigente. Arlene colocó las manos en los músculos contraídos de su cintura y se bebió su sabor como una borracha sedienta de alcohol.

Dylan la besaba de una manera dura y reclamante que le desbocó la respiración y le nubló la mente. Sintió un relampagueo delicioso en el bajo vientre y un hormigueo deleitoso en las rodillas. Jadeó contra su boca, apretó los dedos sobre su dura musculatura y le devolvió cada uno de los apasionados asaltos con desesperada entrega.

Pero cuando Dylan internó los dedos a través de su ropa para acariciar la piel desnuda de sus costados, Arlene despertó a esa realidad siempre presente que nunca perdía de vista, y que sus arrebatadores besos habían eclipsado por completo.

Con las mejillas encendidas y la respiración sofocada, se deshizo de su abrazo y se retiró dando un paso atrás.

—Lo siento, no... no puedo. —Negó nerviosa—. He de marcharme a casa.

—Arlene...

Evitó una de esas miradas tan azules y profundas que podían hacerla zozobrar de nuevo en sus brazos y se dirigió hacia la percha en la que él había colgado su abrigo. Lo descolgó con torpeza.

¡Santo Dios! ¡Tenía el corazón a mil!

Debía marcharse de su casa antes de que él...

Lo sintió a su espalda, casi pegado a ella. Las manos se quedaron quietas sobre la tela roja de su abrigo todavía húmedo. Notó su aliento aún apresurado en el cabello, incluso pudo percibir el nudo de contradicciones que alargaron su silencio. Cuando habló, quedó enganchada a cada una de sus palabras.

—Me he resistido a ti todo lo que he podido porque soy esa clase de persona que mantiene su vida privada separada de la profesional. Y sé que tú has hecho lo mismo. Pero esto que nos sucede ha llegado a tal extremo que se ha convertido en una auténtica tortura para mí. —Colocó las manos en su estrecha cintura y la sintió estremecer. Dylan apoyó la barbilla en su cabeza y la movió sobre el cabello sedoso—. Te dejaré marchar si me dices que has comenzado algo serio con Andrew pero, de lo contrario... Quiero que te quedes conmigo, Lene.

Arlene cerró los ojos y apretó los párpados para ayudarse a pensar, pero la lógica a la que quería aferrarse se le escapaba como la arena entre los dedos. Solo podía sentir el tacto de sus manos, el roce de su mentón en la coronilla, el sonido de su nombre en sus oídos. La había llamado Lene. Nunca un hombre la había llamado así y le gustó demasiado cómo sonó en su voz grave y cálida.

—Entre Andrew y yo no hay nada salvo amistad. Sería injusto para él que le diera esperanzas cuando yo... Cuando yo tampoco puedo sacarte de mi cabeza.

Se oyó a sí misma murmurar aquello con cierta rabia contenida, aunque no recordaba que su cerebro le hubiera dado permiso a su voz para confesárselo.

Un suspiro áspero, de alivio, le removió el cabello y le calentó la piel. Arlene volvió a apretar los párpados para no ver cómo Dylan le arrebataba el abrigo de las manos y lo dejaba en el mismo lugar donde estaba hacía un minuto.

Después la hizo girar. La pasión que enturbiaba sus rasgos masculinos la asustó en extremo porque era el fiel reflejo de la suya.

—Dylan, sabes tan bien como yo que esto... no es apropiado. Debemos olvidar lo que acaba de suceder y seguir como hasta ahora.

Él le retiró el mechón de cabello que le caía sobre la mejilla y ella se encogió cuando le rozó la oreja. Dylan sabía que Arlene podía ser mucho más convincente que eso. Además, siempre miraba a los ojos cuando defendía una postura y ahora no lo estaba haciendo. Tenía la sensación de que esperaba que fuera él quien recobrara el juicio y volviera a sentar las bases de la que debía ser su relación.

Pero en lugar de eso, le tomó las manos y dio un suave tirón para tenerla a su alcance.

—No tengo ganas de pensar en lo que es apropiado y en lo que no. No le pongamos etiquetas.

—Supone un conflicto de intereses. Tú eres mi jefe.

—Ahora solo soy Dylan.

—Ahora. Pero mañana volverás a ser el director de la compañía y de la obra. Ya he pasado antes por esto y mira en qué lugar me ha dejado.

—Pero no conmigo. No lo has pasado conmigo. No existe nada en común entre ese tipo y yo.

—Lo sé, no he querido insinuar que…

Sus manos grandes y fuertes le rodearon la cintura y se enlazaron en el hueco de su espalda. Entre sus brazos defensores se sintió nuevamente acorralada. Depositó las manos sobre los acerados pectorales. Le faltaba el aire.

—Eh. Mírame a los ojos. —Arlene obedeció. ¿Qué otra cosa podía hacer cuando ya no se sentía dueña de sus actos?—. Me encanta todo lo que recibo de ti. Eres extraordinaria sobre el escenario pero también lo eres fuera de él. Y te respeto. Te respeto tanto que voy a darte una última oportunidad para que me convenzas de que podemos continuar como hasta ahora sin que ninguno de los dos se vuelva loco. ¿Puedes hacerlo?

Arlene se mordió el interior de las mejillas. Era una buena pregunta a la que no podía contestar con una respuesta afirmativa. Rendida, negó con desaliento.

—No, no puedo —admitió.

—Lo suponía —reconoció triunfal.

Las barreras que se erigían entre los dos se desplomaron. Arlene le acarició la cara, en la que crecía una barba cuidada de varios días que le hizo cosquillas en la yema de los dedos. Él también le encantaba. ¡Demasiado! Le gustaba de ese modo que él había definido, como si pudiera volverla loca. Temía que eso sucediera tanto si se quedaba como si se iba.

Pero ya había decidido.

Dylan le levantó la barbilla con los dedos, Arlene entreabrió los labios y sus bocas se unieron para emprender un beso ávido y apasionado.

# Capítulo 14

Muy pronto supo que si había optado por quedarse tendría que asumir todas las consecuencias. El deseo desmedido los condujo hacia el sofá, les apagó la razón y despertó en ella sus adormecidos instintos sexuales.

Dylan se dejó caer sobre los amplios asientos del sofá y arrastró a Arlene consigo, que se aposentó sobre él encerrando sus estrechas caderas entre los muslos. Sus manos cálidas emprendieron una caricia firme y anhelante que penetró bajo sus ropas. Dylan recorrió la flexible curva de su espalda hasta llegar un poco más arriba de la tela del sujetador, y luego hizo el camino a la inversa. Introdujo los dedos bajo la cinturilla de sus pantalones, los deslizó bajo el tejido de sus bragas y palpó con emoción la carne tibia del nacimiento de sus glúteos.

Ella arqueó la espalda y pausó el beso arrebatado. Dylan atacó su cuello y sus labios emprendieron un reguero de húmedas caricias que finalizó en la tentadora zona donde se unía el cuello con el hombro. Le clavó los dientes ligeramente y ella emitió un suspiro contra su oído. Cuando le desabrochó los corchetes del sujetador la sintió fundirse y su voz ronroneó su nombre con un tono tan seductor que su ingle se tensó demandante.

Arlene le plantó las manos a ambos lados de la cabeza y se perdió en el intenso azul de sus ojos deseosos. Se observaron con miradas hambrientas. Dylan apoyó las manos en sus nalgas y la estrechó contra sí para que sintiera en la unión de sus muslos el tamaño y la dureza de su excitación. Los ojos de ella chispearon y su deliciosa boca se aplastó contra la suya. Los labios juguetearon con caricias sutiles que se alternaron con los roces apremiantes y desesperados de sus lenguas.

La sangre se le aceleró cuando Dylan internó las manos en su vientre y la punta de sus dedos trepó por su piel trémula. Levantó la tela del sujetador y alcanzó sus pechos. Ella se removió contra su pelvis y un aguijonazo de placer le recorrió el vientre al sentirlo tan férreo y excitado.

Sus senos eran pequeños y firmes, con los pezones erectos que él frotó contra las palmas hasta endurecerlos como dos pequeños guijarros. Abarcó los senos y los tentó con delicadeza, casi con veneración, y luego los palpó con vigor impelido por los exquisitos jadeos que comenzaron a brotar de su garganta.

—Eres demasiado buena para ser real —susurró Dylan.

—Tú también. —Le acarició la barba y lo contempló ensimismada. Ansiosa.

Los besos ya no eran suficientes para aplacar ese estado de agitación interior, y tampoco las caricias por muy placenteras que fueran. Arlene necesitaba más de él y Dylan necesitaba más de ella.

Tomó el suéter de lana por la cinturilla y lo fue alzando hasta que fue despejando su cuerpo delgado del obstáculo de sus ropas. Su piel era blanca, impoluta y sus senos eran una obra de arte que eclipsaron sus ojos, como si mirara al sol. Le sacó el sueter por la cabeza, lo arrojó a un lado y probó la textura de sus pezones, que lamió y succionó con glotonería. Arlene enredó los dedos en su cabello y lo atrapó contra ella para sentirle más cerca.

Calor. Los alocados trazos con los que su lengua hostigó sus senos incendiaron su cuerpo y abrasaron su entrepierna, en la que comenzó a notar que la carne palpitaba y que la humedad se escurría de su interior, empapándole las bragas.

Lo deseaba. Lo deseaba de un modo tan intenso y desde hacía tanto tiempo que la emoción le sacudía las entrañas.

Él había derribado todos sus controles de seguridad, tanto los físicos como los emocionales, y aunque sabía que más tarde la asaltaría el arrepentimiento, ahora lo necesitaba tanto como respirar.

Tiró de su sudadera hasta que dejó de ser un obstáculo entre los dos. Ya lo había visto antes desnudo, pero ahora tenía la licencia de tocar y palpar las duras formas de sus músculos, de besar y lamer la piel caliente con olor a jabón masculino. De llenarse los sentidos aletargados con su abrumadora virilidad.

Él le desabrochó los pantalones. Uno a uno fue soltando todos los botones hasta que aparecieron unas sencillas bragas blancas que lo cautivaron. Le acarició el pubis y presionó suavemente la húmeda y ardorosa hendidura por encima de la tela. La excitación lo golpeó tan despiadadamente que tuvo que apretar los dientes y contener el aliento para no dejarse arrastrar por ella; por fortuna, al mirar a Arlene a la cara, al toparse con ese rostro precioso y arrebolado cuyos ojos lo miraban desesperados, soltó los frenos y la tumbó en el sofá.

Dylan le separó los muslos y se acomodó sobre ella. Enmarcándole el rostro entre los antebrazos, descendió la boca para besarla de cien maneras distintas. La ternura dio paso a la dureza, la dureza a la ternura y vuelta a empezar.

—Lene... —susurró su nombre contra los labios húmedos y henchidos—. Creo que estoy un poco o, mejor dicho, bastante fuera de control. Prométeme que no me lo tendrás en cuenta.

Arlene sonrió y negó rápidamente con la cabeza.

—Yo también lo estoy. —Le ciñó las caderas entre los muslos, sus manos no paraban quietas sobre la espalda de Dylan—. Jamás pensé que diría algo así.

—Eso significa que es la primera vez que lo dices. —Sin dejar de mirarla, le acarició el cabello desparramado sobre el almohadón. Arlene se lamió los labios y asintió—. ¿Tomas medidas?

—No. Hace mucho tiempo que yo no... ya sabes.

—Mierda...

—¿Qué ocurre?

—La caja de preservativos está arriba, en el dormitorio. —Apoyó la frente en la de ella y emitió un suspiro de fastidio—. No se te ocurra moverte de aquí, no tardo ni un minuto, ¿entendido?

—No pienso ir a ningún sitio.

A regañadientes, Dylan saltó del sofá. La evidente incomodidad que le produjo caminar en su estado no fue óbice para que se lanzara veloz hacia las escaleras. Arlene sonrió perezosamente y observó la piel desnuda de su costado sobre el que las llamas de la chimenea dibujaban formas danzarinas. Tenía las emociones a flor de piel, su cuerpo se había convertido en un punto erógeno gigante que demandaba sus atenciones.

Se bajó los pantalones hasta la mitad de los muslos y luego se incorporó para quitarse las botas y deshacerse de ellos. La hacía sentir tan hermosa y femenina. La espera la estaba matando. Los remordimientos se iban acumulando al otro lado de la barrera que había alzado. Deseaba una frenética sesión de sexo con él antes de que la derribaran.

«Por Dios, Dylan. Baja de una vez».

Suspiró con alivio al escuchar el regreso de sus pasos. Sus ojos ardieron al encontrarla desnuda y despidieron más calor que las llamas. Arlene sintió la caricia de su fuego sobre la piel y su sexo latió hambriento e impaciente.

Se deshizo de los vaqueros. Los sentidos se le encandilaron al descubrir la formidable erección atrapada bajo la tela de unos bóxers oscuros.

Dylan rasgó el envoltorio de un preservativo y Arlene alargó el brazo para acariciar con la punta de los dedos toda la envergadura del pene. El tacto era férreo y candente. Provocativo. Lo masajeó y apretó para familiarizarse con su forma y su grosor, consiguiendo que a él se le multiplicara el deseo. Se despojó de los bóxers y expuso a su vista la rotundidad de sus atributos viriles. Arlene se mordió los labios. La expectativa de sentir las acometidas de aquel falo imponente devorándole las entrañas era irresistible.

Dylan se encaramó al sofá y se arrodilló frente a ella. Sin más preámbulo, Arlene alzó las nalgas para facilitarle la labor de bajarle las bragas. Después, él colocó las manos en sus rodillas y le separó los muslos. La mirada sedienta que clavó en su sexo desnudo la terminó de derretir.

Él le acarició los labios vaginales y Arlene apretó las nalgas contra los almohadones. Estaban henchidos, brillantes de excitación, y se abrieron tentadores para él. El pulgar presionó el clítoris con delicadeza y dibujó sobre él varios círculos sinuosos que arrancaron en ella hirvientes suspiros que le espolearon los oídos. Se moría de ganas de probarla, de enterrar la cabeza entre sus muslos y beberse su sabor. Deseaba conocer si era tan suave y tersa como la apreciaba con los dedos. Quería escucharla gemir mientras la paladeaba.

Descendió la cabeza y acopló la boca en su intimidad. Ella se arqueó con la primera lamida, con la segunda agarró un puñado de su cabello entre los dedos y con la tercera gimió su nombre. Su sabor lo subyugó. La carne satinada y resbaladiza era deliciosa y lo impelió a chuparla con pasión. Los jadeos sofocados resaltaron lo intenso que era su placer y Dylan cayó rendido a la tentación de hacer que se corriera en su boca.

Salvo que ella deseaba otra cosa.

—Dylan… —Se arqueó. El placer era intenso y le arrebató el aliento. Le tomó la cara entre las manos—. Hazme el amor. Ahora.

—No quiero que acabe demasiado pronto —repuso él.

—Por mi parte no hay nada que puedas hacer para retrasarlo —reconoció, con la voz entrecortada—. Por favor.

Se colocó el preservativo sin más preámbulo. La excitación que se esforzaba en prolongar comenzaba a ser dolorosa. No recordaba haber tenido nunca semejante dolor de huevos.

Se situó entre sus piernas y se amoldó al cuerpo cálido y esbelto. Las bocas se enlazaron en un nuevo beso al tiempo que Dylan acunaba un seno y lo modelaba a su antojo. La sintió desplazar las caderas para frotarse contra él, embadurnándolo con el ardiente fluido que manaba de ella. Dylan la besó en el cuello, en el lugar donde su pulso palpitaba acelerado, al tiempo que aferraba el pene para conducirlo al lugar ansiado. La abertura de su vagina era estrecha y la presión que ejerció alrededor del glande fue extremadamente placentera. Le colocó las caderas en una postura que facilitara la penetración y empujó hasta la mitad.

Arlene le clavó los dedos en los glúteos y jadeó su nombre. Lo volvía loco escuchar cómo sonaba en sus labios cuando estaba excitada. Ahondó un poco más en su codiciado interior hasta que los testículos se apretaron contra la tersa curva de sus nalgas. Con la respiración contenida, Dylan se mantuvo en aquella posición sin mover ni un solo músculo, dándole tiempo a que se acostumbrara a su invasión. El placer deformaba sus encantadores rasgos. Tenía los ojos vidriosos y las mejillas encendidas. Sus jadeos agitados hacían temblar las cimas de sus senos como si fueran flanes.

Ambos habían bregado por darle la espalda a su atracción, pero la voluntad humana no podía doblegar una fuerza tan irresistible. La deseaba desde el momento en que la vio cantando por primera vez en el escenario del *Trophy Bar* y, desde entonces, anhelaba penetrar tanto en su cuerpo como en su mente.

Se estiró sobre ella para sentir su carne tibia y trémula aplastándose contra su cuerpo. Sus pezones erguidos se clavaron deliciosamente en su pecho. Buscó la seductora curva de su cuello con los labios y lamió su carne fragante a la vez que emprendía una serie de lentas y profundas penetraciones. Ella enroscó las piernas alrededor de sus caderas y recorrió su espalda con caricias famélicas.

Arlene entró en éxtasis. El inicial pinchazo de dolor había dado paso a un placer vivo y punzante que se ramificaba y alcanzaba todas sus terminaciones nerviosas. Con cada apasionada embestida sentía que su cuerpo vibraba y se fundía como la mantequilla. Su calor corporal la enervaba, los jadeos viriles le erizaban la piel y el vello de su pecho le hacía deliciosas cosquillas en los pezones. Enredó los dedos en su cabello y buscó el contacto de sus ojos. Sus jadeos se mezclaron con sus gemidos, y sus labios juguetearon con los de ella antes de fusionarse en un beso abrasador.

Arlene era exquisita. Suave, estrecha y ardiente. Hacía el amor de un modo sensual, como cuando interpretaba canciones emotivas sobre amantes, pero también era fuego y fogosidad sobre el escenario, y Dylan comenzó a verlo cuando incrementó el ritmo de los embates. Ella salió a su encuentro y se ajustó al frenético compás que marcaron sus caderas.

El placer se le disparó. Su pene la taladraba con fiereza, tocando puntos tan sensibles que sus jadeos de éxtasis se elevaron. Arqueó el cuello y hundió los dedos en sus hombros.

—No te detengas, Dylan. No te detengas —exigió sin aliento.

Y Dylan no lo hizo. Le recorrió la piel tersa de la pierna y la alzó para apoyarla sobre su hombro, logrando un acceso más directo a su vagina. Durante algún tiempo más la bombeó fuerte y duro, y sus cuerpos se acoplaron para formar un engranaje perfecto y sincronizado. Sin embargo, cuando antes le había dicho que estaba bastante fuera de control, no bromeaba. Ella lo excitaba tanto y hacía tanto tiempo que deseaba aquello… Un latigazo de placer le recorrió los testículos y le atravesó el pene, anunciando que la explosión final estaba cerca. La de ella tampoco andaba lejos. Parecía que se le escapaba la vida entre sus brazos.

Frenó los impulsos de correrse precipitadamente y volvió a amarla con una tranquila cadencia que aminoró el latido de sus corazones exaltados. Dylan deslizó los dedos entre sus cabellos y la miró a los ojos, en los que el placer hacía brillar pequeñas motas del color de la miel.

—Lene… Me gustas tanto.

Le ahuecó un seno y ella respondió a sus palabras alzando los dedos para delinear amorosamente esos rasgos tan atractivos ahora cubiertos por una pátina de sudor. Había jugado con fuego y se había quemado, pero en aquel momento nada le importaba salvo las emociones tan intensas que se desprendían de cada caricia, de cada mirada y de cada murmullo.

Deseaba a Dylan incluso más de lo que se había permitido reconocer.

El sexo nunca había sido primordial en su vida. Siempre había sospechado que algo fallaba en ella porque nunca había disfrutado totalmente de ninguna de sus relaciones sexuales. Ahora sabía que estaba equivocada, que no padecía ninguna disfunción que la imposibilitara alcanzar el placer supremo. Dylan la estaba conduciendo a él. La compenetración entre los dos era plena, como si sus cuerpos y sus almas se hubieran fusionado para formar uno solo.

—Eres muy buena persona, Dylan —murmuró Arlene.

—¿Buena… persona?

—¿No te parece bien que te lo diga?

—¿En este momento? ¡Ni de coña! Puedes decirme que soy un amante excepcional, que nunca te han follado tan bien como yo, que estás tocando el cielo con las manos… Cualquier cosa menos que soy buena persona.

Ella rio entre gemidos de placer.

—Todo eso que dices también es cierto. —Le tomó la cara

entre las manos y alzó la cabeza para besarle y borrar su mueca jocosa—. Ya estoy lista, Dylan. Llévame al cielo.

Le rodeó los hombros con los brazos cuando él reinició ese modo tan fiero y a la vez tan tierno de hacerle el amor. Le encandiló que la mirara a los ojos durante aquella deliciosa recta final, que absorbiera sus emociones, que estuviera pendiente de cada uno de sus gestos y que supiera interpretarlos sin necesidad de que ella se lo dijera con palabras. Dylan le entregaba lo que necesitaba en el momento justo y ella también debía de entregárselo a él a juzgar por la sonoridad que alcanzaron sus jadeos.

Los pensamientos se le espesaron al sentir la primera punzada de placer que le atravesó el bajo vientre. A la primera siguieron otras, palpitantes, intensas, gloriosas, y Arlene se aferró a sus hombros como un náufrago a la deriva. Ahogó los sollozos de éxtasis en su cuello, clavó los dedos en sus músculos sudorosos y todo su cuerpo se arqueó contra el de Dylan mientras recibía las salvajes oleadas de un orgasmo que acabó con todas sus energías, y que con idéntico ímpetu él disfrutó a continuación.

El placer físico podía ser tremendamente arrollador, y el haberlo experimentado junto a él le pareció un acto natural y esencial. La atmósfera se había cargado de magia.

Poco a poco fue recobrando la conciencia. Los músculos se le aflojaron y quedó laxa, aunque con el corazón a mil por hora. Él se había dejado caer a un lado para no aplastarla con su peso, aunque cubría la mitad de su cuerpo con el suyo. Sentir sus caricias en el cabello le llenó el alma de dulzura.

Dylan no era de los que se daban la vuelta y se echaban a dormir, dejándola a una insatisfecha y vacía. Cada pequeño matiz que descubría en él le gustaba más que el anterior, y la acercaba peligrosamente a una emoción para la que su corazón no estaba preparado. Se estaba enganchando emocionalmente a Dylan, pero mientras permanecía allí recostada y recibiendo sus atenciones, no era capaz de ponerse a salvo.

Le gustaba observarla, tocarla, escuchar cómo su respiración se iba apaciguando con lentitud. No había sido solo sexo, los dos lo sabían bien. Lo revelaban sus ojos y el modo hipnótico de mirarse. Lo que había surgido entre ambos era esa clase de cosas que hacían tambalear la estabilidad emocional de uno. Demasiados obstáculos en el camino, aunque en ese instante se creía capaz de saltar todos y cada uno de ellos.

Dylan apoyó la frente en su sien y le habló susurrante al tiempo que acariciaba el pezón con la yema del dedo.

—¿Te he dicho ya que me encantan tus senos?

Arlene ladeó la cabeza para encontrarse con el azul embaucador de sus ojos. Sonrió con lentitud, saciada y dichosa.

—No, pero lo sospechaba.

—Aunque no es lo único que me fascina de ti. —Descendió suavemente por su estómago y llegó hasta su ombligo, en el que hizo círculos que le electrificaron la piel—. Tienes mucho peligro, Arlene Sanders. Eres demasiado completa. —La miró y le sonrió.

Y a Arlene se le derritió el corazón.

—Estamos en sintonía, Dylan —susurró ensimismada, con un matiz pesaroso en la voz—. Porque yo pienso lo mismo de ti.

Dylan le dio un beso sutil en los labios.

—Entonces… quizás deberíamos dejar de pensar, ¿no crees? Si me concedes algunos minutos más, me encantaría descubrir todo lo que escondes. —Rozó el recortado vello del pubis y la piel sedosa del interior de su muslo—. Ahora con calma, sin prisas. Quiero conocerlo todo de ti.

Arlene tragó saliva. ¿Cómo resistirse a la promesa de dar una vuelta por el paraíso? Imposible. La invadía una necesidad desorbitada por descubrirlo también a él, por explorar y complacer ese cuerpo tan hermoso y varonil.

Apoyó la palma de la mano sobre el duro pectoral y le acarició el pecho.

—Que sean pocos minutos —susurró, con deje seductor.

—Cuatro o cinco. Ni uno más —le prometió.


Se hallaba en los tenebrosos e intrincados pasillos de un teatro desconocido, en el que las débiles luces de los halógenos del techo arrancaban destellos espeluznantes a las tenazas que Peter aferraba en la mano. La perseguía. Ella corría como a cámara lenta, chocando con las estructuras difusas y extrañas que se iba encontrando en el camino. Le dolían los pulmones, el apresurado bombeo de su corazón le retumbaba en los oídos y, por debajo del estentóreo sonido de sus jadeos, escuchaba el escalofriante tono de su voz.

—Este no es tu lugar. Te lo advertí y te empeñaste en contradecirme. Ahora ya es tarde. —Arlene escuchó el sonido de las tenazas cerca de su espalda. Clic, clic, clic—. No me has dado otra opción.

Justo entonces encontraba un refugio tras el tupido tejido de un viejo telón. Aterrorizada, apretaba la espalda todo lo que podía contra la pared y aplastaba las palmas de las manos contra la boca. Pero sus pasos andaban cerca. Más y más cerca, hasta que el terrible ruido que él hacía al chocar entre sí la cabeza de las tenazas sonó a dos palmos de su cara. Y, de repente, él apartaba el telón dando un brusco tirón. Pero ya no era Peter quien la perseguía. O, al menos, ya no tenía su aspecto. A quién vio frente a ella con la intención de hacerle mucho daño fue a Andrew.

Y los rasgos de Andrew se transformaron en los de Charley, y los de Charley en los de Henry. Los de Henry en los de Joel y los de Joel en los de Dylan.

Despertó desorientada, confusa, con un sabor agridulce en el fondo de la garganta. Se llevó una mano al pecho desnudo y tragó saliva. Tenía la garganta reseca, como si hubiera gritado, aunque sabía que no lo había hecho, ya que volvió la cabeza y se encontró con el rostro relajado de Dylan. Tenía los ojos cerrados y su respiración era pesada. Dormía profundamente, con un brazo rodeándole la cintura.

Yacían desnudos sobre los almohadones que hacía un rato —no sabría precisar cuánto—, él había arrojado sobre la alfombra que decoraba el suelo. Sobre ellos habían vuelto a hacer el amor de ese modo tan especial que se habían prometido, adorados por las llamas doradas que bañaban sus cuerpos en color oro. Si la primera vez había sido excepcional, la segunda la había doblado en intensidad y dedicación. ¡Y en duración! Había tenido dos orgasmos maravillosos, al igual que él.

Cómo le hubiera gustado tener un despertar espléndido, acurrucarse contra ese hombre formidable y pasar el resto de la noche durmiendo entre sus brazos.

En vez de eso, una maraña de nervios comenzó a encogerle el estómago, y las palmas de las manos se le cubrieron de un sudor pegajoso. Sabía perfectamente cómo interpretar el final de aquel espantoso sueño. Las barreras con las que detenía los remordimientos se habían derrumbado mientras dormía, recordándole que había vuelto a cometer el mismo error imperdonable que una vez le arruinó la vida.

Dylan era estupendo. Representaba todo lo que ella admiraba en un hombre. ¡Pero seguía siendo su jefe! Ese tipo de relaciones siempre acarreaban graves conflictos e indeseables consecuencias. Estaban destinadas al fracaso, con el agravante de que una de las partes todavía no había superado el fallecimiento de su anterior pareja.

¿No le habría hablado ya de Lizzie en el caso contrario?

Emitió un suspiro tembloroso. Tenía la esperanza de que todavía no fuera demasiado tarde para sobreponerse a la carga de emociones que le inundaba el corazón. De ahora en adelante, tendría que evitar encontrarse a solas con él. Era el único método que se le ocurría para que aquello no volviera a suceder.

Con lentitud y delicadeza, asió la muñeca de Dylan y desplazó a un lado el brazo con el que la sujetaba. No se inmutó, y ella pudo incorporarse y ponerse en pie sin alterar su sueño. Buscó su ropa por los alrededores y se fue vistiendo cuidadosamente. Los ventanales seguían mostrando la oscuridad de la noche pero ya no llovía. Todo estaba silencioso y tranquilo. Excepto su mente.

Con las botas colgando de la mano le dedicó una última y pesarosa mirada. ¿Por qué su vida siempre tenía que ser tan complicada? Las cosas importantes que a mucha gente no le costaba conseguir, como una pareja que la quisiera y la respetara, a ella le suponían un grandísimo esfuerzo. Siempre había un impedimento, un obstáculo insalvable, o una mala elección.

Cabizbaja, caminó hasta la puerta de puntillas y recuperó su abrigo. Se calzó junto al umbral y después se marchó sin hacer ruido.


Ella no estaba a su lado cuando despertó. Sus ropas tampoco estaban esparcidas en el lugar donde habían caído cuando él se las quitó con tanta pasión. A menos que estuviera en el baño, se había marchado en algún momento de la madrugada.

No estaba allí. El silencio le respondió cuando tocó con los nudillos en la puerta.

Solo eran las cinco de la madrugada pero dudaba mucho de que pudiera volver a conciliar el sueño, así que se dispuso a darse una ducha.

No sabía cómo sentirse respecto a la huida de Arlene. Era como si le hubieran dado a probar de su propia medicina. Él tampoco se había quedado a pasar la noche con ninguna de las mujeres con las que había estado en los últimos tiempos. Pero aquello era diferente. Había sentimientos implicados por parte de los dos.

Tampoco sabía cómo encajar eso.

Mientras se enjabonaba y dejaba que el agua caliente le templara los músculos indagó en ello. ¿Qué demonios le estaba sucediendo? Arlene le atraía mucho físicamente, le gustaba charlar con ella y había tenido el mejor sexo que recordara. Debería haberse despertado con la mente satisfecha en lugar de sentirse tan vacío.

«Porque no ha sido suficiente, tío. Necesitas más de ella», le dijo la fastidiosa vocecita de la conciencia.

# Capítulo 15

*L*a persiana de seguridad del Blue Lagoon estaba echada, pero daba por hecho que debía de existir una entrada adicional que condujera directamente a su oficina. Rodeó el edificio y accedió a una estrecha calle alejada del ruido del tráfico que circulaba por la Quinta Avenida. A unos cuantos metros vio a una mujer asiática que depositaba unas bolsas de basura en un contenedor y Dylan se acercó a ella.

La mujer arrojó la última bolsa y se lo quedó mirando al oír el sonido de sus pisadas sobre el asfalto.

—Buenos días, ¿podría usted ayudarme? Estoy buscando la puerta de acceso al Blue Lagoon.

—La tiene delante, pero ahora mismo está cerrado al público —le contestó en un perfecto inglés—. Estamos realizando las tareas de limpieza.

—¿Sabría decirme si el señor Peter Covert se encuentra aquí?

—Lo siento, no tengo ni idea. Yo solo limpio.

—¿Y hay alguien ahí dentro a quien pueda preguntarle?

—No, solo estamos mi compañera y yo.

Dylan supo que mentía.

Observó la fachada. Había una puerta de acceso al edificio y un panel en el que, entre otros, se anunciaban las oficinas de un abogado, un fisioterapeuta, y una agencia de seguros. El interfono tenía más de cincuenta botones, la mayoría sin etiquetas. Al lado, se encontraba la salida de emergencias del club, que también era utilizada por el personal que trabajaba allí, como el servicio de limpieza.

—Vamos, écheme un cable. Vengo expresamente de Brooklyn para verle.

—Usted debió llamar antes por teléfono.

Sus ojos rasgados eran obstinados. No estaba dispuesta a ayudarle. Ni un soborno habría tenido éxito.

—Bueno, entonces me quedaré aquí y esperaré.

—Haga lo que quiera. Si me disculpa, tengo que volver al trabajo.

La menuda mujer entró en el club y comenzó a cerrar la pesada puerta. Desde el interior se escapaba una música suave que al momento fue coreada por unos firmes repiqueteos de tacones. La asiática se quedó quieta y miró hacia atrás.

Una mujer muy atractiva y elegante, que no era la compañera de la limpiadora, asomó al exterior. Vestía un traje de chaqueta de una firma cara, como las mechas rubias que aclaraban su largo cabello rizado, o como el potente perfume que aniquiló el olor a basura que se había expandido por el ambiente cuando la mujer abrió el contenedor.

—¿Hay algún problema, Sora?

—Este hombre pregunta por el señor Covert.

Los ojos azules de la mujer se clavaron en los suyos como dagas.

—Tengo que tratar un asunto importante con él. No contesta al móvil, así que no me ha dejado otra opción.

—Ha pedido que no se le moleste en toda la mañana. Debe de estar muy ocupado.

A Dylan no se le escapó la ironía con la que dijo aquello.

—Estoy seguro de que a mí me atendería.

Ella torció el gesto y se cruzó de brazos. Hacía frío y no llevaba más ropa de abrigo que la chaqueta entallada de su traje.

—Sora, ¿puedes dejarnos a solas?

La limpiadora asintió y desapareció en el interior. La joven se balanceó sobre los altos tacones de sus zapatos negros y se mantuvo en silencio hasta asegurarse de que la mujer estaba lejos.

—Peter no suele recibir visitas de desconocidos, por eso no se anuncia en el panel ni el interfono. Sus reuniones siempre están programadas y planificadas. Nadie se planta aquí con la intención de verle sin previo aviso.

—Yo no soy un desconocido.

—¿Ah, no? —Ella lo miró de arriba abajo. Dylan juraría que le gustaba lo que veía—. Pues tu cara no me suena de nada, y suelo conocer a todos los hombres de negocios con los que trata Peter.

—Nuestra amistad se remonta a hace poco tiempo. —Alargó el brazo—. Me llamo Dylan, soy director de teatro. Peter ha venido a vernos en varias ocasiones.

Ella estrechó su mano.

—Jessica Miller. Soy la directora de márketing del Blue Lagoon.

—Encantado, Jessica. —Sonrió un poco, a ella también se le arquearon las comisuras de los labios—. Si tuvieras la amabilidad de decirme qué botón debo pulsar, me evitaría tener que apretarlos todos.

Ella pareció pensárselo. En sus ojos prendió una chispa de malicia.

—Bueno, ¡qué diablos! Es el sexto letra H —le indicó—. Sé que no va a contestarte pero, de todos modos, mantenlo pulsado durante un buen rato. Debe de estar follándose a alguna de sus putitas, y se va a poner como un energúmeno cuando oiga el timbre. —Por el sonsonete de su voz, Dylan dedujo que era una mujer despechada—. Yo no te he dicho nada, ¿entendido?

—Te prometo que me llevaré el secreto a la tumba.

—De acuerdo.

Ya se giraba hacia el interfono cuando ella lo llamó por su nombre.

—¿Cómo se llama la obra de teatro?

—*Runaway*. Estamos representándola en el Astor Place durante esta semana.

—Quizás acuda a verla.

—Será un placer tenerte entre el público.

Dylan solo había sido amable, pero Jessica Miller dejó caer las pestañas rizadas y su lenguaje corporal se volvió más sensual al despedirse.

Así que Covert utilizaba su oficina para sus escarceos sexuales. Tenía la sensación de que la directora de márketing había sido uno de ellos. Pensar en que también habría llevado allí a Arlene durante el tiempo que duró su relación amorosa le revolvió las tripas.

Apretó el botón pero no recibió respuesta. Metió las manos en los bolsillos del abrigo y pensó qué diablos hacer. Si había llegado hasta allí no estaba dispuesto a largarse sin haber hablado antes con él. La primera vez que lo telefoneó fue a primera hora de la mañana, pero aquella y las sucesivas llamadas que le hizo después activaron su buzón de voz. Al intentar comunicarse con Abigail resultó que su móvil tampoco estaba operativo. Su último recurso fue contactar con Charley. Le dijo que su esposa había salido temprano y que pasaría el día fuera con unas amigas hasta la hora de los ensayos.

—Cuando está con Ellen y Julia pone el móvil en modo silencio para que nadie la moleste. Si puedo ayudarte en algo —dijo solícito.

—No estoy seguro. Quería hacerle una pregunta sobre Peter Covert. No sé si tú también eres amigo suyo.

—No, no es un amigo en común. Abigail me lo presentó hace algún tiempo pero no me cae demasiado bien. —¿Sospecharía Charley que Covert se acostaba con su esposa tal y como suponía Arlene? El luminotécnico era un hombre muy inseguro aunque quizás tuviera motivos para serlo. Entre bambalinas corría el rumor de que su enemistad con Edgar se debía a que creía que Abigail había tenido una aventura con él—. ¿Qué necesitas saber?

—Pensaba que tal vez Abigail sabría decirme dónde puedo localizarle. Sé que es el propietario de varios clubes nocturnos e imagino que tendrá un despacho desde el que se ocupe de todos sus negocios.

—El Blue Lagoon, en la Quinta Avenida con la calle 52. Se lo he escuchado decir a Abigail.

—Bien, gracias Charley. Te debo una.

A continuación, había buscado el teléfono del club en Internet pero nadie respondió a la llamada, así que no le quedó otra opción que presentarse allí.

Su suerte cambió de repente. La puerta del edificio se abrió y una mujer, que se cubría los ojos con gafas de sol y el cabello con un pañuelo de colores suaves, salió al exterior.

Se quedaron mirándose.

A Abigail se le desencajó la expresión.

—¡Dylan! ¿Qué estás haciendo aquí?

Definitivamente, Charley tenía motivos para sospechar de los amigos de su esposa. Todavía tenía los labios hinchados y las mejillas encarnadas.

—Vengo a ver a Covert. Me figuro que acabas de estar con él.

—Pues… sí. Somos amigos como bien sabes —sonrió con escasa naturalidad—. ¿Para qué quieres verle?

—Es un asunto personal. Quizás ahora que está menos ocupado conteste a mis llamadas. Le he dejado unos cuantos mensajes en el buzón de voz.

—Oh… Sí, supongo que ahora te las devolverá —sonrió tensa—. Bueno, yo ya me marcho. —Hizo ademán de girarse pero cambió de opinión y se volvió. Alzó las gafas de sus ojos verdes y lo miró apartando todo aire fingido—. Dylan, me harías un gran favor si… no le dijeras nada a Charley. Él es un hombre muy sensible, ya lo conoces, y sufriría muchísimo si se enterara.

—No te preocupes. Tus líos amorosos no son de mi incumbencia.

Abigail asintió y se retiró. La observó alejarse y sintió un profundo asco. Después de todo lo que Arlene le había contado sobre aquel hijo de puta le costaba digerir que alguien de la compañía tuviera una relación tan estrecha con él. El móvil le vibró en el bolsillo del abrigo.

Era Peter. Lo invitó a subir y se disculpó por no haber estado operativo durante tantas horas.

—En ocasiones uno tiene que hacer un alto en el trabajo y relajarse entre unas buenas piernas femeninas. Ya sabes.

—Sí, ya he visto entre qué piernas te has relajado.

—¿Te has cruzado con Abigail? Es una mujer tremenda. —Esbozó una sonrisa aviesa. Dylan deseó borrársela de la cara de un puñetazo—. No creo que sea necesario que te pida discreción, sé que eres un tipo que no mete las narices donde no le llaman. —Sus palabras le sonaron a advertencia—. Me ha sorprendido que estuvieras abajo. Lamento haberte hecho perder tanto tiempo.

Le indicó que pasara a su despacho, una habitación grande

y luminosa con vistas a la Quinta Avenida. Todo tenía una apariencia ordenada. Los cojines del sofá estaban mullidos y bien colocados, Covert se había peinado y su traje de chaqueta no tenía arrugas, pero el ambiente apestaba a sexo.

—Yo no te robaré el tuyo. Voy a ser claro y conciso, así que espero que nos entendamos.

—Arlene ha negado todo cuanto te conté, ¿no es así? —Caminó hacia el mueble bar y se sirvió un *bourbon*. Dylan declinó la invitación con un movimiento de cabeza—. Ya contaba con que lo negaría todo, lo que no esperaba es que la creyeras. Dime, ¿te la has follado ya? No te juzgo, ella tiene algo que vuelve locos a los tíos y nos convierte en peleles. Tú eres un tipo inteligente, me caes bien, y me fastidia que te esté engañando del mismo modo que me engañó a mí.

—Para —le solicitó con sequedad—. No me consideras inteligente, me subestimas, y si no creo ni una sola palabra de lo que cuentas es porque no son más que mentiras. Quiero que te alejes de ella y la dejes en paz de una maldita vez. —Covert lo observaba sin inmutarse. Había que tener los nervios de acero para no responder a la fría provocación de su mirada—. Si tienes algún respeto por la profesión, estoy seguro de que recapacitarás y te mantendrás al margen de mi compañía, de mi obra y de mis actores.

—¿Y si no? —inquirió, tras dar un sorbo demorado a su *bourbon*.

Dylan apretó los puños y mantuvo el tipo.

—Entonces tendremos que solucionarlo de otro modo.

—¿Como un par de pandilleros?

—No me ensuciaría las manos de sangre contigo. Hay otros métodos, y quiero que sepas que estoy dispuesto a utilizarlos todos. Tú no me conoces.

—Claro que te conozco —rio—. Al principio de mi carrera yo era igual que tú. Todo honradez y buenos propósitos. Qué iluso. —Movió el vaso en círculos, el hielo tintineó contra el vidrio—. Eres tú quien no me conoce a mí.

—Por desgracia tengo una idea bastante exacta. —Peter se deshizo de su máscara de ironía y lo fulminó con la mirada. No debía de estar muy acostumbrado a que nadie le hiciera frente y empezaba a tomarse aquella visita como una auténtica amenaza—. Dije que sería claro y conciso, y creo que has captado el mensaje. No tengo nada más que añadir.

Dio la visita por concluida, pero Covert aún tuvo la desfachatez de burlarse cuando ya atravesaba la puerta.

—Dale recuerdos a Arlene.

Apretó los dientes y emprendió el camino hacia el ascensor.

No estaba satisfecho con el resultado del encuentro. Que Peter Covert era un cretino era algo que ya sabía, pero no esperaba que fuera a utilizar un tono tan incitador durante toda la conversación. Había sido un ingenuo al considerar que podrían entenderse como profesionales que se dedicaban al gremio del espectáculo. Covert era un mafioso y se regía por un código moral muy diferente al suyo.

También era un tipo listo, así que esperaba que se lo replanteara.


El reencuentro con Arlene en el teatro fue tal y como Dylan sospechaba que sería. Durante los ensayos ella adoptó un tono tan profesional que hasta sus compañeros se sorprendieron. Arlene siempre era agradable y cercana, pero esa tarde estaba distante, seria, y sus comentarios eran fríos y desapasionados. Pero seguía siendo increíblemente hermosa.

Tenían una conversación pendiente. Ignoraba hacia dónde les conduciría, ya que él también se sentía bastante confundido, aunque no dejaba que se le notara en el trabajo.

Tras la función de esa noche, se encontró con ella a la salida del teatro. Había sido más rápida que nunca en cambiarse de ropa.

Por regla general, siempre llevaba a casa a su madre y a su tía después de cada representación, pero esa noche Dylan alteró sus planes.

—Señoras, ¿me permiten que les robe a Arlene? —les preguntó con genuina amabilidad—. Tengo que hablar con ella de un asunto muy importante que no puede esperar a mañana. Les pediré un taxi y correré con los gastos. Seguro que lo entienden.

—Oh, pues claro que no nos importa. Es ella la que siempre se empeña en llevarnos a casa en lugar de dejarnos utilizar el transporte público. Sabemos que se queda en muy buenas manos —comentó Margot con una sonrisa.

—Se lo agradezco, señora Sanders.

Dylan detuvo un taxi que circulaba libre y abrió la puerta trasera para invitarlas a subir.

—Y no tengas prisa por devolverla a casa, muchacho —le dijo tía Sheyla con la picaresca que la caracterizaba.

Dylan pagó al taxista una suma de dinero suficiente para ir y volver a Queens.

Ella había contemplado la escena sin decir ni una palabra. Admiraba su capacidad para comportarse de ese modo tan natural, como si no hubieran hecho el amor hasta desgastarse la piel. Como si no fueran empleador y empleada.

Cuando el taxi se alejó, él se la quedó mirando con los rasgos acusando el peso de las cuestiones no resueltas. Arlene no podía controlar el frenético aleteo de las mariposas que habitaban en su estómago cada vez que se quedaba a solas con él. Aquello la cabreaba y la ablandaba a partes iguales.

—¿Quieres que lo hablemos ahora o prefieres seguir evitando mirarme a los ojos? —No sonó a reproche.

—Lo siento, sé que durante los ensayos no he sido todo lo profesional que debiera pero es que… Se me hace complicado.

—A mí también. No es fácil estar a tu lado y tener que fingir que no me muero de ganas de besarte.

—Dylan… —Las mariposas le cercaron el corazón y se lo aceleraron.

—Tengo el coche aparcado justo ahí. —Señaló con la cabeza la acera de enfrente—. ¿O prefieres que demos un paseo?

—Hace demasiado frío.

El interior del Ford Lincoln estaba helado. Una gruesa capa de escarcha cubría la luna delantera pero Dylan encendió el motor y la calefacción pronto lo caldeó. Arlene sacó las manos de los bolsillos y se desanudó la bufanda. Se quedó mirando al frente. Tenía ganas de hablar, se había pasado el día buscando las palabras que le diría cuando tuvieran un momento a solas, pero ahora no sabía por dónde comenzar. Él se acomodó en el asiento y ella sintió su escrutinio.

—¿En qué medida te arrepientes? —le preguntó él.

—En una escala del uno al diez me arrepiento un quince.

—Vaya, entonces tenemos un grave conflicto entre manos, ¿no crees? —Su respuesta fue un mazazo—. Porque yo no me arrepiento en absoluto.

—No debió suceder, lo sabes tan bien como yo. ¿No ves en qué situación nos ha colocado? —Arlene por fin lo miró.

—Apenas has podido sostenerme la mirada durante los ensayos. ¿A esa situación te refieres?

—Para ti será sencillo meterte en la piel de director y desligarte de tu vida personal, pero para mí no es nada fácil. Anoche fui débil, me sentía sola y asustada y tú... tú haces que pierda la cabeza —replicó alterada—. Mis convicciones no han cambiado, siguen siendo las mismas. No quiero tener una relación íntima contigo, quiero la que teníamos antes. Por eso debemos pasar página y olvidarlo. —Paró un momento para coger aire—. Además, al margen del obstáculo de trabajar juntos tú tampoco deseas una relación seria. El sexo estuvo muy bien, ¡fue fantástico!, pero yo no soy de las que lo conciben como mera diversión, ¿entiendes?

¡Qué bien se había quedado tras soltarlo todo!

—¿Ya has terminado?

—Supongo que sí.

—¿Quién te ha dicho a ti que yo no deseo una relación seria?

—Lo dice todo el mundo. No es necesario que dé nombres. Sé lo de Lizzie y lo de las mujeres que no se quedan demasiado tiempo en tu vida porque solo quieres sexo con ellas. —El semblante de Dylan se ensombreció como si alguien hubiera apagado el alumbrado público de la calle Lafayette. Arlene suspiró con desaliento—. ¿Lo ves? Esto es lo que quería evitar.

Él reaccionó de un modo que no esperaba. Movió la cabeza y sonrió entre dientes.

—¿Qué demonios sabe la gente de mi vida? Siempre he detestado que se hable sin tener ni puta idea de lo que se está diciendo. —Se pasó una mano por el pelo y la dejó alojada sobre la nuca. Luego dejó caer el brazo—. Vamos, vete a casa.

Arlene no encontró aire que respirar al notarlo tan decepcionado.

—No puedo irme así. Necesito que aclaremos las cosas y que...

—Arlene, tu presente y tu futuro laboral están a salvo conmigo. Me harías un gran favor si dejaras de pensar de una jodida vez que te voy a perjudicar en el trabajo porque no quieras que volvamos a acostarnos.

—No pienso eso, es que...

—Claro que lo piensas. Y es insultante. —Dylan bajó dos puntos la calefacción. La discusión y su falta de confianza lo estaban acalorando. Tragó saliva y trató de serenarse—. Nos vemos mañana, ¿de acuerdo? Pronto anunciaré los cambios que se van a producir en la obra con la ampliación de tu papel, así que tenemos por delante mucho trabajo. Te conviene descansar.

La invitó a salir con una mirada amistosa.

Arlene accionó el tirador, abrió la portezuela unos centímetros, pero antes de poner un pie en el asfalto la volvió a cerrar y se volvió hacia Dylan.

—Siento si he dicho algo que haya podido ofenderte. Tienes razón, no he debido dar crédito a los comentarios que me han llegado sin contrastarlos primero. —Estaba arrepentida—. Tú confiaste en mí cuando Peter me tildó de ladrona y yo...

—No te preocupes, no es tan grave. Tampoco es que me hayas acusado de ser un maltratador, ¿de acuerdo? Duerme tranquila.

—¿No quieres... darme tu versión?

Dylan sonrió un poco.

—No, ¿para qué? Vamos a intentar ceñirnos al trabajo, ¿entendido? No podemos dar pie a que vuelva a producirse una de esas situaciones en las que podemos perder la cabeza. Evitemos tentaciones.

La decepción no se retiraba de sus rasgos. Había dicho algo que le había hecho daño y Arlene no tenía ni idea de cómo arreglarlo. Él tampoco quería que lo arreglara.

—Hasta mañana, Dylan —susurró cabizbaja.

—Hasta mañana.

No la perdió de vista mientras caminaba con los hombros derrumbados hacia el aparcamiento público. Esperó dentro del coche hasta que la vio salir por la puerta de acceso detrás del volante de su viejo Chevy.

Así que sus empleados cuchicheaban entre bambalinas

acerca de su situación sentimental. Tampoco es que le extrañara, menos todavía cuando existía un drama de por medio como era la desaparición de Lizzie. A la gente le gustaba frivolizar con esos temas.

Vaya sorpresa, resulta que tenía fama de depredador sexual cuando lo único que necesitaba era encontrar a esa mujer que le devolviera la luz a su vida. Que le arrancara a Lizzie de los pensamientos para siempre. Que terminara por importarle un pimiento si su novia había tenido un lío con aquel tipo al que la policía encontró cadáver en el monte Kathadin.

Lo que había comenzado a sentir por Arlene le estaba devolviendo esa ilusión que le quitaba relevancia a los aspectos más siniestros de su vida. La esperanza que había creído perder para siempre.

Bueno, mejor ponerle punto y final ahora, antes de que alguno de los dos terminara haciéndose daño.

# Capítulo 16

$J$oel llegó a su casa portando malas noticias. Dylan ya se temía que iba a ser un día de mierda cuando por la mañana temprano la cafetera dejó de funcionar y tuvo que salir a la calle con la tromba de agua que estaba cayendo para tomarse un café en la cafetería más cercana. Pero lo que Joel le contó en el vestíbulo de su casa nada más abrirle la puerta superaba con creces ese insignificante infortunio.

Le pidió que volviera a repetírselo, quería asegurarse de que lo había entendido bien.

—El propietario del Soho Playhouse me ha telefoneado y se ha echado atrás. Ha cancelado el contrato, ya no está interesado en que representemos la obra en su teatro. ¡Y ni siquiera me ha dado una explicación!

—Joder… —Dylan puso los brazos en jarras y miró a su alrededor buscando algo a lo que propinarle una patada. Como no quería romper el macetero, se tragó las ganas—. Subamos a casa.

—¿Por qué tengo la sensación de que no te sorprende? —inquirió Joel mientras lo seguía escaleras arriba.

—Porque sé quién está detrás de esto. —Abrió la puerta para que Joel pasara al salón y luego la cerró de un portazo—. Así que va a echar mano de todos sus contactos para que nos cierren las puertas en las narices. Maldito hijo de puta.

—¿De quién diablos estás hablando?

—De Peter Covert, el amigo de Abigail, el gran magnate de los clubes nocturnos. A ti también te lo presentó hace unos meses.

—Sé quién dices pero… ¿por qué querría ese tío boicotear nuestro trabajo?

—Necesito un trago. —Cruzó el salón hacia la barra americana en tres zancadas y se sirvió dos dedos de whisky escocés que se bebió de un solo trago. Joel rechazó su invitación, estaba centrado en que le diera una explicación. Dylan había empeorado su estado. Ahora le ardía el estómago, no tenía por costumbre beber a esas horas de la mañana, y su furia permanecía intacta—. Se trata de Arlene.

—¿De Arlene?

—Covert era su jefe. Tuvieron una relación sentimental y cuando ella decidió romperla él destruyó su carrera. Por eso tocaba en las calles. Ha pasado un año de aquello, pero Covert ha descubierto que ahora trabaja en el teatro y se ha propuesto volver a hundirla.

—¿Y pretende hacerlo jodiéndonos a nosotros?

—Tuve una conversación con él. Le pedí que la dejara en paz y que se centrara en sus asuntos. Es un cabrón demente.

Joel se mostraba cada vez más asombrado y no para bien, precisamente.

—Me tomas el pelo.

—La amenazó, Joel —matizó con crudeza—. Estaba tan aterrorizada que pretendía dejarnos. ¿Qué podía hacer si no? No pienso perderla.

—Por el amor de Dios… Ese tío es un *crack* de los negocios. Conoce a medio Manhattan. ¿Sabes el daño que puede hacernos con un simple chasqueo de dedos? Debiste decírmelo antes de actuar por tu cuenta.

—¿Y qué hubieras hecho? ¿Disuadirme?

—Por supuesto que sí. A Peter Covert no se le dan órdenes sobre lo que tiene o no tiene que hacer. ¡Hay que joderse qué pelotas tienes, Dylan!

—Deja de hablar de él como si fuera un semidiós —masculló irritado—. Hice lo correcto, lo justo, y no me arrepiento de nada. Entre conservarla a ella y tenerlo de enemigo, a perderla y continuar siendo una compañía de tercera división, me quedo con lo primero.

Estaba claro que Joel no compartía su visión.

—Maldita sea, Dylan. —Dejó caer los hombros con gesto derrotado—. Tengo la sensación de que esto solo es el inicio, de que Arlene Sanders no va a traernos más que problemas.

—¿También llamas problemas a que la demanda de entradas se haya triplicado desde que ella está con nosotros? —Dejó que la pregunta flotara en el aire pero su cuñado no dijo nada. Tenía el semblante tenso y las aletas de la nariz dilatadas—. Francamente, Joel. No te entiendo. Desde el momento en el que te la presenté no has hecho otra cosa más que intentar convencerme de que habríamos estado mejor sin ella. Ahora estás siendo testigo de que la popularidad de la obra ha crecido como la espuma y, sin embargo, continúas pensando que debimos conservar a Ingrid. ¿Se puede saber qué te pasa?

—Me pasa que velo por tus intereses, y también por los míos. El momento que escogiste no fue el mejor para apostar a todo o nada. Tuviste suerte pero fuiste irreflexivo al contratarla. Y ahora esto... Peter Covert va a hundirnos. —Alzó el dedo índice hacia Dylan.

—Eso ya lo veremos.

—De momento, adiós al Soho Playhouse, y reza para que a este no le sigan otros. —Dio unos pasos en círculo mientras se rascaba la barbilla—. Intentaré cubrir esos cinco días en otro lugar pero con tan poco margen de maniobra no creo que lo consiga.

—Lo harás, eres bueno negociando. Mucho mejor que yo.

—Eso no lo dudes.

A Dylan se le curvaron los labios y Joel miró su reloj de pulsera.

—Voy a pasarme por el Playhouse para tratar de hablar con el dueño personalmente. No espero que se retracte de su decisión pero sí que al menos me dé las explicaciones pertinentes.

—Te acompañaré.

—No, tú ocúpate de tus asuntos, no eres tan diplomático como yo y podrías cagarla del todo. No nos conviene granjearnos más enemigos.

Cuando Joel se marchó, Dylan puso todo su empeño en reengancharse al trabajo, pero estaba tan cabreado que no podía centrarse en otra cosa que no fuera en esa fantasía en la que le daba a Peter Covert su merecido. Hubiera disfrutado propinándole una paliza de no ser porque a él no le habían enseñado a solucionar los problemas con los puños, con los chantajes o con las amenazas. Aunque por desgracia había personas con las que no se podían resolver de otro modo.

Por lo visto, Covert tenía una buena red de contactos que lo socorrían cuando les pedía ayuda pero ¿seguirían haciéndolo cuando *Runaway* alcanzara más notoriedad? ¿Estarían dispuestos a perder dinero como había hecho el propietario del Soho Playhouse por hacerle un favor a un amigo?

Si quería iniciar una guerra, puede que tuviera menos armas para combatirla. Pero poseía algo muy valioso que Covert no tenía.

La tenía a ella.

El modo en que se relacionaba con Arlene había quedado reducido al trato que se otorgaban los profesionales. Habían pasado varios días desde la conversación en el interior de su coche y Dylan había seguido a rajatabla sus deseos. No más charlas privadas, no más encuentros intencionados en los pasillos del *backstage* ni a la salida del Astor Place, no más llamadas telefónicas a menos que estuvieran relacionadas con el trabajo.

No más miradas secretas ni roces furtivos.

Solo había algo que no podía dominar, y era sus emociones. Arlene le gustaba de una manera arrebatada que le consumía los pensamientos, así que ese ejercicio de control era un auténtico calvario. Pero no era un problema contra el que peleaba él solo. A ella podía leérsele en los ojos que también lidiaba su propia batalla.

Se reclinó sobre el respaldo del asiento y echó una mirada a través de la ventana. La lluvia formaba gruesos y veloces regueros en los cristales. Sin venir a cuento le sobrevino una idea disparatada. O tal vez no lo era tanto tras los acontecimientos de los últimos días.

Pensó en Abigail, en Peter, en Karen y reprodujo las palabras con las que Arlene había defendido su rocambolesca historia de conspiraciones. ¿Acaso no lo sería tanto? ¿Era posible que aquellos dos pudieran llegar a semejantes extremos?

Se levantó de un salto. Se negaba a darle crédito a algo tan retorcido.

Se apoderó de su bolsa de deporte y se largó al gimnasio. Tenía que quemar un poco de adrenalina.

ϒ

La última noche en el Astor Place fue la preferida de Arlene porque Zack y Amy habían venido desde Baltimore para verla actuar. Tenerlos entre el público la colmó de felicidad, fue el revulsivo que necesitaba para levantar su estado de ánimo, que no andaba muy alto desde que Dylan y ella apenas se trataban fuera del escenario. Era lo mejor para los dos, pero se le hacía cuesta arriba tenerlo tan cerca y tener que guardar el tipo. No podía sacarse de la mente el sabor de sus besos, o lo bien que se sentía cuando estaba a solas con él y hablaban sobre cualquier cosa que se les pasara por la cabeza. O de su tendencia natural a protegerla y a querer conservarla a su lado por encima de todo y de todos. Incluso por encima de Peter.

No había vuelto a tener noticias de Covert, así que suponía que Dylan había tenido esa conversación. ¿Habría logrado persuadirle? ¿Sería la cancelación de las representaciones en el Soho Playhouse obra suya? Dylan les había contado que las fechas para las funciones en ese teatro se habían caído del calendario, pero no les explicó el motivo. Y Arlene no buscó la ocasión de preguntárselo en privado porque aunque Peter fuera el responsable, Dylan lo habría negado.

La representación finalizó y se reunieron en el proscenio para recibir el calor del público. Dylan despidió las dos exitosas semanas en el Astor Place con un discurso de agradecimiento. La admiración que sentía por él le henchía el pecho y se le salía a borbotones por todos los poros de la piel. Se lo quedó mirando mientras sus palabras atrapaban al público y la atrapaban a ella, sumiéndola en ese estado en el que no habría notado un pinchazo con un alfiler.

Cuando se ponía pesimista y le daba por pensar que no lo superaría mientras estuviera tan cerca de él, se repetía que no se impacientara, que todavía era pronto. Lo conocía desde hacía un par de meses; no había transcurrido el tiempo suficiente para que nacieran sentimientos más profundos.

Arlene buscó la mirada de su gente y les sonrió desde arriba.

Zack estaba sentado una fila por detrás de Margot. Los asientos estaban numerados aunque Arlene sabía que de no estarlo tampoco se hubiera sentado al lado de su madre. Para una reconciliación en toda regla también era pronto, quizás no se produjera jamás. Ella entendía a su hermano, de estar en su piel habría actuado igual, solo esperaba que su capacidad de perdonar fuera tan inmensa como el amor que su madre sentía por él. Arlene jamás justificaría que lo hubiera abandonado siendo un niño, pero había sufrido lo indecible desde entonces y cargaría con esa penitencia hasta que la vida se le apagara.

A Arlene le parecía suficiente castigo.

Ahora Margot estaba tan feliz que los ojos le resplandecían en medio de la oscuridad de la platea. Era una noche especial, la última en el Astor Place, pero su madre tenía los pensamientos en otra parte. Estaba deseosa de que la obra terminara para saludar a su hijo, pues no había tenido ocasión de hacerlo ya que había llegado directo desde Baltimore.

No esperó a cambiarse de ropa. El equipo desfiló hacia el *backstage* pero ella se saltó el protocolo y bajó a la platea. El público ya abandonaba el aforo y recibió muestras de cariño mientras se dirigía hacia Zack y Amy. Los había visto hacía un par de semanas pero la cercanía de su último encuentro no le quitó emotividad al abrazo que se dieron.

—Has estado fabulosa, ¿pero qué demonios tienes en las cuerdas vocales? —Zack le rozó la garganta con los dedos y Arlene se echó a reír—. El espectáculo es bueno pero lo tuyo ha sido… Ayúdame a definirlo, Amy. Tú eres la escritora.

—Maravillosa, espléndida, sublime… Nos has puesto la piel de gallina.

—Oh, parad ya o me inflaréis tanto el ego que no cabré por aquella puerta —bromeó—. Gracias por haber venido desde tan lejos solo para verme, me hacía tan feliz teneros aquí.

—No podíamos perdérnoslo, tonta. —Amy le rodeó los brazos y le dio un beso en la mejilla.

—Con el miedo que le tenías a subirte al escenario de un teatro y ahora mírate, parece que hayas nacido para hacer esto —comentó Zack.

—Son muchas horas de ensayos con un director exigente. El mérito no es solo mío.

Agarró la mano de Zack y él se la apretó con afecto.

No había sido sencillo ganarse la simpatía de su hermano. Al principio él era muy reacio a confraternizar con una hermana que ni siquiera sabía que existía. Una hermana que no había sido abandonada por su madre, que la había tenido a su lado durante toda la vida. Pero Zack también sabía que Margot había mantenido esa historia en secreto y que Arlene no era responsable de sus actos. Así que poco a poco, con la inestimable ayuda de Amy, se había ganado la confianza y el cariño de Zack.

Tenían el mismo color de ojos y la misma tonalidad de cabello, aunque ahí terminaban los parecidos físicos. Zack era muy alto y atractivo. Sus facciones formaban ángulos muy masculinos y su mirada siempre era directa y sagaz. Ella había heredado los rasgos más lánguidos de su madre.

—Y hablando de ese director… Seguro que es un gran profesional pero como no lo conozco me quedo con lo que he visto. ¡Está buenísimo!

Zack se sentía muy seguro de sí mismo y de los sentimientos de Amy, así que ni se inmutó.

—Lleva todo el camino repitiendo que quiere que se lo presentes. No quiere soltar prenda pero ya me figuro por dónde van los tiros. Mi preciosa Amy siempre tan casamentera.

Acarició con gesto amoroso el contorno de su mejilla y a Amy le brillaron los ojos. Arlene estuvo a punto de suspirar. Se les veía tan enamorados…

Margot y tía Sheyla los observaban a unos metros de distancia, como esperando a que alguno de los tres les diera permiso para acercarse. Zack también se dio cuenta e hizo un gesto asertivo con la cabeza. El ambiente se enfrió de golpe como si alguien hubiera encendido el aire acondicionado. La tensión volvió rígida la postura y el semblante de Zack.

Margot se acercó con los ojos humedecidos, parecía como si fuera a abalanzarse sobre su hijo para rodearlo entre sus brazos. Arlene le había repetido que fuera prudente en sus demostraciones de afecto. No quería que propiciara un rechazo en él por mostrarse demasiado vehemente.

—Poco a poco, mamá —le había aconsejado.

Y Margot le hizo caso. Zack capturó una mano temblorosa entre las suyas y le dio un leve apretón.

—¿Cómo estás, Margot?

—Ahora mucho mejor. Cuánto me alegro de verte, hijo.

—La emoción impedía que las palabras brotaran con facilidad.

—Yo también me alegro de estar aquí. Y de que estés bien.
—Fue todo cuanto pudo decirle, aunque a ella pareció bastarle.

—Tiene usted un aspecto estupendo, señora Sanders —intervino Amy, aportando el tono caluroso que le faltaba a Zack—. Y nos haría un grato favor si nos acompañara junto con Sheyla a tomar algo antes de que se marchen a casa.

Arlene arqueó las cejas y miró a Zack. Él no se mostró sorprendido por la iniciativa de Amy, así que supuso que lo habían hablado antes de llegar a Nueva York. El gesto agradó tanto a Arlene que se le puso un nudo en la garganta, aunque no tanto como a Margot que tuvo que darse la vuelta para enjugarse las lágrimas mientras era tía Sheyla la que aceptaba la invitación de buen grado.

—Si me disculpáis un momento, voy a buscar a Dylan antes de que se marche del teatro.

Mientras se dirigía a su camerino, le vinieron a la mente las palabras de Dylan:

«Vamos a intentar ceñirnos al trabajo».

Hacerle bajar al patio de butacas para que conociera a Zack y a Amy suponía saltarse esa intención mutua, ¿pero qué otra cosa podía hacer? No se le había ocurrido ninguna excusa convincente que justificara eludir las presentaciones.

Lo vio cuando abandonaba el camerino y se juntaba con Edgar, Joel y Abigail. Los cuatro se dirigieron hacia la salida trasera. Todo el equipo iba a reunirse en un bar cercano para festejar el final de las representaciones en el Astor Place, como siempre hacían cuando cerraban las fechas en un teatro. Durante los ensayos, Arlene se había excusado por no poder acompañarlos ya que sus familiares venían de lejos y saldrían a cenar juntos. A Abigail y Henry solo les faltó dar saltos de alegría, y Dylan no se pronunció. Estaba convencida de que si la relación entre los dos no se hubiera vuelto tan tirante, él habría invitado a Zack y Amy a que se unieran a ellos.

—¡Dylan! —lo llamó. Él se dio la vuelta—. ¿Puedo hablar contigo un momento?

Dylan asintió.

—Continuad sin mí. Ahora os alcanzo.

Arlene tomó aire antes de que él se lo arrebatara al acercarse, y se mordió los labios. Estaba nerviosa.

—Dime.

—Yo… Resulta que… Bueno, ya sabes que mi hermano y mi cuñada han venido desde Baltimore para ver la función y… quieren conocerte. Pero si a ti no te apetece o tienes prisa por marcharte o consideras que no tienes por qué relacionarte con toda mi familia, yo… lo entendería —matizó—. De hecho, si me das una excusa convincente se la transmitiré. A mí no se me ha ocurrido ninguna.

—¿Tú quieres que me invente una excusa? —La miraba con la cabeza ligeramente ladeada.

—Pues… en realidad no porque… les he hablado mucho de ti, de todo lo que me has enseñado y he aprendido, y ellos quieren saludarte. Pero si crees que no es oportuno dado lo que tú y yo hablamos la semana pasada yo…

—Arlene —la interrumpió—. Solo vamos a estrecharnos las manos y a intercambiar unas cuantas palabras de cortesía, así que relájate, ¿quieres?

Arlene hizo un intento de sonrisa y asintió. Dylan tenía razón, no tenía motivos para ponerse tan nerviosa. ¡Ni que llevaran pintado en las caras que se habían acostado juntos!

Dylan era un excelente relaciones públicas, simpático y extrovertido, que siempre caía bien a todo el mundo. Y un hombre muy competente que sabía comportarse en cada situación. Por eso resolvió perfectamente aquella presentación. Nadie se dio cuenta de que bajo la amabilidad y la confianza con la que trató a Arlene durante la breve charla, existía esa mutua tensión que no disminuía, sino que se hacía más insostenible con el paso de los días.

—Zack, Amy, ha sido un placer conoceros. Estamos en trámites de llevar la función al Senator de Baltimore y sería un honor contar con vuestra presencia. Arlene os lo hará saber con suficiente antelación. —Volvió a estrecharles las manos.

—El placer ha sido mutuo —respondió Zack con agrado—. No nos perderíamos la función en Baltimore por nada del mundo.

Dylan se marchó, dejando en el pecho de Arlene un desapacible vacío. Amy la rodeó por el brazo y acercó los labios a su oreja.

—¿Recuerdas cuando me dijiste que te sentías frustrada?

—Arlene asintió—. Pues esa no es la palabra que me viene a la cabeza después de lo que he visto. Yo diría que habéis cargado la atmósfera de una tensión sexual en la que por poco me ahogo. ¿Qué ocurre entre vosotros dos?

Arlene no sabía si lo llevaba en los genes o era un don que había desarrollado a raíz de escribir novelas románticas, pero tenía un sexto sentido infalible para detectar hasta las emociones más sutiles.

—Ahora no es el momento, Amy.

—Entonces esta noche, cuando lleguemos a tu casa. No me iré de Nueva York sin que me lo cuentes.

Juntos se dirigieron a la salida.

Pronto se desveló el motivo por el que Margot y tía Sheyla los acompañaron al café Financier, que estaba a un par de minutos a pie del teatro. Mientras se despojaban de las ropas de abrigo y saboreaban un té en torno a la mesa, Amy se frotó las manos y soltó la noticia que estaba deseando compartir desde que había llegado a Nueva York.

—Zack y yo nos casamos en primavera.

—¡Oh, Dios mío! —exclamó Arlene.

Margot se llevó una mano a los labios, como conmocionada, tía Sheyla sonrió de oreja a oreja y Arlene se unió a Amy en un abrazo jubiloso y saltarín que llamó la atención de todos los presentes. Luego abrazó a Zack con idéntica intensidad y emoción, felicitándolo por haber dado el paso de pedirle matrimonio.

—Madre mía, estoy tan contenta... ¿cuándo? —les preguntó, al tiempo que alisaba las arrugas que le había dejado a Zack en la camisa.

—En el mes de mayo —contestó él.

—Oh, ¡dame otro abrazo!

Y mientras los hermanos compartían su dicha, Amy se dirigió a las emocionadas y silenciosas mujeres.

—Nos gustaría muchísimo contar con vuestra presencia en la ceremonia —les hizo saber.

Amy se separó de Zack al escuchar las palabras de su futura cuñada y lo miró a los ojos con eterna gratitud y ternura. El estallido de alegría le había eclipsado la mente, pero ahora que empezaba a asimilar la maravillosa noticia, su cerebro se encargó de procesar la situación. Cuando Amy había invitado a Margot y

Sheyla a ir con ellos, jamás se le habría pasado por la cabeza que tuvieran la intención de anunciar su boda y mucho menos de invitarlas. Imaginaba que Amy se habría puesto pesada con ese tema y habría insistido una y mil veces hasta convencer a Zack.

Cómo hubiera ocurrido era lo de menos. Lo importante era que él contaba con que Margot asistiera al enlace.

Arlene se mordió los labios, la emoción le humedecía los ojos. Se puso de puntillas y acercó los labios a la oreja de su hermano.

—Gracias, Zack. Gracias.

—De nada —respondió con una sonrisa.

Él la abrazó y le dio un beso en la cabeza. Amy abrazaba a Margot que se enjugaba las abundantes lágrimas con un pañuelo de papel y tía Sheyla también sucumbió a la emoción y murmuró unas palabras de agradecimiento que Zack descifró en el movimiento de sus labios.

Fue el broche perfecto para una noche especial que continuó en una entretenida cena para tres en el Sette Mezzo y que se prolongó en su apartamento hasta altas horas de la madrugada. Mandaron a Zack a la cama que había preparado para ambos en el cuarto de invitados, y Amy y ella se quedaron compartiendo confidencias repantigadas en el sofá del salón.

No se guardó nada, le contó todo lo que había surgido entre Dylan y ella. La pasión, los sentimientos, los miedos que la impelían a aumentar las distancias, la decepción de él en la última conversación íntima que tuvieron… Si algo le gustaba de Amy era que no solía dar consejos sentimentales, pero siempre era grato escucharla hablar sobre esos temas porque sus reflexiones eran una equilibrada fusión entre lo que ordenaba la mente y lo que dictaba el corazón.

—Pero tú siempre te dejaste guiar por esto. —Arlene le señaló con el índice el centro del pecho.

—Que se me dé bien teorizar no implica que luego sea capaz de llevarlo a la práctica.

# Capítulo 17

*A* *Sadie* le gustaba viajar en coche. Al principio lo detestaba y se pasaba todo el camino acurrucada en su cesto con las orejas gachas, pero poco a poco se había habituado y ahora siempre solía ir sentada sobre los cuartos traseros y el pequeño hocico pegado al cristal del copiloto.

Solo iba a ausentarse de la ciudad una semana pero iba a echarla mucho de menos. Si el hotel hubiera admitido mascotas, la habría llevado consigo, aunque la pobre habría pasado muchas horas en soledad. Estaría mucho mejor con Margot y tía Sheyla. A las dos les encantaba *Sadie* aunque tenían una tendencia horrorosa a consentirla y darle comida fuera de sus horas habituales.

Esperaba que cuando regresara a Nueva York todavía conservara la silueta.

Le acarició el lomo al tiempo que hacía un giro para entrar en el jardín de la vivienda familiar.

Cargó con *Sadie* además de todos sus bártulos y sacó su propia llave para entrar en la casa. Cerró la puerta con el pie y se dirigió al salón. Lo que vio allí la dejó petrificada.

Tía Sheyla se estaba dando el lote con un hombre. Los dos sentados en el sofá, las bocas pegadas, las manazas del tipo pegadas en la cintura de su tía…

—Santo Dios —musitó Arlene, con los ojos desorbitados.

Quiso dar media vuelta y salir de puntillas sin ser vista, pero *Sadie* soltó un agudo ladrido y las miradas de la apasionada pareja se posaron en ella. Arlene se dio la vuelta rápidamente, muerta de vergüenza. Solo había sido un segundo pero mucho se temía que la escena se le iba a quedar grabada en la retina para siempre. A su espalda escuchó los murmullos ruborizados de Sheyla y las palabras incoherentes de Blake. Sí, seguro que se trataba de él, el gasolinero que tanto le gustaba y que tanto se había empeñado en negarlo. ¿Y dónde estaba su madre si podía saberse?

—Estoy… te espero en la cocina.

Arlene escapó hacia allí y se encerró en el interior para que *Sadie* no saliera a husmear. Abrió el frigorífico para servirse un zumo de melocotón que le engrasara la garganta reseca y aguardó a que su tía hiciera acto de presencia. Escuchó sus voces en el pasillo, alejándose hacia la puerta de la calle y luego todo quedó en silencio. Sheyla abrió la puerta de la cocina y la miró. El mohín que lucía era el mismo que tendría un niño travieso al que hubieran sorprendido metiendo la mano en la caja de las galletas.

—Todo tiene su explicación —aseguró.

—No es necesario que me expliques nada. Ya sé cómo funciona. Chica conoce a chico, se gustan y… suceden estas cosas. —Estaba más nerviosa que su tía. Bebió un trago de zumo—. Se trataba de Blake, ¿no?

—Sí, claro. No me voy fijando en los hombres a pares, cariño. Prométeme que no le dirás nada a tu madre. Le he estado negando que me gusta Blake todo este tiempo y si se entera se reirá de mí.

—¿Pero vas en serio con él? Porque si es así, Margot terminará enterándose.

—¿Ir en serio? ¿Pero qué estás diciendo, niña? —refunfuñó, al tiempo que también ella se servía un vaso de zumo. Se bebió la mitad de golpe—. No quiero nada formal con ningún hombre, no pienso lavarle los calzoncillos a nadie. Solo quiero algo de… diversión, ya me entiendes. Pero al terminar, él para su casa y yo para la mía. Prefiero convivir con esa vieja chocha que tienes por madre antes que con ningún hombre del mundo.

—Oh, claro. Claro que te entiendo. —Su cara debía de ser todo un poema. ¡Vaya con tía Sheyla!—. ¿Y qué tal… ha ido?

La mujer se encogió de hombros.

—Pues no creas que ha sido para ponerse a lanzar cohetes. Tu tío me besaba muchísimo mejor. Aquello sí que eran besos.

—Pues para no gustarte tus labios estaban… aplastados contra los de ese señor.

—Ya bueno, le estaba dando tiempo para ver si se animaba pero no ha habido forma. Parecía como si estuviera besando a un pez que boqueara porque le faltara el aire. ¿Sabes a qué me refiero?

Arlene arrugó la nariz y negó. Decidió que no quería saber nada más.

—¿Dónde está mamá?

—Se ha marchado a hacer unos recados —sonrió con malicia—. Ha ido a la joyería a ponerle una pila al reloj y a la mercería. No tardará en llegar. —Dejó el vaso ya vacío sobre la encimera y se agachó para coger a *Sadie*—. Así que la pequeñina va a quedarse con nosotras una semana, ¿verdad, preciosa?

—La besó en la cabeza y *Sadie* le propinó un lengüetazo en la mejilla.

—No se os ocurra malcriarla. —Se sacó un papel del bolsillo—. He confeccionado una serie de instrucciones sobre sus comidas, sus paseos y esa serie de cosas. Cualquier duda que tengáis me llamáis por teléfono, ¿de acuerdo?

—De acuerdo —soltó a la ligera, sin dejar de hacerle arrumacos—. Tú no te preocupes por nada y céntrate en lo tuyo. Échale el lazo a ese portento de hombre ahora que váis a estar encerrados en el mismo hotel. Seguro que él sí que besa de maravilla.

«No lo sabes bien».

Se oyó el ruido de la llave girando en la cerradura y Margot entró en la cocina con una bolsa de la mercería cargada de ovillos de lana y otros utensilios de costura.

Su madre tenía una sonrisa perenne en los labios desde la visita de Zack y Amy, parecía como si hubiera vuelto a nacer. Arlene tampoco podía sentirse más dichosa.

Se despidió de las dos mujeres y de *Sadie,* y les prometió que las llamaría todas las noches al finalizar la función.


Arlene llegó a Hudson Yards con veinte minutos de antelación. Ya era de noche, hacía un frío de mil demonios y una ligera neblina que se condensaba en la depresión del río Hudson humedecía el aire y volvía resbaladizo el asfalto. Se dirigió a la parada del autobús donde ya aguardaba el que los llevaría a

Boston y el amable conductor abrió el compartimento de las maletas para que introdujera la suya.

En el interior ya había unos cuantos pasajeros pero nadie de la compañía a excepción de Andrew. Se sonrieron y Arlene se acercó a él con la intención de sentarse a su lado. Nadie mejor que Andrew para compartir el viaje.

—¿Alguna vez has hecho esta ruta a Boston? —le preguntó él.

—No, nunca.

—Entonces te cedo mi sitio al lado de la ventanilla. Es de noche y nos vamos a perder las vistas de los bosques de Connecticut pero atravesaremos algunas ciudades como Hartford que son muy chulas. Te gustarán.

Arlene se acomodó en su asiento y le preguntó sobre cómo había ido el festejo de la última noche en el Astor Place. De eso hacía un par de días y no había vuelto a hablar con nadie del equipo desde entonces. Andrew le dijo que la había echado en falta porque nadie se animó a bailar con él, pero que pasaron un buen rato.

Le estaba contando algunas anécdotas cuando Sean, Emma, Edgar y Abigail subieron al autobús. Los dos útimos se sentaron casi al principio, bastante alejados, y Arlene se alegró de no tener que verle la cara a su compañera durante el trayecto. Esperaba que sus habitaciones en el hotel también estuvieran muy distanciadas, no le apetecía nada tener que cruzársela constantemente en los pasillos.

Dylan llegó el último.

Arlene sintió que la buscaba con la mirada y, cuando sus ojos se encontraron, Dylan hizo un leve conato de sonrisa. Ella se la devolvió. Oyó que Andrew le hablaba pero no entendió lo que le decía ya que sus sentidos estaban centrados en él. Continuó observándole mientras se despojaba de su abrigo y ocupaba uno de los asientos junto al pasillo, a unos tres metros de distancia. ¿Qué sentido tenía engañarse? No era con Andrew con quien le hubiera gustado compartir el viaje, sino con él, con Dylan.

Añoraba tanto la complicidad entre los dos que sentía un aguijonazo permanente de malestar en algún lugar indeterminado de su anatomía. O no tan indeterminado. Tenía ese lugar perfectamente localizado pero no quería pensar en ello.

Andrew le dio unos toquecitos con el brazo y Arlene bajó de su nube.

—¿Estás bien? —le preguntó.

—Claro, sí —sonrió—. Perfectamente.

El conductor puso en marcha el autobús y en los minutos siguientes cruzaron el paisaje urbano de Manhattan y del Bronx antes de tomar la interestatal. En el horizonte todavía se apreciaba una finísima línea púrpura que sitiaba una lejana zona montañosa, pero pronto fue noche cerrada. Por delante aguardaban cuatro horas y media de viaje, por lo que llegarían a Boston sobre las doce y media de la noche. Dylan había escogido viajar en ese horario para ensayar durante todo el día siguiente en el teatro Wheelock. El día anterior al estreno de una obra en un determinado teatro los ensayos siempre eran extenuantes, así que les aguardaba una larga y ardua sesión de trabajo.

Habló de ello con Andrew durante un buen rato y, agotado ese tema, se adentraron en otros tales como Boston y sus lugares de interés. Arlene le confesó que nunca había visitado la ciudad y él le prometió que harían turismo y se la enseñaría.

—A no ser que tengas otros planes, claro.

—Mis únicos planes son trabajar.

A él le agradó escuchar aquello. Andrew se había dado cuenta de que su relación con Dylan había cambiado y, desde entonces, notaba que estaba mucho más pendiente de ella. Arlene agradecía contar con su apoyo, necesitaba un amigo dentro de la compañía, alguien con quien desahogarse cuando Abigail y sus acólitos se lo hacían pasar mal.

Los murmullos de las diferentes conversaciones fueron bajando de intensidad conforme transcurrían las horas. Algunos pasajeros dormitaban, otros leían y unos pocos sacaban de sus mochilas sándwiches y refrescos. Dylan escuchaba algo en su teléfono móvil, ya que tenía los auriculares puestos y desde las primeras filas le llegaban los airados cuchicheos de Abigail. Parecía estar echándole la bronca a Charley.

—No entiendo cómo Charley la aguanta, yo me hubiera divorciado de ella hace mucho tiempo. Qué demonios, ni siquiera me habría casado con una mujer tan insoportable —comentó Andrew por lo bajo.

—Debe de estar muy enamorado de ella.

—¿Amor? A mí me parece que lo de Charley raya la obsesión. No entiendo su relación de otro modo.

Arlene se mostró de acuerdo. El amor era incompatible con las faltas de respeto.

Eran las once pasadas cuando Dylan se puso en pie. Estiró los músculos de la espalda y luego avanzó por el estrecho pasillo. Se detuvo junto a sus asientos. Arlene se había acomodado con la intención de dar una cabezada, pero se irguió y se aclaró la garganta al verlo allí plantado. A su lado, su compañero echaba una partida a un juego de cartas que llevaba instalado en el móvil.

—Andrew, ¿te importaría cambiarme el sitio durante un rato? Tengo que hablar en privado con Arlene.

—No, claro que no.

Andrew se levantó e intercambiaron posiciones. Dylan tomó asiento y dejó el móvil y los auriculares sobre su regazo. Los dos se quedaron mirándose. La oscuridad reinante en el interior del autobús suavizaba los rasgos de ambos, pero no así el intenso azul de los ojos de Dylan.

—¿Te disponías a dormir un poco?

—Sí, aunque no creo que lo hubiera conseguido porque me cuesta quedarme dormida en los viajes. Suelo distraerme contemplando el paisaje pero todo está tan oscuro... ¿De qué querías hablarme?

—Tengo algo para ti —le dijo en susurros. Dylan se inclinó sobre ella e invadió su espacio vital. Su antebrazo rozó el suyo sobre el reposabrazos y su aliento cálido le acarició el rostro. Arlene resistió el impulso de mirarle los labios—. Brendan me ha pasado esta tarde la ampliación del guion y ha compuesto un par de temas que suenan fabulosos. Los tengo en el móvil y quiero que los escuches.

—¿Ahora? —preguntó con contenida excitación.

—Ahora. —Le pasó los auriculares y Arlene se los colocó en los oídos con ademán impaciente—. Pensé que tardaría más tiempo en tenerlo listo, pero este tío es un *crack* y en menos de una semana ha preparado todo el trabajo. Cuando se lo comenté le pareció una idea excelente y creo que su entusiasmo se nota bastante en sus composiciones. —Miró a su alrededor para asegurarse de que nadie de la compañía escuchaba la conversación—. ¿Estás lista?

—Desde luego —manifestó.

Brendan tenía un grupo con el que acostumbraba a tocar en bares y clubes nocturnos interpretando canciones de su propia cosecha así como versiones de grandes clásicos de Bon Jovi o Bruce Springsteen. Lo hacía como afición porque él se ganaba la vida como guionista y compositor de obras musicales, aunque algunas de sus composiciones también sonaban en anuncios publicitarios. Siempre solía echar mano de sus compañeros músicos para trabajar sus temas en el estudio, así que cuando Dylan puso en marcha el reproductor Arlene escuchó dos canciones que ya sonaban con los arreglos finales, tal cual sonarían durante las funciones.

Dylan la observó con atención, pendiente de las reacciones que le provocaba la música. El rastro de cansancio se evaporó y sus facciones se despejaron. Movió los pies siguiendo el compás de la batería, los dedos largos y delgados tamborilearon sobre sus muslos enfundados en unos vaqueros oscuros, y sus labios se atrevieron a seguir la pegadiza letra del estribillo. Las canciones le estaban entusiasmando y a él le encantó presenciar su alegría, un tanto marchita en los últimas días.

Al terminar la escucha, se mordió el labio inferior y esbozó una sonrisa espléndida.

—¡Son increíbles! —reconoció con excesiva vehemencia. Se llevó la yema de los dedos a la boca al comprender su torpeza—. Son increíbles —repitió, mucho más bajito.

Sus grandes ojos castaños lo miraron de ese modo penetrante que lo embrujaban. Tenía unos ojos preciosos.

—Sabía que te gustarían. Te las pasaré y así podrás ir escuchándolas durante estos días. También tengo el guion, me ha dado tiempo a fotocopiarlo. Ahora tienes más partes habladas junto a Andrew. Nos hemos visto obligados a aumentar su participación para que no hicieras un monólogo. Eso no te habría gustado.

—Me conoces bien —asintió—. Andrew va a ponerse muy contento. ¿Cuándo tienes previsto comentarlo con el resto?

—Mañana por la tarde, después de los ensayos.

—Ufff —resopló—. Estaré preparada para lo que pueda ocurrir.

—Lo único que va a ocurrir es que dentro de un par de meses cerraremos nuevas fechas y presentaremos una función diferente, mucho más atractiva y contigo encabezando el cartel. —Le rozó la mano y ella no la retiró—. Tú, Andrew y yo tendremos que aumenar la jornada laboral. Al menos una hora más al día.

—Pues la aumentaremos.

—Bien. —Dylan le cubrió la mano y se la apretó ligeramente.

—Bien —afirmó ella.

Se quedaron en silencio.

—Bueno, le diré a Andrew que puede regresar a su sitio.

—Espera. —Posó la mano en su antebrazo y lo retuvo—. Mira hacia allí.

Andrew se había quedado durmiendo con la cabeza colgando en un ángulo atroz. Como no cambiara de postura sufriría una terrible tortícolis cuando despertara.

—No me lo puedo creer, pero si solo son las once de la noche —murmuró Dylan.

—Me ha contado que se ha levantado a las cinco de la mañana porque su vecino se ha puesto a hacer agujeros en la pared. No lo despiertes, quédate aquí si quieres.

Pretendió que su invitación resultara natural, pero Arlene se dio cuenta de que su voz sonó excesivamente sedosa y de que se lo quedó mirando sin poder esconder el deseo de que no se fuera, con independencia de si Andrew dormía o no. Él descifró todas las señales que le enviaba y asintió de buen grado sin esconder las suyas. Quería estar con ella, aquella manera de evitarse era una auténtica estupidez que no los satisfacía a ninguno de los dos.

—¿Qué tal la cena con tu familia? —Volvió a reclinar la espalda.

—Estupenda. Zack y Amy nos dieron una gran noticia. Se casarán en primavera.

—¿En serio? Felicítalos de mi parte. Me cayeron muy bien.

—Se lo diré. Tú también les caíste bien. —Un acceso de timidez le ruborizó las mejillas—. ¿De verdad iremos a Baltimore?

—Es muy problable, Joel está trabajando en ello. Pero sería

para dentro de un par de meses, las fechas del primer trimestre están cerradas.

—Excepto las del Soho Playhouse… —admitió, mostrando preocupación.

—Joel está negociándolas con otro teatro. No hay nada de lo que preocuparse, a veces ocurren estas cosas.

—Sé que no debo inmiscuirme en temas de negocios y jamás te preguntaría por el motivo de la cancelación de no ser porque… —Apoyó la cabeza sobre el asiento para quedar más cerca de él y asegurarse de que fuera imposible que alguien los escuchara—. ¿Peter está detrás de ello?

Las sombras dulcificaban sus líneas gestuales pero en aquel momento se tensaron, revelándole a Dylan que la falta de noticias no había sacado a Covert de sus pensamientos más inquietantes. ¿De qué habría servido contarle la verdad? No existía un motivo de peso para preocuparla innecesariamente.

—No, él no ha tenido nada que ver. Solo son discrepancias entre profesionales del sector.

Ella no se quedó del todo convencida, pero insistir habría sido una pérdida de tiempo. Soltó el aire con lentitud y relajó la postura. El conductor hizo un giro y el paisaje nocturno cambió.

—¿Qué es aquello?

Señaló el exterior y él se inclinó para poder ver la extensa planicie de luces que brillaba en la lejanía. Dejó el cuello a su alcance y Arlene sintió el deseo irrefrenable de acercar los labios y deslizarlos por su piel caliente. Su sabor no iba a olvidársele nunca. Apretó los ojos para sacarse esa imagen de la cabeza.

—Por la hora que es supongo que se trata de Hartford.

En realidad, a ella le era indiferente la ciudad de la que se tratase, su pregunta solo había sido una distracción que le permitió reunir el valor para abordar el tema que la preocupaba.

—Dylan… —Él volvió a su posición—. Siento mucho lo que dije el otro día. Me siento fatal desde entonces.

—No pasa nada. Yo soy el primero en soltar cosas de las que luego me arrepiento.

—Pero te juzgué en base a las habladurías, algo que tú no hiciste conmigo.

—Voy a decirte algo. Es mucho más fácil creerse que yo soy un mujeriego que tragarse que tú eres una ladrona. Aunque ninguna de las dos cosas sea cierta.

A ella se le distendieron los labios.

—Aun con todo, lo lamento.

Él hizo un gesto de asentimiento. Hacía días le había negado su versión sobre los cuchicheos que deambulaban entre bambalinas, pero la subyugante intimidad de aquel espacio oscuro y reducido lo animó a profundizar en el tema.

—No soy de esos tíos que van saltando de cama en cama porque huyan de las implicaciones afectivas. He estado con unas cuantas mujeres, ni siquiera tantas como insinúan por ahí, pero no nos hemos aportado nada especial y por eso cada uno ha seguido su camino.

—Me resulta difícil creer que tú no les hayas aportado nada especial.

Dylan rozó su mano. Caricias furtivas, sutiles, pero rebosantes de abrumadoras sensaciones.

—Estos días te he echado de menos.

—Yo a ti... también.

Dylan hizo una pausa.

—Estoy poniendo todo mi empeño en centrarme en el trabajo y considerarte como a un miembro más de la compañía pero no está funcionando. —Sus pupilas se acariciaron con la misma dulce intensidad con la que se tocaban las manos. Arlene sintió que le faltaba el aire—. Y creo que tú tampoco puedes manejarlo. ¿Me equivoco?

Arlene no dijo nada pero su silencio fue determinante.

—Voy a seguir intentando respetar tu postura pero se me está haciendo jodidamente difícil, así que... no puedo prometértelo.

—Dylan, yo...

—Shhhttt. No es necesario que ahora digas nada. Esperemos a ver qué ocurre.

Arlene emitió un suspiro quebradizo y se quedó mirando las luces titilantes hacia las que el autobús se aproximaba.

Tuvo miedo, y el miedo le produjo vértigo. Se sintió como si enfilara una cuesta abajo tras el volante de un coche al que le fallaran los frenos. ¿Cuándo había sucedido? ¿En qué momento la atracción y la admiración se habían convertido en amor? No podía señalar un instante determinado porque cada minuto del tiempo que había pasado a su lado la había enamorado lenta pero constantemente, como una droga suave pero efectiva que se le había ido metiendo poco a poco debajo de la piel.

Asustada, apretó los dedos sobre el plástico del reposabrazos.

La palabra *amor* zarandeó como un terremoto a gran escala el equilibrio emocional que tanto le había costado recuperar. Los síntomas eran claros: el nudo en el estómago, las palmas de las manos sudadas, el corazón palpitante... No quería estar enamorada de Dylan pero ¿acaso era una elección? Tenía la sensación de que nunca lo había sido.

La interestatal se internó en las afueras de Boston y las potentes luces de la autopista inundaron el interior del autobús. Tanto a izquierda como a derecha comenzaron a aparecer altos edificios y sólidas construcciones que seguían la ribera del río Charles. Pronto penetraron en el corazón de la ciudad y Arlene observó el recorrido turístico aunque no con el interés que le habría puesto en condiciones normales.

Desde la terminal de la estación Sur tomaron el metro hasta Fenway. El hotel y el teatro Wheelock se encontraban a unos quince minutos a pie, en un área tranquila y ajardinada del vecindario a la que llamaban Esmerald Necklace.

Muerta de cansancio, abrió la maleta para sacar su pijama y se metió bajo el edredón de su cama de estilo victoriano con la intención de desconectar la mente y dormir como un bebé. Aunque no fue tan sencillo. Por fortuna, la habitación de Abigail no se hallaba en la misma planta, pero la de Dylan estaba contigua a la suya. Si daba unos golpecitos en la pared él podría responderle de inmediato.

Se apostaba el cuello a que él lo había querido así cuando acudió al mostrador de recepción para registrar la reserva.

# Capítulo 18

*D*ylan exprimió al máximo el primer día de ensayos en el Wheelock. El escenario lucía desangelado a falta de que Charley montara toda la escenografía e iluminación pero, aun así, solo hicieron un breve descanso para ir a comer a un restaurante cercano. A media tarde todo el mundo estaba cansado, pero no dio las sesiones por concluidas hasta estar bien seguro de que nadie cometía ni el más mínimo error del que pudiera apercibirse el espectador.

Cuando quedó satisfecho, se escuchó un suspiro exagerado y generalizado que reverberó en la platea escarlata. Cuando todos hicieron ademán de disgregarse para seguir sus propios planes, Dylan alzó una mano y frenó sus movimientos.

—Alto ahí, aún no he terminado. Hay algo que quiero comentaros. —Les pidió a Emma y a Sean que bajaran del escenario para que se reunieran con los demás en el patio de butacas. Él también descendió—. Tenía pensado contároslo mañana, cuando Joel, Henry y Charley estuvieran presentes, pero como a ellos no les afectará de igual modo que a vosotros he decidido anticiparos la noticia. —Los miró uno a uno antes de proseguir. Arlene estaba tensa y Abigail lo observaba expectante, como si se temiera escuchar algo que fuera a disgustarle. Los demás, simplemente, aguardaban a que hablara—. La obra va a sufrir algunas alteraciones de cara al próximo trimestre. Brendan, Joel y yo nos hemos reunido para discutirlo y los tres hemos llegado a la conclusión de que los nuevos cambios serán beneficiosos para todos nosotros. Ya tenemos el nuevo guion, es una versión más extensa de este y os va a afectar a algunos, en especial a Arlene. Y también a ti, Andrew.

—¿Qué quieres decir? —A Abigail se le dispararon todas las alarmas.

—Hemos ampliado la participación de Arlene en la obra.

—¿Ampliar? ¿Cuánto?

—Alrededor de veinte minutos —contestó con naturalidad.

—¿Veinte minutos? —inquirió Edgar, haciendo un rápido cálculo mental cuyo resultado le desagradó profundamente.

—En ese caso estará sobre el escenario tanto tiempo como Edgar y yo —protestó Abigail, como si Dylan no hubiera tenido en cuenta ese detalle.

—Sí, esa es la idea, que los tres seáis cabeza de cartel. Como ya os imaginaréis, ha sido una decisión basada en el éxito que estamos cosechando desde que Arlene se unió a la compañía. Por supuesto, no quiero que sintáis que os desmerezco, os necesito a cada uno de vosotros para que *Runaway* funcione, pero no podemos obviar que Arlene está aportando una especie de frescura que habíamos perdido en los últimos meses. Los cambios van a ser buenos para todos, somos un equipo.

Pero no todo el mundo compartía su entusiasmo. Abigail hacía esfuerzos denodados por no dejarse llevar por la cólera y a Edgar parecía que los ácidos del estómago se le hubieran subido a la garganta. Sean y Emma felicitaron a Arlene de un modo genuino y Andrew se mostró encantado con su suerte y con la de su compañera.

—Evidentemente, ella ya lo sabía, ¿no? —Abigail cruzó los brazos sobre el pecho. Dylan se percató de que la rabia hacía temblar sus dedos—. Tu «protegida» está al tanto de todo desde hace mucho tiempo, ¿verdad?

A él no le gustó su tono despreciativo.

—Abigail, ten cuidado con lo que dices. Yo no protejo a nadie, todos sois igual de importantes para mí, del primero al último.

—Con la diferencia de que a ella te la... —Frenó a tiempo, consciente de que si dejaba escapar el comentario que le bailaba en la punta de la lengua, Dylan podría ponerla de patitas en la calle.

—¿Cómo dices? —Él la fulminó con la mirada.

—Nada, no he dicho nada —se defendió—. Pero esto es totalmente... ¡injusto! A Edgar y a mí nos han salido los dientes encima de un escenario, nuestra carrera ha estado plagada de éxitos, ¡hemos sido las estrellas principales de varios musicales en Broadway! ¿Y tú le das el mismo valor a esta recién llegada que no había pisado el escenario de un teatro en su vida hasta que la reclustaste sabe Dios por qué?

Se hizo un silencio tenso y embarazoso por parte de todos. Dylan podría haber encarado la discusión de dos maneras completamente distintas, pero se decantó por ser conciliador. No podía arriesgarse a que en uno de esos ataques de enfermizos celos decidiera marcharse y dejarlos colgados en medio de una gira, pero su actitud estaba llegando a un punto que rebasaba los límites de su paciencia. Comenzaba a plantearse prescidir de ella una vez finalizara el trimestre.

—Por esa razón os escogí, porque sois grandes profesionales. En cuanto a Arlene, ¿vosotros estáis de acuerdo con Abigail? —les preguntó a sus compañeros. Todos negaron excepto Edgar—. Ahí tienes la respuesta. Puede que sea una recién llegada, ¿pero eso qué importa si ha demostrado estar muy por encima de lo que se le exige? —Miró a Arlene, que se mantenía al margen del conflicto. Su incomodidad era palpable, parecía desear que se abriera un socavón bajo sus pies y la engullera—. En lugar de tomaros la situación como una amenaza, deberiais alegraros de que la obra esté funcionando de maravilla. Lo que es bueno para ella, es bueno para todos.

Por muy lógico que fuera su discurso, no caló en Abigail. Su ego la cegaba tanto que le impedía razonar. No obstante, no profirió más réplicas, se mordió la lengua y se tragó todas las envenenadas protestas que le salían por los ojos.

—¿Has terminado ya? —inquirió.

—Sí. He concluido —contestó, con la misma impertinencia que ella—. Si nadie tiene nada más que decir, os veo mañana por la tarde. Descansad todo lo que podáis y cuidaros las voces, no quiero sorpresas desagradables.

Abigail abandonó el teatro acuchillando la moqueta de los pasillos con sus afilados tacones. Edgar le dio alcance cuando atravesaba la puerta al exterior.

Una vez liberados de la presión que la actriz ejercía sobre el elenco, Andrew, Emma y Sean felicitaron a Arlene con el cariño que se merecía, aunque el desagradable conflicto había opacado los ánimos. Los cuatro echaron a andar hacia la salida mientras Dylan atendía una llamada de su móvil. Era Carly. Samantha se había empeñado en hablar con él para contarle un sueño que había tenido a la hora de la siesta en el que él era el protagonista. Al fondo, desde la puerta exterior, Arlene se volvió para buscarle y Dylan alzó la mano y le sonrió. Ella le devolvió un mohín rígido que estaba cargado de preocupaciones. Intentaría que hablaran más tarde.

—¿Así que has soñado conmigo, pequeñaja? Espero que haya sido un buen sueño.

Abigail lo había sacado de quicio pero la conversación con su sobrina le atemperó los nervios.

Lo esperó despierta. Se había desahogado largo y tendido durante la cena con Edgar, pero no había sido suficiente. Su compañero estaba tan indignado como ella pero asumía la situación con una patética resignación que a punto estuvo de cortarle la digestión. ¡Esa palabra no formaba parte de su vocabulario!

Nada más llegar al hotel intentó hablar con Peter, pero su buzón de voz saltó una y otra vez, de modo que arrojó el móvil contra la cama con todas sus fuerzas. Nunca estaba cuando se le necesitaba, ¡maldito fuera! Dio vueltas y más vueltas por la habitación hasta que poco antes de la una de la madrugada Charley entró con aspecto cansado, tirando de su maleta con ruedas.

Su querido esposo enseguida supo que sucedía algo terrible porque se quedó plantado junto a la puerta y no se acercó a darle el acostumbrado beso en los labios.

—¿Qué sucede, amor mío? ¿Estás bien?

Abigail tenía la melena despeinada, como si se hubiera peleado con un animal salvaje, y sus ojos lanzaban esquirlas de hielo verde.

—No, ¡no estoy bien! ¿Dónde está Henry?

—Al final del pasillo, acabo de dejarle…

—¡Pues dile que venga!

—¿Es tan grave?

—Es peor que grave, ¡vamos!

Al momento, los tres estaban reunidos en la habitación. Abigail continuó dando vueltas entre los vetustos muebles victorianos, con la bata de seda arremolinándose en torno a las piernas cada vez que realizaba un giro brusco. Charley la observaba sentado a los pies de la cama, con las manos apoyadas en las rodillas, y Henry se quedó de pie junto al armario empotrado. La cara del maquillador se fue convirtiendo en una máscara a punto de resquebrajarse conforme escuchaba el airado e inacabable discurso de Abigail, incluso el tono rubio de su pelo pareció decolorarse. Si no fuera gay, Charley también habría llegado a la conclusión de que se estaba tirando a su esposa. Sin embargo, esa especie de obsesión que sentía por ella era mucho más íntima y personal que el sexo. La clase de obsesión que convertía los defectos de la otra persona en virtudes. Él mismo asumía que su amor por Abigail era insano.

—No me lo puedo creer. ¡Qué hijo de la gran puta es Dylan Jansen! —blasfemó Henry, colérico—. No te mereces esto, preciosa, no puedes consentir tantos desplantes cuando eres tú la absoluta e indiscutible estrella del espectáculo. Estoy tan indignado… Esa mojigata, con esa carita de no haber roto un plato en su vida, es de las que se follan a cualquiera para que las ayuden en sus carreras. Y además ha tenido suerte porque, ¿quién no quiere follarse a Dylan? ¡Maldita furcia!

—Sssshhhtttt, bajad el tono de voz —masculló Charley—. Aunque estamos en otra planta, el hotel es pequeño y podrían escucharnos.

—No estamos diciendo nada que no sea cierto —le espetó Abigail.

—Y yo que pensaba que el trato de favor que se le dio a Karen era injusto. —Henry meneó la cabeza y la coleta se le balanceó sobre los hombros—. No podemos quedarnos de brazos cruzados.

—Creo que Joel llega mañana, en cuanto tenga oportunidad hablaré con él y le dejaré las cosas bien claras.

—¿Y crees que va a hacerte caso? Él siempre se pondrá de parte de Dylan. Son socios, cuñados y amigos —objetó Charley.

—Pero Joel me valora mucho más que nuestro querido director y todo el mundo tiene un punto débil, hasta el más fuerte.

—¿A qué te refieres? ¿Qué punto débil? —preguntó Henry.

—Son cosas mías.

—¿Cosas tuyas? —Charley elevó las cejas—. Escuchad, ¿por qué no continuamos la conversación en otro momento? Estoy cansado y necesito dormir. Mañana me espera un duro día de trabajo. Hay que montar todo el tinglado.

—Hablas como si tus asuntos fueran más importantes que los míos. ¿Cómo puedes dormir tan plácidamente después de lo que te he contado? —lo acusó con las mejillas encarnadas.

—No es eso, ¿pero qué pretendes que hagamos en este momento?

—¡Dios! —Malhumorada, se pasó las manos por la revuelta melena—. A veces me sacas de quicio.

Charley agachó la cabeza y se ocupó de desabrocharse los cordones de los zapatos mientras su esposa acompañaba a Henry a la puerta.

—Intenta tranquilizarte, cariño. Encontraremos el modo de volver a darte tu lugar, esto no puede quedar así. Arlene no va a salirse con la suya.

—Cuánto te agradezco tu apoyo.

Abigail cayó en brazos de Henry y los dos se fundieron en un fuerte abrazo. A Charley la estampa le revolvió las tripas. Hiciera lo que hiciera o dijese lo que dijese, nunca era suficiente para ella. Ya estaba metido en la cama cuando Abigail cerró la puerta y se reunió con él. Se quitó la bata con ademanes bruscos y se coló bajo las sábanas. Le dio la espalda y alargó el brazo para apagar la luz del aplique que había al lado de la cama.

Estaba muy enfadada, conocía a su esposa y si intentaba tocarla en ese momento sacaría las garras. Aun así, Charley se aventuró y le dio un beso en el hombro desnudo a la vez que se acurrucaba contra su cuerpo y le rodeaba la cintura.

—No estoy de humor. Será mejor que te apartes y te pongas a dormir si tan cansado estás como dices.

—Quiero que hagamos las paces, cariño. Ya sabes que no soporto que estemos enfadados.

—Haberlo pensado antes de minimizar mis problemas.

—No los he minimizado. —Volvió a besar la piel suave de su hombro—. Es solo que esta noche no podemos hacer gran cosa, los ánimos están demasiado caldeados. Mañana tendremos la cabeza más fría para pensar cómo atajar el problema. Estoy seguro de que si lo hablamos con Dylan en privado y nos comportamos como personas civilizadas, lograremos que entienda que lo que está haciendo es darte una puñalada por la espalda en toda regla.

—¿Hablarlo como personas civilizadas? —Se revolvió como una serpiente y clavó sus coléricos ojos en él—. ¿Acaso no te has dado cuenta de que esa... puta despreciable ha convertido a Dylan en su marioneta?

—Intentaremos abrirle los ojos —argumentó.

—¡Oh ya está bien! Deja de decir gilipolleces y quita esa manaza de ahí. No pienso tener sexo contigo, ¿no ves que tu esposa se siente pisoteada, puñetero egoísta?

Charley le acarició una vena que se le había hinchado en la sien mientras disfrutaba en silencio de otro de esos momentos de rebeldía. Cómo le hubiera gustado tener el valor de espetarle a la cara que Arlene Sanders era mejor que ella y que se merecía ser la estrella principal de la función. ¿Pero qué clase de esposo sería si arremetiera tan cruelmente contra ella? La quería, la amaba más de lo que podía expresar con palabras, y su deber era cuidarla, contentarla y decirle todo lo que ella deseaba escuchar.

Él sí que era una marioneta en sus manos. Pero no le importaba.


Poco a poco, las frías temperaturas del exterior le fueron templando la sangre y descongestionando el cerebro. Ya hacía rato que contemplaba la noche cerrada de Boston desde el pequeño balcón de su habitación del hotel. Apenas había tráfico en la calle Beacon a esas horas tan tardías, así que los únicos sonidos que le llegaban eran los del viento azotando las hojas de la zona arbolada que había enfrente.

Y los que producían los engranajes de su mente hiperactiva. Tenía un montón de frentes abiertos.

Había subido a su habitación desde el restaurante del hotel con los ánimos muy caldeados. Enfrentarse a Abigail no le preocupaba en exceso, pero discutir con Joel sí que le dejaba un poso de malestar del que luego le costaba desprenderse. Su cuñado lo había telefoneado cuando se tomaba una solitaria copa en el bar, después de la cena. Aunque pensaba tratar el tema cuando Joel llegara a Boston, sus preguntas fueron tan directas que Dylan se vio en la obligación de contarle cómo había discurrido la controversia.

—Ya te avisé de que Abigail no lo encajaría. Ahora mismo nos tiene agarrados por los huevos y si quisiera jodernos no tendría más que abandonar unas horas antes del estreno y dejarnos con el culo al aire —le había soltado, con ademán acusatorio.

—No abandonará.

—No deberías subestimarla.

—Si algún día decidiera marcharse, intentaría hacerlo por la puerta grande, con un comunicado de prensa en el que alegaría motivos que la hicieran quedar bien. A Abigail le importa su imagen por encima de cualquier cosa. ¿Qué crees que diría todo el mundo si nos dejara plantados de la noche a la mañana?

Sus argumentos no convencieron a Joel y terminaron la conversación con una seca despedida. Estaba empezando a hartarse seriamente de Abigail. Hasta la fecha había tolerado sus excentricidades, su mal genio y sus aires de grandeza porque era muy buena desempeñando su oficio, pero todo estaba llegando a un punto intolerable.

El buen ambiente de trabajo debía prevalecer sobre el resto de cuestiones pero tras el paréntesis de aparente camaradería que reinó mientras Ingrid estuvo en la compañía, este había vuelto a enrarecerse. Y eso que Abigail acababa de enterarse de que pronto tendría que compartir su trono con Arlene. No quería ni imaginarse cómo se comportaría de aquí en adelante.

Quisiera o no, no le iba a quedar más remedio que tomar medidas drásticas por el bien de todos.

Oyó sonidos de pisadas y murmullos camuflados tras la hilera de árboles que enfilaban la calle. Arlene y Andrew se hicieron visibles al llegar a la entrada suavemente iluminada del Beacon Townhouse Inn. Suponía que habían salido a cenar juntos porque no había visto a nadie de la compañía en el restaurante del hotel.

Ya no le preocupaba que Arlene pudiera desarrollar un interés romántico por Andrew. Estaba seguro de que las emociones que reflejaban sus ojos cada vez que ellos dos se miraban o se tocaban, no podía sentirlas por ningún otro hombre. Pero sí que le dolía la confianza que la unía a su compañero. Deseaba estar en su lugar. Quería ser él el que saliera a cenar con ella, el que recorriera las calles de Boston en su compañía, hablando de mil historias hasta que se les desgastara la suela de los zapatos. Quería escuchar su risa fuera de las paredes del teatro, y poder mirarla a los ojos sin que un montón de observadores estuvieran pendientes de los dos. Quería volver a besarla, a hacerle el amor y perderse en la tibieza embaucadora de su cuerpo.

Quería todas esas puñeteras cosas que ella le vetaba.

Relajó las manos cuando se dio cuenta de que apretaba fuertemente la madera de la barandilla. Su relación personal con Arlene le estaba empezando a afectar y se sentía extraño bajo su propia piel. ¿Qué demonios le estaba pasando?

«Que ella te aporta todo lo que necesitas de una mujer. Cierra el maldito capítulo».

La fotografía de Lizzie tamaño carné que todavía conservaba en el interior de su cartera pareció vibrar en el bolsillo trasero de sus vaqueros, pero Dylan lo ignoró.

Al cabo de unos minutos percibió un ruido a su derecha. La puerta del balcón contiguo se abrió y Arlene se asomó al exterior. Enseguida se dio cuenta de su presencia. A su rostro acudieron un montón de emociones contenidas.

—Oh, no esperaba que estuvieras aquí… Hace frío. —Se frotó los brazos cubiertos de lana azul. Llevaba un ceñido vestido de punto que hacía destacar la esbeltez de su silueta—. ¿Desde cuándo…?

—Desde hace un rato. —Ella hizo un gesto sutil pero definitivo, como si la hubieran pillado haciendo algo inapropiado—. ¿Dónde habéis ido a cenar?

—Hemos estado en el Rino's Place.

—Lo conozco. Los ravioli de langosta son deliciosos.

Dylan mostraba una actitud cordial que no enmascaraba su humor encrespado. Arlene guardó silencio y observó su perfil. Las manos metidas en los bolsillos de los vaqueros desgastados, los hombros rígidos y esa expresión severa e intimidatoria con la que escudriñaba las sombras de la avenida.

—¿Crees que me molesta que salgas con Andrew? —Dylan apoyó los antebrazos sobre la barandilla y cerró las manos.

—Yo... no lo sé, la verdad. Supongo que no.

—Entonces, ¿a qué viene esa cara?

—¿Qué cara? —musitó sin comprender.

Dylan sonrió entre dientes. Estaba cansado de ser siempre tan comprensivo con ella, ¡era un trabajo agotador! Además, ese día ya había consumido todas sus reservas de paciencia y no le quedaban energías para enfrascarse en una conversación que no los conduciría a ningún sitio. La miró a los ojos, grandes, oscuros como la noche y con un matiz de temor e incomprensión. Adoraba esa mirada. La adoraba a ella. Un sentimiento que acrecentó la irritante frustración que lo atosigaba en las últimas horas.

—Sería un hipócrita si te dijera que no me importa verte con él.

Arlene negó despacio.

—Andrew y yo solo somos...

—Amigos, ya lo sé, y te aseguro que no me causa ningún maldito problema —le espetó implacable—. Hasta que noto cómo me evitas.

—Yo no...

—Lo haces. En el autobús no tenías hacia dónde correr pero en terreno firme sigues rehuyéndome como si fuera un apestado. Cuando llegué al hotel te busqué, quería saber cómo te encontrabas, pero resulta que te habías largado a toda prisa para evitar encontrarte conmigo, ¿no es así? —Se irguió en toda su estatura. Apoyó una mano en la cadera, la otra apretando la madera, y la taladró con la mirada. Le dio la oportunidad de que lo negara pero Arlene se estaba poniendo tan nerviosa que no le salieron las palabras—. Mírame a los ojos y niégalo. ¡Vamos!

—Es lo... apropiado.

—¡Una mierda es lo apropiado! —farfulló furioso—. Te juro que si vuelvo a escuchar esa condenada palabra una sola vez más... —Se llevó las manos a las sienes, como si intentara neutralizar un ruido espantoso—. Deja de escudarte en el mismo argumento de siempre, me pone enfermo.

Arlene se aplastó contra un rincón del pequeño balcón y se llevó las manos a la boca cuando se percató de la locura que se proponía cometer. Sin un ápice de temor, Dylan se subió a la barandilla y, con la habilidad de un equilibrista, se sujetó con las manos a un saliente de la fachada y saltó el metro que separaba ambos balcones, colándose en el hueco reducido del suyo.

Sintió que el corazón se le subía a la garganta. Se quedó paralizada tras lo que acababa de presenciar pero por dentro temblaba como una hoja.

Ahora Dylan se erguía ante ella como una torre. La luz difusa le endurecía los rasgos y resaltaba la tenacidad de su mirada. Ofrecía su imagen menos amable, esa que todos temían cuando salían a escena y no hacían las cosas como él quería. Parecía un contenedor cargado de energía negativa. Y sexual. La miraba como si pretendiera devorarla de un momento a otro.

—¿Por qué has hecho eso? ¿Es que te has vuelto loco? —le regañó duramente—. ¿Y si llegas a caerte? —Le dio un manotazo en el pecho, sólido como la pared de ladrillo contra la que se estrujaba.

Él se la capturó y la dejó allí aprisionada. Los latidos le iban a mil, como los suyos, y el aire se cargó de tanta electricidad que se hizo irrespirable.

Dylan le colocó la mano a un lado de la cabeza y la obligó a levantarla empujando su barbilla con el pulgar. Dejó de sentir frío, su calor la abrasaba. No movió ni un solo músculo cuando él se inclinó y acercó su rostro hasta que los labios casi se rozaron. Arlene cerró los ojos por si aún estaba a tiempo de aferrarse al hilo de la lógica cada vez más quebradizo, pero no lo encontraba por ningún lado.

—Deja de luchar, Lene, es una pérdida de tiempo.

El aliento de su voz enronquecida y susurrante le debilitó las piernas. El roce de su barba sobre la mejilla le hizo ansiar un beso que no llegaba.

—Es demasiado… complicado —le imploró, con la voz rota.

—No lo es. —Deslizó los labios sobre los suyos pero pasó de largo, dejándola sedienta y desesperada. Le retiró el cabello y la besó en el cuello. A ella se le escapó un gemido delicioso—. Te deseo tanto…

Por fin acudió a su boca y la besó de un modo fiero y exigente. Su lengua la sometió con dureza, lamiendo, chupando, hostigándola hasta embriagarla de un deseo enfermizo que ya no podía ni quería controlar. Dylan se separó un milímetro, con ahogados jadeos respiraron el mismo aire espeso que apenas circulaba entre los dos.

—Es tan sencillo, cariño. ¿Lo ves? —Desplazó las manos hacia su delgada espalda y las deslizó por el firme arco de su columna vertebral. Llegó a sus nalgas y las apretó con fervor. Ella se deshizo en un suspiro placentero—. ¿Qué puede haber de inapropiado en esto?

Dylan inició otro beso, ahora lento y agonizante, mientras murmuraba que la deseaba de cien maneras distintas. Ella se sintió mareada. Los sentidos dejaron de responderle, solo atendían a su sabor, a su olor, al tacto de sus grandes manos que ahuecaban sus nalgas, provocándole regueros de fuego que la abrasaban. Le tocó los pectorales, músculos férreos y vigorosos que le hicieron desear cada milímetro de su cuerpo. Quería besarle, lamerle, morderle allí donde ninguna mujer había llegado jamás.

Le echó los brazos a los hombros y se arrimó contra él. Le besó con desesperación, probándolo desde todos los ángulos posibles, como si desde ninguno fuera suficiente. Entusiasmado por su febril reacción, Dylan la alzó del suelo, le dio una patada a la puerta entornada de la habitación y entró con ella a tientas. La cerró de la misma manera y apoyó a Arlene contra la pared.

# Capítulo 19

*D*ylan le alzó los brazos y deslizó el vestido por sus costados hasta quitárselo por la cabeza. Lo arrojó a un lado, el sujetador siguió el mismo destino y también se desprendió de su propio suéter. Arlene se peleó con el cinturón de sus vaqueros mientras él apoyaba las palmas de las manos contra la pared y le devoraba la boca con un implacable beso. Sus jadeos excitados alimentaron el silencio de la noche pero ninguno se preocupó de la insonoridad de las longevas paredes del hotel.

Arlene gruñó desesperada porque sus dedos patinaban sobre los botones de la bragueta de sus pantalones. Él le masajeó los senos e hizo rodar sus pezones erectos entre las yemas de sus dedos. Por fin desabrochó el último botón y arrastró los pantalones por sus estrechas caderas hasta donde las manos le llegaron. Dylan se apretó contra ella. Los dos ardían, los dos gimieron, los dos buscaron con desesperación la unión de sus sexos.

Él imitó el movimiento del acto sexual mientras le decía al oído lo que tenía pensado hacerle. Ella le apretó los glúteos pétreos y se restregó contra el protuberante miembro viril, provocándole con un hilo de voz ahogada.

Tiró de la cinturilla de sus bragas y cayeron al suelo al rebasar las rodillas. Dylan hundió dos dedos en la carne satinada y escurridiza. Frotó el canal inflamado y ella se agarró a sus hombros cuando la penetró hasta los nudillos.

Ahogó un sonoro jadeo contra su cuello, Dylan sintió sus pequeños dientes clavándose en su carne y entonces aceleró los movimientos. El acuoso sonido de los embates le mortificó, necesitaba enterrarse en ella y lo necesitaba ya. Arlene también. Metió los dedos impacientes bajo los bóxers y lidió con la tela elástica hasta que logró liberar el pene. Sus caricias ansiosas lo hicieron arder como una antorcha. Le tomó la cara entre las manos. Sus ojos oscuros estaban vidriosos, los labios hinchados y las mejillas encendidas. La besó, perfiló su boca con la lengua y luego abrió su palpitante intimidad para enterrarse en ella.

—Lene... ¿Qué me estás haciendo?

—¿Y tú a mí, Dylan? —El placer convirtió su voz en un quejido plañidero—. Siento que me falta el aire cuando... cuando no estás cerca.

Él le mostró una sonrisa que le fundió el corazón, y ella acudió a su boca para evitar que de la suya surgiera una declaración de sentimientos en toda regla.

Dios, lo amaba. ¡Lo amaba tanto!

Dylan le aferró las nalgas y marcó un sólido golpe de cadera. Ella estrechó el abrazo y aumentó la presión de los besos. Sus dedos le removían el cabello, su pelvis lo buscaba en cada arremetida y su lengua se restregaba famélica contra la de él. Pedía más, quería más, necesitaba más. Y Dylan se lo dio. La alzó del suelo sin salirse de ella y caminó hasta la cama. Los dos cayeron sobre el mullido colchón y los muelles chirriaron bajo su peso.

—Dylan...

Arlene le acarició la cara y luego descendió las manos sobre el musculoso torso que la vaporosa iluminación de la lamparilla bruñía. Su piel transpiraba, estaba ardiendo y sus ojos la observaban como dos llamas de gas a punto de explosionar.

Le alzó los muslos y le colocó las piernas alrededor de la cintura. Se tomó unos segundos para admirarla, para recrearse en la imagen subyugada y amorosa que ella le ofrecía. Era tan hermosa, tan deseable, tan encantadora... Quería que fuera suya, que le entregara su corazón. Y su alma.

Se perdió en su mirada oscura y ya no vio esa armadura con la que siempre se protegía de él. La intimidad que compartían no solo había desnudado sus cuerpos, sus pensamientos estaban expuestos y parecían revelar que ya le había entregado ambas cosas. Dylan sintió un repentino desasosiego en la boca del estómago.

Sus sentimientos por ella eran profundos y auténticos; pero ¿estaba preparado para responderle sin reservas?

No era el momento de plantearse cuestiones tan complicadas, así que se acopló encima y le enmarcó la cara entre las manos. Le gustaba mirarla mientras la penetraba. Le encantaba observar cómo se le dilataban las pupilas, cómo abría los labios para dejar escapar esos jadeos guturales que lo animaban a enardecer sus embestidas, cómo se le transformaba la expresión del rostro hasta que se le desencajaba de placer.

Giró con ella sobre el colchón y le dio un suave azote en las nalgas.

—Hazte con las riendas, cariño.

Arlene le dedicó una sonrisa de complaciencia.

Se irguió sobre su cuerpo, le plantó las manos en el pecho e inició un delicioso compás con el que dejó bien claro que sabía cómo satisfacer a un hombre. Dylan observó el espectáculo con la boca reseca. Los agitados movimientos de su sedosa melena, el temblor de sus senos, el vientre terso que se estremecía de gozo, su estrecha vagina que lo engullía, los gemidos de placer que la dejaban sin aliento… Arlene arqueó la garganta y Dylan hundió los dedos en la carne tersa de sus caderas.

—Oh, Dylan —gimoteó.

Al cabo de unos minutos estaba exhausta pero su excitación era tan salvaje que se movió más rápido, en busca del ansiado estallido de placer. Ella estaba muy cerca y él… él estaba a punto.

Giró sobre ella y la tumbó de espaldas. Saboreó sus labios con pasión, le susurró cuán loco lo volvía, enlazó las manos y empujó fuerte y duro, sin detenerse, sin respirar, hasta que oyó sus intensos sollozos de placer arrullándole los oídos. Luego siguió amándola hasta la extenuación, mientras recibía sus tiernas caricias en el rostro sudoroso. Dylan apretó los dientes y se derramó en su interior.


Sus piernas formaban una maraña bajo las sábanas y ella descansaba sobre su pecho. Su dedo índice trazaba círculos que arremolinaban el vello de sus pectorales, a la altura del corazón, y él le acariciaba distraídamente la columna vertebral. Estaban agotados, habían hecho el amor una segunda vez y ya eran las dos de la madrugada, pero ninguno conseguía conciliar el sueño.

No se atrevían a entorpecer la magia que flotaba en el ambiente.

Arlene se sentía como si hubiera encontrado su lugar en el mundo, junto a él, al lado de Dylan, pero sabía que esa sensación podía desvanecerse en cuanto alguno de los dos abriera la boca. Sin embargo, había tantas cosas que quería decirle, tantas dudas que necesitaba aclarar... Lo que menos le preocupaba era el tema con el que Dylan despejó el silencio.

—Lo hemos hecho sin protección. Dos veces.

—No estoy en esos días. Es cero probable que me quede embarazada —admitió, con la voz tan apagada que a él le costó escucharla.

—¿Y si sucediera?

Arlene resopló.

—Me moriría.

—¿No estás siendo exagerada? A mí no me importaría ser padre.

Ella alzó la cabeza y se lo quedó mirando con las cejas levemente arqueadas. Incrédula. Por el contrario, él estaba relajado, al igual que su voz.

—No voy a tomarte en serio. No es posible que digas eso cuando ni siquiera tenemos una relación de verdad.

—Eso puede cambiar cuando tú quieras.

—¿Y cómo se supone que lo manejaremos? ¿Tienes un plan?

—No pienso esconderme, Lene. Ese es el plan.

—¿Quieres decir que vamos a dejar de ser compañeros para mostrarnos a la gente como...? —No supo de qué manera calificarlo.

—Como nos mostramos cuando estamos en privado. —Una fuerte sacudida de emoción la dejó sin palabras—. Bueno, hasta donde podamos —sonrió.

—¿Hablas en serio? ¿De verdad deseas que lo nuestro... trascienda? —Él tenía la mitad del rostro casi en penumbra, pero la otra mitad sobre la que incidía la lánguida luz que habían dejado encendida constataba que no bromeaba—. ¿Y qué es lo nuestro?

—Haces demasiadas preguntas. —Se inclinó y le besó la punta de la nariz—. Deseo estar contigo, Arlene Sanders, y las reacciones ajenas me traen sin cuidado.

Aquello le caló en el corazón pero no era suficiente. No estaban en igualdad de condiciones. Con su arrebatadora insistencia Dylan se había antepuesto a sus prejuicios, consiguiendo que repitiera el mismo patrón que había destruido su vida un año atrás. Por fortuna, ambos hombres eran tan diferentes como la noche y el día. Sin embargo, él guardaba muchas cosas y ella no podía iniciar una relación con alguien que no había superado la antigua. Recordó cómo se había puesto a la defensiva cuando le nombró a Lizzie, y cómo le había pedido que se largara:

«¿Qué demonios sabe la gente de mi vida? Siempre he detestado que se hable sin tener ni puta idea de lo que se está diciendo. Vamos, vete a casa».

—Tengo más preguntas.

Él debió de detectar que iba a sacar un tema espinoso porque las comisuras de los labios se le tensaron perceptiblemente.

—Adelante.

—Háblame de Lizzie.

—¿Qué quieres saber?

—Todo lo que sea importante.

Dylan cambió el rumbo de su mirada y la posó en la puerta que daba al balcón. Se tomó un momento. Ella aguardó paciente.

—Desapareció hace dos años cuando hacía alpinismo en el monte Kathadin. Las autoridades rastrearon la zona durante días pero no hallaron su cuerpo y la dieron por muerta debido a que era imposible sobrevivir en circunstancias tan extremas. La acompañaba un… hombre. Lo encontraron despeñado sobre unas rocas, junto a la ribera del río. Se llamaba Roger Franklyn, un abogado de Manhattan, pero nunca tuve noticias de él hasta el accidente. —Su semblante se había ensombrecido y sus ojos reflejaban lo amargos que eran sus recuerdos. Volvió a mirarla—. Ella me había mentido. Me dijo que se marchaba el fin de semana a hacer alpinismo con unas amigas, pero lo que tenía planeado era una escapada con su amante.

—¿Cómo sabes que…?

—Él llevaba en su cartera unas fotografías bastante comprometedoras de los dos. La policía me las mostró.

—Debió de ser... —tragó saliva— espantoso. Lo siento mucho, Dylan.

—Lo fue. Llevábamos seis años juntos, íbamos a casarnos en unos meses. —Disfrazó su dolor bajo una sonrisa sardónica—. Nunca lo sospeché. Me quedé con tantas preguntas que hacerle... —Agitó la cabeza sobre la almohada y regresó al presente. La observó con una mirada cálida—. Nunca hablo de esto con nadie, ni siquiera con Carly.

Arlene inclinó la cabeza y le dio un beso en el pecho. Valoraba mucho que confiara en ella.

—¿Y cómo está ahora tu corazón?

—Mi corazón está bien pero todavía no me he... desprendido de toda la rabia. Yo la amaba y ella me demostraba que el sentimiento era recíproco. Desde entonces me siento como si toda nuestra relación hubiera sido una gran estafa.

—No estoy de acuerdo. Es normal que te sientas así pero estoy segura de que la mayor parte de esos seis años fueron reales.

—¿Cómo voy a saberlo? Él está muerto y ella desapareció. Jamás podré preguntárselo a ninguno de los dos. A menos que...

Dylan se interrumpió. Hablarle de Lizzie era incómodo pero desvelarle que había contratado los servicios de una agencia de detectives para que dieran con su paradero... pretendía que esa parcela tan privada de su vida continuara siéndolo. No quería hacerle daño a la gente que quería. Carly, sus padres... les habría parecido horrible. Hacía mucho tiempo, cuando todavía se mencionaba el tema, ellos también sufrieron su dolor. Su ira. Le pedían que la olvidara y que reconstruyera su vida pero él, sencillamente, no podía.

—A menos que... —repitió Arlene.

—Nada, olvídalo.

Dylan le acarició la mejilla y perfiló el contorno de su barbilla con ternura. Un fuerte amago de ese sentimiento tan intenso y genuino que le robaba el aliento se le instaló en el pecho mientras la observaba. Si de verdad quería comenzar algo estable con Arlene, ¿hacía bien ocultándole algo tan importante? ¿Sabría ella comprenderlo en el caso de que decidiera confesárselo?

Solo existía un modo de saberlo.

—A menos que la encuentre.

—¿Encontrarla? —inquirió confusa.

—Poco tiempo después del accidente contacté con una agencia de detectives privados. La policía había dicho que era prácticamente imposible que continuara viva pero… ¿y si se equivocaban? Necesitaba agotar todas las opciones y McHale gozaba de un gran prestigio localizando a personas desaparecidas.

—Y esos detectives, ¿la están buscando… ahora?

—Sí.

Dylan notó que algo se rompía dentro de ella. Se le desenfocó la mirada y perdió el espléndido rubor de las mejillas. A continuación, abandonó la cama, como si de repente no soportara estar a su lado ni que la viera desnuda. Dio un tirón de la sábana y se la enrolló por debajo de las axilas.

—Arlene, ¿qué haces?

—Creo que… deberías marcharte a tu habitación.

—¿Por qué no vuelves a tumbarte y lo hablamos? —Él también se incorporó.

—¿Qué más hay que añadir? —Se le había destemplado el cuerpo pero trató de guardar la compostura—. Tú guardas la esperanza de que ella regrese a tu vida y yo… —Se le hizo un nudo en la garganta, pero hizo una pausa y se lo tragó sin que se notara—. Yo tengo que seguir con la mía.

—No quiero que regrese a mi vida tal y como tú lo estás entendiendo. Lo único que he perseguido durante estos dos últimos años ha sido volver a tenerla delante para que me ofrezca repuestas. Para comprender por qué demonios estaba dispuesta a casarse conmigo si tenía una relación paralela con otro hombre. —Dylan se encendió, la rabia a la que había hecho referencia brotaba por todos los poros de su ser. Arlene apretó los labios y él se tomó un momento para recuperar la templanza—. Lo sé, soy un ser horrible por sufrir más su traición que su posible muerte pero nunca pude pasar ese duelo. —Se frotó la cara con las palmas de las manos. Cuando se la descubrió, Arlene caminaba despacio hacia la puerta del pequeño balcón. Tenía los hombros desplomados—. No pienso marcharme.

—Entonces me iré yo.

—No puedes ocupar mi habitación a menos que saltes por el balcón. He dejado la tarjeta en el interior.

—No estoy bromeando.

—Yo tampoco. —Estaba muy enfadada, y también dolida. Era la última persona del mundo a la que quería hacer daño. Salió desnudo de la cama y se acercó a ella. Arlene retrocedió un paso y evitó su mirada. Sus manos eran puños que apretaban la sábana contra su pecho—. No tiene nada que ver contigo, ni con lo que está naciendo entre tú y yo. Es solo un pesado lastre del que necesito liberarme. —Intentó tocarla pero volvió a retroceder—. Por favor...

—¿Y si nunca la encontraras? ¿Arrastrarías ese lastre de por vida? —Un efímero instante de titubeo y Arlene no le dejó responder—. Comprendo tu sufrimiento y ni mucho menos me pareces un ser horrible, pero tendrás que encontrar la manera de solventarlo tú solo porque yo no puedo... —Tomó aire, que entró entrecortado en sus pulmones—. No puedo competir con eso.

—No tienes que competir con ella, es contigo con quien quiero estar. —Acopló la mano sobre sus puños temblorosos y los apretó con suavidad—. Eres tú a quien elijo, Lene. Te quiero en mi vida porque me has devuelto la ilusión. Creía que había perdido la capacidad de... —Estuvo a punto de decirle lo que su corazón ya sabía, pero su mente todavía reticente censuró la confesión— volver a entusiasmarme por una mujer hasta que apareciste tú. No quiero perderte. —Ella negaba obstinada, cabizbaja, con el brillo de las lágrimas cubriéndole los ojos—. Llamaré a McHale tan pronto como amanezca y le diré que paralice la investigación.

—No, ni hablar. Tú no quieres hacerlo y yo no pienso permitir que actúes presionado por mí. No es la manera de solucionarlo, Dylan.

—Entonces, ¿qué demonios quieres que haga? —Soltó sus puños y acopló la mano en su cuello. La sintió estremecerse—. Dame una alternativa.

—Ya te la estoy dando. —Sus caricias y la ternura con que la miraba eran una constante amenaza al aplomo que se esforzaba por conservar—. Resuelve tus problemas, tómate el tiempo que necesites y cuando lo hayas hecho yo... seguramente estaré cerca.

—Detesto esa solución con todas mis fuerzas. —Su cuerpo esbelto, desnudo, viril, se acercó tanto que su fortaleza se agrietó. Dylan deslizó los dedos sobre su cabello y le ofreció una mirada repleta de emociones—. Piensa en otra cosa.

Durante un fugaz instante, el hipnótico azul de sus ojos la subyugó y Arlene deseó que la besara. ¿Pero luego qué? Su corazón estaba en grave peligro. Tenía que ponerlo a salvo porque Dylan podía rompérselo en tantos fragmentos que le costaría siglos volver a unir todas las piezas.

Rodeó su muñeca y presionó los dedos sobre su carne para que dejara de torturarla con sus caricias.

—Te quiero, Dylan. Estoy enamorada de ti —le dijo con franqueza, con un matiz de severidad que nacía de la gran impotencia que la oprimía—. Pero ya he sufrido bastante y no tengo fuerzas para involucrarme en otra relación complicada. —Apoyó la mano en el picaporte de la puerta del balcón y la abrió unos centímetros—. Tienes que marcharte.

Sus pupilas fijas en ella le horadaban el alma, y Arlene no pudo continuar mirándole.

Dylan sintió que el peso de todas sus frustraciones le caía sobre los hombros. Y pesaban como losas. Le había costado un gran esfuerzo ganarse su confianza, vencer sus miedos, romper su hermetismo... Y él acababa de estropearlo todo. Ella lo amaba, y él no tenía al alcance de la mano la manera de arreglarlo de inmediato.

No quería irse, tenía que quedarse allí para convencerla con tantos argumentos como fueran necesarios que necesitaba tenerla a su lado, pero sabía que ninguno la habría convencido.

—Yo también te quiero —le dijo.

A continuación, Dylan le dio la espalda y procedió a recoger sus ropas del suelo mientras ella sacaba fuerzas de flaqueza para no dejarse vencer por el nudo asfixiante que le estrangulaba la garganta.

Algunos minutos después, cuando se quedó en compañía de la agobiante soledad de su habitación, se dejó caer con abatimiento sobre las sábanas revueltas que olían a él y lloró desconsoladamente.

Υ

Abigail se mordía con nerviosismo la uña del pulgar frente a la fachada del Dunkin' Donuts mientras Peter trataba sin mucho éxito de tranquilizarla al otro lado del teléfono. La había llamado hacía un momento, cuando se hallaba al borde de un ataque de histeria tras leer la crítica del *Boston Globe* sobre la primera función en el Wheelock. Compartía mesa con Edgar, Henry y Charley, así que tuvo que abandonar el local para charlar en privado con él.

—Ya no quiero que vengas, Peter. ¿Cómo puedes ser tan egoísta? Te estoy contando que mi nombre solo se ha mencionado por encima en esa basura de crítica, y ¿tú me estás hablando de sexo? La elogian a ella, ¿entiendes? —Soltó un gruñido de impotencia a la par que se deshacía el peinado al pasarse la mano furiosamente sobre el flequillo—. ¡Y eso no es todo! ¿O es que te has olvidado de lo que te conté ayer? ¡En unos meses esa zorra arrogante me habrá robado el protagonismo!

Dos mujeres que paseaban por la calle se la quedaron mirando como si fuera una loca que acabara de escapar del manicomio. Abigail estuvo a punto de alzarles el dedo corazón.

—Ya te dije qué era lo que tenías que hacer, pero voy a ser mucho más explícito que ayer. Abandona la compañía y salva el culo, yo te ayudaré a encontrar otro papel, ya sabes que tengo muchos contactos.

—Me basto yo sola para buscar empleo, ¿o acaso insinúas lo contrario?

—¿Un papel protagonista? —inquirió con deje incrédulo.

—¡Por supuesto que sí! —bramó con rabia.

Peter se quedó callado al otro lado de la línea mientras su indignación crecía tanto que sintió el irreprimible impulso de lanzar el móvil a las vías adyacentes por las que transitaba el tren urbano.

—¿Y a qué demonios te refieres con que salve el culo?

—A que parece ser que el buen momento por el que atravesaba la compañía solo ha sido una falsa alarma o una especie de espejismo, ¿no te parece? Se están cancelando representaciones que ya estaban programadas.

—¿Y tú cómo estás al tanto de eso?

—Mis fuentes me mantienen al corriente de lo que se cuece en el mundillo del espectáculo. No es ningún secreto.

El tufo era tan intenso que le llegó a la nariz incluso a través de la línea.

—¿De qué hablasteis Dylan y tú hace unos días, cuando se presentó en tu despacho?

—Ya te lo dije, cariño. Vino a que le echara un cable. Necesitaba unas recomendaciones.

Sí, eso era lo que le había explicado y ella no lo había cuestionado, incluso aunque Dylan no fuera proclive a pedir favores. Eran tantos los empresarios que comenzaban en el negocio y que acudían a él en busca de apoyo… Sin embargo, los derroteros que estaba tomando la conversación, la coincidencia en el tiempo entre el encuentro de ambos hombres y la cancelación de las funciones, la llevaron a desarrollar ciertas sospechas sobre la veracidad de sus palabras.

—No habrás hecho todo lo contrario, ¿verdad? No habrás intentado… ¡boicotearle! —El tren urbano pasó raudo, alborotándole el cabello y los faldones del abrigo. Esperó a que cesara el ruido—. Ahora mismo odio a Dylan con todas mis fuerzas, pero este puñetero trabajo es el que me da de comer, y si me entero de que tú estás detrás de la cancelación de las fechas en el Soho Playhouse juro que te arrancaré las entrañas.

Peter rio de ese modo que la hacía sentir como si hubiera perdido el juicio.

—Por Dios, Abigail. Todo ese asunto de Arlene Sanders te está afectando seriamente. ¿Por qué iba a hacer yo tal cosa?

—¿Porque te gusta Arlene, tal vez? —inquirió con gran sarcasmo—. A ver si piensas que soy idiota. Te cambia el color de la cara y hasta te brillan los ojos de rabia cuando la menciono o la mencionas. Dijiste que era posible que hubieras trabajado con ella hacía mucho tiempo porque te sonaba su nombre, pero que no debió de ser significativo porque apenas la recordabas. ¿Pues sabes qué? Creo que mientes, que la recuerdas perfectamente, y que quieres joderla a ella jodiéndonos al resto. ¿Qué pasó? ¿Quisiste follártela e introducirla en tu círculo de perversiones y ella te rechazó? Ahora que recuerdo, Karen también se puso muy nerviosa aquel día que te presenté al equipo, ¿también te la tirabas a ella?

—¿Alguna vez alguien te ha dicho que tienes una imaginación prodigiosa? A lo mejor deberías plantearte dejar el teatro y dedicarte a escribir guiones para Hollywood. —Peter abandonó el tono conciliador—. No estás diciendo más que disparates sin sentido. Si siento rabia cuando la nombras es por todo el daño que te está haciendo.

—Entonces, si tantos contactos tienes como presumes, ¿por qué no haces todo lo que esté en tu mano por sacarla de la compañía?

Charley se asomó al escaparate del Dunkin' Donuts y Abigail relajó el semblante. Le hizo un gesto con la mano para comunicarle que enseguida se reunía con ellos. Charley asintió y volvió a desaparecer.

—Mi reina, ya sabes que tus deseos son órdenes, así que veré lo que puedo hacer.

Pero nada podía hacer sin que el resto del equipo se viera perjudicado. Jansen ya le había dejado bien claro que nada de lo que dijera en contra de Arlene lo haría dudar sobre su honestidad. Formaban un duo compacto, si quería eliminar a uno no le quedaba más remedio que eliminar al otro y, por ende, al resto de la compañía.

—Te estaría muy agradecida.

—¿Tanto como para replantearte lo de esta noche?

—No, no tanto. No estoy de humor para pensar en el sexo, joder.

—Pues precisamente es el sexo lo que necesitas para relajar esos nervios tan exaltados y analizar la situación con un poco más de frialdad —la reprendió con cariño—. ¿Sabes lo que me ha costado contratar a Elizabeth y convencerla de que viaje a Boston conmigo? Es una puta carísima y su agenda está ocupada de aquí al verano. Me ha hecho un enorme favor buscando un hueco para que los tres podamos vernos esta noche.

—Pues cancela la puñetera cita. ¡Te repito que tengo problemas urgentes que tengo que resolver cuanto antes! —Escuchó la respiración pesada de Peter al otro lado de la línea y pudo imaginarlo con los dientes apretados y con esa vena que se le hinchaba en la sien a punto de reventarle—. Además, ya sabes que cuando estoy cabreada aborrezco el sexo, así que si quieres que volvamos a vernos intenta hacer algo para ayudarme —le exigió con firmeza.

Sí, Peter lo sabía bien, por eso estuvo a punto de fundir el móvil entre los dedos de tan fuerte como lo apretaba. La historia volvía a repetirse.

—¡Ya tengo el hotel reservado, demonios! ¡Voy camino del aeropuerto!

—¡Pues fóllatela tú!

—Desde luego que voy a hacerlo, pero no sin ti. Llegaré a Boston en unas horas, como teníamos previsto, y lo hablaremos con tranquilidad.

Abigail cortó la llamada sin darle más explicaciones. Seguro que estaría lívido de furia porque odiaba que lo dejara con la palabra en la boca. Siempre había tenido mucho poder sobre los hombres gracias al precoz aprendizaje al que la sometió su madre, una prostituta del Bronx que ni siquiera sabía quién era su padre.

«Dentro de unos años serás una jovencita preciosa —solía decirle de niña—. Utiliza bien tus armas y obtendrás de los hombres todo cuanto desees».

Gwendolyn Lanscroft era una mujer muy sabia. ¡A su lado aprendió mucho más de lo que le enseñaron entre las paredes de las aulas! Su madre tenía razón y pronto descubrió que poseía una especie de imán que atraía a los hombres como moscas a la miel, así que se benefició de él para lograr todas sus metas. Se convirtió en toda una experta doblegando voluntades. Eran tan básicos... Además, también había aprendido a cubrirse bien las espaldas, pues una nunca podía fiarse de los hombres con los que se acostaba. Guardaba tanto material en casa que, prácticamente, podía destruir al que se le antojase. Les convenía estar a buenas con ella porque, llegado el caso, no le temblaría el pulso si necesitaba utilizarlo.

Abigail regresó al interior del establecimiento, interrumpió la estúpida conversación sobre fútbol que mantenían y volvió a convertirse en el centro de atención.

# Capítulo 20

*D*esde hacía rato permanecía en la misma posición, sentado sobre la cama de su habitación, con los antebrazos apoyados en las piernas y la mirada clavada en el suelo. Cuando debía sentirse feliz por la espectacular acogida que *Runaway* había cosechado en su primera noche de estreno, él andaba torturándose con asuntos que no le permitían disfrutar al cien por cien del éxito.

Entre los dos, todo se había reducido a saludos cordiales que enmascaraban el dolor, a cruces de palabras vacías que se ceñían al entorno laboral, a miradas huidizas que reflejaban su profundo desaliento... Había soñado que ella se alejaba de su vida para siempre y se había despertado empapado en sudor pese a que el clima de la habitación era frío al otro lado del edredón.

No soportaba la idea de perderla. Cuando pensaba en ello era como si alguien le apretara los pulmones hasta dejárselos sin aire. Nadie podía vivir sin oxígeno.

Se puso en pie y acudió junto a la puerta del balcón. Apoyó un brazo en el cristal y observó la fría mañana de Boston. Tras varios días de densos nubarrones y chubascos, el sol surgía perezosamente en un cielo despejado que inundaba de color el paisaje adyacente al hotel. La ciudad despertaba bulliciosa. Los primeros madrugadores ya asomaban a la calle y los vehículos comenzaban a llenar las calzadas paralelas a las vías del tren. Fenway tenía una apariencia distinta esa mañana pero Dylan tenía la sensación de estar contemplando un paisaje mustio y sin vida, como si contemplara una vieja fotografía en blanco y negro.

Su apreciación cambió cuando descubrió el gorro de lana de

múltiples colores moverse entre los árboles de la avenida. Arlene cruzaba la calzada con las manos hundidas en los bolsillos de su abrigo rojo y accedía al andén, donde el siguiente tren hacia el centro de la ciudad se disponía a salir de un momento a otro. Al verla desaparecer en el interior del vagón el día volvió a oscurecerse, como si ella acabara de llevarse la luz.

Le había dejado sin más opción que dejar pasar el tiempo pero él no estaba acostumbrado a verlo correr cruzado de brazos.

Miró el reloj de pulsera. Joel debía de estar a punto de llegar al hotel, ya que su avión aterrizaba a las ocho de la mañana, así que bajó al restaurante de la planta baja y escogió el desayuno del bufet.

Un buen rato después, pulverizó a Joel en el partido de *squash*, venciéndole con una ventaja de ocho puntos. Los dos eran buenos jugadores, unas veces ganaba él y otras Joel, pero ese día nada podía hacer su cuñado para equipararse a sus potentes golpes de raqueta. Canalizó toda la frustración en el juego. Apaleó la pelota como si quisiera destrozarla en mil pedazos contra la pared frontal. Con cada golpe parecía liberarse de una parte de esa energía corrosiva que se adueñaba de él, así que golpeó y golpeó con todas sus fuerzas, moviéndose con una agilidad imparable, sin darle tregua a su compañero.

Machacar a Joel le hizo sentirse un poco mejor.

Al terminar, su cuñado cayó rendido sobre la pista de juego y quedó extendido cuan largo era, sin aliento, sudando la gota gorda, rojo como un tomate. Dylan apoyó las manos en las rodillas y recuperó el aire.

—Joder, ¿qué demonios os dan de desayunar en ese puñetero hotel? —preguntó al cabo de un rato, con el pecho todavía agitado—. ¿O acaso has tenido un mal despertar y has querido pagarlo conmigo?

Dylan sonrió entre dientes y se acercó para tenderle una mano. Joel se la agarró y se puso en pie con su ayuda.

—Estoy en buena forma física, eso es todo. Tú, por el contrario… —Le dio unos golpecitos con la raqueta en la incipiente barriga, de camino al vestuario—. No veo ningún tipo de progreso. ¿No decías que Carly iba a poneros a todos a dieta?

—Y lo ha hecho. Pero todavía tiene todos esos dulces almacenados por todas partes. Los guarda en los estantes más altos de la alacena para que los niños no puedan alcanzarlos, pero yo sí puedo y… son una maldita tentación.

Aprovechando que la obra se representaba en Boston, Joel iba a quedarse un par de días para ocuparse de otros proyectos que nada tenían que ver con *Runaway*. Mientras se duchaban, Dylan le preguntó si había novedades sobre las negociaciones con el propietario del Daryl Roth y Joel se mostró bastante positivo en su respuesta. Le dijo que había vuelto a charlar con el hombre la noche anterior y que si todo transcurría conforme lo esperado, hoy recibiría una llamada suya para cerrar el trato.

—Aunque solo serían tres fechas. Como era de esperar, tienen cerrada la programación. Ha sido un milagro encontrar un teatro con días disponibles para la semana que viene.

El móvil de Joel sonó al cabo de un rato, mientras se vestían. Dylan vio que observaba la pantalla con ceño y que cortaba la llamada antes de devolver el teléfono al interior de su bolsa de deporte.

—¿Alguna vez le has dicho a Abigail que yo no tengo ningún poder de persuasión sobre ti? ¿Que tú eres el dueño y señor de todas las decisiones que se toman en la compañía y que yo solo me ocupo de la financiación, de los temas administrativos y de darte buenos consejos que no siempre sigues?

—¿Por qué?

—Porque lleva toda la mañana telefoneándome. Cuando me bajé del avión tenía tres llamadas perdidas. Con esta ya son cinco. ¿Qué puede querer de mí sino pretender que actúe de mediador entre vosotros dos?

—Joder… —Dylan movió la cabeza con el semblante serio—. No se da por vencida. Si vuelve a llamarte córtala en seco y suéltale todo eso que acabas de decirme a mí.

—Como si eso fuera a detenerla. —Joel se sentó sobre el banquillo y procedió a atarse los cordones de los zapatos—. Nunca te lo he contado, pero cuando Karen comenzó a despuntar Abigail recurrió a mí. Por más claro que le dejé que yo estaba al margen de la elección del personal, ella insistió en que tú y yo éramos amigos, familiares, y que debía existir algo que pudiera hacer.

—¿Por qué no me lo dijiste entonces?

—Porque ya tenías suficiente con levantar una empresa como para estresarte con las necedades de Abigail.

—¿Esa es la razón por la que desde que apareció Arlene te has mostrado contrario a los cambios que pudieran alterarla?

—No, ¡claro que no! —negó contundente—. Pero esa mujer es un puñetero grano en el culo y tengo mejores cosas que hacer que aguantar sus airados discursos.

—Hablaré con ella.

—No, déjalo. Ya lo solucionaré yo. Tú bastante tienes con lo tuyo.

—¿Lo mío?

—Sí, lo tuyo. No sé qué diablos te ocurre pero desde que nos hemos encontrado en el hotel pareces estar a punto de liarte a patadas con todo lo que se te ponga por delante. Y has jugado como un maldito kamikaze. ¿Qué pretendías? ¿Provocarnos un ataque al corazón a alguno de los dos?

Dylan se colocó el suéter por los hombros y guardó la prenda sudada en el interior de la mochila. Luego tomó asiento al lado de Joel. Lo quería como a un hermano y se sentía tan al límite que necesitaba desahogarse con alguien de confianza. Le contó la verdad de lo que había sucedido entre bambalinas y Joel lo escuchó sin interferir, sin cuestionarlo, aunque dio su opinión una vez concluyó.

—Lo vi venir antes que tú, desde que me la presentaste en el local de Carroll Gardens el día de la audición. —Le dio unos golpecitos animosos en la espalda—. No debiste enredarte con ella. Arlene es una buena chica, pero las relaciones sentimentales en el entorno laboral no acarrean más que quebraderos de cabeza. —Dylan lo miraba como esperando a que le dijera algo que no supiera—. Pero también conozco todo lo que hay que conocer sobre la ley de la atracción, cuando se vuelve tan irresistible que uno no puede ni respirar. Es lo que yo sentí cuando conocí a tu hermana y me habría dado lo mismo que hubiera sido mi empleada. —Dylan asintió despacio, su comprensión lo aliviaba—. Lo que no me ha quedado muy claro es la razón por la que llegados al punto al que habéis llegado, con declaraciones de amor de por medio, ella haya salido corriendo. ¿No hay algo más aparte de su trauma con el bueno de Covert?

Dylan se llenó los pulmones del aire con olor a jabón que impregnaba el vestuario y lo dejó escapar de golpe. Se había propuesto no contarle a nadie lo de Lizzie pero una vez abierta la caja de pandora, ¿qué más daba?

—La he estado buscando estos dos años.

—¿Buscar a quién? ¿A Lizzie?

—Sí, a Lizzie —le confirmó.

—No me jodas... —Se quedó boquiabierto y soltó los cordones de su zapato izquierdo para prestarle toda su atención—. ¿Cómo? ¿De qué forma?

—Contacté con una agencia de detectives privados. La policía no halló su cuerpo, así que siempre quedaba una esperanza, aunque fuera una entre un millón, de que continuara viva. —La sorpresa inicial de Joel mutó en un gesto desaprobatorio, y Dylan defendió su postura—. ¿Qué podía hacer? No soportaba vivir con todas esas dudas machacándome el cerebro un día tras otro.

—¿Pero qué dudas, Dylan? Ella te estaba engañando con otro tío. Eso es todo lo que necesitabas saber para pasar página.

—No es tan fácil cuando has amado con locura. —El tono firme de su voz contrastó con la marea de emociones que lo asoló a continuación—. Al menos no lo era hasta que apareció Arlene.

—Y se lo has contado.

—Es muy especial para mí. Tengo... sentimientos por ella. No era correcto comenzar una relación con mentiras.

—Estoy de acuerdo con tu filosofía, pero en cuanto a Lizzie... Debes dejarla marchar definitivamente. Tienes una vida estupenda, te dedicas a lo que más te gusta, tu negocio va en alza y has conocido a una mujer que te importa. No remuevas más el cieno y déjalo estar. Ella no se merece tantos esfuerzos.

—Nunca lo hice por ella, sino por mí —matizó Dylan.

—Lo sé, pero tienes que mirar hacia el futuro y olvidarte del pasado. Si ella sigue viva, es lo que habrá hecho.

Todo eso se lo había repetido Dylan en infinidad de ocasiones, pero sentaba bien escucharlo de labios de otra persona que siempre le había parecido muy juiciosa. Se frotó la cara y luego se puso en pie de un salto.

—Le dije que estaba dispuesto a llamar a McHale y prescindir de sus servicios.

—¿Y era verdad?

—Sí, me habría puesto en contacto con él en ese preciso instante si eso hubiera servido para recuperarla de inmediato. Pero Arlene tenía razón, habría tomado una decisión bajo la presión de perderla. —Cerró la cremallera de su bolsa de deporte dando un fuerte tirón y se la colgó del hombro. Joel lo secundó—. Me siento como si ella tuviera las claves para liberarme de mis fantasmas, pero me han perseguido durante tanto tiempo que he terminado por acostumbrarme a convivir con ellos. Siento que... que no puedo romper esa relación de un día para otro. Tengo la cabeza hecha un puñetero lío.

—Eso que dices tiene un nombre. Significa que te acojona enamorarte de ella. —Se dirigieron hacia la salida del gimnasio—. Esta vez los cincuenta pavos son míos.

—¿Habéis vuelto a apostar Carly y tú? —masculló.

—Tu vida amorosa nos resulta de lo más interesante. —Se echó a reír, pero la interrupción del teléfono le congeló la sonrisa. Era Abigail. Dylan lo animó a que contestara y Joel se pegó el teléfono a la oreja—. Me pillas en muy mal momento, estoy en el gimnasio. Te llamaré cuando llegue al hotel. —Cortó la comunicación sin dejarla hablar—. Joder —resopló.


Tras finalizar los ensayos del día, y como aún quedaban un par de horas para el comienzo del espectáculo, Arlene se escabulló y salió a la calle con la intención de dar un largo paseo por Fenway. Andrew habría insistido en acompañarla de haberse dado cuenta de que se marchaba precipitadamente del teatro, pero ella prefería estar sola. No le apetecía rellenar las horas vacías estando en compañía de nadie.

Explorar la ciudad en soledad era el mejor método que había encontrado para sobrellevar la profunda apatía en la que había caído desde que Dylan abandonó su habitación. Había pasado toda la mañana en el centro de Boston, visitando los lugares de interés con la ayuda de un mapa que le habían entregado en la oficina de turismo. Se había sentido bien mientras paseaba por las callejuelas de North End, descubriendo sus templos y edificios, sus magníficos parques y las pequeñas plazas repletas de bares y restaurantes. Se había detenido en uno de ellos cuando se hizo la hora de comer, y nunca una *pizza* le supo tan deliciosa como la que le sirvieron en Giacomo's.

No obstante, en cuanto regresó al distrito de Fenway los ánimos volvieron a hundírsele. No soportaba estar encerrada en su habitación del hotel. Cualquier ruido que percibía en la habitación contigua era un recordatorio persistente de que Dylan estaba al otro lado de la pared.

Tan cerca y a la vez tan lejos.

Los ensayos tampoco representaban el mejor momento del día. La ansiedad le oprimía el pecho en cuanto pisaba el Wheelock. Desde el patio de butacas observaba ensimismada a Dylan cómo dirigía a sus compañeros en el escenario, y su corazón desobediente se deshacía cuando sus miradas contactaban. Él también buscaba la suya, lo hacía a cada momento, procurando que no se notara. Y en los fugaces segundos en los que coincidían, el aire se espesaba y se cargaba de emociones tan intensas que la agobiaban, como si le colocaran una soga alrededor del cuello.

No podía evitar enamorarse un poco más de él a cada minuto que pasaba a su lado. Pero Dylan no era un hombre libre, él pensaba en otra mujer. Una mujer que lo había marcado con heridas muy profundas. Una mujer que ni siquiera sabía si estaba viva o muerta, pero que había consagrado dos años de su vida a encontrarla.

¿Cómo se podía competir con algo así?

Cuando llegaba su turno de ensayo trataba de dejar a un lado las implicaciones afectivas porque de otro modo no habría podido meterse en la piel de Audry. De todas formas, hacía un esfuerzo de concentración tan inmenso cuando Dylan la dirigía que al finalizar las sesiones quedaba extenuada.

Esa tarde él quería hablar con ella. Mientras el grupo se disgregaba, sus ojos azules le suplicaron que aguardara un momento, pero un encuentro a falta de dos horas para la función la habría desestabilizado tanto que se esfumó antes de dar pie a que se produjera.

Fuera ya era de noche. El día se había mantenido soleado desde bien temprano, pero una vez el sol se ocultó, el frío intenso de enero la obligó a encasquetarse el gorro y, sobre todo, a envolverse bien la garganta con la bufanda. No debía correr el riesgo de agarrar un resfriado. Metió las manos en los bolsillos y se puso en marcha.

Todavía no había tenido la oportunidad de explorar el vecindario pero sabía que el cauce del río Charles andaba cerca, a unos veinte minutos a pie, así que se dirigió hasta allí.

No tenía ningún plan diseñado, la necesidad de ponerle fin a aquella insostenible situación le había empujado a seguirla a través de las calles de Fenway, pero intuía que sabría cómo actuar llegado el momento. Con Karen sucedió algo similar. Se levantó por la mañana sin el ánimo de agredir a nadie, pero por la noche ya tenía la máscara de la comedia que había comprado en unos grandes almacenes y las tenazas que había sacado de su caja de herramientas. Y lo hizo, acudió a su casa y la quitó de en medio. Como haría ahora con Arlene.

Porque era el único modo de conseguir un poco de paz.

No podía repetir el *modus operandi*, habría sido una temeridad arrancarle la lengua y retirarla de la profesión porque la policía establecería una relación de inmediato, ya era bastante escandaloso que las dos desempeñaran la misma profesión en el mismo lugar de trabajo. Además, no quería volver a mancharse las manos de sangre. Fue bastante asqueroso.

Inventaría algo sobre la marcha, según se presentara la ocasión. Y si todo estaba de su parte, haría que pareciera un accidente.

Ella caminaba unos metros por delante, ajena al trágico final que la aguardaba. Era imposible perderla de vista porque su abrigo rojo y su gorro de colores destellaban como una luciérnaga en la noche. Él iba bien preparado para que Arlene no pudiera reconocerle. Llevaba un gorro de lana calado hasta las cejas y una bufanda oscura que le cubría hasta la nariz. Las ropas de abrigo no le estorbaban porque hacía un frío de mil demonios, pero tenía la espalda sudada. La adrenalina fluía en torrente por sus venas.

Al cabo de unos minutos, dedujo que se encaminaba hacia la ribera del río Charles. ¡Perfecto! Era una zona más tranquila, menos transitada y luminosa, mucho más propicia para sufrir un accidente sin que hubiera un montón de testigos a su alrededor. Sopesó las opciones que tenía al alcance. Algunas solo eran remedios temporales y otros demasiado extremos. Si la atropellaba un coche a la escasa velocidad a la que circulaban por aquella zona, era probable que solo sufriera algunas magulladuras que la mantuvieran alejada de los escenarios durante un tiempo. Luego regresaría y el problema persistiría. Si la empujaba a las glaciales aguas del río desde aquella altitud era posible que muriera. Pero no quería matarla. Estaba dispuesto a hacer cualquier cosa por contentar a Abigail pero no era un asesino.

Llegaron al puente Boston University que unía Boston con la ciudad de Cambridge, y Arlene accedió al paso transitable para peatones. Debía hacer algo y tenía que hacerlo ya, antes de que ella diera media vuelta y tuviera que posponer aquel sucio trabajillo para otro día.

Las farolas emitían una luz pálida que apenas bosquejaban la anchura del río, pero sus aguas insondables se sentían fluir bajo sus pies. Acortó un poco las distancias. Cinco metros, cuatro, tres, dos… Ya casi podía tocarla, le llegaba el olor de su perfume incluso a través de la lana de la bufanda que le tapaba la nariz. Gracias al repiqueteo de sus tacones sobre el asfalto y al silbido del viento al filtrarse entre las estructuras metálicas del puente, ella no lo había oído aproximarse. Solo tenía que extender el brazo y…

No quería llegar tan lejos pero no había otra opción. Un fuerte empujón por encima de la barandilla y asunto zanjado. Sería un trabajo limpio, rápido y sencillo. La policía archivaría el caso presumiendo que había sido un accidente fortuito, un suicidio incluso, y todo volvería a ser como antes.

Esperó a que el tramo de carretera que discurría sobre el río quedara libre de testigos. Sin el ruido de los motores de los coches, el clamor de las aguas agitadas prometía un final conclusivo. Quizás Karen hubiera preferido un final así que pasar el resto de su vida entre las paredes de un manicomio.

El corazón se le aceleró inundado de adrenalina. Había llegado el momento.

Alargó la mano, casi rozó los cabellos castaños que el viento removía sobre su espalda. Unos centímetros más y... ¿Qué sucedía? ¿Por qué sus músculos no obedecían las órdenes de su cerebro? Su mano enguantada quedó paralizada en el aire, a unos centímetros de los hombros de Arlene, temblando como si una corriente eléctrica le atravesara los nervios del brazo. Fuerzas contradictorias echaban un pulso en su cerebro.

Apretó los dientes con fuerza y lo intentó por segunda vez. Sus dedos tocaron la espalda femenina.

«Hazlo, ¡empújala!».

Los siguientes segundos parecieron transcurrir a cámara lenta. Ella se giró al sentir la intromisión y él se obligó a actuar con rapidez; pero, en lugar de forzarla a saltar por encima de la barandilla, dejó caer los brazos y se dio la vuelta antes de que ella pudiera verle los ojos. Echó a andar con pasos veloces en sentido inverso, casi a la carrera, aunque estaba convencido de que con las ropas oscuras que vestía y la carencia de buena iluminación, ella no podría reconocerlo. Le gritó que se detuviera, con un hilo de histerismo en la voz, pero él escapó del puente con toda esa efusividad golpeándole el corazón.

Entonces se le ocurrió la solución perfecta.

Arlene quedó petrificada mientras observaba la oscura silueta del hombre desaparecer por el camino transitable para los peatones. El puente y la niebla lo engulleron, como el miedo la engulló a ella. Soltó un jadeo ruidoso cuando recuperó la capacidad de respirar.

# Capítulo 21

Sus interminables horas de incertidumbre finalizaron tan pronto como la vio huir del teatro, como si escapara de un incendio que él hubiera provocado. Cada vez que esquivaba su mirada, cada vez que le hablaba con ese tono de voz tan vacío, cada vez que escapaba de él... era como sufrir un desgarro en el corazón.

Durante los ensayos, como tantas otras veces, había quedado atrapado en las corrientes magnéticas que fluían entre los dos. Sin embargo, lo que diferenció esas últimas horas del resto fue la creciente sensación de que contemplaba el foco de una luz serena, diáfana, cálida y pura que le penetró en el cerebro para disolver toda la confusión, toda la rabia y el dolor. Lejos de sentirse presionado por ella, Arlene acababa de mostrarle el camino para darle un carpetazo definitivo a su pasado.

Finalizados los ensayos de la tarde, se encerró en el camerino y agarró el móvil con férrea determinación.

Ralph McHale contestó al tercer timbrazo.

—Buenos tardes, Ralph, soy Dylan Jansen. Verás, he tomado una decisión y tenía que transmitírtela cuanto antes. Quiero que paralices la investigación. No deseo seguir buscándola.

Se hizo un breve silencio al otro lado de la línea.

—¿Ya no quieres encontrar a Lizzie? Si te has desanimado, lo comprendo, porque andar siempre a la espera de recibir noticias de una persona desaparecida es algo muy frustrante, pero no pierdas la fe. Hemos encontrado a personas que llevaban hasta más de veinte años en paradero desconocido, y precisamente ahora contamos con una pista muy sólida. Ha resultado ser un proceso bastante laborioso pero creemos que está en

Sherbrooke. Un compañero viajó ayer hasta allí para realizar las investigaciones oportunas. En cuanto tenga fotografías me las hará llegar y saldremos de dudas.

Dylan apoyó la espalda contra la puerta y se pasó una mano por el cabello hasta desordenárselo por completo. No esperaba su réplica aunque esta no varió el contenido de su decisión.

—Te agradezco todo el trabajo que habéis realizado pero... puedes decirle a tu compañero que regrese a casa. Ya me es indiferente, no quiero saberlo.

—¿Hablas en serio? Estamos a un paso de conocer la verdad. ¡Tengo una fortísima corazonada! Mañana recibiré las fotografías, en cuanto la mujer se deje ver, y por fin podrás conocer las razones por las que quiso desaparecer. En el hipotético caso de que no se trate de Lizzie, comprenderé que quieras darle carpetazo a este asunto pero a falta de un día para salir de dudas...

—Le he entregado dos años de mi vida y ya no estoy dispuesto a desperdiciar en Lizzie ni un solo día más.

—¿Puedo preguntarte qué ha cambiado en ti para que quieras tirar todo el trabajo por la borda?

Dylan se frotó el puente de la nariz.

—¿Estás enamorado de tu esposa, Ralph?

—Por supuesto que amo a Linda —contestó con extrañeza—. ¿Por qué me lo preguntas?

—Porque amar y que te amen es toda la verdad que uno necesita conocer para seguir caminando. Sin mirar atrás.

Se despidió de McHale y su humor experimentó una sacudida de esperanza. Se sentía mucho mejor consigo mismo de lo que se había sentido jamás. Apoyó la cabeza contra la puerta y los labios se le distendieron. Arlene había entrado en su vida como un torbellino de aire fresco. Había impulsado *Runaway* con su increíble talento y se le había colado en el corazón insensible para caldeárselo de nuevo.

Sabía que volver a penetrar en su duro caparazón no iba a ser una tarea sencilla, pero estaba dispuesto a hacer lo que hiciera falta o a esperar el tiempo que ella necesitara con tal de recuperarla.

Porque el amor que ella le había declarado tenía el poder de curar hasta el alma más torturada.

Υ

Hizo lo que pudo pero no fue su mejor noche. No podía arrancarse el episodio del puente de la cabeza; por eso, aunque estuvo técnicamente perfecta, no logró involucrarse al cien por cien en la representación y fracasó en su intento de emocionarse interpretando a Audry. Sus pensamientos estaban tan lejos de allí… El público no se dio cuenta, la mayoría acudía a ver la obra por primera vez pero, al terminar la función, solo tuvo que mirar a Dylan a los ojos para confirmar que él sí que había notado su falta de implicación.

No había pensado decirle nada sobre lo ocurrido, ni a él ni a nadie. A veces tenía la sensación de estar volviéndose paranoica poque había comenzado a ver amenazas y peligros por todas partes. Peligros que de inmediato relacionaba con su entorno laboral.

Mientras se cambiaba de ropa y Emma comentaba lo feliz que la hacía que sus familiares de Boston hubieran ocupado la primera fila del patio de butacas, Arlene intentó por enésima vez analizar el incidente con frialdad. Tal vez solo se había tratado de un borracho, o de un indigente, o de un vulgar ladrón o de… Su intuición negaba todas esas opciones. Aquel hombre no era ninguna de esas tres cosas.

Había notado sus manos sobre la espalda y la ligera presión que ejercieron en dirección a la barandilla del puente, antes de que ella se diera la vuelta y el tipo saliera huyendo.

Un severo estremecimiento le puso la piel de gallina.

—¿Te sucede algo? Estás un poco pálida —comentó Emma.

—Estoy bien, me duele un poco la cabeza. —Se calzó las botas y esbozó una sonrisa ligera—. Me tomaré una aspirina nada más llegar al hotel. He olvidado meterlas en el bolso.

Salió de detrás de la mampara separadora que dividía el camerino.

Frente al espejo del tocador, Henry continuaba retocando el maquillaje de Abigail en lugar de retirárselo. Desde que se habían encerrado en el camerino no habían cesado de charlar sobre los grandes planes que la «gran diva» tenía programados para esa noche. Mencionaba una fiesta de etiqueta en la que los asistentes eran personajes de las altas esferas. Hablaba todo el tiempo como si la hubieran invitado a la ceremonia de los premios de la Academia de Hollywood. Por si no se daba las suficientes ínfulas, Henry se ocupaba de alabarla insistiendo en lo merecedora que era de contar con amistades tan ricas e influyentes.

Arlene hasta dudaba de que todo aquello fuera real.

Tuvo la sensación de que Abigail había esperado todo el tiempo a que reapareciera, para poder mirarla a través del espejo y conocer su reacción al decir en voz alta:

—Peter Covert es un gran amigo. ¿Recuerdas que te lo presenté, querido? —Le dio unos golpecitos en la mano a Henry—. Él siempre se codea con magnates de los negocios, haré grandes contactos.

Al escuchar ese nombre, sintió que el estómago se le descolgaba. Arlene se dio la vuelta inmediatamente pero sintió la malicia extrema de aquellos ojos verdes que se le clavaban en la espalda como puñales envenenados mientras recogía su abrigo del perchero. No estaba dispuesta a mostrar ni un solo síntoma de debilidad ante la presencia de esa mujer, pero en cuanto abandonó el camerino y se encontró sola en los pasillos del *backstage,* apoyó la espalda contra la pared y respiró profundamente. Se llevó una mano al pecho. El corazón se le había exaltado, palpitando de miedo.

Desde que había regresado de su paseo por Fenway, había observado con minuciosidad a todos los hombres de la compañía, desde Charley a Joel pasando por Henry y Edgar. Ni siquiera se atrevía a descartar a Andrew y a Sean. A excepción de Dylan, no se fiaba de ninguno. Tenía la imagen del hombre del puente grabada en la retina. Su altura, su constitución bajo el abrigo negro, la anchura de sus hombros, la manera de moverse... y todos, absolutamente todos, podían encuadrarse en esas características.

Incluído Peter. Ahora que sabía que andaba por Boston todas sus sospechas recayeron en él.

Tal y como había supuesto, Peter y Abigail estaban compinchados. La querían fuera de la obra, como a Karen, y no cejarían hasta que lo consiguieran. Solo había un detalle que se le escapaba, ¿por qué no la había empujado al río? ¿Por qué se había echado atrás en el último momento?

Por desgracia, conocía el lado más oscuro de Peter y aunque no tenía constancia de que hubiera matado a alguien alguna vez, sabía que era capaz de hacerlo llegado el momento.

Se cruzó con Edgar y Charley en los pasillos y se despidió de ambos con un movimiento de cabeza. Caminó rauda hacia la salida trasera, respirando tan rápida y superficialmente que temió ponerse a hiperventilar. El frío del exterior le sentó bien, pero las piernas todavía le temblaban cuando enfiló la solitaria Riverway de regreso al hotel.

Fenway era un vecindario tranquilo. Era seguro e incluso acogedor cuando caía la noche, pero ahora se le antojaba un laberinto de calles siniestras. A la izquierda, el parque Esmerald Necklace era como un largo collar que conectaba varios parques a lo largo de bastantes hectáreas de terreno, y cuya oscuridad incrementaba su miedo. Temía que en cualquier momento lo vería allí apostado, junto a alguna de las farolas de luz blanquecina que sitiaban el parque, expeliendo el humo de su cigarrillo al aire antes de arrojarlo al suelo y aplastarlo con el pie. Entonces la seguiría y la arrastraría entre los árboles para terminar lo que hacía unas horas había dejado a medias.

¿También a ella le cortaría la lengua? ¿La asfixiaría? ¿Le metería la cabeza en el lago hasta ahogarla?

Caminó deprisa, sin mirar atrás. Su mente era un hervidero en el que volvían a bullir con fuerza las teorías conspiratorias que Dylan desmanteló semanas atrás.

Creyó que sufriría un infarto cuando notó el sonido de unos pasos apresurados que se aproximaban por detrás. Su instinto de supervivencia se activó y echó a correr para acortar los metros de distancia que la separaban de Landmark Center, el iluminado centro comercial en cuyas inmediaciones siempre había peatones y flujo constante de vehículos.

—¡Arlene!

Escuchó una voz masculina por debajo del zumbido de la sangre en los oídos, pero no reconoció al propietario. Corrió todo lo que sus piernas dieron de sí, pero no lo suficiente. A dos intersecciones antes de llegar a la rotonda del centro comercial, una mano fuerte se aferró en torno a su brazo y detuvo su carrera en seco. Se tambaleó y estuvo a punto de caer al suelo, pero él lo impidió sujetándola por la cintura.

—¿Qué te ocurre? ¿Por qué corres?

Sus ojos azules penetraron en las sombras y las despejaron de su siniestralidad. La preocupación con que él la miraba junto al alivio de sentirse a salvo, acentuaron todas sus vulnerabilidades y la tensión que había soportado en las últimas horas estalló entre los brazos protectores de Dylan.

Se abrazó a su cuerpo y jadeó el aire congelado mientras él intentaba calmarla con confortables caricias que le recorrieron la espalda.

—¿Qué ha sucedido, cariño? Estás temblando. —La tomó por los hombros y escudriñó sus ojos atemorizados—. ¿Alguien te ha hecho daño?

Arlene negó con una sacudida nerviosa. Estaba convencida de que la cancelación de las representaciones en el Playhouse no se debía a discrepancias entre profesionales tal y como él le había explicado durante el viaje en autobús, sino que era obra de Peter. Y Dylan lo sabía. La protegía.

Ahora era ella quien debía protegerlo. No podía colocarle una vez más en el disparadero.

—No, yo… estoy bien.

—No lo estás. Dime qué te ocurre —insistió con firmeza para que le diera una respuesta.

—Nada, es solo que… Esta tarde un tipo me asustó y estoy un poco susceptible.

—Cuéntamelo.

—Estaba dando un paseo por el puente cuando un maleante se me aproximó por la espalda e… intentó robarme el bolso. —Suaves arrugas de preocupación aparecieron en las comisuras de los ojos de Dylan—. Un coche se detuvo y el tipo echó a correr. Al notar tus pasos a mi espalda yo… —Agitó la cabeza y una sonrisa nerviosa le estiró los labios—. Ya ha pasado, estoy más tranquila.

Sus palabras contradecían la expresión angustiada de su rostro. Sus pupilas revoloteaban incapaces de detenerse en las suyas.

Dylan tiró de sus hombros y la guareció una vez más entre sus brazos. Ella le rodeó la cintura y refugió la cara contra su pecho. La sintió estremecerse y la abrazó más fuerte. Frotó la mejilla contra su cabello frondoso y luego retiró con la nariz el que le cubría la oreja para hablarle cerca del oído.

—Debiste contármelo en cuanto llegaste al teatro —le susurró.

—¿Para qué?

—Para salir en su busca y propinarle una buena paliza. —La ironía surtió en ella un efecto relajante, pero Dylan regresó a la seriedad—. Noté que no estabas tan centrada como siempre pero lo achaqué a otros motivos. Si me lo hubieras dicho, te habría reconfortado.

Ninguna palabra podía definir mejor el efecto de su abrazo. No quería soltarle, ni que él la soltara. Quería quedarse allí de manera indefinida, sin importar que estuvieran en medio de la calle, porque entre sus brazos no existía la oscuridad, ni el miedo o el frío. Allí no había lugar para Peter, ni para Abigail, ni para cualquiera que quisiera hacerle daño. Solo había espacio para ellos dos. Lo amaba tanto… Dylan la besó en la cabeza, tierna y amorosamente mientras se mecía con ella.

—Ese ladrón de pacotilla debió de buscarse a otra víctima.

—¿Por qué dices eso?

—Porque el muy idiota ignoraba que yo soy el único que puede permitirse esa licencia.

Arlene alzó la cabeza de su pecho y lo miró con los ojos brillantes.

—¿Qué quieres decir?

—Que quiero apropiarme de cada rincón de tu alma. —Le despejó la cara del cabello que le ocultaba las mejillas—. Quiero conocer tus secretos y adueñarme de tus sueños. Lo quiero todo de ti, Lene.

—Dylan…

Ella comenzó a negar y él le sujetó la cara entre las manos para que detuviera ese movimiento horrible. La besó en los labios, una presión deliciosa y vital que a los dos les supo a vida.

—Ven conmigo.

—¿Adónde?

La tomó de la mano y tiró de ella hacia la calzada. Cruzaron Riverside a pesar de que no había ningún paso habilitado para peatones. Saltaron por encima del quitamiedos y se internaron entre los árboles boscosos de Esmerald Necklace.

—Dylan, no puedo… volver a tener la misma conversación porque…

—Claro que puedes —la interrumpió con firmeza.

—No he cambiado de opinión. —Su tono severo a la vez que suplicante no surtió ningún efecto en él—. No me hagas esto, por favor.

Dylan avanzó a través de un solitario sendero y a ella no le quedó más remedio que dejarse guiar por su empuje autoritario. Se detuvo junto al estanque del corazón del parque. La lánguida luz de las farolas cubría de una bruma plateada las aguas aquietadas y la espesura de la vegetación hacía de mampara protectora contra el viento, que agitaba las ramas más altas de los árboles y expandía el olor a hierba húmeda. No había ni un alma por los alrededores, las aves se habían retirado a sus escondrijos para pasar la noche. El silencio era absoluto hasta que Dylan lo rompió acercando su rostro al de ella.

—He tratado de respetar tus deseos pero me pediste lo único que no puedo ofrecerte. Tiempo. No lo tengo; la paciencia no forma parte de mis virtudes.

—Solo han pasado cuarenta y ocho horas, Dylan.

—Te equivocas, han pasado dos meses desde que entraste en mi vida. Y ahora escúchame con atención. —Le plantó las manos en los costados y la atrajo con ademán dominante—. Lizzie pertenece al pasado. He puesto punto y final a la historia y he pasado página. —Ella intentó objetar algo pero Dylan no se lo permitió—. Me trae sin cuidado que tuviera una relación paralela con un abogado de Manhattan o con un vendedor ambulante de perritos calientes. Ni siquiera tengo curiosidad por saber durante cuánto tiempo me fue infiel, ni si planeaba dejarme plantado en el altar para fugarse con él. —Las reservas que vislumbraba en sus ojos castaños enardecieron su discurso—. Ya no me interesa conocer el destino que corrió. Es posible que siga viva, quizás quedó amnésica o tal vez rehízo su vida al lado de otro hombre. Quién sabe, incluso puede que cambiara de identidad. ¡Pero ya no me importa! No siento odio, ni rencor, ni amor… solo una profunda indiferencia. —De repente, Dylan esbozó una ligera sonrisa de alivio, que fue determinante para que Arlene le creyera—. Me he puesto en contacto con McHale. Tenía una pista, según él una pista fiable, pero he paralizado la búsqueda. Y lo he hecho por mí, Arlene. Por mí —repitió, para exonerarla de cualquier sentimiento de responsabilidad.

—Hace dos noches no habrías afirmado lo mismo. Vi en tus ojos todo eso que ahora niegas. ¿Qué es lo que ha cambiado desde entonces?

—¡Que te amo! —espetó con vigor—. Y asumirlo me ha hecho un hombre libre.

A ella le tembló la barbilla y los ojos se le humedecieron.

—¿Estás completamente seguro de lo que dices? Porque si después te equivocas yo... no sé si podré soportarlo.

—Dios... —El irrefrenable deseo de besarla le laceraba el corazón. Apoyó los labios en su frente y besó la piel tersa—. Jamás he estado tan seguro de nada en toda mi vida. He convivido durante tanto tiempo con la obsesión de encontrar respuestas que pasé por alto que todas las que necesitaba acudieron a mi vida en el momento en que apareciste. Creo que te quiero desde que el viento trajo tu voz a mis oídos y te escuché cantar por primera vez. —Una sonrisa superflua relajó la tirantez de Arlene. Dylan rozó su nariz. Sus respiraciones se habían agitado y formaban nubes condensadas de vapor—. Estoy enamorado de ti, como un loco, y no consentiré que te vuelvas a apartar de mí.

Buscó su boca y besó sus labios con dolorosa contención. Arlene le depositó las manos frías en el rostro y se lo acarició.

—Repítemelo.

—¿Qué parte quieres volver a escuchar?

—La última —exigió, con los ojos brillantes de emoción.

—Te amo. —Estrechó el abrazo para soldarla a su cuerpo y la alzó para sentirla más cerca. Ella mantuvo el contacto con el suelo con la punta de las botas—. Muchísimo.

Arlene le rodeó los hombros y su boca aplastó la de Dylan, volcando en un beso efusivo y vibrante el conjunto desbordado de sus emociones. La energía e intensidad de su respuesta fue el broche perfecto a su declaración de amor. Si existía en ella la más ínfima duda respecto a la veracidad de sus sentimientos, Dylan se encargó de despejarlas. Le entregó el corazón y el alma en ese beso inclemente que les incendió los corazones.

Otras partes de su cuerpo también ardieron.

El episodio en el puente quedó arrinconado en su mente. Arlene sabía que el pánico regresaría tan pronto como se asentara aquella maravillosa tormenta de emociones, pero ya se enfrentaría a él más tarde. El amor de Dylan la hizo sentirse invencible, y por eso haría lo que tuviera que hacer para protegerlo. Lo que fuera.

Y eso incluía hablar con la esposa de Peter.

Dylan giró sobre sí mismo y las punteras de las botas de Arlene se arrastraron sobre el tupido manto de hierba. Las líneas delicadas de su rostro mostraban una expresión de plena felicidad y él sonrió contra su boca sedienta, iniciando otra cadena de besos apasionados. Si las temperaturas se lo hubieran permitido, le habría hecho el amor allí mismo, sobre la hierba que cubría el suelo. Había diez minutos de camino al hotel pero se le antojaban diez largas horas.

—Vámonos de aquí, Dylan.

El hilillo desesperado y sensual de su voz obtuvo de él una reacción rápida. Sus pies volaron a través de la encrucijada de senderos hacia la salida más próxima al hotel.


Tuvo el mejor despertar de su vida. La luz grisácea de la mañana se derramaba sobre la cama y a través de la delgada tela de las cortinas comprobó que el día había amanecido lluvioso, pero su corazón… ¡Su corazón estallaba henchido de luz!

Se desperezó bajo el edredón y se giró para mirarle. Dylan ya estaba despierto y la observaba con expresión de complicidad. Su mano cálida le acarició el cabello y se desplazó sobre la almohada para darle un beso en los labios.

—Buenos días, dormilona.

—Buenos días.

—¿Has descansado bien? Pareces exhausta.

—Exhausta y hambrienta. Anoche no cenamos y perdimos muchas calorías. —Arlene deslizó la yema de los dedos por el contorno de su mandíbula y siguió la ruta con las pupilas—. Pero no estoy tan cansada como para no repetir.

A él se le formó una sonrisa taimada que le llegó a los ojos.

—Tus deseos son órdenes.

Se instaló sobre ella. Su cuerpo desnudo lo acogió con apetito y se recrearon en un beso largo y distendido. El deseo se les activó, Arlene lo buscó con un sensual movimiento de caderas, pero antes de perder la cabeza Dylan se detuvo un momento y la miró a los ojos.

—Ahora cuéntame la verdad.

—¿La verdad?

Dylan asintió.

—Tú eres una chica valiente y un vulgar ladronzuelo no te habría asustado tanto. ¿Qué pasó en el puente?

—Se nota que a ti nunca han intentado robarte en plena noche.

—Arlene… Déjalo, sé que inventaste esa historia. Tu reacción al salir corriendo fue desmesurada.

—¿Tenemos que hablar ahora de eso? —Arlene ejerció una ligera presión en sus férreos glúteos con la yema de los dedos, pero no lo distrajo.

—Sí —contestó contundente.

—Si sospechabas que no te estaba contando la verdad, ¿por qué no me lo dijiste anoche? Pareciste convencido.

—No habrías sido sincera conmigo. Tenía que volver a ganarme tu confianza. —Acarició un pequeño lunar que tenía sobre la clavícula izquierda—. Pero ahora ya no hay medias verdades entre los dos.

Ella ladeó la cabeza. La luz grisácea que entraba por el ventanal hizo brillar las pequeñas motas de color miel de sus iris. Su semblante perdió la laxitud.

—No fue un intento de robo —admitió—. Caminaba por el puente y, de repente, tenía las manos de ese hombre apoyadas en mi espalda. Con el ruido de los coches y la corriente del río no lo oí acercarse. Sentí un leve empujón hacia la barandilla y, al darme la vuelta, el tipo salió corriendo. —Volvió a mirarle. Tenía el ceño fruncido—. Quizás fue algo tan simple como un tropiezo pero su actitud fue tan extraña que… Me puso los pelos de punta.

Dylan se mantuvo en silencio y horadó sus ojos como si buscara información que ella estuviera ocultándole. Arlene tenía muy claro que no iba a pronunciar el nombre de Peter, por lo tanto, le devolvió una mirada serena con la que pareció convencerle de que no se guardaba nada para ella.

—Sí que fue extraño. ¿No le viste la cara?

—No, él se marchó muy deprisa.

—No puedo prohibirte que salgas a pasear por la noche tú sola, pero evita lugares tan apartados. Fenway parece un vecindario seguro pero eso no significa que no puedas tropezarte con algún indeseable. ¿De acuerdo?

—De acuerdo.

Su convencimiento fue un alivio para Arlene. Peter no volvería a socavar la brillante carrera de Dylan por su culpa. Colocó la mano en la parte posterior de su cabeza y lo impelió a que la besara. Sabía que en cuanto las exigencias laborales los separaran, volverían a asediarla todos los miedos que el amor de Dylan había relegado a un segundo plano. Pero ahora el tiempo les pertenecía a ellos dos y no quería pensar en nada que la distrajese del sabor de sus besos, del roce de sus acerados músculos sobre su piel, de las caricias deseosas de sus manos… Entró en ella con un sólido empuje y todo lo ajeno a ambos dejó de importar.

# Capítulo 22

Arlene acarició el bote de gas pimienta que llevaba guardado en el bolso mientras el tren urbano regresaba a Fenway desde Faneuil Hall. Era diminuto, cabía en la palma de la mano, pero le proporcionaba una importante sensación de seguridad. El dependiente de la tienda de productos de defensa personal le había garantizado que dejaría fuera de combate a cualquier persona que intentara atacarla.

—Provoca ceguera temporal, una fuerte sensación de ardor en la piel, espasmos en la parte superior del cuerpo, tos incontrolable y dificultad para respirar o hablar.

Cuando le preguntó sobre la duración de esos efectos, el hombre le contestó que la ceguera podía prolongarse hasta los cuarenta y cinco minutos y nunca menos de treinta. Llegado el caso, tendría tiempo suficiente para llamar a la policía.

Se acabó vivir con miedo. Iba a plantarle cara con todos los medios que tenía al alcance. Si volvía a acercarse a ella, y no le cabía duda que tarde o temprano lo haría, le sorprendería con ese nuevo amiguito del que no pensaba separarse ni para acudir al baño. Ya no iba a permanecer callada. Lo denunciaría, hablaría con su esposa y con quien hiciera falta, y si echaba mano de sus argucias para que nadie la creyera, llamaría a la maldita prensa y les contaría su historia. Y la de Karen.

Tiraría de la manta y sacaría a la luz todos sus trapos sucios.

Tenía tantas ganas de ser feliz que no consentiría que nada ni nadie se interpusiera.

No había llovido en todo el día pero el aire olía a tierra húmeda cuando se bajó en la estación de Fenway. Con el atardecer a su espalda cruzó la calle hacia el hotel y subió a su habitación. La visión de la cama le agitó el corazón y le despegó los pies del suelo, como si levitara. Casi con total seguridad, las mejores horas de su vida habían transcurrido bajo ese edredón de color beis. Ella nunca había amado así, sin límites, sin controles, sin obstáculos físicos ni mentales. Y nadie excepto él la había amado de la misma manera, como si le entregara un pedacito de sí mismo con cada beso y cada caricia.

Se habían separado al mediodía. Él había quedado con Joel para comer y luego tenía planes para ir a North End y visitar a un antiguo compañero de universidad al que hacía tiempo no veía. Ella había aprovechado su ausencia y había visitado la tienda de artículos de defensa, pero ya le urgía volver a verle aunque fuera en el teatro y simulando ante todos.

Soltó el bolso sobre la cama y se acercó al ventanal. Eran las cuatro y media de la tarde y ya oscurecía. Las nubes del horizonte estaban teñidas de tonalidades anaranjadas.

Se preguntó durante cuánto tiempo disimularían. Él le había dejado bien claro que no se escondería ante nadie, por lo tanto, era probable que hiciera pública su relación esa misma noche. Quizás tras los ensayos. Quizás tras la función. Se mordisqueó una uña. Un torbellino de nervios y emoción imposibilitaba que sus piernas estuvieran quietas. Al separarse, se habían dicho que se verían en el teatro a la hora de los ensayos, pero comprobó en el reloj de pulsera que todavía faltaban algo más de dos horas. ¡Una eternidad!

—Estás muy colada —reconoció contra el cristal.

Tenía que contárselo a Margot y a tía Sheyla, pero esperaría a regresar a Nueva York para hacerlo en persona. ¡Iba a darles una tremendísima alegría! Dylan las tenía hechizadas desde el minuto uno.

Había dedicado parte de su tiempo libre a escuchar las canciones de Brendan y a estudiar la copia del nuevo guion que Dylan le había pasado. Ensayaba en su habitación, moderando el tono para que los huéspedes no se molestaran. ¿Y si acudía al Wheelock y probaba cómo sonaba su voz en el espacio abierto del teatro? El taquillero ya debía de estar allí. Era un tipo simpático y seguro que no tendría ningún inconveniente en dejarla entrar un poco antes de la hora oficial de ensayos.

Se aseguró de que el lápiz de memoria USB en el que Dylan le había grabado las canciones estaba en el bolsillo frontal de su bolso y agarró la copia del guion del cajón superior de la mesita de noche.

Durante el trayecto tomó medidas y encerró el espray en la palma de la mano. Evitó las calles más solitarias, que las sombras del prematuro anochecer ya engullían, y estuvo pendiente de cada persona con la que se cruzó en el camino. Ya no se sentía como una paranoica. El peligro era real, se llamaba Peter Covert y estaba allí, en Boston. El día anterior solo pretendió asustarla pero la próxima vez intentaría quitarla de en medio.

Subió la corta escalinata, atravesó las columnas del edificio y el taquillero acudió a su llamada. La recibió con la amabilidad que lo caracterizaba y, aunque no tenía por qué dejarla entrar, la invitó a que tomara posesión del escenario y de los atrezos que precisara para sus ensayos. Encendió las luces y le dijo que si necesitaba cualquier otra cosa lo encontraría en la taquilla.

Se quedó sola y se tomó un momento para contemplar el escenario desde la última fila del patio de butacas, junto a la puerta de acceso. A lo largo de su carrera profesional nunca se imaginó haciendo teatro. Si Dylan no la hubiera alentado, jamás se le habría pasado por la cabeza planteárselo como una opción para ganarse la vida. Ahora, sin embargo, no se la imaginaba de otra forma. Se sentía realizada artísticamente, mucho más que cuando cantaba en los mejores clubes de la ciudad.

Mientras recorría el pasillo lateral hacia el proscenio la invadió una profunda sensación de dicha. Adoraba la profesión y el espacio donde la desempeñaba, adoraba sus colores, sus luces y su aroma.

Adoraba el teatro.

Subió al escenario y utilizó un pequeño equipo de música que encontró donde se guardaba el equipo técnico. La música vibrante de las canciones de Brendan penetró en la atmósfera silenciosa y Arlene cantó por encima de la voz masculina al tiempo que seguía el ritmo de la batería con los pies. Al cabo de tres escuchas ya le eran tan familiares que las interpretó de cara a la platea, imaginando que estaba repleta de caras emocionadas. Fantaseó con la idea de poder interpretar algún día sus propias composiciones.

Más tarde, sentada en el proscenio, con el guion sobre los muslos y las piernas colgando en el aire, continuó memorizando los diálogos que compartía con Andrew. Dylan no le había comentado cuándo comenzarían a trabajar en la ampliación de la obra, pero todo lo que adelantara por su cuenta era tiempo ganado.

Hizo una visita al baño, luego entró en los camerinos de chicas para buscar entre los utensilios de maquillaje el cacao labial que había olvidado allí el día anterior. Cuando se disponía a salir para regresar al escenario, se detuvo junto a la puerta al escuchar el sonido lejano de unos zapatos de tacón. La reconoció por el ímpetu de sus pisadas. Cuando estaba enfadada, sus pasos sonaban como si quisiera agrietar el suelo.

Arlene agarró la correa del bolso y recorrió con tiento el *backstage*, sin hacer el menor ruido. Llegó hasta el costado y se asomó a través del escondrijo que le proporcionaba el tejido negro poco tupido de las patas. Abigail daba vueltas en el escenario con las manos apoyadas en las caderas. Parecía nerviosa, impaciente, incluso desesperada. Lanzaba constantes miradas hacia la puerta principal, como si estuviera esperando a alguien.

A Arlene se le encogió el estómago, ¿sería Peter esa persona? ¿Le habría comentado el taquillero a Abigail que ella se encontraba en el interior del teatro? El aparato de música continuaba allí en medio, pero su compañera no mostró señales de haberse dado cuenta de su presencia.

Transcurrieron algunos minutos, la expectación de Arlene crecía proporcional al nerviosismo de Abigail, hasta que se oyó un ruido que rompió el irritante sonido de los tacones. Aquellos ojos verdes de mirada rabiosa se clavaron al fondo de la platea y la expresión impaciente que acentuaba las líneas gestuales de las comisuras de sus labios se le suavizó.

—Llegas quince minutos tarde —le dijo a la persona que avanzaba por el pasillo, con deje acusatorio.

Desde su escondite, Arlene todavía no podía ver al recién llegado pero hacia la mitad del camino apareció en su campo de visión. Era Joel. Dejó de sentir el nudo que le estrangulaba la boca del estómago.

—He tenido que ocuparme de un asunto —le explicó él, al tiempo que ascendía al proscenio.

—¿Por qué has querido que nos viéramos aquí? ¿No era más sencillo tener esta conversación en tu habitación del hotel?

Él se cruzó de brazos y escrutó a la enfurruñada mujer con una mirada directa.

—Ve al grano, Abigail.

—Ayer dijiste que me llamarías cuando regresaras al hotel, pero has estado dándome largas todo el tiempo. No vuelvas a hacerlo, no me gusta que me traten como si fuera una cualquiera.

—Soy un hombre muy ocupado, ¿entendido? Tengo negocios importantes que atender.

—¿Y deshacerte de Arlene no te parece importante? —inquirió con indignación—. Debería ser tu prioridad.

A Arlene se le desencajó la expresión. Sabía que era invisible a sus ojos pero, aún así, se retiró un paso de la cortina.

—¿Crees que tengo una varita mágica? ¿Cuántas veces te he dicho que no tengo ningún poder de influencia en las decisiones de Dylan? —Abigail tenía la virtud de alterar hasta el carácter más afable. Joel era un tipo muy comedido pero incluso a esa distancia se percató de que se le había hinchado una vena en la sien—. ¿Qué pretendes que haga para convencerle de que despida a su actriz favorita? Te guste o no, Arlene Sanders le ha dado a *Runaway* el empuje que necesitaba. ¡Vendemos el triple de entradas gracias a ella!

—¡Es solo una moda pasajera! —chilló—. Nadie puede competir con mi experiencia ni con mi magnífico recorrido artístico, y menos una… zorra aprovechada que hasta hacía dos días tocaba la guitarra en las puñeteras calles de Brooklyn.

—Esa «zorra aprovechada», como tú la llamas, tiene un talento asombroso. ¡A lo largo de mi carrera solo me he topado con otro fenómeno similar y ya llevo unos cuantos años dedicándome a esto! Dylan se cortaría un brazo antes que perderla y yo sería un auténtico estúpido si tratara de convencerle de lo contrario.

Abigail recibió las palabras de Joel como si le asestaran un mazazo tras otro. La vio entornar los ojos. Las mejillas se le estaban poniendo del mismo color que el pelo.

—¿Qué quieres decir? —le espetó, arrastrando las palabras.

—¿Lo necesitas por escrito? —Joel se aflojó la corbata, la airada conversación perló su frente de sudor—. Te estoy diciendo que no voy a mover ni un maldito dedo para ceder a tus caprichos.

—¿Así que vas a ponerte en ese plan?

—Voy a hacerte un favor, y voy a decirte lo que ninguno de los pusilánimes que te rodean y que tanto te idolatran se han atrevido a decirte hasta ahora. Ya no eres ni la sombra de lo que fuiste. Eres una cantante en decadencia. Sigues conservando la voz que te hizo popular pero has perdido la chispa y la frescura. Ya no conectas con el público, pero en lugar de asumir que el problema es tuyo, cargas contra las compañeras que sí poseen esa habilidad.

Joel se había quedado muy a gusto tras soltarle todo aquello pero Abigail, en cambio... Le había dado de lleno donde más podía dolerle pero en lugar de derrumbarse cerró las manos en puños y se encaró a él como una tigresa hambrienta. Arlene creyó que de un momento a otro se abalanzaría sobre el productor para arrancarle los ojos con sus largas uñas rojas.

—¡Eres un cínico y un sinvergüenza! ¿Cómo te atreves a hablarme así? Deberías lavarte la lengua con lejía antes de pronunciar mi nombre —gritó, con el torso ligeramente inclinado—. Te estás acostando con ella, ¿verdad? ¿Os turnáis Dylan y tú para meteros entre sus piernas? ¡Os ha lavado el cerebro a los dos, pero yo no tengo por qué tolerar vuestras vejaciones!

Llegados a ese extremo, Arlene tuvo muy claro que jamás volvería a trabajar con esa mujer tan odiosa.

—No todas las mujeres son como tú, Abigail —cabeceó Joel—. Te daré un consejo...

—¡No quiero tus malditos consejos! Lo que quiero es que Arlene se largue por donde ha venido, ¿entiendes? Y tú vas a hacerlo porque, de lo contrario, te recuerdo que poseo material que puede hacerte mucho daño.

—Ahórrate las amenazas. En esta ocasión no van a darte resultado.

—¿Ah, no? ¿Acaso no me crees capaz de enviarle la grabación a tu queridísima Carly? Recuerda que tengo más de media hora explícita de metraje. Aunque estaba bien escondida, la cámara de vídeo grabó unos planos formidables de los dos desnudos en mi cama, ¡follando como posesos! ¿Te arriesgas a romper tu matrimonio por proteger a esa polilla insignificante?

—Desde luego que te creo capaz de enviársela. Pero no vas a hacerlo porque pienso ponerle punto y final a esta historia. Aquí y ahora.

—¿Qué quieres decir? —preguntó con cautela.

Arlene suspiró lenta, pausadamente. Tenía el alma en vilo. El tono de la conversación había cambiado. Era como si los papeles se hubieran invertido. Joel se desaflojó la corbata por completo y los dos extremos quedaron colgando sobre su pecho.

—Eres tú la que tenía que haber terminado sus días en el maldito manicomio, no Karen. No sabes cuánto me arrepiento de aquello.

—¿Que te arrepientes? —preguntó confusa. La mirada incisiva que Joel clavó en ella la ayudó a captar el sentido de sus palabras y Abigail abrió los ojos como platos. Arlene se llevó la mano a los labios—. Los familiares de Karen la mutilaron por un conflicto con una herencia, la policía sigue investigándoles... —Joel hizo un gesto de negación con la cabeza—. ¿Acaso... fuiste tú?

—Me colocaste entre la espada y la pared, ¡maldita sea! Ibas a enviarle esa puñetera grabación a Carly si no sacaba a Karen de la compañía. Habrías destrozado mi matrimonio, ¡me habrías separado de mis hijos! —Gotas de sudor comenzaron a resbalarle por el nacimiento del cabello—. Eres una furcia despreciable, acostarme contigo fue mi mayor error, pero no pienso pasarme el resto de mi vida pagando por ello.

—¿Tú le... arrancaste la lengua?

En algún que otro momento tras el incidente de Karen, a Abigail se le llegó a pasar por la cabeza que la brutal agresión estaba relacionada con las diferentes clases de manipulaciones a las que había sometido tanto a Peter como a Joel, e incluso al chantaje emocional que siempre había ejercido sobre Charley o Henry cuando las cosas no salían como ella esperaba. Bajo presión los consideraba capaces de hacer algo así. Sin embargo, la policía había descartado esa línea de investigación ya que todos disponían de sólidas coartadas, y Abigail terminó por creer que solo había sido una agradable coincidencia.

Se había quedado petrificada.

—Sí, joder. ¡Sí! Pero si pudiera volver atrás en el tiempo, metería las tenazas en tu boca de fulana y las apretaría bien fuerte hasta que te ahogaras con tu propia sangre —le dijo con pasión en la voz. Le temblaba un músculo en la mandíbula—. Anoche estuve a punto de volver a equivocarme. La seguí por Fenway, estaba decidido a empujarla al maldito río Charles para evitar que volvieras a chantajearme. Menos mal que no perdí la puta cabeza. —Se golpeó la sien con el dedo índice—. Recobré la cordura en el último momento y entonces supe lo que tenía que hacer. Eres tú quien sobra. Ni Karen, ni Arlene, ni Ingrid... ¡Tú!

Joel dio un paso al frente y Abigail retrocedió otro.

Arlene observaba la escena conmocionada. No se atrevía ni a pestañear.

—¿Qué te propones? Como des un paso más me pondré a gritar.

—Nadie va a escucharte. El taquillero está fuera de combate.

—Henry sabe dónde guardo todo el material y sabrá qué hacer con él como me ocurra algo.

—Pues correremos ese riesgo.

Una vez asumió que ya no era ella la que agarraba la sartén por el mango, perdió toda la soberbia que la caracterizaba y quedó reducida a una caricatura patética y endeble de sí misma. Echó a correr espantada, alejándose del peligro. Bordeó el escenario, pasó por delante de Arlene y bajó a la platea gritando auxilio a pleno pulmón, aunque Joel ya le había asegurado que nadie la escucharía. Él la siguió y ambos desaparecieron de su campo de visión.

Escuchó un forcejeo metálico por encima del sonido atronador de su corazón, y luego la voz flemática del productor informándola de que la puerta estaba cerrada con llave.

Jadeos de pánico. Pisadas apresuradas sobre la moqueta gris de los pasillos. Un grito espeluznante, como el de un animal herido.

De repente, Abigail reapareció con la cara desencajada y el pecho convulso. Comenzó a subir las escaleras del costado del escenario desde el que Arlene era testigo de la escena, pero antes de que consiguiera traspasar la pata y darse de bruces con ella, Joel la agarró de la frondosa melena pelirroja y la empujó contra el suelo. Quedó tendida a dos metros de la cortina, justo delante de sus ojos desorbitados.

Arlene ahogó un jadeo aplastando las palmas de las manos contra la boca. Las rodillas le temblaban como si un terremoto sacudiera el suelo.

Joel se aposentó a horcajadas sobre Abigail, que pataleaba en el aire y lanzaba puñetazos que impactaban contra su pecho pero que no le alcanzaban la cara. Las manos del productor se cerraron en torno a su cuello y asfixió sus estridentes gritos. Uno de sus tacones salió despedido y sus uñas rojas consiguieron arañarle el mentón. La sangre brotó de la herida y Joel redobló los esfuerzos por estrangularla.

Los ojos verdes se cubrieron de lágrimas, boqueaba como un pez.

¡Por Dios, Arlene, reacciona!

Abigail era una mala persona, nadie que la conociera bien se atrevería a afirmar lo contrario, pero no podía dejarla morir. No pensó en el riesgo que ella misma asumía cuando sus manos trémulas rebuscaron en el interior de su bolso hasta dar con el bote de gas pimienta. Salió de su escondite, blandiendo el pequeño frasco por delante de su cuerpo, con el dedo índice a punto de apretar el botón que lo dejaría ciego.

Él alzó la cabeza, la sorpresa mutó aquella expresión salvaje en otra de puro aturdimiento, que se tornó dolorida cuando Arlene roció el producto en su cara. Instantáneamente, soltó el cuello de Abigail y se llevó las manos a los ojos, que se frotó con fuerza mientras profería todo tipo de maldiciones. Su maltrecha compañera, entre toses espasmódicas, reptó bajo el cuerpo de Joel y se puso en pie. Arlene la urgió a que la siguiera hacia el *backstage*, donde tratarían de encerrarse mientras telefoneaba a la policía.

Joel se irguió en toda su estatura.

Al parecer, el producto solo cumplía con todas sus propiedades si se pulverizaba a escasa distancia del rostro, porque ninguno de los efectos más nocivos que el dependiente le había enumerado reaccionó en él. Lagrimeaba y se le habían puesto los ojos rojos como tomates, pero nada impidió que agarrara a la tambaleante Abigail antes de que lograra ponerse a salvo.

Se escuchó un crujido seco cuando le retorció el cuello, como de huesos rompiéndose, y Abigail cayó desplomada al suelo. Su cabeza formó un ángulo imposible y sus ojos quedaron fijos en los de ella. Sin vida.

Las náuseas le subieron a la garganta y las ganas de vomitar le causaron un dolor agudo y espasmódico en el estómago. Un sudor gélido y viscoso le humedeció la piel cuando su mirada aterrada topó con la enajenada de Joel.

—¿Qué diablos haces aquí? Maldita sea… ¡Has tenido que estropearlo todo!

Arlene jadeó. Retrocedió un paso. Su mente estaba en *shock* y los músculos no le obedecían, pero esos ojos oscuros no eran piadosos y el instinto de supervivencia se le activó para alejarla del peligro. Arlene echó a correr como alma que lleva el diablo y se internó en los oscuros recovecos del *backstage*. A su espalda, las pisadas de los bruñidos zapatos de Joel eran tan rápidas como las suyas y formaban un eco aterrador que rebotaba en las lóbregas paredes.

Consiguió llegar al camerino de mujeres y se encerró en el interior. El cerrojo no era demasiado consistente y la puerta tembló cuando Joel cargó contra ella propinándole fuertes empujones.

—Te aseguro que no era mi intención hacerte daño. Quería que toda esta mierda acabara de una vez y que tú tomaras el relevo de Abigail. Dylan se merecía ser feliz contigo, está locamente enamorado de ti —le dijo con la respiración sofocada por el esfuerzo de la carrera y por las estruendosas arremetidas que amenazaban con agrietar el marco de madera—. La policía no me habría relacionado con su muerte mucho más que a cualquiera de vosotros. Ella tiene un montón de enemigos a los que señalar como sospechosos fuera de la compañía. Pero tú has tenido que joderlo todo y ahora no me queda más remedio que terminar lo que no quise hacer anoche.

Arlene se alejó unos pasos de la puerta, temblando con cada fuerte sacudida. Miró a su alrededor en busca de algún utensilio más eficaz que el aerosol de defensa personal que todavía aferraba en la mano sudorosa, pero solo encontró cepillos para el pelo y barras de labios. Se ocultó tras el biombo y agarró su móvil. Por fortuna, no se había desprendido de su bolso en ningún momento.

No podía controlar el temblor de las manos mientras tecleaba el número de la policía de Boston. Ni siquiera estaba segura de poder hablar en el caso de que obtuviera línea. El teléfono saltó de sus manos al oír el tremendo impacto de la puerta rebotando contra la pared. Joel estaba dentro.

Guardó el móvil y se colocó en posición de defensa. Las náuseas no habían remitido pero las controlaba. Sin embargo, los latidos de su corazón eran tan vehementes que los sentía en el cuello y hasta en las sienes. Vio su oscura silueta al otro lado de la tela de la mampara, pero todavía no estaba lo suficientemente cerca.

—Sal de ahí, Arlene, haré que suceda rápido. No estoy disfrutando con esto, no soy ningún psicópata, pero no pienso ir a la cárcel por culpa de esa mujer. Ojalá llegáramos a un acuerdo, pero sé que tú no eres la clase de persona que pueda convertirse en la cómplice de un asesinato. —Su sombra se aproximó con tiento. Joel temía los efectos del aerosol—. No puedo dejar testigos.

Arlene aguardó un segundo, dos, y cuando calculó que estaba a un par de metros de distancia arremetió contra él utilizando la mampara de escudo. Lo pilló desprevenido, no esperaba su aguerrido ataque, y, aunque era un hombre alto y corpulento, consiguió derribarle. Los dos cayeron al suelo. A pesar de que le temblaban hasta los huesos, se incorporó rápidamente y salió corriendo del camerino. Con el impacto, el bote de gas pimienta había volado lejos de su alcance y no podía entretenerse en recuperarlo.

Regresó a la platea. Sus jadeos eran tan atronadores que no le permitían escuchar a Joel. Mientras recorría a la carrera el pasillo central se deshizo del bolso, pesaba demasiado y ralentizaba su movilidad. Previamente, se apoderó de su móvil y se lo guardó en el bolsillo trasero de los pantalones a la par que forcejeaba con la puerta de acceso. Estaba cerrada. Su mente recreó la escena que hacía unos minutos había contemplado detrás del telón y los ojos se le cubrieron de lágrimas de desesperación.

Iba a volver a ocurrir, tal cual lo había presenciado.

Joel se acercaba a paso ligero y Arlene huyó hacia la derecha. Se golpeó la pierna contra la primera butaca de la última fila y a punto estuvo de caerse al suelo, pero guardó el equilibrio e interpuso toda una fila entre los dos. Se quedaron mirándose.

—No puedo ir a la cárcel, Arlene. No puedo perder a mi mujer y a mis hijos —le dijo, como si quisiera obtener su perdón.

—Había... había otra manera de solucionarlo. —Tragó saliva, los pulmones le ardían—. Un buen abogado podría... podría conseguirte una rebaja en la pena pero... si me haces daño... te caerá la perpetua y no podrás estar con ellos nunca más.

Joel negó como si una corriente eléctrica le sacudiera la cabeza.

—Nadie sabrá que he sido yo. —Abandonó el pasillo y avanzó entre una fila de butacas, Arlene salió disparada de regreso al proscenio—. ¡Conseguiré que parezca que os lo habéis hecho mutuamente!

Entró por el costado opuesto, donde se amontonaban los atrezos del espectáculo y enfiló el estrecho pasillo tanteando las paredes. Todo estaba tan oscuro... las luces se activaban desde la sala de controles, como medida para que ninguna se quedara encendida una vez que todo el mundo abandonaba el teatro. Pero no le importó caminar entre tinieblas. La oscuridad la protegía. Bajó una escalera, entró en una sala de almacenaje y chocó con varios bultos mientras buscaba la puerta de la salida trasera. Estaba cerrada a cal y canto. Ahogó un grito desesperado y echó a correr hacia el pasillo que se abría a la izquierda. Joel ya estaba en la sala de almacenaje.

Olía a humedad y a desinfectante. Las pupilas se habían acostumbrado a la oscuridad y advirtió que se movía a través del cuarto de limpieza. Más allá se encontraba una sala de costura que estaba atiborrada de los diferentes tipos de vestuario que se había utilizado en tantas y tantas representaciones a lo largo de los años y que las compañías habían dejado allí olvidados. Había un pequeño ventanuco pegado al techo que dejaba entrar el resplandor blanquecino de una farola de la calle. El intenso olor a tejidos envejecidos le aguijoneó las fosas nasales. Tanteó la pared y encontró suspendido del techo un grueso telón rojo que debía de haberse deshechado tiempo atrás. Se escondió detrás de él y pegó la espalda y los talones a la pared. El polvo le hizo cosquillas en la nariz pero aguantó las ganas de estornudar.

Algo cayó y rodó. Un cubo vacío de la sala de limpieza. Joel estaba muy cerca.

Sacó el móvil del bolsillo trasero. No podía llamar a la policía, ya que su voz delataría su posición, así que marcó el número de Dylan. Él se mantendría a la escucha hasta que Joel pasara de largo y ella pudiera hablarle. Oyó el susurro metálico de su voz al otro lado de la línea al tiempo que los pasos de Joel se internaban en la sala de costura.

Arlene apretó los labios y taponó el altavoz del móvil para silenciar a Dylan. El pecho le dolía tanto que creyó que sufriría un infarto fulminante.

Recordó su pesadilla, aquella que tuvo la noche en que hicieron el amor por primera vez, y las semejanzas con la realidad le dejaron la boca seca.

—Arlene, ¿dónde te has metido? Sé que estás por aquí.

Cerró los ojos nerviosamente. Los abrió al percibir que había pasado de largo. Sus pasos se perdieron a lo largo del corredor de la izquierda, donde se encontraban los camerinos y los baños. Apoyó la cabeza en la pared y respiró el aire viciado.

Con lentitud, recuperó el móvil y se lo acercó a la oreja.

—Dylan… —susurró.

—¿Arlene? ¿Qué diablos ocurre? ¿Por qué no contestas? ¿Y de quién es esa voz?

—De Joel.

—¿De quién? No te entiendo bien.

¡Joder! No podía hablar más alto, sus murmullos ya se escuchaban en el silencio de aquel cuarto como si los reprodujeran altavoces.

—Dylan, estoy en el Wheelock, tienes que venir cuanto antes. Avisa a la policía, estoy… en peligro. No puedo hablar, por favor… —gimoteó muerta de miedo.

—¿En peligro? —La preocupación convirtió su voz en un ronco graznido—. ¡No te muevas de donde estás!

Lágrimas de desesperación le anegaron los ojos. Todo estaba tan silencioso y tenebroso a su alrededor. Tenía la sensación de hallarse encerrada en un ataúd. Los segundos transcurrieron lentos, pesados, cargados de una tensión insoportable.

Hasta que… él descorrió el telón.

# Capítulo 23

*L*a claridad que entraba por el ventanuco le dio en los ojos y la silueta de Joel apareció recortada contra la luz plateada. Arlene chilló. No lo había oído regresar. La aferró por un brazo y tiró de ella hacia la sala de limpieza. Forcejeó con él para desasirse de su agarre, le dio patadas, lanzó puñetazos al aire e incluso intentó morderle la mano con la que la sujetaba, pero lo único que consiguió fue cabrearle. Joel la empujó para que subiera las escaleras y volvió a hacerlo una vez alcanzaron el escenario. Arlene cayó de bruces. Las luces brillantes le cegaron los ojos y las náuseas regresaron al observar el cuerpo sin vida de Abigail tendido a unos metros de distancia.

Mucho más espeluznante fue percatarse de que Joel sostenía una especie de espátula tan alargada y afilada como un cuchillo, que debía de haber cogido del cuarto de limpieza. Joel no respondía al perfil del criminal frío y despiadado. Más bien, era un hombre desesperado, cegado por un brote de enajenación que lo llevaba a actuar sin raciocinio, como si fuera un animal enfurecido.

Se quitó la chaqueta y limpió las huellas de la espátula con gesto enérgico. Al intentar levantarse, él le propinó otro empujón y sus huesos chocaron contra el suelo. Se laceró el hombro pero se tragó su dolor.

Comprendió lo que se proponía. Por todos era conocida la enemistad entre Abigail y ella, a nadie le sorprendería que se hubieran enzarzado en una pelea con un deselance fatal. En el calor de la contienda, su compañera le habría asestado una herida mortal con la puntiaguda espátula y ella le habría retorcido el cuello hasta partirle las cervicales. Luego se habría desangrado hasta morir. ¿La policía se contentaría con las evidencias y resolvería el caso o iniciaría una investigación? Joel no era ningún experto en el planeamiento del crimen perfecto, actuaba por impulsos y dejaría un montón de pruebas que contradirían esa teoría. Pero si no hacía algo por remediarlo, jamás lo sabría.

Joel tomó la mano de Abigail e imprimió sus huellas en el mango del afilado artefacto. Arlene se arrastró hacia atrás valiéndose de pies y manos, y, cuando Joel estuvo a punto de alcanzarla, se precipitó al foso. El impacto contra el suelo a una altura de casi dos metros le magulló todos los huesos y músculos del cuerpo, pero se puso en pie y corrió tambaleante hacia el pasillo central, con Joel pegado a su espalda.

Se había hecho daño en un tobillo, el dolor punzante le subía por la pantorrilla a cada paso que daba. Aquello era el final, ¡ya no había escapatoria! Dylan no llegaría a tiempo para evitar que su cuñado la matara y lágrimas de miedo e impotencia le inundaron los ojos.

Joel se abalanzó sobre ella y los dos cayeron sobre la moqueta gris. Recibir el choque de su peso le arrancó el poco aire que le quedaba en los pulmones. Él la hizo girar y Arlene le golpeó con las fuerzas que aún conservaba, retorciéndose como una serpiente rabiosa a la que él había inmovilizado bajo su cuerpo.

La hoja de la espátula destelló cuando Joel la alzó ante sus aterrorizados ojos. Ya no le preocupaba dejar sus huellas allí. Luego bajó, trazando una trayectoria mortífera que Arlene logró desviar antes de que penetrara en su abdomen. El metal puntiagudo le rozó el costado, produciéndole una erosión ardiente que la hizo gritar de dolor. De pánico. Porque Joel estaba rojo de ira, como poseído por un ataque de demencia que anulaba todas sus facultades psíquicas.

Realizó un segundo intento que iba destinado a perforar su vientre, pero el estruendo que se oyó desde el acceso del vestíbulo al patio de butacas paralizó sus movimientos. Sus ojos castaños se clavaron en la puerta y amenazaron con salírsele de las órbitas. El sudor le resbalaba por las sienes y pequeñas gotas pendían en la punta de su nariz antes de caer al vacío. Había perdido todo el color de golpe.

Arlene no podía ver nada ya que la puerta se hallaba a su

espalda, pero lloró de alivio al reconocer a Dylan. Su voz sonó rota, hundida, ella no podía ni imaginar el terrible impacto emocional que habría recibido al toparse con su cuñado en semejantes circunstancias.

—Joel... ¿qué demonios estás haciendo? —A Joel le resbaló la espátula de entre los dedos y cayó al suelo, a escasos centímetros de su rostro. A través de sus propias lágrimas que le desenfocaban la visión, Arlene apreció las del productor—. ¿Qué te propones? ¡¿Qué diablos te propones?! Díos mío... ¿Pero qué has hecho? —Debió de ver el cuerpo sin vida de Abigail al fondo—. Apártate de ella ahora mismo. ¡Retírate!

El dolor brotaba a borbotones en las furiosas palabras de Dylan.

Derrotado, llorando como un niño, Joel recuperó la espátula y se puso en pie. Dio unos pasos vacilantes hacia atrás, su pecho se convulsionaba por las sacudidas de su desconsolado llanto.

—Lo siento, tío. Lo siento de veras. No podía soportar la idea de perderla, ni a los niños, ni a ti... Perdóname. —Sus ojos implorantes no desmentían sus palabras, pero Arlene no sintió ni un mínimo de compasión por él—. Dile que la amo, que los quiero más que a mi vida.

A continuación, dirigió la espátula hacia su abdomen y se clavó la hoja hasta la empuñadura. Dylan hizo un gesto de negación, horrorizado, y corrió hacia Joel al tiempo que caía al suelo e hincaba las rodillas en la moqueta, con la cara desencajada y las manos en torno a la herramienta. Hizo que se tumbara boca arriba y arrancó la ensangrentada espátula de su vientre. Se quitó el abrigo y se deshizo del suéter para taponar la herida.

—¿Estás bien? ¿Arlene? —Ella cabeceó en sentido afirmativo aunque el costado izquierdo le ardía y Dylan encontró algo de paz en su respuesta—. ¿Qué ha sucedido?

Arlene se retiró las lágrimas de los ojos. Sabía que estaba a punto de asestarle un golpe brutal y no podía hacer nada por suavizarlo.

—Él... fue él quien agredió a Karen. —A continuación, le reveló el contenido de la conversación que había escuchado entre bambalinas. La incomprensión, la angustia, el dolor y la desesperación confluían en él, y Arlene cerró los ojos porque no podía soportar la naturaleza de su sufrimiento—. Lo siento, Dylan.

Las sirenas de los coches de la policía se oyeron en la lejanía. Él había dado el aviso mientras recorría a la carrera la distancia que separaba el hotel y el teatro.

—Joel, ¡maldita sea! ¿Por qué? —Presionaba la herida con fuerza. El suéter azul se iba tornando del color de la sangre—. ¡¿Por qué?!

Joel cabeceaba. Las lágrimas le resbalaban por la comisura de los ojos.

—Déjame morir. Te lo suplico, tío.

—Ni hablar. Vas a enfrentarte a esto —le aseguró, con la mandíbula apretada—. Vas a mirar a Carly a la cara, a todos, y vas a explicarnos por qué has cometido esta atrocidad. Te prometo que vivirás para hacerlo.

Las sirenas ya se percibían al otro lado de los muros del Wheelock y un par de policías irrumpieron en el teatro. Informaron a su distrito sobre la escena del crimen y durante los siguientes minutos el teatro se convirtió en un goteo constante de policías, de peritos de criminalística y de las autoridades pertinentes.

Encontraron al taquillero tumbado en el suelo de la taquilla. Tenía las muñecas atadas, la boca cubierta con un trozo de cinta aislante y una brecha en la cabeza que necesitaría unos cuantos puntos. Declaró que un tipo, escondido tras una gruesa bufanda negra que le cubría hasta la nariz y un gorro de lana encajonado hasta las cejas, lo asaltó cuando regresaba del baño. Una ambulancia se lo llevó al hospital y la otra cargó con el cuerpo malherido de Joel.

El detective de homicidios responsable de la investigación le tomó declaración a Arlene mientras se acordonaba la zona y luego pasó a manos del psicólogo de la policía, con el que estuvo hablando algo más de media hora.

Una butaca de la última fila sostenía el cuerpo abatido de Dylan, pero declinó la ayuda psicológica. Cuando nadie más requirió su cooperación, Arlene se acercó a él, quien tocaba distraídamente su móvil. El nombre de Carly aparecía en la pantalla. Arlene se detuvo a su lado e internó los dedos en su espeso cabello castaño. Lo acarició con ternura y él levantó el rostro para dedicarle una triste sonrisa.

—¿Cómo te encuentras? —le preguntó.

—No lo sé —se encogió de hombros.

Dylan advirtió que estaba a punto de echarse a llorar. Él acababa de recibir un golpe tan duro que sus sentidos estaban entumecidos, pero Arlene se las había tenido que ver con un pirado que había asesinado a una persona delante de sus propios ojos y que luego la había perseguido por todo el teatro con un arma afilada en las manos. No podía ni imaginarse el alcance de una experiencia tan traumática. Dejó el móvil a un lado y se levantó para estrecharla entre sus brazos. Sentirse de ese modo fue un grato consuelo para ambos.

—Lo siento muchísimo, Dylan. Comprendo cómo debes sentirte.

—Ssshhhttt. —La besó en la cabeza y la meció contra su cuerpo—. Ahora eres tú quien me preocupa. Gracias a Dios que estás bien, si te llega a pasar algo yo… No sé qué hubiera hecho. Te quiero tanto. —La miró a los ojos llorosos.

—Yo también te quiero. Sabía que llegarías a tiempo.

La estrechó un poco más fuerte y ella emitió un suave quejido.

—¿Estás bien? ¿De verdad que no quieres ir al hospital?

—No, solo es un rasguño —respondió con suavidad.

—¿Dónde?

—En el costado.

Dylan le levantó el suéter y encontró una herida alargada y poco profunda que ya había dejado de sangrar.

—Iremos de todos modos. Te vendrá bien que te receten algo para poder dormir esta noche.

—Dylan, las funciones… ¿qué vamos a hacer?

—Cancelarlas hasta que estemos listos para regresar. Pero tú no tienes que preocuparte ahora de eso. —Dylan la besó en los labios con ternura. Luego le recompuso los cabellos desordenados, mirándola con adoración—. Vámonos de aquí.

Avisado por la policía, Charley llegó al teatro en compañía de Henry. Arlene y Dylan los vieron entrar en estampida a través de la luna lateral del taxi que los recogió a la salida del Wheelock.

La atmósfera espesa de la sala de espera del Boston Medical Center, cargada con los potentes olores a antibióticos y antisépticos, contribuyó a enfatizar el cariz deprimente a la noche. Se pasó algo más de diez minutos observando su teléfono mientras daba vueltas a lo largo y ancho de la sala. Pensaba en qué palabras utilizar para transmitirle la noticia a Carly. Tenía que ser lo más cuidadoso posible porque ella estaba embarazada de tres meses, ¿pero cómo suavizar algo tan espeluznante como aquello? ¿De qué manera podía decirle que su marido le había sido infiel, le había arrancado la lengua a Karen, había asesinado a Abigail y había intentado hacer lo mismo con Arlene? ¿Cómo explicarle que las amenazas de Abigail de enviarle un vídeo de alto contenido sexual eran el único motivo que Joel había necesitado para llevar a cabo todo aquello?

Respiró hondo y se dirigió hacia un rincón solitario para realizar la llamada más complicada de su vida.

Cuando Arlene abandonó la consulta del médico, Dylan se estaba tomando un refresco que había sacado de la máquina expendedora. Tenía los hombros hundidos y, aunque irguió la postura al verla aparecer y curvó la línea tensa de los labios, su semblante se había ensombrecido tanto que hasta sus ojos parecían oscuros. Arlene supuso que había telefoneado a su hermana.

—¿Qué tal? —le preguntó, tomándola por la muñeca.

—La enfermera me ha colocado un apósito y el médico me ha recetado ansiolíticos y somníferos por si presento problemas de ansiedad. —Dylan le preguntó si quería un refresco y ella le selañó las botellas de agua—. ¿Has hablado con Carly?

—Sí, pero no he tenido valor para contárselo por teléfono. —Recogió las monedas sobrantes y el botellín de agua. Lentamente, salieron de la sala y recorrieron el vestíbulo hacia la salida—. Le he contado que Joel ha sufrido un accidente y que está ingresado en el hospital. Se ha llevado un buen sobresalto, así que figúrate cómo habría recibido la verdad. Mis padres tenían previsto regresar de Boca Ratón la semana que viene, así que se ha empeñado en dejar a los niños con una amiga para coger el primer vuelo hacia Boston. —Llamó a un taxi y le dio al taxita la dirección del hotel—. He quedado en ir a recogerla al aeropuerto a las once. Va a ser una noche muy larga. —Arlene le apretó los dedos calurosamente, ofreciéndole todo su apoyo—. ¿Estarás bien?

No, no creía que pudiera dormir a pesar de las pastillas. La aterraba la idea de quedarse sola en la habitación del hotel, pero el panorama que Dylan tenía por delante era mucho más desolador que el suyo, así que se hizo la valiente.

—Estaré bien.

—Odio dejarte sola.

—Lo sé, pero Carly necesitará todo tu apoyo.

Dylan se pasó los dedos por la frente. Tenía la mirada perdida.

—Llevo toda la tarde intentando recordar si a lo largo de todos estos años Joel ha manifestado indicios de padecer alguna clase de… trastorno piscológico. Nadie en su sano juicio es capaz de hacer algo así, pero no encuentro nada. ¡Nada! Él siempre ha sido un buen esposo, un buen padre, un buen profesional y un buen amigo. —La necesidad de hallar respuestas que no encontraba lo atormentaba—. No consigo explicármelo, Lene.

—Quizás nunca nadie lo había puesto a prueba hasta que Abigail amenazó con destruir algo sagrado para él, como era su familia. No todo el mundo actúa igual bajo presión.

Dylan cabeceó. No existía explicación posible que lo aliviara, ni palabras de consuelo que ofrecerle. Arlene se desplazó en el asiento, rodeó su cintura y apoyó la cabeza en su hombro.

A veces el diálogo sobraba. Mientras el taxista conducía el vehículo por los distintos distritos de Boston, nada les reconfortó más que el estrecho enlace de sus cuerpos.

Retiró la cortina que cubría la ventana y echó un vistazo al exterior. Ya había oscurecido, el horizonte era una línea rosa contra la que destacaba el perfil de Manhattan. Cruzó los brazos sobre el pecho y se fijó en los coches que circulaban por la calle, esperando que de un momento a otro apareciera el Ford Lincoln de Dylan.

No había sido capaz de dormir sola desde que habían regresado a Nueva York. Al menos, con Dylan a su lado, conseguía hacerlo sin pastillas, aunque solía despertarse en mitad de la noche acosada por las más terribles pesadillas.

Solo habían transcurrido cinco días con sus cinco correspondientes noches.

Largos, tristes, tenebrosos. El sepelio de Abigail, el dolor desgarrado de Carly, la orden de detención que pendía sobre Joel en cuanto se recuperara y saliera del hospital, los sobrinos de Dylan preguntando por su padre, la cancelación de las funciones...

Admiraba a Dylan tanto como lo amaba. Era increíble el peso que estaba soportando sobre sus espaldas y, aun así, conseguía manejarlo todo sin descuidar nada ni a nadie. Carly y los niños se habían mudado temporalmente al chalet de sus padres en Brooklyn Heights, a unas cuantas manzanas de la casa de Dylan. Él estaba mucho más tranquilo al tenerlos tan cerca. A Arlene la habían acogido como a una más de la familia y había pasado algún tiempo con Carly. Habían descubierto que charlar sobre sus respectivas tragedias las consolaba.

Además de velar por ellos, Dylan estaba centrado en la reestructuración de la compañía, para que pudieran volver a los escenarios lo antes posible. Se había entrevistado con unos cuantos productores y había abierto un *casting* para encontrar a la actriz y cantante que sustituyera a Abigail. Arlene le había echado una mano en lo último y los dos se habían puesto de acuerdo en su favorita, una veterana cantante de rock que se ganaba la vida cantando en bares y salas pequeñas, y que también había hecho sus pinitos en el cine actuando en papeles secundarios. No había pisado un teatro en su vida, pero a los dos les pareció perfecta. Dylan tenía la intención de conservar a todo su equipo excepto a Henry. El maquillador, en un ataque de rabia, había protagonizado un episodio vergonzoso cuando tras el funeral de Abigail los acusó injustamente de ser los responsables de su muerte por no haberla apoyado lo suficiente. Dylan no quería a más gente problemática a su alrededor.

Por las noches, Arlene lo tenía solo para ella.

A su regreso a Nueva York, cuando les contó a Margot y tía Sheyla lo que había sucedido en Boston, insistieron denodadamente en que se quedara en casa con ellas hasta que se restableciera del trauma que había sufrido. Lo único que la hizo sonreír esos días fue el brillo que apareció en los ojos de ambas mujeres cuando las puso al corriente del resto de novedades. Dylan y ella estaban juntos. Enamorados.

De no ser porque la ocasión no se prestaba a ello, habrían descorchado una botella de champán y lo habrían celebrado por todo lo alto.

El Ford Lincoln asomó por la calle perpendicular y Arlene experimentó un pinchazo de impaciencia en el corazón.

Se abrazó a él nada más abrirle la puerta, ya que la tensión que se le iba acumulando en cada fibra nerviosa a lo largo de las horas en soledad desaparecía cuando su corazón quedaba sólidamente adherido al de él. *Sadie* correteó por el pasillo para recibir al recién llegado y Dylan la alzó del suelo y la acurrucó contra su pecho. La perrita lo husmeó mientras recibía sus caricias y luego le lamió los dedos. *Sadie* había decidido que aunque Dylan pertenecía al sexo opuesto, le gustaba mucho.

—¿Qué tal ha ido? —le preguntó ella mientras se dirigían al salón.

—No podría haber ido mejor. —Se dejó caer sobre el sofá. Llevaba levantado desde las seis de la mañana y no había parado desde entonces—. Es un viejo conocido de cuando trabajaba en *Cats*. Vino a vernos una de las noches en el Astor Place y se quedó fascinado con nuestra puesta en escena. En realidad, ha sido él quien me ha buscado a mí al enterarse de lo de Joel. Está sumamente interesado en producir nuestra obra. Su trayectoria es sólida e interesante. Además, pertenece a la Liga de Broadway.

—¿Y eso qué es?

—Es una organización que promueve el teatro de Broadway. Los mejores productores de musicales y los dueños de los teatros pertenecen a ella. La Liga se dedica a negociar contratos con uniones teatrales, a llegar a acuerdos con los sindicatos e incluso participan de la administración de los premios Tony. Contar con Bryan como productor no significa que vaya a catapultar *Runaway* a Broadway, todavía nos queda mucho camino por recorrer como compañía, pero es un buen comienzo. Hemos llegado a un compromiso, así que ya tenemos productor. —Dio unos golpes con la palma de la mano en el asiento contiguo y Arlene se descalzó y se arrellanó a su lado. *Sadie* yacía tumbada sobre sus fuertes piernas—. ¿Cómo has pasado la tarde? —Le irguió la barbilla con los dedos y se miraron.

—No ha estado tan mal. *Sadie* y yo hemos dado un largo paseo por Central Park y luego nos hemos ido de compras.

—¿Y qué habéis comprado?

—Un jersey de lana para ella, unas manoplas para mí y… ¿ves aquella caja de allí? —Señaló una estantería del mueble—. Dentro hay unos patines para ti.

—¿Me has comprado unos patines? —Torció el gesto, haciéndola sonreír.

—Claro, ¿crees que me he olvidado de nuestro acuerdo? La noche de los bolos quedamos en que me tomaría la revancha y tú no te negaste. Así que ahí están, esperando a que reúnas el valor para ponértelos.

Su tono desafiante le encantó y Dylan le estampó un sonoro beso en los labios. Al primero le siguieron otros, hasta que se le pusieron los labios blancos.

—Tengo una noticia estupenda. Bryan, el productor, me la ha contado esta tarde. No vas a creerlo, pero se ha abierto una investigación contra Peter Covert y ha sido imputado por fraude fiscal, malversación de fondos y proxenetismo. Todo a la vez.

—¿En serio?

Arlene se irguió y abrió los ojos desmesuradamente. Un destello de intensa felicidad borró de sus ojos las sombras de sus preocupaciones.

—Por lo visto, despidió a la directora de márketing del Blue Lagoon y la chica ha tirado de la manta. Lo primero que ha hecho su esposa es solicitar el divorcio.

—Entonces, ¿ya no tengo que preocuparme de encontrármelo en la puerta de casa para amedrentarme? ¿Se acabaron sus amenazas y sus boicots?

—Se acabaron.

—Dios mío… —Se llevó una mano al pecho y respiró aliviada—. ¡No puedo creer que por fin vaya a desparecer de mi vida! ¿Sabes? Estaba casi convencida de que andaba metido hasta el cuello en actividades ilegales —dijo con pasión en la voz—. Conozco a Jessica Miller de mis días en el Blue Lagoon y siempre tuve la sensación de que compartían algo más que una relación profesional. Ella tenía un genio terrible y podía ser una auténtica hija de… cuando se lo proponía. Era su mano derecha. Me pregunto qué habrá pasado para que la haya despedido, pero sea lo que fuere, la aplaudo por haberlo delatado. ¡Espero que se pudra en la cárcel!

—Es lo que sucederá cuando sumen las penas por todos sus delitos.

A Arlene se le formó una sonrisa preciosa que él saboreó con dedicación. Tenía más cosas que decirle, así que se detuvo antes de que el sabroso contacto de sus bocas les incendiara el cuerpo y terminaran despojándose de toda la ropa. Estaban teniendo mucho sexo. No solo se trataba de una necesidad fisiológica, del modo más íntimo de demostrarse su amor, sino que también era terapéutico.

—Mañana comenzaremos a trabajar duro.

—Lo estoy deseando. El trabajo nos vendrá bien a todos.

—Tengo la intención de retomar la gira de aquí a tres semanas. Brendan ha hecho cambios nuevos en el guion y ha acortado el personaje de Abigail, así que Elizabeth tendrá tiempo suficiente para aprendérselo. Y en cuanto a ti —le dio unos toquecitos con el índice en la barbilla—, quisiera que para entonces presentáramos al público a la nueva Audry como la estrella principal de la función. ¿Qué me dices? ¿Te sientes preparada?

—Me sé las canciones de memoria, las he ensayado un montón de veces estos días y estoy deseando que me veas interpretarlas. Y en cuanto al guion, podría repetírtelo como un papagayo. Ahora dependo de tus instrucciones.

Dylan la apretujó contra su cuerpo y le llenó la cabeza de besos.

—Todo va a ir bien a partir de ahora —le prometió.

—Yo pienso lo mismo. —Le sonrió ella.

Una corriente de paz los rodeó como un brazo invisible. Pasaron algunos minutos, en los que se entretuvieron jugueteando con *Sadie*.

—Creo que deberíamos darle un hermanito. Siempre he querido tener un Golden Retriever. ¿Qué dices, *Sadie*? ¿Te gustaría compartir tu espacio con otro cuadrúpedo peludo? —le preguntó Dylan.

La perrita soltó un ladrido.

—¿Quieres traerlo aquí?

—No. En realidad estaba pensando que vas a necesitar un montón de cajas.

—¿Cajas? —arqueó las cejas.

—De cartón, para meter todas tus cosas y venirte a vivir conmigo. Las plantas y el jardín zen quedarán perfectas en mi salón. Y todos aquellos adornos de allí le darán vida a las estanterías vacías del mueble. *Sadie* y su hermanito podrán disponer de una habitación propia, y en el dormitorio principal hay un enorme vestidor en el que podrás colocar toda tu ropa. —Arlene se mordía los labios, Dylan suponía que para controlar las lágrimas—. Mañana temprano podríamos comenzar con la mudanza.

Ella le ofreció la mejor de las respuestas. Se abalanzó sobre él, le rodeó los hombros y se dejaron caer sobre el sofá. Se devoraron a besos y ninguno se detuvo hasta que las ropas formaron un montoncito en el suelo.

*Sadie* salió corriendo del salón.

Un par de días después, el salón de Dylan podía declararse zona catastrófica por la cantidad de cajas que se apilaban en todos los rincones. *Sadie* estaba encantada entre el desorden y no paraba de saltar en torno a ellas. Le encantaba mordisquear el cartón hasta que dejaba señalados sus pequeños colmillos.

Llevaban colocando la ropa de Arlene en el vestidor desde que habían terminado con los ensayos de la tarde en el local de Carroll Gardens. Consiguieron finalizar esa tarea poco antes de la medianoche, pero aún quedaban por colocar todos sus libros, sus DVD, sus álbumes de fotografías y demás enseres personales.

El salón ya estaba cómodamente vestido con el buen gusto de Arlene. Había encargado otro sofá para formar una rinconera acogedora frente a la chimenea, y también había comprado una mesa y sillas ya que, ¡él no tenía! Siempre comía en la barra de la cocina, en su despacho o fuera de casa. Sus plantas de interior le daban un aspecto luminoso y natural que conquistó a Dylan.

—Ahora sí que parece un verdadero hogar —comentó él, dejándose caer sobre los confortables asientos del sofá tras la dura jornada.

—Me enamoré de esta casa en cuanto la vi por primera vez —le confesó Arlene, acomodándose a su lado—. Fue como si entablara con ella una especie de conexión espiritual o algo así, ¿no es curioso?

—No lo es tanto. Esa fue la sensación que tuve cuando te conocí, aunque no solo fue espiritual —puntualizó.

Arlene sonrió.

El teléfono móvil de Dylan vibró sobre la mesa, anunciando que tenía un correo nuevo. Suponiendo que podía tratarse de algo importante relacionado con el trabajo, entró en la aplicación y consultó su bandeja de entrada. La dirección de correo electrónico era la de Ralph McHale y en el asunto ponía: «Información confidencial». Había dos archivos adjuntos. Abrió el correo electrónico y leyó las líneas escritas por Ralph:

Sé que dijiste que zanjara la búsqueda de Lizzie y es lo que me proponía hacer tan pronto como terminé de hablar contigo. Me puse en contacto con mi compañero para pedirle que volviera a casa, pero él… resulta que se había topado con una pista valiosísima en las últimas horas que probaba la verdadera identidad de la mujer a la que estábamos investigando. La hemos encontrado, la documentación que te adjunto es pormenorizada e irrefutable. Es Lizzie. Se trata de un caso similar al que te mostré en mi despacho. También te adjunto material fotográfico. Me he demorado unos días en enviarte este correo porque estoy al tanto de lo que te ha sucedido y no quería importunarte, la noticia ha salido en todos los medios. Pero pienso que no pierdes nada por echarle un vistazo a los archivos adjuntos. Sabrás qué hacer con la información. Si lo consideras, puedes ponerte en contacto conmigo para cualquier aclaración. Saludos cordiales. McHale.

—Joder…

Arlene estaba distraída en la contemplación de las llamas saltarinas de la chimenea, pero volvió la cabeza al escucharle blasfemar.

—¿Problemas?

—Le ordené que paralizara la investigación pero no me ha hecho el menor caso.

Le entregó el móvil y Arlene leyó el mensaje. La sintió ponerse rígida a su lado, los labios se le tensaron. Al terminar, se quedó mirando la pantalla fijamente, sin parpadear. Un vestigio de pánico había prendido en sus ojos.

—¿Un caso similar al que te mostró en su despacho? —inquirió, con un hilo de voz.

—Hace algo más de un mes me reuní con él. Tenía una pista sobre una mujer que se hacía llamar… no lo recuerdo, pero me dijo que vivía en Quebec. Nadie conocía su pasado. Por lo visto había roto con su vida anterior y se había hecho con una nueva identidad. Me enseñó una fotografía, se estaba besando con un hombre en medio de la calle. El parecido era asombroso pero no era Lizzie.

Arlene tenía todo el aspecto de sufrir una indigestión.

—¿Por qué razón ella… querría hacer algo así? Es espantoso.

—No lo sé. Pero ya dejó de importarme.

Lo miró con detenimiento, buscando algún resquicio que contradijera sus palabras. Pensaba que decía aquello para no preocuparla, pero su actitud no podía resultar más concluyente.

—¿No vas a… abrir los archivos?

—No.

—¿No?

Su cautela, su miedo y su inseguridad le fundieron el corazón. Le pasó un brazo por los hombros y la atrajo contra su cuerpo.

—Se ha esfumado, Lene, ya no hay rastro de Lizzie dentro de mí. Es como observar un correo electrónico en blanco.

—¿Y no crees que deberías llegar al final de todo esto ahora que te han brindado la oportunidad de hacerlo? Aunque sea por curiosidad…

Dylan cabeceó. Sus rasgos se habían distendido, sus ojos azules eran dos remansos de paz.

—Tú has arrasado con todo lo concerniente a ella, hasta con la curiosidad —le sonrió.

—¿Y si alguna vez ella decidiera… buscarte? Si se plantara en Brooklyn con la intención de…. —Se puso nerviosa solo de pensarlo.

—La miraría a los ojos, le daría las gracias por haber salido de mi vida y luego le señalaría la puerta. —Su naturalidad, la carencia de emociones y su despreocupación, aliviaron el agitado corazón de Arlene. Entonces se puso más serio—. Si Lizzie no se hubiera marchado ese fin de semana, quizás nosotros nunca nos habríamos conocido. Cuando pienso en ello, en lo que podría haber sido mi vida si tú no te hubieras cruzado en mi camino yo... siento como si me robaran el alma. Eres lo mejor que me ha pasado nunca, Lene.

—Y tú eres lo mejor que me ha pasado a mí, Dylan.

Sellaron sus palabras con un beso largo, emotivo y apasionado, que fue interrumpido por *Sadie* al subirse al sofá y comenzar a ladrarles con toda la energía que cabía en su pequeño cuerpo. Dylan se echó a reír y Arlene le secundó. Si la perrita pudiera hablar, seguramente les diría que eran un par de empalagosos.

Dylan eliminó el correo electrónico. Incluso lo borró de la papelera.

# Epílogo

*E*ran los novios más guapos que había visto nunca. Ella estaba preciosa con el vestido corte imperio y las florecillas formando una elegante diadema en la frente, y él estaba tan apuesto con el traje oscuro y el chaleco en tono marfil —como el vestido de la novia—, que se escucharon murmullos femeninos cuando hizo el paseo hacia el altar.

En compañía de los familiares y amigos más cercanos, habían optado por una ceremonia sencilla y muy íntima en un escenario maravilloso como el que ofrecía el castillo Cloisters. Instalado en lo alto de una colina en Lutherville, a veinte minutos en coche de Baltimore, estaba rodeado de hermosos jardines y de más de sesenta hectáreas arboladas que lo aislaban de la ciudad. El castillo se había construido en 1932 pero se habían utilizando elementos arquitectónicos mucho más antiguos, y, por eso, reflejaba la belleza y la grandeza de la Europa medieval: maderas delicadamente talladas, exquisitas vidrieras de colores y espléndidos diseños de hierro forjado.

Arlene compartía con Terry —la mejor amiga y agente literaria de Amy— el orgullo de lucir aquel maravilloso vestido color lavanda que la novia había escogido para las damas de honor. Se había prometido que no lloraría y aguantó la ceremonia con estoicidad, pero llegado el momento en que Zack y Amy se prometieron amor enterno frente a la capilla instalada en el jardín, bajo el cielo de un hermoso atardecer primaveral, no pudo evitar que se le anegaran los ojos de lágrimas de dicha.

Terry tampoco pudo. Y Kevin, el padrino de la boda, que a su vez era el esposo de Terry, el mejor amigo de Zack y compañero de profesión en la Johns Hopkins, tuvo que apretar los dientes para controlar la emoción.

Desde la segunda fila se escuchaban los sollozos conmovedores de Margot. Arlene buscó a su madre con la mirada y arqueó ligeramente los labios al toparse con los ojos de Dylan. Él estaba a su lado. Alto, guapo, imponente, luciendo el traje azul oscuro como lo haría un modelo de revista. Rodeaba los hombros de su madre con un brazo, mientras la mujer sacaba un pañuelo de papel de su bolso de mano.

Arlene nunca había sido tan feliz. Estaba rodeada de la gente a la que más quería.

Elevó la vista hacia el cielo y respiró profundamente, con el corazón henchido de todas las clases de amor que existían. Sentía que su padre estaba siendo testigo de aquel precioso momento. Seguro que sonreía.

Al concluir la ceremonia, los camareros contratados para el servicio de *catering* condujeron a los invitados al jardín anexo donde tendría lugar el festejo. Las mesas redondas con manteles de lino blanco y los centros de mesa elaborados con velas blancas y flores rojas le daban un aspecto muy romántico y sofisticado. Un cuarteto de músicos de cuerda amenizó la cena, que estaba compuesta de verduras frescas de la temporada servidas con mostaza y miel, torta de queso con tomate, pesto y piñones, queso parmesano caliente y alcachofa servida con pan de pita.

Zack y Amy eran el vivo retrato de la felicidad. La conexión entre los dos alcanzaba tantos niveles que tenía conquistados a todos sus invitados. Arlene echó un rápido vistazo a su pasado más reciente, a los días en los que creía que nunca amaría de ese modo tan intenso y genuino, que nadie la amaría con la admiración con la que Zack amaba a Amy. Buscó la mano de Dylan por debajo de la mesa y le apretó los dedos. Él se inclinó para darle un beso en la mejilla.

Afortunadamente, se había equivocado.

—Bueno, ¿y vosotros dos para cuándo tenéis previsto formalizar vuestra unión? —preguntó Margot mientras removía las verduras.

—Estaba a punto de preguntaros lo mismo —aseguró tía Sheyla.

Dylan se limitó a sonreír entre dientes, sabedor de lo mucho que incomodaban a Arlene esa clase de interrogatorios.

—Dejadlo ya, no seáis pesadas —refunfuñó—. Si tuvierais vida privada, no haríais esta clase de preguntas tan fastidiosas. ¿Qué ha pasado con Blake, tía Sheyla? ¿Y tú, mamá? He visto cómo miras a ese señor del pelo blanco y el traje gris marengo. Es cirujano jefe, ¿qué tal si más tarde le pides un baile?

La sonrisa de Dylan se convirtió en una fuerte carcajada que templó ese acceso de malhumor que se apoderó de ella. Las mujeres la miraban perplejas y Arlene movió la cabeza como arrepintiéndose de haber sido tan huraña. Se habían conocido hacia seis meses y desde hacía cuatro vivían juntos, por lo tanto, formalizar su unión no era un asunto esencial para ninguno de los dos. Por eso le molestaba la presión de Margot y Sheyla. ¡Demonios, se lo preguntaban cada vez que las veía!

—Sucederá cuando tenga que suceder. Ni antes ni después —soltó para zanjar el asunto o, al menos, eso era lo que pretendía.

—Hay que ver qué desabrida eres a veces, hija mía. —Arlene se encogió de hombros—. Y no he mirado a ese señor del que hablas.

—¡Claro que lo has mirado! —intervino Sheyla—. Si hasta se te han puesto las mejillas coloradas cuando él te ha devuelto la mirada.

Ambas se enzarzaron en una de esas discusiones a las que eran tan propensas y Dylan y Arlene disfrutaron de un rato de intimidad, lejos de la atención de las mujeres.

—¿Alguna vez te he dicho que estás preciosa cuando te pones en plan gruñón? —La besó brevemente en los labios y su tensión se desvaneció por completo. Incluso sonrió—. Te brillan esas motas doradas en los ojos, como cuando hacemos el amor.

—¡Dylan! —Se azoró—. Parece que no se enteran, pero tienen los oídos bien afinados.

—Por Dios, chiquilla, somos mujeres liberales. ¿Crees que tus «motitas doradas» nos van a escandalizar? —inquirió tía Sheyla de repente.

Arlene deseó esconderse debajo de la mesa.

Al cabo de un rato, después de que los recién casados abrieran el baile y las parejas se lanzaran a imitarles, Dylan y Arlene se tomaron de la mano y dieron un paseo por los jardines del castillo Cloisters. Se dirigieron hacia el noroeste, donde se encontraba el impresionante molino de vientro que había sido construido con la misma piedra del castillo.

Se detuvieron bajo las enormes aspas y contemplaron el cielo estrellado. La iluminación en esa parte del jardín era pálida y no menguaba el resplandor de las estrellas. Los murmullos de la gente se escuchaban lejanos, por debajo del canto de los grillos, y el aroma de las flores se expandía en la suave brisa que a esas horas de la noche era fresca.

Dylan se quitó la chaqueta y la colocó sobre los hombros desnudos de Arlene, luego la abrazó desde atrás y enlazó los brazos alrededor de su cintura.

—¿Cómo estarán *Sadie* y *Aika*? —preguntó Arlene.

—Conociéndolas, seguro que habrán revolucionado a todo el personal del hotel.

Arlene rio por lo bajo.

Habían dejado a ambas perritas en un hotel para mascotas en Nueva York. *Sadie* era tranquila pero tenía un temperamento de mil demonios, y *Aika* era un cachorro de tres meses que se pasaba todo el día jugando. Su mayor diversión era mordisquear y tirar de los cordones de los zapatos de todo el que se le pusiera al alcance.

Las dos se llevaban de maravilla. *Sadie* siempre había sido muy territorial, muy independiente, pero desde que *Aika* había llegado a casa había cambiado su carácter. ¡Dormían en el mismo canasto! Pronto tendrían que comprar uno mucho más grande.

Habían sido meses de cambios, de cambios importantes. Joel estaba recluido en la cárcel de Boston a la espera de que se iniciara el juicio. El fiscal pedía la pena máxima por asesinato en primer grado y la defensa alegaba circunstancias atenuantes basadas en la enajenación mental transitoria. Tanto si se le condenaba a la pena máxima como si no, iba a pasar una larga temporada entre rejas. Carly había solicitado el divorcio tan pronto como reunió fuerzas para enfrentarse al duro trance que le había deparado la vida.

Las circunstancias de Peter Covert eran similares. Él estaba en la calle a la espera de un juicio tras pagar una fianza de miles de dólares. La policía había clausurado todos los locales en los que se llevaban a cabo actividades ilícitas y su esposa también había puesto en marcha los trámites del divorcio. Sus amigos le habían dado de lado y su carrera estaba hundida al igual que su reputación. No habían vuelto a saber nada de él.

Por el contrario, habían tenido noticias de Karen Reed. Juntos habían ido a visitarla a los pocos días de que todo estallara. Previamente, lo habían consultado con el doctor Frederic Myers y el psiquiatra convino en que sería beneficioso para su paciente que dos de las personas afectadas por las acciones de Joel Atkins le transmitieran de primera mano sus respectivas experiencias. La policía ya se había personado en el centro psiquiátrico para informarla de la identidad del sujeto responsable de sus lesiones pero no obtuvieron ningún estímulo por su parte. Sin embargo, sí reaccionó a las palabras de Dylan y Arlene. Por primera vez, sus pupilas dejaron de mirar el vacío y su letargo remitió. La burbuja en la que permanecía aislada del mundo se rompió y Karen lloró, tembló y con gran ansiedad se comunicó por escrito con los dos. Hacía un par de semanas había abandonado el centro psiquiátrico aunque tendría que seguir acudiendo a las consultas con su psiquiatra con cierta regularidad. Y ya estaba en manos de un logopeda que prometía hacer progresos importantes con ella.

Desde el otro lado del jardín, el viento arrastró a sus oídos la melodía seductora de los violines.

Dylan la besó en la sien, descendió por la mejilla y le capturó la oreja con los labios. Ella se encogió por las cosquillas.

—¿Estás preparada para Broadway?

Lo habían logrado. La adaptación del guion que había hecho Brendan gustó mucho más que el guion original, la decisión de convertir a Arlene en la estrella principal del espectáculo fue el mayor acierto de todo el recorrido de la compañía y contar con un productor tan influyente como Bryan Baker los catapultó definitivamente al éxito. Las críticas eran formidables, el boca a boca se expandió por todo el estado, y la publicidad generó una gran afluencia de asistentes. Las entradas se agotaban en menos de una hora.

Y ante semejante triunfo, la Liga de Broadway negoció el contrato para presentar la obra en el teatro Helen Hayes a mediados de junio.

Enlazaron los dedos y Arlene alzó la cabeza para buscar un beso.

—Estoy preparada —sonrió.

## *Mar Carrión*

Mar Carrión nació el 14 de junio de 1974 en Albacete, ciudad en la que reside. Desde muy pequeña fantaseaba con la idea de ser escritora o periodista y con solo trece años empezó a escribir sus primeras novelas.

Como lectora le gusta compaginar la novela romántica con otros géneros, pero como escritora es en este género donde se siente como en casa. Cursó estudios de Derecho, aunque en la actualidad ejerce de contable.

*Detrás del telón* es su sexta novela publicada en este sello editorial. Ganadora del III Premio de Novela Romántica Terciopelo.

*Detrás del telón*

SE ACABÓ DE IMPRIMIR

EN OTOÑO DEL 2015

EN LOS TALLERES GRÁFICOS DE EGEDSA

ROÍS DE CORELLA 12-16, NAVE 1

(SABADELL) BARCELONA